MIA C. BRUNNER

Schatten-
klamm

GRENZÜBERSCHREITEND Auf einem Parkplatz in Kempten wird ein Mann kaltblütig und scheinbar völlig grundlos erschossen. Der einzige Hinweis, dem der Kemptener Hauptkommissar Florian Forster nachgehen kann, führt nach Hamburg. So gerät die ehemalige Hamburger Hauptkommissarin Jessica Grothe, die seit einigen Monaten im Allgäu wohnt, zuerst in die Rolle der Verdächtigen, dann unfreiwillig in die der Ermittlerin. Im Umfeld des Ermordeten scheint niemand ein Motiv zu haben. Erst als Hauptkommissar Forster plötzlich spurlos verschwindet, begreift Jessica die wahre Tragweite dieses dramatischen Falles und erkennt, in welcher Gefahr sie und ihre Familie schweben. Kann sie die drohende Katastrophe zusammen mit Hauptkommissar Forsters Kollegen noch rechtzeitig verhindern? Oder wird es noch mehr unschuldige Opfer geben?

Ein Wettlauf um Leben und Tod beginnt.

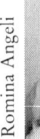 

© Romina Angeli

Mia C. Brunner wurde in Wedel in der Nähe von Hamburg geboren. Seit fast 20 Jahren lebt sie mit ihrem Mann und ihren zwei Töchtern im Allgäu. Waren es früher nur Kurzgeschichten, die sie für ihre Kinder schrieb, machte sie später ihre ersten Krimi-Erfahrungen mit selbstverfassten Dinnerkrimis, in denen sie ihre Faszination fürs Schreiben und ihre Leidenschaft fürs Kochen verbinden konnte. »Alpenglühen« ist ihr neunter Allgäu-Krimi rund um Hauptkommissar Florian Forster im Gmeiner-Verlag.

MIA C. BRUNNER

Schatten-
klamm

KRIMINALROMAN

GMEINER

Immer informiert

Spannung pur – mit unserem Newsletter informieren wir Sie regelmäßig über Wissenswertes aus unserer Bücherwelt.

Gefällt mir!

Facebook: @Gmeiner.Verlag
Instagram: @gmeinerverlag

Besuchen Sie uns im Internet:
www.gmeiner-verlag.de

© 2016 – Gmeiner-Verlag GmbH
Im Ehnried 5, 88605 Meßkirch
Telefon 0 75 75 / 20 95 - 0
info@gmeiner-verlag.de
Alle Rechte vorbehalten
8. Auflage 2025

Lektorat: Claudia Senghaas, Kirchardt
Satz: Julia Franze
Umschlaggestaltung: U.O.R.G. Lutz Eberle, Stuttgart
unter Verwendung eines Fotos von: © pathip – Fotolia.com
Druck: Custom Printing Warschau
Printed in Poland
ISBN 978-3-8392-1852-5

KAPITEL 1

»Nein danke, wirklich nicht.« Martin Hansen schüttelte nicht nur vehement den Kopf, sondern hob zusätzlich noch abwehrend die Hand.

»Ach, komm schon, Martin. Das wird doch lustig.« Die junge gut aussehende Frau mit der etwas ungewöhnlichen dunkelbraunen Lockenpracht legte herausfordernd ihren Kopf leicht schräg und lächelte, unterstrich ihre Geste noch mit einem ausgedehnten »Bitte«, und zog schließlich schulterzuckend ab, als Martin erneut dankend, doch dieses Mal etwas rüder, ablehnte.

»Es reicht mir schon, dass ich überhaupt hier sein muss, da will ich mich nicht auch noch bei dämlichen Partyspielen zum Affen machen«, zischte er seinem besten Freund und Kollegen Wolfgang zu, der neben ihm stand und zustimmend nickte. Diese Party hier war der reinste Kindergeburtstag.

Doch die jährliche Weihnachtsfeier im hiesigen Polizeirevier war eine Pflichtveranstaltung, vor der man sich nicht so leicht drücken konnte. Wie in jedem Jahr wurde die Kantine in einen Partyraum umgewandelt, winterlich geschmückt und mit allerlei stimmungsvollen Liedern beschallt. Die Kolleginnen und Kollegen der Davidwache im Hamburger Stadtteil St. Pauli feierten ausgelassen, sangen vergnügt und lauthals die abgedroschenen Weihnachtslieder mit, die von Schnee, Schlittenfahrten und klingenden Glöckchen handelten, und aßen und tranken viel zu viel. Von weißer Weihnacht waren die Reeperbahn und ganz Hamburg jedoch weit entfernt. Draußen fielen dicke

Tropfen auf den Asphalt und die wenigen Menschen, die sich bei diesem Wetter überhaupt auf die Straße trauten, liefen tief gebückt, mit hochgestellten Mantelkrägen oder unter großen Schirmen vor Nässe geschützt, so schnell sie konnten zu dem Ziel ihrer Träume. Selbst die Nutten hatten sich heute in ihre Löcher verkrochen. Kundschaft gab es bei diesem Wetter höchstens in der Herbertstraße oder in den unzähligen schillernden Klubs, die an so einem verregneten Tag nicht nur Amüsement, sondern auch Wärme und Trockenheit boten. Es würde ein ruhiger Abend für die diensthabenden Polizisten werden und das war gut so, denn richtig feiern konnten die Beamten nur, wenn sie wussten, dass ihre arbeitenden Kollegen nichts auszustehen hatten.

Polizeiobermeister Wolfgang Reuter lehnte mit dem Rücken an der Wand neben der Tür, die linke Hand in der Hosentasche, die rechte hielt ein Glas Bier. Er zog es genau wie Martin vor, den ganzen Trubel aus der Ferne zu beobachten.

»Hallo, ihr beiden!« Eine kleine rothaarige, etwas untersetzte Frau baute sich vor ihnen auf. »Warum probiert ihr nicht den Punsch? Zu Weihnachten trinkt man doch kein Bier«, sagte sie und versuchte dabei, recht streng und ermahnend zu schauen. Da sie aber aufgrund ihrer gerade mal einsfünfundfünfzig weit zu den beiden Männern hochschauen musste und da noch dazu ihre Augen strahlten, sei es nun, weil sie sich so sehr amüsierte oder weil sie selbst schon ein paar Gläser Punsch intus hatte, verlor die gespielte Strenge ihre Wirkung und alle drei prusteten wie auf Kommando los.

»Nee, Irene, vielen Dank.« Martin schüttelte heftig den Kopf. »Ich verarbeite immer noch den Alkohol von der letzten Weihnachtsfeier. Das Zeug war die Hölle.« Wolfgang stimmte lachend in das Kopfwackeln ein, nur dass er im Gegensatz zu seinem Freund heftig nickte.

»Genau«, brummte er. »Ich war drei Tage tot nach diesem Teufelszeug. Das will ich nicht noch einmal riskieren. Morgen ist ein Ausflug mit den Kindern geplant«, erklärte er, hob sein Glas und prostete ihr lächelnd zu. Irene war sozusagen die gute Seele der Wache. Als Schreibkraft erledigte sie unliebsame Tipparbeiten genauso wie die Vorsortierung der Post. Außerdem kochte sie den besten Kaffee von ganz Hamburg und hatte ein offenes Ohr für die Probleme der Kollegen und immer einen kessen Spruch auf den Lippen. Wolfgang mochte sie sehr und wusste, dass es nicht nur ihm so ging.

»Gestorben ist noch keiner an dem Punsch«, kicherte Irene nun und schlug ihr Glas klirrend an das Bierglas von Wolfgang. »Du gibst allerdings eine prima Zielscheibe ab«, flüsterte sie augenzwinkernd und tippte Wolfgang mit dem Zeigefinger auf die Brust. Genau über seinem Herzen leuchtete ein blutroter, kreisrunder Fleck. »Ketchup?«, fragte sie, grinste breit und ließ die beiden Männer einfach stehen.

»Scheiße, so ein Mist.« Fluchend rieb Wolfgang mit dem Hemdärmel über seine Brust. Natürlich hatte diese Aktion nur zur Folge, dass der Fleck größer wurde und der Ärmel ebenfalls rote Farbe annahm. »Warum hast du denn nichts gesagt?« Vorwurfsvoll schaute er seinen Freund an, der nur entschuldigend die Schultern hob, reichte ihm schließlich sein Bierglas mit den Worten: »Sofort die Luft rauslassen. Bin gleich wieder da« und verließ die Kantine in Richtung Umkleideräume.

Wolfgang Reuter war Streifenpolizist mit Herz und Seele. Er liebte seinen Job, mochte sein Revier und war gleichermaßen beliebt bei Arbeitskollegen und den Menschen auf der Straße. Natürlich nicht bei denen, die Dummheiten machten, die meinten, das Gesetz könnte hier und da etwas gebeugt werden zu ihren Gunsten. In diesen Dingen verstand Wolfgang überhaupt keinen Spaß. Und ebenso wenig mochte er Unordnung und Dreck. Er war einer der wenigen Polizisten, dessen Schreibtisch immer aufgeräumt, dessen Kleidung immer sauber und dessen Ausdrucksweise immer korrekt war. Ein kleiner Fehler, eine kleine Unachtsamkeit hatte große Folgen, also lebte er mit dem Vorsatz, allen Unwägbarkeiten schon im Vorfeld vorzubeugen.

Gerade als er ein frisches Hemd aus seinem Spind zog, klingelte sein Handy.

Nach einem kurzen verwunderten Blick auf das Display lächelte er zufrieden.

»Hallo Schatz«, begrüßte er seine Frau und knöpfte sein Hemd auf. »Alles in Ordnung?«

»Ja, mein Mausebär. Ich wollte nur deine Stimme hören«, kam ihr klingender Sopran durch das Telefon. Wolfgang liebte ihre glockenhelle Stimme. Seine Frau sang die Worte mehr, als dass sie sie sprach, und das gefiel Wolfgang sehr. Sie verbreitete so immer Freude und gute Laune. Er war gesegnet, eine solche Frau gefunden zu haben, und oft wunderte er sich, wie er dieses Glück verdient hatte.

Lächelnd machte er sich auf den Weg ins angrenzende Badezimmer, legte das saubere Hemd vorsichtig auf eines der Waschbecken und zog sich das schmutzige aus.

»Ich vermisse dich auch«, hauchte er mit tiefer, brummender Stimme, weil er wusste, wie sehr seine Frau das liebte. »Was hältst du davon, wenn ich hier die Zelte abbreche und gleich nach Hause komme?« Doch dann fiel ihm ein, dass auch seine Frau heute auf einer Weihnachtsfeier war und seine Kinder den Abend mit ihrer Tante verbrachten. »Bist du noch mit Jutta und Sylvia unterwegs?«

»Ja, wir sind im Apollo! Doch ich habe mich auf die Toilette verzogen, um mal kurz mit dir zu sprechen. Himmel, die spielen hier heute nur so doofe Weihnachtsmusik. Ist nicht zum Aushalten. Es ist ja nicht so, dass man in den Geschäften schon seit Wochen mit diesem Mist vollgedröhnt wird«, jammerte sie und ihre Stimme hallte vom Echo des gefliesten Raumes, in dem sie gerade stand. »Wenigstens hier hat man seine Ruhe.«

Wolfgang lachte. »Ja, ich bin auch gerade im Bad«, erklärte er. »Weihnachtsmusik ist echt ätzend.«

Eine kurze Pause entstand, dann seufzte seine Frau plötzlich und er hörte sie sagen: »Ich haue hier auch ab. Ich werde meinen Mädels einfach vorlügen, mir wäre nicht gut, und dann komme ich nach Hause. Treffen wir uns dort in einer halben Stunde?«, flüsterte sie verführerisch, wartete seine Antwort aber nicht ab und legte einfach auf.

Das war typisch für seine Frau, dachte Wolfgang lächelnd. Und genau diese Art von Spannung, diese unterschwellige Erotik, die immer wieder aufflammte, hielt ihre Beziehung spannend und aufregend. Ja, dieser Abend versprach nett zu werden. Zufrieden warf er das mit Ketchup befleckte Hemd auf ein weiteres freies Waschbecken und drehte den Wasserhahn auf. Erstens wollte er die noch feuchten Ketchupflecken auswaschen und zweitens sich selbst kurz frisch machen. Warum sollte er kostbare Zeit zu Hause mit Duschen verschwenden, wenn er doch gleich mit den wichtigen Dingen beginnen konnte und noch dazu angenehm riechen würde! Er drückte mit dem Ellenbogen auf den Seifenspender und ein Schwall giftgrüner Seife ergoss sich über seine Hand. Achseln, Hals und Brust wurden kräftig eingeseift und mit klarem Wasser abgespült. Zum Abtrocknen gab es leider nur diese kleinen Papierhandtücher, doch im Umkleideraum würde er sicher noch ein Handtuch finden. Als er den Waschraum verlassen wollte, schwang plötzlich die Tür weit auf und er sprang erschrocken einen Schritt zurück, um einer gebrochenen Nase oder einer Beule auf der Stirn vorzubeugen.

Verwundert starrte er den Eindringling an. Schließlich gewann er seine Fassung wieder.

»Du? Was machst du denn hier?«, fragte er, entspannte sich aber schließlich merklich und lächelte.

Sein Gegenüber schaute ihn ernst an. Keine Spur von einem Lachen, doch jede Menge Hass und Wut im Blick.

Wolfgang Reuter war verunsichert und vergaß in diesem Augenblick sogar sämtliche in seiner Ausbildung gelernten und immer wieder erfolgreich angewendeten Redetaktiken, wenn er Verbrechern gegenüberstand. Verbrechern? So ein Quatsch. Das hier war schließlich kein Verbrecher, das hier war …

Scheiße!

Eine Pistole blitzte vor ihm auf und zielte genau auf seine Brust, genau auf den Punkt, den der Ketchupfleck vor Kurzem noch so blutrot markiert hatte. Es war eine SIG Sauer, eine gängige Dienstwaffe, die zur Ausrüstung jedes Polizisten gehörte. Langsam wurde er panisch.

»Hallo, Wolfgang«, tönte die Stimme seines Gegenübers beinahe dröhnend an sein Ohr. Ein Strom von Adrenalin donnerte durch seine Venen und er hatte das dringende Bedürfnis zu fliehen, doch er rührte sich nicht. Ihm wurde heiß und er spürte sein Herz heftig und hämmernd in seinem Hals schlagen. Schweiß brach ihm auf der Stirn aus und er trat langsam einen Schritt zurück. »Lange nicht gesehen!«

»Was soll das? Das willst du doch nicht wirklich tun«, brachte der Polizist in ihm schließlich hervor und der einfache Mann in ihm fragte verzweifelt: »Warum?« Seine Stimme überschlug sich beinahe vor Angst und er begann fast hemmungslos zu zittern. Langsam und um Fassung bemüht schüttelte er den Kopf, doch von dem Eindringling, der Person, die nicht in dieses Badezimmer gehörte, kam nicht der Hauch einer Reaktion. Dann lächelte sie überlegen und arrogant.

»Das hättest du nicht tun dürfen, Wolfgang«, sagte sein Gegenüber und Aggressivität und Hass schwang in seiner Stimme mit. Doch nicht diese Art von Hass, die wütend und unkontrolliert war, dieser Hass, der Menschen Fehler machen ließ, weil sie bei ihren Reaktionen nicht auf den Ausgang ihrer Handlungen achteten, die Art von unkontrollierter Wut, die nur noch zu Reaktionen fähig war und keinen klaren Gedanken mehr zuließ. Hier sah und spürte Wolfgang eiskalten und absolut berechnenden Hass. Diese Aktion hier im Badezimmer war bis ins Detail durchdacht, geplant und würde gerade deshalb auch garantiert ausgeführt werden.

»Bitte«, flehte er schließlich, als sich der bösartige Gesichtsausdruck seines zukünftigen Mörders nicht änderte. Aus starken eiskalten Augen wurde er angestarrt und so weiter an die harte hellblau gefliste Wand getrieben. Sein nackter Rücken presste sich gegen die kühlen Fliesen, doch er nahm die Kälte nicht wahr, sondern konzentrierte sich darauf, seinen Herzschlag wieder ruhig zu bekommen und seine Stimme wiederzufinden. Er musste reden. Solange er redete, würde sein Gegner nicht schießen.

»Warum? Was bringt dich dazu …«, stöhnte er dieses Mal. Jedes Wort, das seine Lippen verließ, war schwer wie Blei und es kostete ihn große Mühe, es überhaupt hinauszubekommen. Angst und Panik schnürten ihm die Kehle zu und seine Gedanken überschlugen sich. Er fand keine Erklärung, keinen noch so kleinen Grund für seine ausweglose Lage. Er fühlte sich zu Unrecht bedroht. Das hier war einfach nicht richtig.

»Was mich dazu bringt?« Er hörte hämisches Lachen und erkannte diese Stimme nicht wieder. Die dreckige Verachtung und die lodernd heiße Wut vergifteten die Raumluft und ließen ihn schwer nach Atem ringen. Sein Blick trübte sich, das Bild der Waschbecken und Toilettentüren verschwamm vor seinen Augen und erst jetzt begriff er, dass er weinte. Wieder schüttelte er den Kopf, als könnte er seinen Gegner so beruhigen, doch dieses Verhalten beruhigte nicht einmal ihn. Instinktiv griff er nach seinem Handy, das neben dem sauberen Hemd auf dem Waschbeckenrand lag. Kurz überlegte er, ob er damit werfen sollte, ob diese Aktion seinen Angreifer ablenken würde, ob er so seinen Gegner überwältigen könnte, doch er dachte diesen Gedanken nicht zu Ende. Nicht, weil es vielleicht keine gute Idee gewesen wäre, sondern weil ganz andere Gedanken sein Gehirn blockierten und den Wunsch nach Flucht komplett verdrängten.

Er atmete schwer. Warum hatte er nach dem Telefon gegriffen? Wen sollte er anrufen? Und vor allem, wieso sollte sein Mörder zulassen, dass er überhaupt um Hilfe rief?

Er könnte schreien!

Würde ihn jemand hören? Würde er jemanden in eine tödliche Falle locken, wenn er sich bemerkbar machte? Würde er … würde er seine Kinder jemals wiedersehen?

Die Gewissheit traf ihn hart, doch sie ließ ihn schlagartig ganz ruhig werden. Er würde sterben, er würde diesen Raum nicht lebend verlassen. Er würde seine beiden Kinder niemals wiedersehen.

»Okay«, schloss er verbittert, aber seelenruhig sein Leben ab. »Dann drück ab!«

Er hörte den Schuss nicht, fühlte nur die Wucht der Explosion in seiner Brust, spürte keinen Schmerz, aber auch keine Angst mehr. Das Gefühl für seinen Körper verließ ihn gänzlich. Seine Beine gaben nach, widersetzten sich jeglichem Versuch der Kontrolle und sackten einfach in sich zusammen. Langsam rutschte er an der glatten Wand hinunter, bis sein Hintern den Boden berührte und sein Oberkörper zur Seite kippte und schwer auf dem Boden aufschlug. Er hatte vergessen zu atmen und sog mühsam die trübe Luft durch seinen Mund, füllte seine Lungen mit Sauerstoff und schmeckte verbrannten Atem und Eisen auf seiner Zunge.

Schlagartig setzte der Schmerz ein und ließ ihn stöhnen. Er hörte, wie die Tür geöffnet wurde.

War Hilfe gekommen?

Gab es Rettung?

Gut, dass sein beflecktes Hemd jetzt nicht auch noch Blut durchtränkt war. Blut war schwer wieder rauszubekommen, hatte er einmal gehört. Seine Hand fuhr instinktiv an das klaffende blutende Loch in seiner nackten Brust und er presste mit aller Kraft seine Finger dagegen, um den Blutfluss zu stoppen, um den Tod aufzuhalten, um den Schmerz unter Kontrolle zu bekommen. Doch als er mühsam an sich hinuntersah, bemerkte er, dass nichts – keine Hand, keine Finger – sein Blut aufhielt, weiter ungehindert seinen Körper zu verlassen. Sein Arm lag reglos hinter seinem Rücken, unwirklich verschränkt und ebenso nutzlos wie der Rest seiner Gliedmaßen.

Ergeben schloss er die Augen, rief sich das Bild seiner beiden Kinder ins Gedächtnis, atmete ein letztes Mal aus und ging für immer.

KAPITEL 2

Wieder und wieder stieß die kleine Handschaufel in die kalte, schwarze Erde und grub kleine Löcher von etwa 15 Zentimeter Tiefe. Eins neben dem anderen.

Jessica Grothe kniete im viel zu hohen Gras vor dem noch recht kargen Beet am Grundstücksrand, hob die Hand, in der sie die Schaufel hielt, und wischte sich mit dem Ärmel ihrer Jacke den Schweiß von der Stirn. Dunkler Sand rieselte auf ihre Jeans.

Es war Oktober, ein sonniger Tag, doch der kalte Wind ließ einen frösteln, wenn man sich nicht einhüllte in warme Klamotten oder sich ausreichend bewegte. Wenn man beides tat, dann kam man ganz schön ins Schwitzen.

»Tante Jessi?« Das kleine, blonde Mädchen neben ihr sah sie fragend an. »Warum pflanzen wir die Blumen jetzt, wo doch schon bald der Winter kommt? Blumen mögen doch den Winter nicht, oder?« Auf allen vieren kroch die Kleine näher zu Jessica und setzte sich neben sie ins Gras, dann zog sie den Korb mit den Tulpenzwiebeln zu sich heran, griff hinein und versenkte eine der Zwiebeln in einem der noch freien Löcher.

»Das stimmt, Svenja«, gab ihre Tante zu. »Doch die Tulpen bleiben im Winter unter der Erde und sobald es im Frühjahr warm wird, kommen sie heraus und blühen in den schönsten Farben. Tulpen und Krokusse sind die ersten bunten Blumen zu Beginn der warmen Jahreszeit«, erklärte sie, nahm dann ebenfalls eine Tulpenzwiebel aus dem Korb und hielt sie ihrer Nichte vors Gesicht. »Hast du daran gedacht, dass du die Zwiebeln immer mit dem Popo nach unten in die Erde legst?«

Svenja kicherte: »Klar, sonst wachsen sie ja in die falsche Richtung und kommen in Australien heraus.« Dann nahm sie Jessica die Zwiebel aus der Hand und stopfte sie in ein Erdloch. »Gute Nacht, kleine Blume«, sagte sie und füllte das Loch mit Erde auf. »Bis zum Frühling, dann sehen wir uns wieder.«

Jessica schmunzelte. Die Tochter ihrer Schwester Susanne war ein so fröhliches, liebreizendes Mädchen, überhaupt nicht schüchtern, doch höflich und stets darauf bedacht, anderen zu helfen. Und dabei war sie gerade erst sechs Jahre alt. Vor ein paar Wochen wurde sie eingeschult und ging seit diesem Tag jeden Morgen stolz und erhobenen Hauptes in die nahe liegende Grundschule, erledigte sorgfältig die Hausaufgaben und war dann stets mit Kindern aus der Nachbarschaft oder aus ihrer Klasse zum Spielen verabredet. Susanne konnte wirklich stolz auf sie sein. Auf ihre beiden Kinder, denn auch ihr kleiner Sohn Tobias entwickelte sich prächtig. Tobias war noch nicht ganz drei Jahre alt und besuchte einen Kindergarten am Stadtrand. Trotz anfänglicher Befürchtungen, er würde nicht dort bleiben wollen, hatte auch bei ihm alles wunderbar geklappt und er hatte sich ohne Probleme gut in die neue Gruppe integriert.

»Meinst du, Oma und Opa kommen nicht doch schon heute?« Svenja drückte die letzte kleine Blumenzwiebel in die Erde und rieb dann ihre schwarzen Hände an ihrer Cordhose ab. »Wenn der Zug ganz schnell fährt, dann kommen sie vielleicht früher«, sagte sie hoffnungsvoll.

Gespielt entsetzt schlug Jessica die Hände über dem Kopf zusammen: »Himmel, nein. Ich hoffe, die beiden lassen sich noch ein bisschen Zeit. Wir haben doch noch nicht einmal den Kuchen gebacken.«

Svenja nahm die Hand ihrer Tante und ließ sich von ihr hochziehen. »Ja«, nickte sie zustimmend. »Gut, wenn Oma und Opa erst morgen kommen. Falls der Kuchen anbrennt, können wir morgen immer noch einen kaufen.«

Das heiße Wasser lief in breiten Rinnsalen über ihren schlanken Körper und wärmte und belebte sie gleichermaßen. Jessica liebte es, richtig heiß zu duschen. So heiß, dass es beinahe schon wehtat. So heiß, dass dicke Nebelschwaden die Luft im ganzen Badezimmer in eine trübe milchig-matte Soße verwandelte, warmer Sauerstoff beim Atmen in ihre Lungen strömte und sie auch von innen wärmte. Nachdem das Wasser auch die letzten Reste Seifenschaum aus ihrem schulterlangen Haar gespült hatte, griff sie nach der Mischbatterie und drehte den Hebel von links ganz nach rechts, sodass die eben noch brühheißen Tropfen schlagartig um gute 30 Grad kälter auf ihren Körper prasselten. Wie immer biss sie fest die Zähne zusammen und unterdrückte den Schmerzensschrei, der ihrer Kehle entrinnen wollte. Scharf sog sie die Luft durch die Nase, zählte rückwärts von zehn bis null und schaltete dann die Dusche aus. Sie stieg aus der schmalen Duschkabine. Ihre Haut war aufgrund der angeregten Durchblutung schön gerötet und schimmerte von unzähligen Wassertropfen, ihre Haare klebten dunkel und schwer an ihrem Kopf. Eigentlich waren sie blond und wellten sich recht wild um ihr Gesicht, fielen ihr über die Augen und waren kaum zu bändigen. Also wurden sie meist morgens mit einem Zopfband auf dem Hinterkopf zusammengebunden und erst am Abend wieder befreit. Ein Pferdeschwanz war praktisch, unkonventionell und pflegeleicht. Er ersparte ihr viele Stunden Haarpflege wie Kämmen, Föhnen oder womöglich häufige Friseurbesuche und machte das Leben um einiges leichter.

Sie ging zum Fenster und öffnete es einen Spalt, um die Raumluft in dem winzigen Badezimmer wieder klar zu bekommen. Das viel zu kleine Fenster reichte in den Garten hinaus. Es war von außen nicht einsehbar, da es unter der Erde lag und lediglich ein kleiner Schacht Licht von der Erdoberfläche zu ihr in den Keller leitete.

Schon beim Einzug vor vier Monaten war sofort klar, dass sie mit ihrer Habe in den Kellerraum des Reihenhauses ziehen würde, damit ihre Schwester mit ihren zwei Kindern im ersten Stock jeder ein Zimmer bewohnen konnte und die ganze kleine Familie zusammenlebte. Die drei brauchten sich gerade jetzt sehr.

Gut, im Gegensatz zu ihrem Leben früher hatten sie sich mit diesem Vorstadtreihenhaus um einiges verschlechtert, doch es erfüllte seinen Zweck, war immerhin bezahlbar und weit genug weg, um vom alten Leben Abstand zu bekommen und wieder Ruhe zu finden.

Auch Jessicas Leben hatte sich verschlechtert. Von einer Dreizimmer-Einliegerwohnung mit eigener Küche und großem Badezimmer in einer geräumigen Altbauvilla in Hamburg-Winterhude war sie in dieses Kellerzimmer mit winzigem Fenster im schönen Allgäu geraten. Immerhin hatte sie ein eigenes Badezimmer und einen eigenen Zugang über eine Kelleraußentreppe. Auch der Ort, in dem sie jetzt wohnten, war schön, bot alle Annehmlichkeiten einer mittelgroßen Stadt und, was besonders wichtig war, hatte eine direkte Bahnverbindung in die alte Heimat. Der Hauptbahnhof Kempten im Allgäu war nur zirka acht Zugstunden vom Hauptbahnhof Hamburg entfernt.

Doch eines war gleich geblieben. Wie bereits in Hamburg teilte sie sich ein gemeinsames Haus mit ihrer Schwester und den beiden Kindern.

Jessica griff nach dem großen Badehandtuch und trocknete sich sorgfältig ab, dann öffnete sie den Spiegelschrank über dem kleinen Waschbecken und holte ihre Schminktasche mit dem Lidschatten und dem Eyeliner heraus, lehnte sich dichter an den Spiegel und betrachtete ihr Gesicht.

Sie hasste es, sich für die Arbeit zu schminken. Es war irgendwie nicht richtig und sie kam sich verkleidet vor. Eigentlich hatte sie immer gedacht, sie wäre schön genug ohne diese Maskerade, doch ihr neuer Chef bestand darauf.

»Wenn ich Sie einstellen soll, dann müssen Sie schon etwas mehr auf jugendlich machen«, hatte er gesagt und süffisant gelächelt. »Immerhin sind sie schon über 30!«

Ihr 30. Geburtstag war am Tag des Vorstellungsgespräches gerade zwei Tage her und bis zu diesem Tag hatte es ihr gar nichts ausgemacht zu »nullen«. Doch nach diesem Gespräch hatte sie sich alt gefühlt.

Sie trug Lidschatten und Wimperntusche auf, wickelte sich in ihr Handtuch und lief hinüber in ihr Schlafzimmer. Dort angekommen, zog sie Unterwäsche, Nylonstrumpfhose und den kurzen schwarzen Rock über, der ebenfalls Voraussetzung für den neuen Job war, ging zum Kleiderschrank und suchte eine Bluse. Natürlich war wieder keine frische im Schrank. Sie würde eine bügeln müssen, bevor sie um 19 Uhr das Haus verließ. Jetzt musste erst einmal ein alter Pullover ausreichen. Fertig angezogen trat sie aus ihrem Zimmer, lief durch den kahlen, betongrauen Kellergang zur Innentreppe und ging hinauf in den Wohnbereich.

»Hallo, Jess.« Ihre Schwester Susanne schloss die Haustür hinter sich, schlüpfte aus ihrer Jacke und hängte sie ordentlich an den Garderobenständer im kleinen Flur. »Bist du schon startklar?«

Jessica rollte genervt mit den Augen. »Fast, habe noch eine gute Stunde, bis ich losmuss. Leider muss ich auch noch bügeln.« Sie zog genervt an ihrem dunkelbraunen Pullover, um zu demonstrieren, dass sie so sicher nicht gern gesehen wurde. »Und der Kuchen ist auch noch nicht gebacken.«

Susanne trat auf sie zu, stellte sich auf ihre Zehenspitzen und gab ihr einen Kuss auf die Wange. Sie war gut einen halben Kopf kleiner als ihre Schwester. Ihre Haare waren ebenfalls blond, allerdings glatt und um einiges länger, doch trug sie sie im Gegensatz zu Jessica immer offen.

»Du backst den Kuchen«, bestimmte sie und zwinkerte ihr gleichzeitig zu. »Und ich bügle für dich. Dann tut jede das, was sie viel besser kann als die andere. Okay?«

Natürlich war Jessica einverstanden und natürlich hatte Susanne recht. Bügeln war nicht eine von Jessicas Stärken, doch Kuchen backen und Kochen konnte sie prima. Das war das einzige Talent, das sie von ihrer Mutter geerbt hatte, all die anderen Vorzüge und positiven Eigenschaften hatte ihr Vater mit in den Topf ihrer Erbmasse geworfen. Susanne war da anders. Im Gegensatz zu ihrer älteren

Schwester kam sie beinahe ausschließlich nach ihrer Mutter. Sie war ordentlich, still, aber bestimmt, führte ihren Haushalt gut, schaffte es, Arbeit, Kinder und das Bügeln unter einen Hut zu bekommen, und war nahezu immer gut gelaunt. Gut, in letzter Zeit fiel ihr das Glücklichsein natürlich etwas schwerer und wie ihre beiden Kinder besuchte auch Susanne seit ein paar Monaten regelmäßig einen Therapeuten, doch wer mochte ihr das verdenken. In so jungen Jahren den Ehepartner und den Vater ihrer Kinder auf so tragische Weise zu verlieren, das war kein Pappenstiel, damit wurde keiner so leicht fertig.

Jetzt arbeitete Susanne vormittags im Büro einer Anwaltskanzlei und war mittags immer pünktlich zu Hause, um Tobi aus dem Kindergarten abzuholen und Svenja nach der Schule bei den Hausaufgaben zu helfen. Es war ein großes Glück für Susanne gewesen, als angehende Junganwältin diesen Halbtagsjob zu bekommen, nachdem ihr Mann gestorben war. Ab und zu standen natürlich Überstunden an oder ein Gerichtstermin, der nicht in die Vormittagsstunden fiel. Doch das war relativ selten. Am Nachmittag schmiss sie dann den Haushalt, fuhr die Kinder zu Spielkameraden oder zum Blockflötenunterricht und saß abends gemütlich, aber allein auf dem Sofa und las oder schaute irgendeinen Krimi im Fernsehen. Manchmal weinte sie und schlief nach Stunden auf dem Sofa ein. Jessica fand sie dann immer dort, wenn sie nachts um 1 Uhr von ihrer Schicht nach Hause kam, legte liebevoll eine Wolldecke über ihre Schwester und strich ihr zärtlich über das samtweiche Haar.

Für Jessica war es selbstverständlich gewesen, ihre Schwester ins Allgäu zu begleiten, als diese nach dem Tod ihres Mannes in Hamburg nichts mehr hielt. Wolfgang war ermordet worden. Jemand hatte ihn mit seiner eigenen Dienstwaffe erschossen, im Badezimmer der Wache, an der er seit vielen Jahren als Streifenpolizist gearbeitet hatte. Das ganze Unglück passierte auf der letztjährigen Weihnachtsfeier und wirklich niemand hatte etwas bemerkt. Auch die Spurensicherung hatte keine Finger- oder Fußabdrücke gefunden, keine anderen Rückstände wie Haare oder Stofffasern, absolut nichts, das einen Hinweis auf den Täter gegeben hätte. Auch Wolfgangs privater Hintergrund wurde durchleuchtet. Susanne musste in diesen Tagen viel ertragen. Musste berichten, ob ihre Ehe auch gut war, ob sie immer wusste, wo ihr Mann sich aufhielt oder ob Wolfgang irgendwelche verdächtigen Telefonate geführt hatte. Susanne wurde das alles zu viel. Sie war fest davon überzeugt, dass ihr Mann weder korrupt noch in irgendwelche kriminellen Geschichten verwickelt gewesen war. Auch Jessica war genau ihrer Meinung. Ihr Schwager war ein verlässlicher Polizist, der seinen Job beinahe genauso sehr liebte wie seine kleine Familie. Als leitende Kriminalhauptkommissarin fiel Jessica damals in Hamburg die Aufgabe zu, den Mord an ihrem Schwager aufzuklären. Doch obwohl ihre Erfolgsquote normalerweise erstaunlich hoch war und ihr Gespür sie bisher immer auf den richtigen Weg zum Mörder geführt hatte, kam sie bei diesem speziellen Fall keinen Millimeter voran. Noch nie hatte sie so sehr gewollt, dass ein Fall aufgeklärt wurde, und noch nie hatte sie so kläglich versagt. Vor allem die traurigen Augen ihrer Schwester waren ihr Vorhaltung genug. Obwohl Susanne ihr niemals einen Vorwurf gemacht hatte und immer wieder beteuerte, dass es nicht Jessicas Schuld war, dass der Mörder noch frei herumlief, gönnte sie sich keine Ruhe und arbeitete verbissen weiter an dem Fall, obwohl keine neuen Erkenntnisse zutage kamen. Sie trat auf der Stelle, ganze fünf Monate lang. Dann hängte sie ihren Job an den Nagel und zog mit ihrer Schwester ins Allgäu.

»Tante Jessi?« Eine kleine Kinderhand schob sich in ihre und zwei große dunkelblaue Augen schauten zu ihr hinauf. »Wollen wir jetzt backen?«

»Hey, Kleines. Hast du auch eine Telefonnummer?« Ein großer, breitschultriger Mann mit viel zu langem, rotblondem Haar stellte sich Jessica in den Weg, sodass sie erschrocken ins Straucheln geriet und beinahe das Tablett mit dem Bier und den Tortillas für Tisch 16 fallen ließ. Sie schob die verrutschten Gläser wieder zurecht, atmete einmal tief durch und setzte dann ein breites Grinsen auf.

Jessica wurde bereits beim Vorstellungsgespräch erklärt, was ihr Chef und Besitzer der Kneipe, Markus Mertens, für sein Geld erwartete. Offenheit, Schlagfertigkeit und hier und da ein wenig flirten waren Pflicht. Auch durfte die Hand eines Gastes auf dem eigenen Hintern kein Problem darstellen und wäre sogar erwünscht. »Der Gast ist bei uns König, Kleines«, hatte Herr Mertens frivol grinsend bestimmt, »und zwar in jeder Beziehung. Ich hoffe, wir verstehen uns.«

Nach bis dahin mindestens zehn Absagen hatte Jessica diese Arbeit schließlich dankend angenommen. Und die Gäste der Kneipe waren in Wahrheit erstaunlich umgänglich, nett und sehr gesittet. Wären da nicht diese ungewohnten und vor allem unbequemen Klamotten, würde ihr der Job sicher auch noch Spaß machen.

»Bitte sehr, die Herren. Zwei Pils, ein Radler und die Tortillas. Zum Wohl!« Jessica griff nach den leeren Gläsern der letzten Bierrunde und platzierte sie auf ihrem Tablett.

»Wie heißt du? Du bist neu hier, oder?« Ein junger Mann beugte sich über den Tisch, um wegen der lauten Musik und dem Stimmengewirr von den Nachbartischen nicht allzu laut schreien zu müssen.

»Ja, ich bin neu. Sozusagen noch ganz frisch«, gab Jessica spontan zur Antwort, erinnerte sich dann wieder an die Ermahnungen ihres Chefs und zwinkerte dem Mann zusätzlich noch zu.

»Und wie heißt du?«, fragte der Mann erneut und grinste jetzt breit.

»Frag sie, ob sie einen Freund hat«, kam die Anweisung von links neben ihm. Ein etwas untersetzter Mittzwanziger boxte seinem Nachbarn grob gegen die Schulter.

»Ich heiße Jessica und nein, immer wenn ich hier arbeite, habe ich keinen Freund.« Den zweiten Teil ihrer Antwort richtete Jessica direkt an den dickeren Mann. »Und du?«

»Ich bin solo. Steh nicht so auf diesen Beziehungsquatsch«, verkündete er, lehnte sich lässig in seinem Stuhl zurück und fuhr sich arrogant mit der Zunge über die Vorderzähne. »Aber gegen ein wenig Spaß habe ich nichts.« Jetzt zwinkerte er Jessica zu.

Jessica lachte. »So viel geballter Manneskraft, wie du ausstrahlst, bin ich gar nicht gewachsen«, hauchte sie und versuchte ihrer Stimme gleichzeitig Bewunderung und eine leise Spur von Schüchternheit zu verleihen. Mit einer einzigen fließenden Bewegung griff sie nach dem letzten leeren Glas, drehte sich auf dem Absatz um und ließ diesen eingebildeten Schnösel einfach stehen.

Ein wenig wunderte sie sich immer noch darüber, wie leicht es ihr fiel, Situationen wie diese zu meistern, ohne vor Scham im Erdboden zu versinken oder vor Peinlichkeit kein Wort herauszubekommen. Schlagfertig war sie schon immer gewesen, doch mit derben Anmachsprüchen hatte sie als Kriminalbeamtin selten zu tun gehabt. Mit ihrer Uniform, ihrem Polizeiausweis und ihrer Dienstwaffe bekleidet, hatten Männer entweder genug Respekt vor ihr gehabt oder hielten sie für eine Furie, ein keifendes, abartiges Miststück, mit der man absolut keinen Spaß haben konnte. Jetzt hielten sie alle für ein dummes Blondchen ohne eigene Meinung, die nur darauf wartete, von heißen Verehrern erobert und genommen zu werden. Zum ersten Mal in ihrem Leben konnte sie sich wirklich hineinversetzen in all diese Frauen, die auf der Hamburger Reeperbahn aus den unterschiedlichsten Gründen anschaffen gingen. Trotz der Demütigungen, denen sie täglich ausgesetzt waren, trotz der Abhängigkeit von Freiern und dem eigenen Zuhälter gab ihnen das abartige und unterwürfige Begehren in den Augen der notgeilen Männer eine gewisse Art von Macht, eine Überheblichkeit und Stärke, die sie durchhalten ließ und die sie für ihren eigenen Selbstwert nur zu gut gebrauchen konnten. Wenn man die Sache aus ihrer Sicht betrachtete, waren sie diejenigen, die Macht ausübten und viel stärker waren als all die kleinen Schwächlinge, denen die herrschsüchtige Ehefrau zu Hause oder eigene solide Handarbeit einfach nicht ausreichte.

Zufrieden lächelnd schlenderte Jessica mit ihrem Tablett hinter den Tresen und stellte die leeren Gläser auf die Ablage neben dem Spülbecken. Sie verschaffte sich einen kurzen Überblick über den Gastraum und stellte fest, dass alle ihre Tische gut versorgt waren und nirgends auch nur ein annähernd leeres Glas zu sehen war. Jetzt, um kurz vor Mitternacht wurde es ruhiger in der Kneipe. Ruhig allerdings nicht im eigentlichen Sinne, denn der Geräuschpegel nahm im Laufe des Abends stetig zu, doch die Anzahl der

Gäste war jetzt überschaubar, ab 23 Uhr konnte auch kein warmes Essen mehr bestellt werden und die Bedienungen hatten deutlich weniger zu tun. Um diese Uhrzeit saßen die meisten der Gäste auch nicht mehr an den Tischen, sondern direkt an der Theke. Die Arbeit im Thekenbereich erledigte fast ausschließlich Paula, eine junge, vollbusige und rothaarige Frau, die genau wegen dieser körperlichen Attribute vom Chef hier platziert worden war und bei den Kneipengästen hervorragend ankam. Sie plauderte und flirtete mit den Männern am Tresen und Jessica war sich sicher, dass der eine oder andere Gast auch mal mehr Service von ihr geboten bekam als nur einen tiefen Einblick in ihr allzu üppiges Dekolleté. Dennoch hatte sich Jessica von Beginn an ausgezeichnet mit Paula verstanden.

»Hi, Jess. Läuft alles gut?«, fragte die rothaarige Kollegin und begann, die mitgebrachten Gläser zu spülen.

»Alles prima, Paula. Jetzt wird's ja auch etwas ruhiger.« Jessica ließ sich auf den kleinen Hocker plumpsen, der hinter der Theke stand. Sie wusste, dass Markus Mertens diese offensichtlichen Pausen nicht guthieß, doch da er heute nicht in der Kneipe war, nutzte Jessica die Gelegenheit, kurz ihre Beine auszustrecken und aus ihren Schuhen zu schlüpfen.

»Du, Jess?« Paula drehte sich zu ihr um, setzte ein beinahe sorgenvolles Gesicht auf und hob gleichzeitig fragend ihre Augenbrauen. Sie hatte eine ganz eigene theatralische Art, Dingen, und seien sie noch so unwichtig, durch einen dramatischen Gesichtsausdruck mehr Präsenz zu verleihen.

»Was denn?«

»Kannst du mich nachher mitnehmen? Mein Auto streikt schon wieder. Ich muss die olle Karre morgen wohl wirklich in die Werkstatt bringen.« Ein heftiges Kopf-schütteln und ein Griff mit der Hand an ihre Schläfe unter-strichen auch dieses Mal die Dramatik eines Werkstatt-besuches und das tragische Schicksal eines autolosen und damit verlorenen Mädchens.

»Klar.« Jessica schlüpfte in ihre Schuhe und stand auf. Es war nicht das erste Mal, dass sie Paula nach Hause brachte, und es war auch nicht gerade auf dem Weg, somit auch kein »Mitnehmen«, sondern eher ein unglaublicher Umweg, doch Jessica machte es gern. Sie liebte das Auto-fahren, besonders in der Nacht. Es gab ihr die Gelegen-heit zum Nachdenken und Ruhe finden. Im Auto konnte Jessica prima entspannen.

Eine Stunde später saß Paula neben Jessica auf dem Beifah-rersitz und plapperte fast ununterbrochen. Jessica konnte nach einem Abend in der Kneipe gar nicht verstehen, dass ihre Kollegin immer noch so ein Mitteilungsbedürfnis hatte. Man konnte doch annehmen, sie hätte seit Stunden nichts anderes getan, als zu reden, zu lächeln und zu flirten. Um 1 Uhr Nachts sollte man ruhig sein, die Dunkelheit genießen und nur noch das leise Brummen des Motors hören müs-sen. Auch das Radio blieb bei Jessica in der Nacht immer aus, obwohl sie sonst geradezu ein Musik-Junkie war, alte und neue Rocksongs liebte und auch in einer Lautstärke hörte, die für ihre Ohren nicht mehr gesund war. Genau aus diesem Grund brauchten ihre Ohren nachts ihre Ruhe.

Genervt schaltete sie in den dritten Gang runter und gab richtig Gas, als sie auf die B 12 fuhr, um nach Wildpoldsried zu kommen. Ihr BMW heulte zufrieden auf und beschleu-nigte beinahe ohne jeden Widerstand. Jessica lehnte sich entspannt in ihrem Sitz zurück und lächelte selig.

»Guck mal, Jess. Was blinkt denn da?« Verwundert deutete Paula mit dem Zeigefinger in die Dunkelheit vor ihnen, tippte sogar von innen gegen die Windschutzscheibe und schaute dann zu Jessica hinüber.

»Scheiße. Verdammter Mist. Ausgerechnet …!« Jessica trat auf die Bremse und reduzierte ihr Tempo auf ein angemessenes Maß. Die rot leuchtende Polizeikelle etwa 100 Meter vor ihr wies sie trotzdem an, in die Parkbucht einzubiegen und direkt hinter dem dort parkenden Streifenwagen, einem dunklen VW-Bus, anzuhalten.

»Was wollen die denn von uns?«, fragte Paula vorwurfsvoll und starrte wütend auf das Auto der Polizisten, obwohl das nun wirklich nichts für Jessicas überhöhte Geschwindigkeit konnte.

Jessica schaltete den Motor aus und ließ durch einen Knopfdruck die Scheibe auf der Fahrerseite hinunter. Kalte Nachtluft strömte in den warmen Innenraum und Paula schlang fröstelnd die Arme um ihren Körper.

»Einen schönen guten Abend, junge Frau. Sie wissen, warum wir Sie angehalten haben?« Eine ältlich aussehende Polizistin mit einem kantigen Gesicht und tiefen Falten auf der Stirn blickte streng und unerbittlich in den Wagen, schnüffelte dann, verzog angewidert das Gesicht und legte ihre rechte Hand auf ihre Dienstwaffe, die in einem Halfter an ihrem Gürtel hing. »Steigen Sie bitte aus. Haben Sie etwas getrunken?«, fragte sie. Es klang allerdings nicht so, als würde sie eine Antwort erwarten. Es war mehr eine Feststellung. Sie trat einen Schritt zurück und Jessica stieg tief seufzend aus dem Wagen.

»Nerve ich Sie?«, fragte diese Polizistin überheblich lächelnd, ohne ihre Hand von ihrer Dienstwaffe zu nehmen, und Jessica beschloss, sie nicht zu mögen. Eine wirklich unangenehme Person, die glaubte, sie sei etwas Besseres, nur weil sie eine Uniform trug. Solche Menschen waren Jessica zuwider.

»Selbstverständlich nicht, Frau …?« Fragend sah Jessica zu der Polizistin hinüber, die sich jetzt erhobenen Hauptes vor ihr aufbaute.

»Oberwachtmeisterin Schneible«, half sie ihrem Opfer auf die Sprünge und grinste dann wieder breit.

»Oh Mann, entschuldigen Sie«, trällerte Jessica fröhlich. »Da hätte ich Sie doch beinahe falsch angeredet. Ich hatte vermutet, dass Beamte in Ihrem Alter und mit Ihrer Kompetenz bereits Hauptwachtmeister wären. Sie legen sicher großen Wert auf eine korrekte Anrede, Frau Schneible.« Hatte ihre Aussage bis dahin noch nicht Frau Oberwachtmeisterins Nerv getroffen, ließ nun das komplette Weglassen ihres Titels sie beinahe explodieren. Wäre es nicht so dunkel gewesen, dann, da war Jessica sich sicher, hätte sie in ein purpurfarbenes, wütend verzerrtes Polizistinnengesicht geblickt.

»Haben Sie etwas getrunken?«, presste Frau Schneible zwischen fest zusammengebissenen Zähnen hervor.

»Zuallererst gebe ich Ihnen einmal meinen Führerschein. Sie haben vergessen, danach zu fragen«, belehrte Jessica die Beamtin und konnte nicht umhin, selbst breit zu lächeln, kramte in ihrer Handtasche und zog ihre Geldbörse heraus. »Und nein«, fügte sie hinzu, »ich habe nichts getrunken.«

Sie reichte Frau Oberwachtmeisterin Schneible ihren Führerschein.

»Jetzt belügen Sie mich aber.« Polizistin Schneible war sichtlich um Fassung bemüht. Ihre Stimme bebte leicht, doch sie strengte sich an, ruhig und überheblich zu klingen, und nahm Jessica den Führerschein ab. »Sie riechen bestialisch nach Alkohol. Sie sind voll wie eine Haubitze …«, verkündete sie triumphierend, leuchtete mit der Taschenlampe erst auf die Papiere in ihrer Hand und dann direkt in Jessicas Gesicht. »… Frau Grothe.«

Jessica hob abwehrend die rechte Hand vor ihre Augen, um sich vor der plötzlichen Helligkeit zu schützen, und wollte gerade etwas auf die unberechtigten Vorwürfe erwidern, als Paulas glockenhelle Stimme aus dem Innenraum ihres BMWs nach draußen wehte.

»Liebe Frau Wachtmeisterin«, sang sie fröhlich, »meine gute Freundin Jessica riecht nur so komisch, weil sie sich ein komplett volles Bierglas über ihren Rock geschüttet hat. Und da wir im Anschluss sowieso die Kneipe verlassen haben, hätte sich das Auswaschen auf dem Klo gar nicht mehr gelohnt.«

Frau Oberwachtmeisterin Schneible beugte sich hinunter und blickte durch die geöffnete Fahrertür in den Wageninnenraum und direkt in Paulas tiefen Ausschnitt, die sich weit hinübergebeugt hatte, um von dem Geschehen draußen nichts zu verpassen. Jessica schüttelte seufzend ihren Kopf, verdrehte ihre Augen und flüsterte ein »Na, herzlichen Dank« in die kalte Nachtluft.

Als Polizistin Schneible sich wieder aufrichtete und sich nach einigen Sekunden scheinbar von Paulas Anblick erholt hatte, setzte sie erneut ihr überheblich grinsendes Gesicht auf.

»So, liebe Frau Grothe. Würden Sie mir bitte zum Wagen folgen. Schauen wir doch einmal, ob ich Ihren Führerschein gleich behalten darf.« Sie packte Jessica an der linken Schulter und schob sie vorweg zum Kleinbus und durch die geöffnete Seitentür. Dort wartete ein großer, schlaksiger Polizist an einem kleinen Schreibtisch, nahm den Führerschein an sich und lächelte Jessica freundlich entgegen.

»Frau Grothe, wie ich sehe«, sagte er nach einem Blick auf ihre Papiere. »Nehmen Sie Platz. Wenn Ihnen kalt ist, dann schließen wir die Tür.« Er strich sich beinahe schüchtern eine Haarsträhne seines haselnussbraunen Haares aus der Stirn und griff nach einem Kugelschreiber. »Nehmen wir erst einmal Ihre …«

»Halt«, unterbrach ihn seine resolute Kollegin. »Zuerst einen Alkoholtest. Die hat getrunken«, befahl sie, drehte sich um, ließ den jungen Mann mit Jessica allein und die Seitentür weit offen.

»Ist Ihnen kalt?«, fragte der Polizist erneut und machte Anstalten, sich zu erheben.

»Nein, nein. Kein Problem«, hielt ihn Jessica zurück. »Machen Sie bitte nur schnell diesen Test. Ich bin wirklich froh, wenn ich weiterfahren kann. Es ist schon so schrecklich spät.« Sie schob sich in die Bank ihm gegenüber, legte ihre Hände flach auf den Tisch vor sich und wartete.

Kurze Zeit später, nach Aufnahme ihrer Personalien und der Ermahnung für zu schnelles Fahren, las der junge Polizist das Alkoholkontrollgerät ab, lachte triumphierend und verkündete: »Nullkommanull. Ha, das wird ihr gar nicht gefallen.« Er überreichte ihr den Führerschein und wünschte ihr noch eine gute Heimfahrt, dann entließ er Jessica aus dem Polizeibus, nicht ohne seiner Kollegin mit Handzeichen und fröhlichem Lächeln verständlich zu machen, dass alles in Ordnung sei.

Nur sehr widerwillig ließ Frau Schneible Jessica schließlich weiterfahren.

»So eine blöde Kuh«, schimpfte Paula vom Beifahrersitz und kicherte dann plötzlich hinter vorgehaltener

Hand. »Hihi, das passt ja. Scheißbullen …«, betonte sie jede einzelne Silbe des Wortes und wippte dabei langsam mit dem Kopf nach links und rechts. Ihr erhobener Zeigefinger tippte im gleichen Takt in die Luft. »… blöde Kuh. Haha, verstehst du, Jess? Weibliche Polizisten sind natürlich Kühe und keine Bullen. Komisch, oder?« Paula hielt sich den Bauch vor Lachen und krümmte sich in ihrem Sitz nach vorn.

Jessica gab Gas.

Zweimal am gleichen Abend wurde man bestimmt nicht angehalten.

KAPITEL 3

»Fantastischer Mohnkuchen, Susi. Herrlich locker und leicht, nicht zu süß. Genau richtig«, lobte Elfriede Grothe ihre jüngere Tochter und hob mit elegant abgespreiztem kleinen Finger ihre Kaffeetasse zum Mund, nahm einen großen Schluck und lächelte begeistert.

»Danke, Mutti«, trällerte Susanne und sah zu ihrer Schwester hinüber, »aber das Lob muss ich an Jess weitergeben. Sie hat den Kuchen gemacht.« Liebevoll legte sie Jessica ihre Hand auf den Unterarm. Die Augen ihrer Mutter schnellten zu ihrer älteren Tochter und sie nickte dieser schließlich wohlwollend zu.

»Ja, ich und Svenja haben gestern gebacken. Aber die Tischdecke, die hat Susi gebügelt. Toll, nicht? Das hätte ich niemals so gut hinbekommen.« Lauthals lachend schlug sie sich mit den Händen auf die Oberschenkel und zwinkerte ihrer kleinen Schwester zu. Jessica wusste, wie sehr es ihrer Mutter zuwider war, am Tisch und vor allem beim Essen, derart laut zu lachen. Schon lautes Sprechen war ihrer Meinung nach nicht schicklich, doch Jessica hatte das nie gestört und auch Susi stimmte jetzt in ihr Lachen mit ein. Ihr Vater Herbert allerdings tupfte sich schnell mit seiner Serviette ein paar imaginäre Kuchenkrümel von seinen Lippen und versteckte so ein viel zu breites Grinsen.

»Schön habt ihr es hier«, sagte er schließlich mit einem Blick in den kleinen Garten hinter der großen Fensterfront im Wohnzimmer. »Der Garten ist aber noch nicht fertig«, entschied er schließlich.

»Wir haben gestern aber schon Blümchen gepflanzt, Opa«, meldete sich jetzt die kleine Svenja zu Wort. Susannes Tochter rutschte vom Esszimmerstuhl, lief zu ihrem Großvater und kletterte auf seinen Schoß. »Jetzt schlafen sie aber noch«, verkündete sie und legte ihm ihre kleinen Ärmchen um den Hals. »Erst im Frühjahr kommen sie heraus …«

»Im Frühjahr oder in Australien …«, warf Jessica ein und sorgte damit wieder für ausgelassene Stimmung.

Über den Besuch ihrer Eltern freuten sich die beiden Schwestern sehr. In Hamburg hatte sich die Familie regelmäßig getroffen und Zeit miteinander verbracht. Seit ihrem Umzug vor gut vier Monaten waren sie nicht mehr zusammengekommen, was bei einer Entfernung von guten 800 Kilometern auch nicht verwunderlich war. Auch Wolfgang hatte von Anfang an zur Familie gehört, war herzlich in ihren engen Kreis mit aufgenommen worden und wurde von ihren Eltern wie ein drittes Kind geliebt. Der Verlust ihres Schwiegersohns hatte auch Elfi und Herbert Grothe schwer getroffen.

Als ehemaliger Kriminalhauptkommissar war Jessicas Vater erschüttert über den Mord an einem Kollegen. Obwohl er seit guten fünf Jahren im Ruhestand war, nahmen ihn solche Schreckensmeldungen nach wie vor unheimlich mit und er wollte über den Stand der Ermittlungen ausführlichst unterrichtet werden. Dass er, genau wie seine Tochter, keinen Hinweis auf den Mörder sehen und finden konnte, nahm ihn beinahe genauso mit wie der eigentliche Verlust seines geliebten Schwiegersohnes. Herbert Grothe war Kriminalbeamter mit Herz und Seele. Seine Beliebtheit im Revier und seine immer professionelle Arbeit machten es Jessica nicht leicht, in seine Fußstapfen zu treten. Dennoch musste sie zugeben, dass wohl vor allem der gute Name und die empfehlenden Worte ihres Vaters ihren eigenen raschen Karriereaufstieg gefördert hatten. Mit 29 Jahren bereits zur leitenden Hauptkommissarin ernannt zu werden, war selten und ungewöhnlich. Nicht wenige ihrer Kollegen beneideten sie damals, doch sie strafte alle Zweifler Lügen, indem sie genau wie ihr Vater sauber, präzise und erfolgreich arbeitete.

Ihr Vater hatte ihren Ausstieg aus dem Polizeidienst nicht gutgeheißen. Für ihn war ihre Aufgabe ein Zeichen von Schwäche und entsprach in keiner Weise seinem persönlichen Lebensmotto. Jessicas Vater war der Meinung, dass nur sehr wenige Menschen tief in ihrer Seele so gut waren, dass sie sich in ihrem Leben nicht anstrengen mussten, um auf dem rechten Weg zu bleiben. Die meisten Menschen hatten dunkle Flecken auf der Seele und mussten sich tagaus, tagein bemühen, ihre schlechte Seite zu unterdrücken, um wirklich gut zu bleiben.

Und Jessica hatte mit ihrem Ausstieg aus dem Polizeidienst einen Schritt in die falsche Richtung getan. Sie sah an den enttäuschten Augen ihres Vaters und seinem durchdringenden Blick, dass sie seiner Meinung nach den größten Fehler ihres Lebens gemacht hatte. Doch gesagt hatte er nie etwas. Rein äußerlich hatte er ohne Murren ihre Fehlentscheidung scheinbar respektiert.

»Guck mal, Opa«, plapperte Svenja weiter, die ihren Großvater durch die Terrassentür in den kleinen Garten gezogen hatte und jetzt mit ihm vor dem dunklen und leeren Beet am Gartenzaun stand, »hier schlafen die kleinen Tulpen.« Dann sah sie ihren Opa mit großen runden Kinderaugen an und lächelte ihm entgegen. »Und da hinten soll die Sandkiste für mich und Tobi stehen.« Sie deutete mit ihrem kleinen Zeigefinger an den Rand der gefliesten Terrasse und erinnerte ihren Opa an das Versprechen, das er ihr noch in Hamburg gegeben hatte.

Herbert Grothe brach in schallendes Gelächter aus. »Das hast du also nicht vergessen!«, polterte er, hob seine Enkeltochter hoch in die Luft und drückte sie dann fest an sich. »Gleich morgen gehen wir in den Baumarkt und kaufen dir und deinem Bruder die versprochene Sandkiste. Ihr müsst mir aber helfen, sie aufzubauen, okay?«

»Klar, Opa. Das machen wir.«

Klaus Vollmer verließ als einer der letzten den Baumarkt, in dem er seit mehreren Jahren arbeitete. Er zog seinen alten Lederblouson fest um seinen Körper und schloss die Druckknöpfe über seiner Brust. Der Reißverschluss war seit Langem schon kaputt, doch er hatte weder das

Geld für eine Reparatur noch konnte er sich eine neue Jacke leisten. Zu Hause warteten drei kleine Kinder und eine Ehefrau, die selbst kein Geld verdiente. Sein Ältester war letzte Woche gerade vier Jahre alt geworden und alle drei Kinder brauchten noch intensive Betreuung und kosteten jede Menge.

Doch bald würde es ihnen allen besser gehen.

Noch immer fröstelnd, stapfte Klaus Vollmer über den leeren Parkplatz zu seinem alten Ford, der am äußersten Rand parkte und das einzige Auto in diesem Bereich des großen Platzes war. Er zog seine Zigaretten aus der Jackentasche, ein Feuerzeug aus der Gesäßtasche seiner dreckigen Jeans und blieb kurz stehen, um sich eine Zigarette anzuzünden. Trotz der Flutlichtbeleuchtung war der Parkplatz um diese Uhrzeit bereits recht dunkel und umso weiter er sich vom Gebäude weg bewegte, umso schummriger wurde die Umgebung. Er parkte immer ganz am Rand und in dieser abgeschiedenen Ecke. Niemand sollte zu aufmerksam werden auf seine alte Rostlaube, die wirklich schon bessere Tage gesehen hatte, ihm aber treu und ohne Murren auch in ihrem hohen Alter noch ihren Dienst erwies. Doch bald würde er sich ein besseres Auto zulegen können. In der einen Hand seine brennende Zigarette, in der anderen seinen Autoschlüssel, ging er weiter auf den Ford zu. Er freute sich auf sein Zuhause, auf sein Sofa, das kalte Feierabendbier und das Abendessen.

Dann bemerkte er neben der Fahrertür seines Autos die dunkle Gestalt. Wie lange stand sie schon dort?

»Hallo? Kann ich Ihnen helfen?«, fragte Klaus Vollmer ohne jeglichen Argwohn und hob zusätzlich grüßend die Hand mit dem Schlüsselbund.

»Ja, das können Sie tatsächlich«, begrüßte ihn die Person an seinem Auto und hob ebenfalls zum Gruß die Hand. Die Stimme klang hohl, etwas arrogant und passte überhaupt nicht zu diesem Menschen. Sie war beinahe furchteinflößend. Bei diesen Gedanken schüttelte Klaus Vollmer lächelnd den Kopf. Natürlich würde ihm hier nichts passieren. Niemand hatte einen Grund, ihm etwas zu tun. Er sah nicht aus, als hätte er Geld und seine alte Karre war noch weniger wert als seine kaputte Jacke. Trotzdem blieb er erschrocken wie versteinert einige Meter vom Auto entfernt stehen, als er diesen Menschen eiskalt und verbittert lachen hörte.

»Ja, Sie können mir tatsächlich behilflich sein, lieber Herr Vollmer«, wiederholte die Person dieses Mal flüsternd, doch nicht, um die Nachtruhe nicht zu stören, sondern um der eigenen Stimme Dramatik und eine unterschwellige Drohung zu verleihen. Beinahe theatralisch hob die dunkle Gestalt beide Hände gen Himmel und seufzte.

Klaus Vollmer kroch die Angst fröstelnd und unaufhaltsam über seinen Rücken, seinen Nacken und direkt in sein Gehirn. Dieser Mensch, der ihm gegenüberstand, war durch und durch böse. Er konnte die Augen nicht erkennen, denn sie lagen im Schatten eines dunklen Hutes, doch der etwas schief zu einem hämischen Grinsen verzogene Mund flößte ihm Panik ein.

»Was … wie kann ich Ihnen helfen?« Er wählte die Worte mit Bedacht und hoffte, er könne mit Ruhe und Selbstbeherrschung nicht nur seine Furcht bekämpfen, sondern auch die Situation zu seinen Gunsten ändern. »Ich habe absolut nichts, was Sie interessieren könnte«, fügte er hinzu und bereute sogleich seine Aussage, denn sein Gegenüber lachte erneut, dieses Mal beinahe belustigt, doch eiskalt.

»Oh doch, Herr Vollmer. Sie haben etwas, das mir gehört, und ich lasse mir nichts wegnehmen«, sagte die Stimme ruhig und bedächtig. »Niemals würde ich so etwas zulassen. Sie sind mir im Weg, Herr Vollmer. Sie … müssen weg!«

Als Klaus Vollmer sich auf dem Absatz umdrehte und zu rennen begann, wusste er im ersten Moment noch nicht, warum er so reagierte. Sein Verstand versuchte krampfhaft, ihm Gründe für diese merkwürdige Begegnung zu geben, doch ihm fiel absolut nichts ein, das ihm derartige Reaktionen verständlich machen konnte. Seine Flucht war eine absolut instinktive Handlung und auch diese Reaktion vermochte er nicht zu deuten. Bereits wenige Schritte später hallte die hämische Lache seines Angreifers erneut in sein Ohr und würde ihn verfolgen, bis er wieder nahe genug am Gebäude des Baumarktes und damit in Sicherheit und im Licht war. Schall war schneller, als er jemals würde laufen können, doch auch dieser gottverlassenen Stimme versuchte er zu entkommen und rannte jetzt noch schneller. Dann plötzlich dröhnte die Luft um ihn herum donnernd und brüllend und übertönte alles andere. Alle Lichter um ihn herum erloschen schlagartig und er hatte plötzlich das Gefühl zu fliegen, abzuheben und endlich frei von jeder Angst zu sein. Danke, er war gerettet.

Trotz der zwei Personen mehr im Haus verliefen die nächsten Tage ruhig und entspannt. Das lag vor allem daran, dass Susanne ihre Eltern, so oft es nur ging, zu Ausflügen mit den Kindern überredete und die Nachmittage deshalb immer still und friedlich waren. Jessica verbrachte diese freien Momente meist auf dem Sofa vor dem Fernseher. Im Gegensatz zu ihrer Schwester hatte sie für den Besuch ihrer Eltern keinen Urlaub genommen. Sie war noch in der Probezeit und durfte um freie Tage noch nicht bitten, wenn sie ihren Job behalten wollte.

Heute verbrachte die Groth'sche Familie den Nachmittag im Augsburger Zoo. Alle fünf waren, gleich nachdem Svenja aus der Schule kam, losgefahren und würden vermutlich erst gegen Abend wieder in Kempten sein. Jessicas Schicht begann bereits um 19 Uhr und sie glaubte nicht, dass sie ihre Schwester und den Rest heute noch sehen würde. Sie liebte ihre Nichte und ihren Neffen sehr, doch es war ausnahmsweise auch einmal schön, keine kleinen Kinder um sich herumwuseln zu haben. Solche Momente waren selten genug, also genoss Jessica die vermutlich letzten warmen Sonnenstrahlen des Oktobers, warm eingepackt in eine Wolldecke, auf einem Liegestuhl auf der winzigen Terrasse. Ihr Vater hatte am Samstag im Baumarkt nicht nur die Sandkiste für seine Enkelkinder gekauft, sondern seinen beiden Töchtern zum Einzug gleich noch zwei teure Holzliegen spendiert, zwei wunderbare Teile ganz ausgezeichneter Qualität. Wenn Herbert Grothe etwas kaufte, dann musste es gut sein und sehr lange halten. Jedenfalls war Jessica mehr als dankbar für dieses herrliche Geschenk. Wenn es nach ihr ginge, würde sie jede freie Minute im Freien verbringen, egal in welcher Jahreszeit und bei welchem Wetter.

Gerade hatte sie sich eine Tasse heißen Kakao aus der Küche geholt, ihn auf das kleine Tischchen gestellt, das eigentlich neben das Sofa im Wohnzimmer gehörte, und sich wieder auf die Liege gelegt, als es an der Tür läutete. Genervt warf sie die Wolldecke beiseite, erhob sich erneut von der Liege und betrat das Wohnzimmer durch die Terrassentür. Dann ging sie am Esstisch vorbei und schritt durch den kleinen Flur. Vor der mattierten Glasscheibe der Haustür konnte sie zwei dunkle Umrisse erkennen. Vermutlich waren das irgendwelche unangenehmen Vertreter von Staubsaugern oder merkwürdigen Glaubensformen, die ihr gleich mit Dreck auf dem Fußboden oder Blödsinn aus den verdrehten Gehirnen auf die Nerven gehen würden. Solchen Leuten musste man sofort zeigen, dass sie nicht willkommen waren. Also setzte Jessica eine betont ärgerliche Miene auf und öffnete die Tür.

»Da stehen zwei Namen an der Tür, Chef«, stellte der junge Beamte fest, als er die Haustür noch vor seinem Vorgesetzten erreichte und den Klingelknopf betätigte. Er verschränkte die Arme hinter seinem Rücken und baute sich neben dem Briefkasten auf. Hätte er nicht so zappelig und nervös sein Gewicht immer wieder von dem einen auf den anderen Fuß verlagert, dann wäre seine Körperhaltung beinahe majestätisch gewesen. Kommissar Berthold Willig war groß und schlaksig, überragte seinen Kollegen um einen ganzen Kopf und machte seinem Namen alle Ehre. Er war willig bemüht, aber bisher konnte Hauptkommissar Florian Forster noch keine außergewöhnlichen Talente an seinem Untergebenen feststellen. Er schien loyal und ehrlich zu sein, aber auch tollpatschig und scheinbar wenig intelligent. Florian Forster war es ein Rätsel, warum der Junge unbedingt zur Kriminalpolizei wollte, doch er behielt seine Meinung für sich.

»Hauptsache ist, der Name ›Reuter‹ steht auf dem Klingelschild«, sagte er sarkastisch. »Sonst stehen wir vorm falschen Haus!«

»Ja«, bestätigte Berthold Willig und beugte seinen Oberkörper weit hinab, um das Schild neben der Tür noch einmal ganz aus der Nähe zu betrachten, nickte dann und wiederholte seine Aussage. »Ja, Chef. Wir sind richtig. Hier wohnt aber auch noch ein Herr oder eine Frau Grothe.«

»Nicht ›Chef‹, Berthold. Wir hatten uns doch geeinigt, uns zu duzen.« Hauptkommissar Forster setzte ein charmantes Lächeln auf und sah zu seinem Kollegen auf. Auch daran würde er sich gewöhnen müssen. Sein vorheriger Kollege und Partner war mit ihm wenigstens auf Augenhöhe. Dabei war er selbst nicht einmal klein. Mit seinen eins neunundachtzig überragte er einige seiner Kollegen, seinen neuen Partner schätzte er auf zwei Meter zehn.

Die Haustür vor ihm wurde mit Schwung aufgerissen und Berthold Willig zuckte erschrocken zusammen. Die Dame, die sich im Eingang vor ihnen aufbaute, starrte sie beinahe böse an und presste ihre Lippen fest aufeinander. Als sie jedoch die Uniformen bemerkte, veränderte sich ihr Gesichtsausdruck merklich und wirkte jetzt überrascht.

»Ja?«, fragte sie und zog eine Augenbraue nach oben, hielt aber nach wie vor die Tür fest und ließ keinen Blick in die Wohnung zu.

Gerade als Hauptkommissar Florian Forster den Mund öffnete, um sich vorzustellen, fiel ihm sein Kollege Willig ins nicht ausgesprochene Wort.

»Guten Tag, verehrte Frau Reuter. Wir sind von der Polizei. Kriminalpolizei Kempten. Hier.« Er zog seinen Dienstausweis hervor und hielt ihn der Dame so dicht vors Gesicht, dass diese einen Schritt zurückwich und wieder ärgerlich schaute. »Mein Name ist Kommissar Willig und das hier ist mein Kollege …«

»Hauptkommissar Forster«, meldete sich jetzt der leitende Kommissar selbst zu Wort. »Dürfen wir kurz reinkommen, Frau Reuter? Wir hätten da einige Fragen an

Sie.« Ohne eine Antwort abzuwarten, trat er auf die Tür zu und die Dame ließ ihn widerstandslos passieren. Berthold Willig folgte ihm auf dem Fuße.

»Schön, dass Sie den Weg in unser Haus so problemlos alleine finden, Herr Hauptkommissar«, hörte Florian Forster die Dame kühl und leicht überheblich sagen, als er den Flur hinter sich gelassen hatte und jetzt im Wohnzimmer stehen blieb. »Mein Name ist übrigens Grothe. Meine Schwester, Frau Reuter, ist nicht im Hause. Vielleicht kann ich Ihnen weiterhelfen?«

Ihr letzter Satz war nicht wirklich eine Frage, sondern eine Aufforderung, ihr zu erklären, aus welchem Grund sie überhaupt da waren. Hauptkommissar Forster lächelte zaghaft, setzte dann wieder sein charmantes Grinsen auf und drehte sich zu Frau Grothe um.

»Vermutlich können auch Sie uns die nötigen Auskünfte geben«, teilte er ihr mit und nahm unaufgefordert Platz auf einem der Stühle am Esstisch im Wohnzimmer. Etwas verlegen stellte sich Berthold Willig neben ihn.

»Nehmen Sie doch bitte Platz, meine Herren.« Sarkasmus schwang in ihrer Stimme mit und beinahe theatralisch deutete sie auf zwei Stühle gegenüber von Florian Forster. »Kann ich Ihnen etwas zu trinken anbieten? Tee? Kaffee? Ein Glas Wasser?« Fragend hob sie die Augenbrauen, doch in ihrem Blick sah Hauptkommissar Forster Argwohn und Misstrauen.

»Gern. Zwei Glas Wasser, bitte«, bestellte der Beamte, zog demonstrativ den Stuhl neben sich unter dem Tisch hervor und deutete seinem Kollegen an, sich zu setzen.

Wütend stampfte Jessica in die Küche, riss den Vitrinenschrank über der Kaffeemaschine auf und holte zwei Gläser heraus. Dann griff sie nach der Wasserflasche neben dem Kühlschrank und transportierte alles zurück an den Esszimmertisch. Höflich lächelnd platzierte sie die Gläser und die Flasche vor den beiden Beamten. Dann setzte sie sich selbst den Beamten gegenüber.

»Und was verschafft mir jetzt die Ehre Ihres plötzlichen Besuches? Habe ich falsch geparkt?«, fragte sie süffisant lächelnd, doch konnte sie ihren Ärger trotz allem nicht gänzlich unterdrücken.

Hauptkommissar Forster ließ sich sehr viel Zeit, griff beinahe im Zeitlupentempo nach der Flasche und schenkte sich und seinem Kollegen ein. Dann sah er Jessica lange und durchdringend an, doch Jessica hielt seinem Blick stand.

»Neigen Sie denn dazu, falsch zu parken?«, fragte er schließlich belustigt und nahm einen großen Schluck aus dem Glas, ohne Jessica aus den Augen zu lassen.

Jessica sparte sich die Antwort.

»Warum sind Sie also hier, Herr Hauptkommissar?« Sie lehnte sich lässig auf ihrem Stuhl zurück und verschränkte die Arme vor der Brust.

»Es geht um den Mord auf dem Parkplatz des Baumarktes am letzten Samstag«, erklärte der Beamte und verfiel plötzlich in einen sachlichen, professionellen Verhörton. »Sie haben sicher davon gehört?« Als Jessica nickte, zog er ein kleines Notizbuch aus seiner Brusttasche, schlug es auf und fuhr fort.

»Der Ermordete hieß Klaus Vollmer. Sagt Ihnen der Name etwas? Kennen Sie ihn?« Florian Forster schaute jetzt wieder von seinen Notizen auf und starrte Jessica unverwandt an.

»Nein, tut mir leid«, gab sie kopfschüttelnd zur Antwort. »Aber würden Sie mir bitte erklären, warum Sie ausgerechnet mich dazu befragen?« Dann fiel ihr ein, dass die Beamten ursprünglich nach Susanne gefragt hatten, und sie fügte hinzu: »Und was wollen Sie diesbezüglich von meiner Schwester? Wir haben den Mann schließlich nicht umgebracht.« Wieder schüttelte sie den Kopf, doch dieses Mal mehr aus Fassungslosigkeit.

»Davon gehen wir auch gar nicht aus«, wehrte Hauptkommissar Forster ab und hob beruhigend die rechte Hand. Es sah beinahe so aus, als würde er Jessica auffordern, stehen zu bleiben und nicht näher zu kommen.

»Und? Was wollen Sie dann hier? Haben Sie festgestellt, dass wir an diesem Tag in genau diesem Baumarkt eingekauft haben, und überprüfen Sie jetzt alle Kunden?« Wieder schwang Sarkasmus in ihrer Stimme mit und sie konnte es nicht verhindern. Sie war wütend und verstand die Zusammenhänge nicht. Was hatte das alles hier mit professioneller Polizeiarbeit zu tun?

»Das ist ja interessant«, stellte Herr Forster sachlich fest, doch konnte Jessica den Schalk in den Augen des Beamten aufblitzen sehen. »Sie geben also freiwillig zu, dass Sie am Tatort waren.« Noch bevor Jessica wütend aufbrausen konnte, winkte er erneut ab, verwies sie mit seiner erhobenen Hand in ihre Schranken und grinste breit und überheblich.

»Keine Panik, Frau Grothe. Das war nur ein Scherz«, erklärte er und schaute wieder in das kleine lederne Notizbuch. »Sagen Ihnen die Buchstaben ›LLFS‹ etwas, Frau Grothe?«

Jessica seufzte tief und eindeutig genervt. »Nein«, blaffte sie den Beamten wütend an. »Und ich möchte jetzt auf der Stelle wissen, was Sie von mir … was Sie von meiner Schwester wollen.« Um die Nachdrücklichkeit ihrer Worte zu unterstreichen, presste sie die Spitze ihres Zeigefingers auf die Tischplatte und den Mund fest zusammen.

»Wir haben festgestellt«, begann der Hauptkommissar schließlich, »dass es eine Verbindung des Opfers zu Ihnen und Ihrer Schwester gibt. Diesem Sachverhalt gehen wir nach. Was würden Sie also hinter den Buchstaben …«, er beugte sich wieder über sein Notizbuch und las ab, »›LLFS‹ vermuten?«

»Keine Ahnung, vielleicht eine Partydroge, vielleicht eine Abkürzung für … für … Lothar Lommel Fahr-Schule? Woher soll ich das denn wissen? Ich dachte, dafür würde man Sie bezahlen?«

»Deshalb sitze ich hier. Wir haben diese ›Abkürzung‹, oder was immer es ist, neben der Telefonnummer Ihrer Schwester gefunden. Sie war im Handy des Opfers gespeichert. Und die internen Ermittlungen haben ergeben, dass mehrmals Gespräche von diesem Handy an eben diese Nummer geführt wurden«, erklärte Florian Forster, legte sein Notizbuch auf den Esstisch und schob es zu Jessica hinüber. »Ist das die Telefonnummer Ihrer Schwester?«

Jessica schaute auf die etwas krakeligen Aufzeichnungen und fand schließlich die besagte Telefonnummer. Ungläubig schaute sie auf die zehn Ziffern. Dann nickte sie zögernd.

»Ja«, bestätigte sie schließlich. »Diese Telefonnummer gehörte zu dem Anschluss Wolfgang und Susanne Reuter in Hamburg. Und auch ich war unter dieser Nummer gemeldet, denn ich habe im selben Haus gewohnt.« Sie machte eine Pause und versuchte, ihre Gedanken zu ordnen. Der Hauptkommissar unterbrach sie nicht.

»Wieso hatte das Mordopfer unsere Nummer in seinem Handy gespeichert? Und was bedeuten die Buchstaben vor der Telefonnummer? Wenn er diese Nummer benutzt hat, dann müssten wir diese Person doch kennen. Hat er schon immer in Kempten gewohnt? War er einmal in Hamburg zu Besuch? Wo hat er gearbeitet?« Jessica fühlte sich plötzlich ganz in ihrem Element. Der Fall interessierte sie brennend und sie wollte Antworten auf all diese Fragen, wollte die Verbindung verstehen, die angeblich zwischen ihrer Familie und dem Opfer bestand.

»Führen Sie jetzt die Ermittlungen, Frau Grothe?«, fragte der Hauptkommissar belustigt, schnappte sich sein Notizbuch vom Tisch und verstaute es in seiner Jacke. »Das überlassen Sie mal lieber den Profis.«

Jessicas Handy klingelte und verhinderte somit die abfällige Bemerkung, die ihr auf der Zunge lag. Sie entschuldigte sich, stand auf und lief in den Flur zu ihrem Mantel, in dem ihr Handy steckte.

»Hallo?«, meldete sie sich ganz neutral, denn auf dem Display erschien keine Nummer. Der Anrufer war ihr also vermutlich nicht bekannt, und Jessica wollte unbekannten Anrufern nicht auch gleich ihren Namen verraten.

»Ich bin's.« Eine Männerstimme meldete sich leise aus dem Telefon. Im Hintergrund rauschte es laut.

»Wer ist ›ich bin's‹?«, fragte Jessica und spürte bereits wieder, wie Wut in ihr aufkochte. Dieser Tag, der eigentlich ruhig und besinnlich sein sollte, hatte eine Wendung genommen, die ihr gar nicht gefiel. Und weil sie nichts an ihrer Situation bessern konnte, war sie einfach nur genervt und ungnädig.

»Martin Hansen«, gab der Mann an und Jessica erkannte ihn sofort. »Hallo, Jess. Du wunderst dich sicher, dass ich anrufe.«

Der beste Freund ihres verstorbenen Schwagers Wolfgang war immer ein gern gesehener Gast auf jeder Familienfeier, jeder Party und jedem Sofa-Fernsehguck-Wochenende gewesen. Er gehörte beinahe schon zum Inventar der Wohnung. Doch seit dem Tod von Wolfgang hatte er sich nicht mehr bei den beiden Schwestern gemeldet. Bei der Beerdigung hatten sie ihn das letzte Mal gesehen. Jessica verstand damals sogar die Distanz, die er aufbaute. Martin Hansen fühlte sich genauso schuldig am Tod seines Freundes wie auch Jessica sich schuldig fühlte, den Mord nicht aufklären zu können. Außerdem war er schließlich hauptsächlich Wolfgangs Freund gewesen und nicht ihrer oder der ihrer Schwester. Doch warum meldete er sich ausgerechnet jetzt?

»Martin? Das ist aber jetzt eine Überraschung«, staunte sie deshalb wirklich überrascht. »Was gibt es? Wie geht es dir denn? Du hast dich lange nicht gemeldet.« Doch es war kein Vorwurf in ihren Worten. Sie freute sich wirklich, seine Stimme zu hören.

»Stimmt. Tut mir auch leid«, stammelte er und seine leise Stimme übertönte kaum das laute Rauschen im Hintergrund.

»Sitzt du im Auto?«, fragte Jessica, schaute sich dann aber beinahe ertappt zu den beiden Beamten um, die immer noch an ihrem Esstisch saßen.

»Nee … ja, schon. Aber ich stehe auf einem Rastplatz an der Autobahn. Ganz schön laut hier«, bestätigte Martin, der ihre Frage richtig gedeutet hatte.

»Ach, du stehst auf dem Rastplatz«, wiederholte Jessica betont laut und deutlich und grinste dann in Richtung Wohnzimmer. Hauptkommissar Forster grinste zurück, Kommissar Willig nickte anerkennend.

»Ja«, sagte Martin Hansen und sprach seinerseits jetzt auch etwas lauter. Er vermutete wohl eine schlechte Verbindung, weil Jessica beim Sprechen beinahe schrie. »Ich bin auf dem Weg nach Kempten ... also eigentlich nach Österreich. Ähm, ich dachte, wir könnten uns sehen und ich mache hier einfach eine Nacht Pause.«

»Suchst du einen Platz zum Schlafen? Du weißt, du bist bei uns jederzeit willkommen«, verkündete Jessica fröhlich und freute sich bereits jetzt auf ein Wiedersehen mit Martin.

»Nee, danke«, gab ihr ehemaliger Kollege zurück. »Ich hab mich schon um eine Pension bemüht. Danke trotzdem für dein Angebot. Hast du heute Abend Zeit?«

Verwundert starrte Jessica auf den großen Garderobenspiegel im Flur. Dieser Besuch war also geplant und keine spontane Entscheidung, wie sie erst vermutet hatte. Doch vorerst würde sie sich auf ein Treffen einlassen. Martin würde schon mit der Sprache rausrücken, wenn sie ihm erst einmal gegenübersaß.

»Komm heute Abend doch in den ›Feuertempel‹ in der Innenstadt. Ich arbeite dort, finde aber sicher ein paar Minuten, um mit dir zu quatschen. Im Anschluss können wir dann ja noch woanders hingehen, wenn du magst«, schlug sie vor, beendete dann nach wenigen weiteren Sätzen das Gespräch und ging zurück zu den beiden Beamten an ihrem Esstisch.

»Vielleicht war dieser Herr Vollmer, der Ermordete, ein Bekannter meines verstorbenen Schwagers«, sinnierte Jessica nachdenklich und ließ sich auf ihrem alten Platz am Esstisch nieder. Die Sache war äußerst mysteriös und warf so viele Fragen auf. »Wie viele Gespräche wurden denn mit der Hamburger Nummer geführt? Und vor allem ...

wann und wie lange wurde telefoniert?« Fragend sah Jessica erst Herrn Forster, dann Herrn Willig an.

»Meine liebe Frau Grothe«, erklärte Hauptkommissar Forster mit einem weisen und überheblichen Lächeln auf seinen Lippen. »Sie können sicher ganz wunderbar Bestellungen aufnehmen und ganz ausgezeichnet bedienen«, sagte er arrogant. »Mein Kollege und ich konnten uns von letzterem höchst persönlich überzeugen. Doch bitte, versuchen Sie nicht, sich Gedanken über etwas zu machen, von dem Sie überhaupt keine Ahnung haben.« Der Beamte erhob sich gemächlich vom Stuhl und sein Kollege Willig tat es ihm eifrig und ein wenig hektisch gleich.

»Machen Sie Ihre Arbeit und wir unsere, okay?«

Jessicas Blicke waren unerbittlich und wütend, doch sie schwieg und blieb sitzen.

»Ich erwarte Ihre Schwester morgen um 10 Uhr auf der Wache«, bestimmte der Hauptkommissar ernst und Jessica vermutete, dass er selten keinen Erfolg mit diesen Befehlen hatte. Er wirkte in diesem Moment respekteinflößend und stark. »Ich werde auch Frau Reuter zu der Telefonnummer befragen müssen. »Als Jessica immer noch keine Reaktion zeigte, lächelte Florian Forster wieder überheblich.

»Ich finde auch allein hinaus, bleiben Sie ruhig sitzen, Frau Grothe. Vielen Dank für Ihre Mühen und das Gespräch.«

Mit diesen Worten verschwand er durch die Haustür, ohne sich noch einmal umzudrehen, und nahm seinen Kollegen mit, der wie sein Schatten an ihm klebte.

KAPITEL 4

Die kühle Oktoberluft und der leichte Nebel, der über den Wiesen aufstieg, tauchte die Landschaft in eine beruhigende Herbstidylle. Jessica Grothe lief entspannt, doch mit großen kräftigen Schritten am Ufer des Bachtelweihers entlang und genoss die Ruhe ebenso wie den leichten Nieselregen, der ihr ins Gesicht wehte und ihre aufgeheizte Haut etwas abkühlte. Beim Joggen im Freien konnte sie am allerbesten nachdenken. Das war schon immer so. Noch als Schülerin hatte sie mit diesem Sport begonnen und besonders vor schwierigen Klassenarbeiten hatte ihr die Muskelanstrengung und die frische Luft Entspannung und Energie gebracht. Nach dem ereignisreichen gestrigen Tag und dem Treffen mit Martin in der Kneipe konnte sie in der Nacht kaum schlafen, also hatte sie sich gleich, als es draußen wieder hell wurde, ihre Laufschuhe übergezogen und hatte das Haus noch vor den Kindern, und noch bevor ihre Eltern wach wurden, verlassen. Jetzt lief sie bereits seit eineinhalb Stunden und war auf dem Heimweg.

Es war schön gewesen, ihren ehemaligen Hamburger Kollegen Martin Hansen wiederzusehen. Er war auf der Durchreise nach Österreich gewesen, wo er seinen Urlaub bei den Schwiegereltern seiner Arbeitskollegin Renate verbringen wollte, und hatte sich kurzfristig entschieden, Jessica zu besuchen. Es fiel ihm anfangs unheimlich schwer, sein schlechtes Gewissen zu verbergen, und Jessica wusste nur zu genau, wie er sich fühlte. Auch sie hatte nach Wolfgangs Tod in Hamburg alle Kontakte abgebrochen und selbst gute Freunde nicht mehr an sich herangelassen. Jeder, der Wolfgang näher gekannt hatte, trug sein Päckchen und musste sehen, wie er mit diesem Verlust klarkam und ohne Wolfgang weiterleben konnte. Martin hatte Jessica berichtet, dass es nach wie vor noch keine weiteren wichtigen Erkenntnisse im Mordfall Reuter gab und die Ermittlungen immer träger verliefen. Die Polizei konzentrierte sich wieder mehr auf aktuelle Kriminalfälle und Wolfgangs Fall würde wohl als ungelöst in die Geschichte eingehen und in den unzähligen Akten im Keller der Dienststelle verschwinden.

Wie von allein liefen Jessicas Beine, und das dumpfe Trampeln ihrer Füße auf dem befestigten Schotterweg, der um den See herumführte, war neben dem leichten Sausen des Windes das einzige Geräusch um sie herum. Gleich würde sie wieder ein Stück an der Straße entlanglaufen müssen, dann ein kurzes Stück durch ein Wohngebiet und in weniger als 10 Minuten würde sie wieder zu Hause sein.

Der Besuch der zwei Beamten vom Vortag war ein weiteres Mysterium, mit dem sich Jessica während ihrer Joggingrunde beschäftigte. Nach wie vor war es ihr ein absolutes Rätsel, warum dieser ihr völlig unbekannte Mann, der so kaltblütig am letzten Samstag auf dem Baumarktparkplatz erschossen wurde, ausgerechnet ihre Hamburger Telefonnummer in seinem Handy gespeichert hatte. In der Montagsausgabe der Regionalzeitung war sogar ein Foto von diesem Herrn Vollmer abgebildet worden. Dieser Mensch war Jessica gänzlich unbekannt. Vielleicht konnte ihre Schwester heute auf dem Revier Licht in das Dunkel bringen. Vielleicht war es auch nur ein dummer Zufall. Auch die Telefonverbindungen in Wolfgangs Handy und die seines Festnetzanschlusses waren im letzten Jahr überprüft worden. Jessica musste, obwohl es ihr gänzlich widerstrebte, auch kurzzeitig wegen eventuellen Korruptionsverdachts ermitteln, doch wie Jessica bereits vermutete, bestätigte sich dieser Verdacht nicht. Ihr Schwager hatte absolut keine ungewöhnlichen Verbindungen aufrechterhalten. Auch Anrufe nach Süddeutschland hatte er in den letzten zwei Jahren seines Lebens nicht geführt. Die Beamten, die speziell für die Überprüfung der Telefondaten abgestellt worden waren, hatten keine derartigen Unregelmäßigkeiten oder unerklärlichen Fernverbindungen festgestellt. Hauptwachtmeister Reuter blieb auch nach seinem Tod ein angesehener und korrekter Beamter, der niemandem etwas schuldig geblieben war.

Wenige Minuten später joggte Jessica über die kleine Rasenfläche vor dem Endreihenhaus, bog um den großen Lorbeerbusch und verlangsamte ihr Tempo erst kurz vor der Kelleraußentreppe. Sie stieg die Stufen hinunter, schloss die schwere Metalltür auf und trat in den Kellergang und in das rechts angrenzende Badezimmer.

Als sie um Punkt 10 Uhr frisch geduscht und dick eingepackt in ihren alten grünen Frotteebademantel das Wohnzimmer betrat, traf sie nur auf ihren Vater. Er saß auf dem beigen Ledersofa, die Beine lässig übereinandergeschlagen und Kopf und Oberkörper hinter einer Zeitung verborgen.

»Guten Morgen, Jessica«, dröhnte sein tiefer Bass hinter der Tageszeitung hervor. »Dein Frühstück steht noch auf dem Tisch. Warst du Laufen?« Er klappte umständlich die viel zu große Zeitung zusammen und kam herüber, um sich gemeinsam mit seiner Tochter an den Esstisch zu setzen.

»Guten Morgen, Paps.« Jessica gab ihrem Vater einen Kuss auf die Wange. »Laufen beruhigt mich«, sagte sie nur, setzte sich und griff nach der Thermoskanne mit dem heißen Wasser. »Möchtest du auch noch einen Tee?«

»Gern.« Ohne Jessica aus den Augen zu lassen, schob er ihr eine leere Tasse entgegen und stützte dann seine Ellenbogen auf den Tisch und sein Gesicht in seine Hände. »Deine Mutter ist mit deiner Schwester zu diesem Hauptkommissar Forster gefahren, um ihre Aussage zu machen. Sie gehen im Anschluss noch durch die Stadt ein wenig Bummeln«, erklärte Herbert Grothe seiner Tochter, als diese sich fragend im Wohnzimmer umsah. Jessica lächelte. Ihr Vater hatte die erschreckend fantastische Gabe, Gedanken zu lesen. Zumindest hatte man als sein Gesprächspartner oft dieses Gefühl. Dabei besaß er einzig und allein eine ausgezeichnete Menschenkenntnis und das Talent, Gesten richtig zu deuten.

»Worum geht es denn eigentlich?«, fragte er schließlich, griff nach dem kleinen silbernen Löffel neben seiner Tasse und rührte fast gedankenverloren in dem heißen Teewasser herum. Der Faden des Teebeutels in seiner Tasse wickelte sich dabei immer mehr um den kreisenden Löffel, doch Herbert Grothe störte sich nicht daran.

Jessica berichtete ausführlich von den wenigen Erkenntnissen zu dem Baumarktmord, als würde sie wie in alten Zeiten einen eigenen Fall mit ihrem Vater besprechen und auf seinen Rat oder eine zündende Idee hoffen. Doch mit ihren schwammigen und ungenauen Angaben konnte auch der Hauptkommissar A. D. nichts anfangen.

»Scheint ein interessanter Fall zu sein«, grübelte Jessicas Vater mehr für sich. »Und wenn die Beamten solchen Kleinsthinweisen wie Telefonnummern im Handy nachgehen, dann haben sie vermutlich nicht gerade viele Hinweise am Tatort gefunden. Vielleicht erfahren die anderen später mehr.« Mit den »anderen« meinte er seine jüngere Tochter Susanne und seine Frau. Auch Jessica brannte bereits gespannt darauf, mehr zu erfahren. Vielleicht war dieser Hauptkommissar Forster bei ihrer Schwester etwas zugänglicher und rückte endlich mit mehr Informationen heraus. Gestern noch hatte sich Jessica ganz fürchterlich über diesen arroganten Schnösel von Kriminalbeamten geärgert. Der glaubte doch tatsächlich, er wäre etwas Besseres und er könne sie behandeln, wie es ihm beliebte. Doch jetzt schmunzelte sie beinahe über dieses steinzeitlich männliche Verhalten ihres Allgäuer Kollegen. Immerhin hatte er mit seiner überheblichen Art genau das erreicht, was er erreichen wollte, und dabei nur die nötigsten Informationen preisgegeben. Er war zwar unausstehlich, aber scheinbar wirklich ein Profi.

Dem geballten mädchenhaft schüchternen Charme ihrer Schwester allerdings würde er kaum etwas entgegenzusetzen haben. Soweit sich Jessica erinnerte, gelang es ihrer Schwester bisher immer mühelos, jeden Mann in ihren Bann zu ziehen, um den Finger zu wickeln und schließlich mit dieser komplett gegensätzlichen Vorgehensweise genau wie Florian Forster alle Informationen zu bekommen, die sie haben wollte.

»Susi macht das schon«, bestimmte Jessica schließlich und zwinkerte ihrem Vater wissend zu. Herbert Grothe brach in schallendes Gelächter aus.

Während der wenigen letzten Tage des Besuches ihrer Eltern war der Mordfall immer noch Hauptgesprächsthema und wurde erst ad acta gelegt, als Elfriede Grothe wütend mit der Faust auf den Tisch schlug und verkündete, dass sie von dieser Sache jetzt wirklich genug hätte. Natürlich schlug sie nur verbal und auch das sehr gesittet, denn Elfriede Grothe widerstrebte jede Art von Kontrollverlust gänzlich, sodass lediglich ihre Augen sich zu schmalen

Schlitzen verengten und ihre Worte streng, aber gewählt und bedächtig klangen. Und Jessicas Mutter hatte recht. Weitere Ermittlungen hatten ergeben, dass im Handy des Mordopfers die Rufnummernunterdrückung eingeschaltet war und niemals vom Festnetzanschluss der Familie Reuter ein Gespräch zu diesem Mobiltelefon getätigt wurde. Es gab also offensichtlich keine Verbindung ihrer Familie zu diesem armen Herrn Vollmer.

Wie Jessica bereits vermutet hatte, war ihre Schwester Susanne nach ihrem Termin im Polizeirevier mit einigen neuen Erkenntnissen zur Sachlage nach Hause gekommen und hatte gänzlich Freude daran gehabt, Jessica und ihren Vater mit den neuen Informationen zu füttern.

Klaus Vollmer war demnach auf dem Weg von seiner Arbeitsstelle nach Hause gewesen. Er hatte also im Baumarkt gearbeitet, war scheinbar nicht sonderlich reich gewesen und hinterließ eine Frau und drei kleine Kinder. Einen wirklichen Grund für die Tat konnten die Beamten bisher noch nicht ausmachen. Sie vermuteten eine Eifersuchtstat, doch seine Frau hatte ein Alibi und es gab auch keine Hinweise auf eine mögliche Geliebte. Geldsorgen waren bei dieser Familie das einzig erkennbare Problem und schlossen somit auch Mord aus Habgier und einen Raubüberfall aus. Trotz der Redseligkeit des Kommissars bekam Susanne leider keine Auskünfte über mögliche Spuren am Tatort oder Informationen über den Freundes- und Bekanntenkreis des Opfers, wie sie bedauernd, doch schelmisch grinsend ihren wissenshungrigen Angehörigen mitteilte. Susanne hatte, wie nicht anders erwartet, einen hervorragenden Job gemacht, als sie all diese Informationen mit wenigen charmanten Augenaufschlägen dem Hauptkommissar aus den Rippen geleiert hatte.

Schließlich reisten ihre Eltern nach zehn Tagen wieder ab und im Reihenhaus Grothe kehrte der Alltagstrott zurück.

Susanne arbeitete wieder vormittags in der Kanzlei, die Kinder besuchten Schule und Kindergarten und Jessica verbrachte ihre Abende in der Kneipe und bediente mehr oder weniger betrunkene und mehr oder weniger sympathische Menschen, wobei das eine nicht unbedingt etwas mit dem anderen zu tun hatte.

Der Mordfall Vollmer geriet mehr und mehr in Vergessenheit und auch die regionale Presse verlor merklich das Interesse an diesem Verbrechen. Die anfänglich dramatischen Schlagzeilen wurden abgelöst von banalen Alltagsinformationen über bevorstehende Herbstbasare oder die Rede des Bürgermeisters zur Einweihung des neuen Gemeindezentrums.

In Kempten kehrte wieder Ruhe ein.

So richtig wohl fühlte sich Martin hier auf dem Bauernhof nicht. Seine Kollegin Renate hatte ihm die kleine Ferienwohnung auf dem Hof ihrer Schwiegereltern günstig vermittelt und er selbst hatte das Gefühl, er müsste unbedingt mal raus, unbedingt einmal weit weg von Hamburg Urlaub machen, so dass er dankbar das Angebot annahm. Jetzt allerdings bereute er diese Entscheidung. Die beiden älteren Verwandten von Renate belegten ihn fortwährend mit Beschlag und scheuchten ihn auf dem Hof herum, als wäre er ihr Angestellter. Vermutlich dachten sie, wenn er schon so günstig wohnte, könne er ein wenig bei der Hofarbeit helfen, um die Unmengen an Nebenkosten, die er durch seine Anwesenheit verursachte, abzuarbeiten. Das Frühstück allerdings war gut, deftig und mehr als ausreichend. Er köpfte sein Frühstücksei, das auf den Punkt genau richtig gekocht war und hervorragend schmeckte, und streute etwas Salz darauf.

Das Treffen mit Jessica vor ein paar Tagen war nett, aber mehr als unbefriedigend. Er hatte sich erhofft, ihr jetzt auf neuem Terrain etwas näher zu sein als in Hamburg unter den Augen der Familie und der Freunde, doch nach all dieser Zeit, die inzwischen verstrichen war, hatte er beinahe das Gefühl, sie wären sich fremd. Und Jessica war schön wie eh und je, hatte sich in den paar Monaten überhaupt nicht verändert, war sogar irgendwie ausgeglichener und entspannter. Der Umzug hatte den beiden Schwestern vermutlich sehr gutgetan.

Martin hatte bei seinem Treffen mit Jessica nicht erwähnt, dass er bereits seit zwei Tagen in Kempten war, bevor er sich traute, überhaupt bei ihr anzurufen. Sie sollte nicht wissen, wie sehr das schlechte Gewissen ihn plagte, wie sehr er immer noch unter dem Verlust des besten Freundes litt, und auf gar keinen Fall wollte er Susanne begegnen. Er hätte nicht gewusst, was er ihr sagen sollte. Sie hatte es schließlich am Allerschlimmsten getroffen. Sie hatte nicht nur ihren besten Freund, sondern auch ihren Partner und den Vater ihrer Kinder verloren. Es gab nichts, was er ihr Tröstendes hätte sagen können.

Er trank seinen Kaffee und die Milch aus, griff nach dem duftenden Brot mit leckerer hausgemachter Butter darauf und schob es sich in den Mund. Dann stand er auf und verließ den kleinen Frühstücksraum durch die Terrassentür nach draußen. Die klare frische Bergluft und der herrliche Blick ins Tal entschädigten ihn etwas für diese Reise, die nicht das gebracht hatte, was er sich erwünschte. Jessica war immer noch nicht seine Freundin.

Tief über die Akten gebeugt studierte Hauptkommissar Forster zum wiederholten Male die Untersuchungsergebnisse, die bislang vorlagen. Der Mordfall Vollmer entpuppte sich als ein schwieriger, undurchsichtiger Fall, der unheimlich nervte, weil es eben kaum voranging. Das Opfer schien völlig grundlos gestorben zu sein und absolut nichts, nicht einmal ein undeutlicher Fußabdruck deutete auf den Täter hin. Die Mordwaffe war nach wie vor unauffindbar, lediglich die Patronenhülse und die Kugel selbst waren sichergestellt worden, ließen aber auch keine näheren Vermutungen zu. Klaus Vollmer war mit einer einzigen Kugel im Rücken niedergestreckt worden, aus welchem Grund wusste niemand.

Jetzt, gute 14 Tage nach dem Mord, war es sehr unwahrscheinlich, den Mörder noch zu finden, doch Florian Forster wollte auf gar keinen Fall aufgeben. Gerade scheinbar unlösbare Fälle weckten sein kriminalistisches Interesse, ließen ihn fast fanatisch immer intensiver nach möglichen Motiven suchen und brachten ihm im Kreis seiner Kollegen den Spitznamen »Kampfterrier« ein, weil er sich in solche Fälle regelrecht verbiss und niemals aufgab.

Tief in Gedanken griff er nach seinem Kaffeebecher und nahm einen Schluck eiskalten Kaffee. Angewidert verzog er das Gesicht und stellte die Tasse zurück auf das einzig freie Plätzchen auf seinem überfüllten Schreibtisch. Aktenordner, Briefe, lose Zettel, seine Dienstmütze, diverse Stifte, Kaugummipackungen und ein Blumentopf mit einem komplett vertrockneten schrumpeligen Kaktus waren neben seinem Bildschirm und der Tastatur mehr oder weniger geordnet über seinen ganzen Schreibtisch verteilt. Hier im ersten Stock der Dienststelle war so gut wie kein Kundenverkehr und unumgängliche Verhöre wurden sowieso im angrenzenden Schreibzimmer oder in dem dafür vorgesehenen Verhörraum geführt. Es bestand also gar keine Veranlassung, Ordnung zu halten.

Hauptkommissar Florian Forster hasste die anfallende Büroarbeit, arbeitete viel lieber draußen und besuchte seine Verdächtigen gern zu Hause. Auch die häusliche Umgebung konnte schließlich Aufschluss über die zu befragende Person geben.

Von der Wohnsituation der beiden Schwestern aus Hamburg allerdings konnte er überhaupt keine Rückschlüsse ziehen. Aus welchem Grund hatten die beiden ein so enges Verhältnis, dass sie sogar den Wohnraum miteinander teilten, ja, noch dazu selbst in Hamburg schon immer geteilt hatten? Doch darüber brauchte er sich keine weiteren Gedanken machen, denn diese Spur hatte sich als Sackgasse herausgestellt. Nichts deutete auf eine Verbindung des Opfers zu den Schwestern oder dem verstorbenen Polizisten Reuter aus Hamburg hin, denn auch das Gespräch mit Susanne Reuter vor einer Woche hatte keine neuen Anhaltspunkte ergeben. Als er jetzt an die Unterhaltung mit der jüngeren der beiden Schwestern dachte, schüttelte er gedankenverloren seinen Kopf. Frau Reuter war eine unheimlich attraktive, sehr zierliche Frau und ihr Aussehen und ihr charmantes Auftreten hatten ihn total in ihren Bann gezogen. Normalerweise reagierte er auf Frauen ebenso sachlich und professionell wie auf jeden Mann, den er befragte, doch Susanne Reuter hatte etwas an sich, das ihn faszinierte. Im Nachhinein war er sich bewusst, dass er plappernd und offenherzig über den Fall gesprochen hatte, obwohl genau das sonst gar nicht seine Art war, und dieses Verhalten ärgerte ihn sehr. Er ließ sich ungern manipulieren, denn er zeigte nie Schwäche und verlor selten die Kontrolle über ein Gespräch oder eine Situation. Und Susanne Reuter war zwar unbestritten schön, doch weder ihr Äußeres noch ihr schüchternes und damit hilfloses Verhalten zogen ihn als Mann in irgendeiner Form an. Seine Traumfrau musste schlank, sportlich und selbstbewusst sein, ein Karrieremensch durch und durch, genau wie er, die wusste, was sie wollte, vielleicht schwer zu lenken war, aber gerade das machte doch den Reiz einer Partnerschaft aus. Er wollte diskutieren und streiten. Hauptkommissar Florian Forster brauchte eine intelligente Frau, die ihn forderte, geistig wie auch körperlich. Florian Forster brauchte keine Kellnerin!

Erschrocken über seine merkwürdigen Gedanken erstarrte der Polizeibeamte in seinem bequemen, aber durchgesessenen Bürostuhl und schaute mit leerem Blick an die bilderlose und völlig nackte Wand ihm gegenüber. Dann grinste er breit. Ja, die andere Schwester wäre eher sein Fall als diese Susanne Reuter. Jessica Grothe war genau die Art von »Sparringpartnerin«, die seinem männlichen Ego Futter geben würde und ihm persönlich jede Menge Spaß. Leider schien sie nicht besonders viel Wert auf ihren beruflichen Erfolg zu legen. Sie war finanziell abhängig von ihrer jüngeren Schwester und spielte lieber das Kindermädchen, als sich beruflich weiterzuentwickeln. Schade, aber diese Tatsache ließ sie gänzlich an Attraktivität verlieren.

»Guten Morgen, Chef ... äh, Florian«, begrüßte Kommissar Willig seinen Vorgesetzten und betrat ohne anzuklopfen das kleine Büro am Ende des Ganges. »Die Unterlagen aus Hamburg sind endlich gekommen. Ich habe sie gleich mitgebracht.«

Gespannt nahm Florian Forster seinem Kollegen den dünnen grünen Pappordner mit den lang erwarteten Untersuchungsergebnissen vom Mordfall Reuter ab, lehnte sich in seinem Stuhl zurück und bemerkte dann den fröhlichen Gesichtsausdruck von Berthold Willig, der, wie es seine Art war, die Hände hinter dem Rücken verschränkt hatte und beinahe lustig wippend sein Gewicht vom einen auf den anderen Fuß verlagerte.

»Was grinst du denn so, Berthold?«, fragte Florian leicht amüsiert und legte demonstrativ den Ordner beiseite, um seinem Kollegen seine volle Aufmerksamkeit zu widmen.

»Ich habe schon in die Akten gesehen«, verkündete Berthold und wurde gleich noch ein bisschen größer, als er seinen Rücken durchstreckte und sein Kinn etwas nach vorn schob.

»Und?«, fragte Florian neugierig. »Ist unser Fall jetzt gelöst?«

»Nee, Chef. Das nicht.« Berthold Willig warf mit einem Kopfrucken sein etwas zu lang geratenes braunes Haar zurück und biss sich belustigt auf die Unterlippe.

»Und?«, fragte der Hauptkommissar erneut, diesmal schon leicht ungeduldig.

»Wer hätte das gedacht«, triumphierte Berthold Willig. »Die leitende Hauptkommissarin in Hamburg, die damals den Mordfall Reuter bearbeitet hatte, heißt Jessica Grothe.«

KAPITEL 5

Vor 20 Jahren in einer idyllischen Hamburger Nebenstraße vor einem imposanten Einfamilienhaus im schicken Vorgarten ...

Der kleine Junge mit dem dunkelblonden Haar und den auffallend leuchtend grünen Augen kniete im nassen Gras und weinte. Die eiskalte Feuchtigkeit drang durch seine neue hellbraune Cordhose und er spürte die beinahe frostige Kälte an seinen Knien und Schienbeinen, doch er konnte jetzt nicht aufstehen. Leise schluchzend wiegte er seinen Oberkörper mechanisch vor und zurück. Von weitem sah es aus, als würde er beten und dazu monoton ein fast stummes Lied summen, doch seine Bewegungen waren nicht weich und fließend, sondern hektisch und schnell. In seinen Armen hielt er etwas Weiches. Weißes struppiges Fell quoll oben und unten über seine fest vor den Bauch gepressten dünnen Ärmchen. Schlaff und leblos lag der kleine Hund auf seinem Schoß und all das fröhliche Bellen und wilde Herumgetobe waren mit diesem winzigen Körper gestorben.

Er hatte aufgepasst. Niemals hatte er seinen Freund aus den Augen gelassen oder ihn allein im Garten spielen lassen. Jetzt war er tot.

Zärtlich streichelte er seinem Liebling den Kopf und sein Wimmern verwandelte sich schließlich wirklich in einen Singsang aus Schlaflied und Totengesang. Die winzigen Augen des quirligen Mischlings waren fest geschlossen. Der Junge hatte sie zugedrückt, weil sein Freund ihn

so angsterfüllt und gequält aus seinem toten Körper angestarrt hatte. Außerdem hatte er dem Hund den weißen
Schaum mit dem Ärmel seiner moosgrünen Jacke von den
Lefzen gewischt und den Kopf liebevoll auf seinen rechten Unterarm gebettet.

Ob es einen Hundehimmel gab? Verstohlen sah er nach
oben und erblickte eine graue Wolkendecke, aus der es
müde nieselte. Auch der Himmel weinte um den süßen
Hund.

Jetzt war niemand mehr da, der ihn mittags begrüßte,
wenn der kleine Junge aus der Schule kam. Und sein Papa
würde vielleicht sogar froh sein, wenn der alte Kläffer, wie
er ihn nannte, endlich weg war. Jeden Abend, wenn sein
Vater von der Arbeit kam, schimpfte er auf den fröhlichen Hund, der wild um seine Beine wuselte und sich auf
den letzten Spaziergang des Tages freute. Abends durfte
der kleine Junge nicht mit seinem Freund nach draußen,
weil es zu gefährlich war. Der Junge hatte keine Angst vor
der Nacht und wäre auch gegangen, aber abends musste
immer sein Vater gehen, weil er groß und stark war und
niemand ihm im Dunkeln etwas tun würde.

Wieder weinte der Junge und Tränen und Rotz tropf-
ten über sein Kinn auf das struppige Fell des Tieres. Wäre
er doch auch so stark wie sein Vater, dann wäre sein kleiner Freund jetzt noch bei ihm. Dann hätte er noch besser
auf ihn achtgeben können und vielleicht hätte sein Vater
den Hund dann doch gemocht, weil er ihm keine Arbeit
gemacht hätte. Doch der kleine Junge wusste, dass sein
Vater nicht um den Mischling weinen würde. Er hatte auch
nicht geweint, als die Mama gestorben war. Sein Gesicht
war versteinert und wütend gewesen, als er von der Beerdigung kam, zu der der Junge nicht mitgehen durfte, weil es

nicht richtig wäre. Damals hatte er sich schuldig gefühlt. Seine Mutter war gestorben, weil er nicht gut genug war, weil sie sich immer so sehr ärgern musste über ihn, weil er nie aufräumte und oft sein Gemüse nicht essen wollte. Jetzt war sie schon so lange tot, doch noch immer vermisste er sie schrecklich. Papa hatte sie schnell vergessen, war morgens wieder früh zur Arbeit gegangen und spät heimgekommen. Alles war wieder wie früher, nur Mama fehlte. Sein Vater würde auch nicht um den Hund weinen. Sein Vater weinte niemals.

An den Wochentagen war der »Feuertempel« nur wenig besucht. Manche Gäste kamen zum Abendessen oder tranken ein kleines Feierabendbier, doch nur sehr wenige blieben länger als 21 Uhr. Schließlich mussten die meisten der Gäste am folgenden Tag früh raus. Die wenigen Nachtschwärmer, die es länger in der Kneipe hielt, saßen schließlich hauptsächlich direkt an der Bar und bereiteten allerhöchstens Paula ein wenig Arbeit.

Heute allerdings hatte Paula sich krankgemeldet und der Chef persönlich bediente hinter dem Tresen. Markus Mertens war klein, etwas untersetzt und hatte sich deutlich abzeichnende Geheimratsecken in seinem dunkelbraunen Haar. Erste graue Härchen zierten seinen Kopf, doch keiner konnte sagen, ob sich die grauen Haare oder die Glatze zuerst durchsetzen würden. Ein viel zu großer und buschiger Schnauzbart unter der etwas platten Nase ließen ihn immer mürrisch und schlecht gelaunt aussehen, dabei war er eigentlich eine Frohnatur, wenn man auf seine Art von Humor stand. Er liebte abfällige Witze über Frauen, Behinderte und Ausländer, betonte dennoch immer wieder voller Inbrunst, er wäre der sozialste und liberalste Mensch, den man sich denken könnte. Jessica hielt ihn für einen Idioten und ihre Meinung dazu selbstverständlich immer zurück.

»Glück gehabt, junge Frau«, empfing Markus Mertens Jessica, als diese hinter den Tresen trat, um die Einnahmen des heutigen Tages an der Kasse abzurechnen. Der Abend hatte sich gelohnt und obwohl es erst kurz nach 21 Uhr war, passte das Trinkgeld und entschädigte sie für jeden dummen Spruch, den sie sich heute hatte anhören müssen. Im Laufe der letzten Wochen hatte Jessica gelernt, dass es hier nicht darauf ankam, immer freundlich zu lächeln und die Gäste höflich und zuvorkommend zu bedienen, sondern darauf, wie frech, kokett und lustig man auf die Kundschaft einging, um ihnen mehr Trinkgeld zu entlocken. Für den Gastraum waren heute nur Jessica und Eva eingeteilt. Ihre Kollegin Eva bediente nach wie vor zwei Tische mit Gästen direkt am großen Panoramafenster, das den Blick in die Fußgängerzone und Einkaufsstraße von Kempten freigab. Boutiquen reihten sich hier an Blumenläden, Imbisse und Kneipen. Um diese Uhrzeit allerdings war der grau gepflasterte Weg zwischen den Geschäften fast menschenleer. Der Bereich der Kneipe, in dem Jessica heute gearbeitet hatte, war jetzt ebenfalls leer. Da vermutlich keine weiteren Gäste kommen würden, griff Jessica nach dem alten Putzeimer unter dem Tresen, um ihre Tische abzuwischen, bevor sie dann von ihrem Chef in den hinteren Bereich geschickt wurde, um in der Küche zu helfen oder sein Büro zu putzen.

»Bist du taub, Mädel?«, blaffte Markus Mertens sie an, stapfte mit zwei großen Schritten zu ihr hinüber und baute sich direkt vor ihr auf. Ihr Chef war etwa einen halben Kopf kleiner als sie selbst, dafür aber doppelt so breit. Er stemmte die Fäuste in die Hüften und grinste breit. »Lass das Putzen, das macht heute Eva. Die hat eh nix zu tun.«

Jessica stellte den Eimer wieder auf seinen Platz und richtete sich dann zu voller Größe auf.

»Gut«, sagte sie von oben herab und lächelte zurück. »Und was soll ich dann jetzt machen?«

»Du, Fräulein, gehst jetzt nach Hause. Überstunden abbummeln«, verkündete Mertens selbstgefällig, drehte sich um und ließ sie einfach stehen.

Wenige Minuten später kam Jessica in Jeans und Wollpullover aus dem Personalbereich der Kneipe zurück in den Ausschankraum, durchquerte den Gastraum auf dem Weg zur Tür und kramte dabei in ihrer Umhängetasche auf der Suche nach ihrem Autoschlüssel. Sie hatte sich angewöhnt, ihre Arbeitskleidung erst hier anzuziehen, und auch für den Rückweg bevorzugte sie wärmere und bequemere Klamotten. Ende Oktober war es eindeutig bereits zu kalt für kurze Röcke und dünne Blusen.

Als sie die Tür erreicht hatte und die Hand gerade auf den Türknauf legte, hörte sie jemanden nach ihr rufen.

»Frau Grothe? Bitte warten Sie.«

Fragend schaute Jessica in die Richtung, aus der der Ruf kam.

»Ach«, bekam sie schließlich verwundert heraus, schloss die Tür wieder und ging auf den letzten besetzten Tisch der Kneipe zu. »Hauptkommissar Forster. Was für eine Überraschung.« Beinahe hätte sie, ganz nach Bedienungsmanier, breit und herausfordernd gelächelt, doch sie hielt sich zurück und verkniff sich jede Form von aufgesetzter Freude und Freundlichkeit.

»Ich würde mich freuen, wenn Sie sich kurz zu mir setzen, Frau Grothe«, sagte Florian Forster freundlich, zeigte auf den freien Platz am Kopfende des Tisches direkt neben sich und fuhr dann fort: »Ich würde gern kurz mit Ihnen sprechen.«

Jessica zögerte, setzte sich dann dem Beamten gegenüber auf einen weiteren freien Stuhl am Tisch und erwiderte das belustigte Lächeln auf dem Gesicht des Kommissars.

»Haben Sie denn immer noch nicht Feierabend, Herr Hauptkommissar?«, fragte Jessica beinahe schnippisch. »Was wollen Sie denn noch wissen? Ich habe Ihnen bereits gesagt, dass ich das Opfer nicht kenne.«

»Es geht nicht um den Fall«, erklärte Florian Forster, griff nach dem fast leeren Bierglas vor sich auf dem Tisch und trank es aus. »Möchten Sie auch etwas trinken?«, fragte er höflich und winkte Eva heran, die nur darauf gewartet zu haben schien, denn beinahe zeitgleich stand sie schon neben dem Tisch und zückte ihren Zettelblock.

»Hi, Jessy«, grüßte sie ihre Kollegin freundlich, dann galt ihre Aufmerksamkeit einzig und allein dem Hauptkommissar.

»Ich hätte gern noch eine Halbe und …«, er sah Jessica fragend über den Tisch hinweg an.

»… bringst du mir ein Wasser, Eva?«, wendete sich Jessica jetzt direkt an ihre Kollegin. »Das alles hier geht auf mich«, sagte sie und deutete mit der Hand auf das jetzt leere Glas ihres Gegenübers.

Eva machte ein enttäuschtes Gesicht und ging. Sie fürchtete scheinbar um ihr Trinkgeld, wenn sie die Rechnung, wie Jessica es wollte, auf ihr Personalkonto schrieb und nicht abrechnen durfte. Alle Getränke, die das Personal während der Arbeitszeit trank, wurden mit eventuellen Überstunden verrechnet und waren selbstverständlich billiger als im normalen Verkauf. Markus Mertens wusste, wie man Geld machte.

»Sie sind also weder wegen des Falles noch zufällig hier«, analysierte Jessica treffend. »Was verschafft mir also die Ehre Ihres Besuches, Herr Hauptkommissar?«

Florian Forster beugte sich nach vorn, verschränkte seine Arme vor sich auf dem Tisch und stützte seinen Körper auf die Ellenbogen, dann legte er seinen Kopf leicht schräg und lächelte verstohlen, bevor er seinen Blick abwandte und aus dem Fenster sah. Der Kommissar hatte ein markantes Profil, eine gerade Nase, einen leichten Ansatz von Bart und dunkle Augen mit für einen Mann sehr langen Wimpern. Seine Haare waren beinahe schwarz, im Nacken kurz geschnitten, doch ansonsten recht lang und leicht gewellt. Jessica schätzte ihn auf Mitte 30, aber nicht nach seinem Aussehen, sondern mehr nach der Tatsache, dass er bereits Hauptkommissar war. Rein äußerlich sah er jünger aus.

»Ich habe Sie falsch eingeschätzt«, ergriff Herr Forster schließlich das Wort und sah ihr jetzt direkt in die Augen. Jessica hielt seinem Blick stand. »Ich kann Menschen eigentlich ganz gut beurteilen. Bei Ihnen habe ich mich geirrt, Frau Hauptkommissarin Grothe.« Jetzt grinste er und zeigte eine ganze Reihe ebenmäßiger und weißer Zähne. Dann biss er sich auf die Unterlippe und wartete gespannt auf Jessicas Reaktion.

»Sie haben also recherchiert«, stellte sie zaghaft lächelnd fest. »Die Spur in Richtung Hamburg ist also doch nicht so unbedeutend.«

»Wer weiß das schon«, erwiderte Florian Forster leise und starrte sie weiterhin an. Er wollte jetzt nicht über die Arbeit sprechen. Viel lieber wollte er, dass sie weiterredete. Ihre Stimme war einfach großartig, melodisch mit einem leicht erotischen Unterton, der ihn faszinierte und fesselte zugleich. Warum war ihm ihre Stimme beim letzten Gespräch nicht aufgefallen? Außerdem liebte er, wie ihre Lippen sich bewegten, wenn sie sprach. »Ich jedenfalls muss mich bei Ihnen entschuldigen«, sagte er schließlich, als von ihr nichts kam.

»Wofür?«

Viel zu kurze Frage.

»Für meine beweismangelnde Einschätzung«, gab er zu und überlegte fieberhaft, wie er sie zum Reden bringen konnte, denn sie schwieg. Zurzeit sah es fast so aus, als würde das Gespräch gleich zu Ende sein.

Die Bedienung brachte die Getränke.

»Wieso haben Sie Ihren Beruf aufgegeben?«, fragte er und sah im gleichen Moment in ihrem Gesicht, dass genau das die falsche Frage war. Ihre Augen verengten sich zu schmalen Schlitzen und sie kniff fest ihren Mund zusammen. Dann verschränkte sie die Arme vor der Brust und schaute jetzt ihrerseits aus dem Fenster.

»Ich hatte meine Gründe und das ist privat«, erklärte sie nüchtern, dann griff sie nach dem Wasserglas und trank es in einem einzigen Zug leer. »Ich geh dann jetzt mal …«

Noch bevor sie sich erheben konnte, griff Florian Forster nach ihrem Arm und schüttelte den Kopf.

»Bitte bleiben Sie«, flüsterte er, ließ sie aber schnell wieder los und legte seine Hand zurück auf den Tisch. »Ich …«

Jessica entspannte sich etwas, lehnte sich langsam in ihrem Stuhl zurück, überschlug ihre Beine, legte beide Hände auf ihr Knie und wartete geduldig.

Florian Forster starrte sie an und suchte nach den richtigen Worten.

»Ich ...«, begann er erneut und rieb sich dann beruhigend mit Daumen und Zeigefinger seiner rechten Hand über seinen Nasenrücken. »Um ehrlich zu sein«, gab er schließlich zu und konnte nicht umhin, wieder breit zu grinsen, allerdings schwang dieses Mal ein Hauch von Schüchternheit in dieser Geste mit, »ich wollte Sie eigentlich einfach nur wiedersehen.«

Sein Geständnis verschlug Jessica die Sprache. Mit leicht geöffnetem Mund starrte sie den Kommissar verwundert an, fing sich schließlich und schüttelte zaghaft den Kopf.

»Also«, sagte sie schließlich verblüfft, »das hätte ich jetzt nicht erwartet.«

»Und? Wo ist er?« Neugierig schaute Susanne links und rechts an ihrer Schwester vorbei, als diese am Morgen aus ihrem Zimmer im Keller kam und müde die Treppe hinaufschlurfte. Sie hatte sehr lange wach gelegen und ihr Kopf schmerzte höllisch aufgrund des Schlafmangels und der unermüdlichen Gedanken über den gestrigen Abend.

»Oh Mann, Susanne! Du verbreitest eine Hektik«, stöhnte Jessica, schob ihre Schwester mit einem Arm beiseite und ging durch den kleinen Flur in die Küche. »Wo sind die Aspirin?«

Susanne tanzte aufgeregt um sie herum.

»Hast du Kopfweh?«, fragte sie eher belustigt als bedauernd und zeigte dann auf den Hängeschrank über der Küchenzeile.

Jessica öffnete den Schrank, kramte in den diversen Medizinverpackungen herum und fand schließlich die Schmerztabletten. Sie drückte gleich zwei aus der Verpackung und wollte gerade ein Glas aus dem Schrank daneben holen, als ihre Schwester ihr schon eine mit Wasser gefüllte Tasse unter die Nase hielt.

»Und jetzt erzähl«, bestimmte sie aufgeregt. »Ist er noch da?«

»Wer ist noch da?« Genervt schluckte Jessica die Pillen und verzog angewidert das Gesicht. »Was ist denn mit dir los?«

Triumphierend lächelnd lehnte sich Susanne an den Rand der Spüle, presste ihre Handflächen vor ihrer Brust zusammen und tippte beschwörend die Zeigefinger aneinander, eine Eigenart, die sie immer hatte, wenn sie besonders aufgeregt war.

»Ich war gestern noch wach, als du nach Hause gekommen bist. Übrigens viel früher als erwartet, aber das ist jetzt egal«, plapperte sie wild drauflos und Jessica war es in diesem Moment ein Rätsel, wie ihre Schwester als Anwältin jemals ein vernünftiges Plädoyer zustande brachte. »Und ich habe dich reden und lachen gehört.« Jetzt nickte sie bestimmend und wartete auf eine Erklärung.

»Ach so«, sagte Jessica müde, rieb sich mit der Faust über ihr Auge und gähnte herzhaft. »Das meinst du. Ich habe telefoniert«, erklärte sie und wollte die Küche wieder verlassen, doch Susanne versperrte ihr den Weg.

»Nee, so leicht kommst du nicht davon. Mit wem hast du denn telefoniert? Gib's zu, es war ein Mann!«

»Oh Mann, Susanne!«, stöhnte Jessica erneut. »Ja, es war ein Mann. Ich habe mit Martin aus Hamburg gesprochen, nur mal so. Seit er vor kurzem hier in Kempten war, ruft er ab und zu mal an. War ja auch schade, dass er sich davor so lange nicht gemeldet hat. Er gehörte schließlich fast schon zur Familie.«

Enttäuscht trat Susanne beiseite und ließ ihre Schwester endlich aus der Küche und aus ihren Fängen. »Und ich dachte, du hättest endlich mal jemanden abgeschleppt«, brummte sie fast tonlos vor sich hin. »Da arbeitest du schon in einer Kneipe und lernst trotzdem keinen Mann kennen.«

Doch dann änderte sich urplötzlich ihre Stimmung und sie strahlte übers ganze Gesicht.

»Wie geht's denn Martin? Was hat er erzählt? Kommt er mal wieder nach Kempten?«

Jessica berichtete ausführlich über ihr Telefonat mit Martin und erwähnte ganz kurz, dass die Polizei in Hamburg im Mordfall Wolfgang Reuter immer noch im Dunkeln tappte. Sie wollte ihre Schwester nicht beunruhigen oder gar traurig machen, weil man den Mörder ihres Ehemannes nun vermutlich gar nicht mehr überführen würde. Der Mord war jetzt beinahe ein Jahr her und war von Anfang an undurchsichtig und mehr als rätselhaft gewesen. Es gab von Beginn an wenig Hoffnung auf eine Klärung, deshalb lohnte es kaum, sich weiter den Kopf darüber zu zerbrechen. Jessica selbst allerdings dachte fast täglich über diesen Fall nach, obwohl sie bereits seit Monaten nicht mehr auf dem Laufenden gewesen war. Immer und immer wieder überlegte sie, ob sie etwas vergessen oder etwas übersehen hatte, doch sie konnte keinen Fehler finden.

»Hier in Kempten kommen sie scheinbar mit dem Baumarktmörder auch nicht voran«, sagte Jessica schließlich, mehr, um vom Thema Wolfgang abzulenken, als das Gespräch weiter aufrechtzuerhalten. Am liebsten hätte sie sich jetzt verabschiedet und die nächsten Minuten unter der heißen Dusche verbracht, um ihren Kopf frei zu bekommen und endlich richtig wach zu werden. »Florian hat erzählt, dass der Fall sehr zäh ist und wenig Hinweise aufwirft. Sie tappen scheinbar auch im Dunkeln.«

Susanne, die neues Futter für ihr heutiges Lieblingsthema witterte, lächelte zufrieden.

»Florian?«, fragte sie amüsiert. »Du hast den Hauptkommissar noch einmal gesprochen? Interessant.«

»Was soll das denn nun schon wieder«, polterte Jessica und überspielte so ihre aufsteigende Unsicherheit. Sie hatte sich verplappert, fühlte sich ertappt und genötigt, sich zu rechtfertigen. »Herr Forster war gestern im ›Feuertempel‹ und ich habe mich kurz mit ihm unterhalten.«

»Klar«, lachte ihre Schwester und knuffte ihr liebevoll mit der Faust in den Bauch. »Du machst mir nichts vor, Schwesterherz.« Dann nickte sie anerkennend und zwinkerte. »Gute Wahl, Jess. Der Kerl sieht verdammt gut aus und ist dazu genau dein Kaliber.«

»Mein Kaliber? Blödsinn«, erklärte Jessica bestimmt. »Wir duzen uns, ja gut. Das war's aber auch. Und so schnell sehen wir uns bestimmt nicht wieder.«

Mit dieser Aussage hatte Jessica tatsächlich recht. In den nächsten Tagen und Wochen kam nicht das kleinste Lebenszeichen von Florian. Anfangs hatte Jessica auch nicht damit gerechnet, doch jetzt ertappte sie sich immer wieder dabei, wie sie verstohlen zur Eingangstür des »Feuertempels« spähte, sobald diese sich öffnete und Gäste in die Kneipe strömten. Mindestens fünfmal täglich zog sie ihr Handy aus der Tasche, nur um kurz zu schauen, ob es einen eventuell verpassten Anruf anzeigte, und zweimal war sie bereits am Gebäude der Kemptener Kriminalpolizei vorbeigefahren, um zu überprüfen, ob der Hauptkommissar vor dem Gebäude geparkt hatte. Dabei wusste sie nur, dass er einen dunklen VW Kombi fuhr und in Kempten wohnte, also das Auto auch hier gemeldet war, mehr leider nicht. Gut, Florian Forster hatte ihr seine Karte mit der Dienstnummer gegeben und hinten drauf seine private Handynummer aufgeschrieben, doch so nötig hatte Jessica es nicht. Niemals würde sie einem Mann hinterherlaufen. Wenn der Hauptkommissar das Interesse an ihr verloren hatte, dann war es eben so. Sie jedenfalls würde sich nicht melden.

So richtig viel Beziehungserfahrung hatte Jessica sowieso nicht vorzuweisen. Ihre einzig länger dauernde Beziehung war die mit Kai gewesen, Student der Wirtschaftswissenschaften, groß, schlaksig und unsportlich. Über drei Jahre teilten sie die Wohnung und das Bett und alles schien in Ordnung zu sein, bis Kai schließlich urplötzlich eines Abends beschloss, seine Koffer zu packen und sie zu verlassen. Jessica wusste bis heute nicht, was sie damals falsch gemacht hatte. Für sie war Kai die große Liebe gewesen, der Mann, den sie heiraten und mit dem sie eine Familie gründen wollte. Sie hatten sich eigentlich immer gut verstanden, die wenige Freizeit, die sie aus beruflichen Gründen hatten, immer miteinander verbracht und sich stets aufeinander verlassen können. Und dann plötzlich zog er aus.

Kai hatte sich danach nie wieder gemeldet.

Nach diesem Desaster waren Jessicas folgende Beziehungen kaum der Rede wert gewesen. Mit ein paar wenigen Männern hatte sie es probiert, doch keiner hatte sie mehr als ein paar Wochen interessiert. Leider gehörte Jessica zu den Frauen, die sehr wählerisch waren und Fehler, eigene genau wie die anderer, nur schwer akzeptieren konnten.

KAPITEL 6

Tief in Gedanken versunken schlenderte Hauptkommissar Forster über die Hamburger Reeperbahn. Am Tage war die Amüsiermeile von Hamburg unspektakulär und ein wenig schmuddelig, doch nachts erwachte sie zum Leben. Die bunten Lichter, die Kneipen, die zum Bleiben einluden, und natürlich die Stripbars, die mit nackten Frauen und purem Vergnügen warben, faszinierten den Allgäuer Beamten, der sich hier vorkam, als wäre er in Kempten ein kleiner Dorfpolizist ohne Herausforderung. Die Kommissare und Streifenpolizisten hatten hier monatlich sicher mit wesentlich mehr Verbrechen und Abgründen menschlichen Versagens zu tun, als er in seiner gesamten Polizeilaufbahn je haben würde.

Seit zwei Tagen war Hauptkommissar Forster bereits in Hamburg, hatte versucht, sich selbst ein Bild zu machen über diesen mysteriösen Mordfall an dem Polizeibeamten im Dezember letzten Jahres. Irgendwie hatte er das Gefühl, dieser Mord hätte etwas mit seinem aktuellen Fall zu tun, doch er kam nicht dahinter, welches Indiz ihn auf diese Idee brachte. Natürlich gab es da die Verbindung durch die gespeicherte Nummer im Handy des Kemptener Opfers. Florian Forster glaubte nicht an Zufälle und war sich sicher, dass mehr hinter dieser Nummer steckte, als die Beteiligten zugaben. Er vermutete irgendeine Beziehung zwischen den beiden Opfern. Da sowohl Susanne Reuter als auch Jessica Grothe glaubhaft versichert hatten, sie würden das Baumarktopfer Klaus Vollmer nicht kennen, musste die gespeicherte Telefonnummer in Verbindung zu dem Hamburger Opfer Wolfgang Reuter stehen, der als Einziger ebenfalls unter dieser Telefonnummer gemeldet gewesen war. Doch weder bei dem Polizeibeamten noch bei dem Baumarktmitarbeiter wies irgendetwas auf Korruption oder andere kriminelle Machenschaften hin. Beide Opfer hatten Familie, keine Eheprobleme, ein geregeltes Leben und schienen glücklich zu sein. Die beiden Opfer lebten schon immer beinahe 800 Kilometer voneinander entfernt und hatten nach Angaben der Freunde und Verwandten auch nie ihren Urlaub in der jeweils anderen Region verbracht, konnten sich also nicht begegnet sein. Und doch wurmte den Allgäuer Hauptkommissar etwas, das er nicht zu definieren vermochte. Auf der anderen Seite der mehrspurigen Straße sah er die hell erleuchteten Reklameschilder des Burger King und ihm gegenüber die Davidwache. Er hatte darum gebeten, sich den Tatort ansehen zu dürfen. Der leitende Kommissar Wächter war nicht begeistert gewesen, doch hatte er schließlich zugestimmt. Niemand ließ sich gern in die laufenden Ermittlungen blicken, das wusste Florian Forster nur zu gut.

Minuten später betrat er die Wache und stellte sich vor. Der diensthabende Polizist hinter dem Tresen verwies ihn freundlich an seinen Kollegen, der verärgert, ja beinahe zornig aus seinem Büro kam und Hauptkommissar Forster nur aus Höflichkeit die Hand zur Begrüßung entgegenstreckte. Florian wusste, dass er hier nicht willkommen war.

»Guten Tag, Herr Hauptkommissar«, wurde er mürrisch begrüßt. »Sie wurden uns schon angekündigt. Wollen Sie gleich mitkommen?« Ohne eine Antwort abzuwarten, stapfte der Polizeibeamte mit weit ausholenden Schritten durch den langen Gang in den hinteren Teil des

Gebäudes. Scheinbar schien er diese leidige Angelegenheit so schnell wie nur möglich hinter sich bringen zu wollen.

»Was verschlägt Sie hier nach Hamburg, Herr Hauptkommissar?«, brummte der Beamte vor ihm, in dem Versuch, höfliche Konversation zu halten. »Sie hätten sich die Unterlagen zu diesem Fall schließlich auch faxen lassen können.« Letzteres klang mit voller Absicht vorwurfsvoll.

»Die Unterlagen hatte ich bereits in Kempten gesichtet, doch ich mache mir gern selbst ein Bild«, gab der Kommissar ruhig und sachlich zur Antwort.

Der Hamburger Beamte blieb vor einer Tür stehen, stieß diese mit einer Hand auf und deutete Florian an, einzutreten.

»Das ist der Umkleideraum«, erklärte er dem Hauptkommissar. »Dort hinten ist das Bad mit den Toiletten und Duschen. Dort ist der Mord passiert.« Als der Polizist dem Kommissar in den gefliesten Raum nicht folgte, drehte sich Florian Forster zur Tür um und sah, dass der Beamte wortlos und beinahe angsterfüllt an die hintere Wand starrte und nicht bereit war, einen weiteren Schritt zu gehen. Florian wusste sofort, dass dort die Leiche gelegen haben musste.

»Es ist immer schrecklich, einen Kollegen zu verlieren«, versuchte der Kommissar den jungen Beamten zu beruhigen. »Mir selbst ist das noch nie passiert, dem Himmel sei Dank«, gab er zu.

»Ich habe ihn gefunden«, flüsterte der Hamburger Beamte kaum hörbar. »Und er war mehr als ein Arbeitskollege für mich. Er war mein bester Freund.«

Den Abend verbrachte Florian mit Martin Hansen in einer kleinen, recht stilvollen Kneipe ganz in der Nähe der Polizeiwache. Er war froh, dass er den Kollegen überreden konnte, auf ein Bier mit ihm mitzukommen, einerseits, weil er so den Abend nicht einsam in seinem Hotelzimmer verbringen musste, andererseits, weil er hoffte, noch mehr Informationen über Wolfgang Reuter zu bekommen. Vielleicht half ihm dieses Treffen mit dem besten Freund des Opfers, etwas mehr Klarheit zu schaffen oder die gesuchte Verbindung ins Allgäu herzustellen. Wenn er allerdings ganz ehrlich zu sich selbst war, interessierte ihn all das nur am Rande. Viel lieber würde er mehr über Jessica erfahren. Martin Hansen musste sie schließlich mehr als gut kennen, wenn er mit ihrem Schwager befreundet gewesen war. Außerdem waren Jessica und Martin beide Polizisten und damit Kollegen gewesen.

Seit dem Treffen im »Feuertempel« vor über zwei Wochen hatte er Jessica nicht mehr gesehen. Die Handynummer, die sie ihm etwas widerwillig aufgeschrieben hatte, war falsch. Diese Nummer existierte nicht. Für Florian war das ein Zeichen gewesen, dass sie ihn nicht wiedersehen wollte. Das und die Tatsache, dass sie sich auch nicht bei ihm gemeldet hatte, denn sie hätte sowohl auf dem Revier als auch privat auf seinem Handy anrufen können. Doch ganz abgehakt hatte er diese Angelegenheit noch nicht. Diese Frau zog ihn beinahe magisch an. Vielleicht lag es gerade an der Schwierigkeit, ihr näherzukommen und dass es für ihn eine so große Herausforderung darstellte, was die ganze Sache noch aufregender machte. Sein Jagdinstinkt war jedenfalls geweckt.

»Du hattest doch damals sicher auch Kontakt zu der Ehefrau und der Schwägerin von Wolfgang, oder?«, fragte Florian, obwohl er die Antwort bereits kannte. Martin Hansen nickte zustimmend.

»Was hältst du von den beiden Schwestern?« Jetzt sah Martin ihn fragend an, runzelte die Stirn, beschloss dann aber für sich, dass die Frage nicht darauf abzielte, Susanne und Jessica in den Dreck zu ziehen. Der Beamte hielt sehr viel von den beiden Frauen und würde niemals zulassen, dass die eine oder die andere jemals in den Verdacht gerieten, mit dem Mord etwas zu tun zu haben.

»Wolfgangs Frau Susanne ist eine ganz liebe«, begann Martin und gab der Kellnerin mit seiner rechten Hand ein Zeichen, die nächste Runde Bier zu bringen. »Ich war bei Wolfgang und ihr immer willkommen und hatte nie das Gefühl zu stören. Wolfgang und Susanne waren das Traumpaar schlechthin.« Er lachte und verdrehte gespielt genervt die Augen. »Da kann man schon neidisch werden, oder? Hast du Frau und Kinder?«

»Nee.« Florian schüttelte vehement den Kopf. »Das hat doch noch Zeit.«

»Findest du?«, warf Martin etwas verwundert ein. »Also ich könnte mir schon vorstellen …« Er vollendete den Satz nicht, denn die Bedienung trat an ihren Tisch und brachte das Bier.

»Und die Schwester?«, erinnerte Florian den Polizisten, als die Kellnerin mit den leeren Gläsern gegangen war.

»Jessy? Die ist klasse. Ein richtiger Kumpeltyp. Auf die kann man sich immer verlassen.« Wieder lachte Martin, dieses Mal aber eher unsicher. »Ich muss zugeben, dass ich eine Zeit lang mal total scharf auf die war. Erzähl das bloß keinem«, beschwor er flüsternd den Allgäuer Kollegen, lehnte sich dann zurück und grinste, als er Florians ernstes Gesicht sah. »Nee«, sagte er dann. »Die ist eine Nummer zu groß für mich. Zu mir passt besser eine, die ruhig und lieb ist als so ein Energiebündel wie Jessy.« Gedankenverloren griff er nach seinem Glas, erhob es und prostete Florian zu. »Tja, trotzdem ne klasse Frau.«

»Ja.« Abwesend starrte Florian auf sein Bierglas und drehte es zwischen seinen Fingern im Kreis. Das Glas schabte über den Tisch und verursachte ein dumpfes, brummendes Geräusch. Schließlich ließ er von dem Bierglas ab und schaute zu Martin hinüber, der jetzt noch breiter grinste. Sein Mund war etwas schief verzogen und ließ sein Gesicht recht albern und schelmisch aussehen. Auch seine Augen schienen zu lachen.

»Was ist denn?«, fragte Florian und hob fragend eine Augenbraue.

»Du stehst auf sie!« Martin Hansen schüttelte lachend und verwundert seinen Kopf. »Die ganze Fragerei … Ich hätte es merken müssen … Gott, bin ich blöd.« Er griff sich theatralisch an seine Stirn und rieb sich mit der Hand über seine kurzen rotblonden Haare. »Und ich dachte erst, das ist eine Art Verhör, was wir hier beide führen. Dabei willst du nur mehr über Jessy erfahren.«

Der Hauptkommissar fühlte sich ertappt, aber nicht beschämt. Es gab nichts, wofür er sich schämen musste, also stimmte er in Martins Gelächter ein.

»Und?«, fragte er schließlich und prostete erneut seinem Kollegen zu.

»Was, und?«

»Gibst du mir jetzt die gewünschten Informationen? Wir Männer müssen doch zusammenhalten.«

Erschrocken riss Jessica die Augen auf. Das Zimmer war stockdunkel, nicht der kleinste Fetzen Licht kam durch das kleine Kellerfenster. Ihr Handy, das sie gerade so unsanft aus dem Schlaf gerissen hatte, klingelte und klingelte. Genervt schlug sie die Decke zurück und die eiskalte Raumluft ließ sie frösteln. Der kleine Heizkörper neben der Tür zu ihrem Zimmer erbrachte Höchstleistungen, doch schaffte er es vor allem in der Nacht nicht, den Kellerraum auf normale Zimmertemperatur zu bringen. Jetzt war erst Anfang November und Jessica dachte mit Grauen an die frostigen Wintermonate, die ihr bevorstanden. Die Anschaffung eines zusätzlichen Elektroheizkörpers ließ sich wohl nicht vermeiden. Sie stapfte barfuß durch den dunklen Raum, stieß mit dem Schienbein gegen den kleinen Tisch in der Mitte, fluchte laut und fand schließlich ihre Jacke, in der ihr Handy nach wie vor ununterbrochen läutete.

Das Display zeigte einen unbekannten Anrufer an. Jessica schaute auf die Ziffernanzeige der Uhr in ihrem Handy. 2:57 Uhr. Wer in Gottes Namen rief um diese Uhrzeit an? Kurze Zeit überlegte sie, ob sie diesen dreisten Anrufer einfach wegdrücken sollte, doch dann siegte die Neugier und sie nahm das Gespräch an.

»Wer stört?«, brummte sie in das Telefon und versuchte ihrer Stimme einen wütenden Unterton zu verleihen, allerdings gelang ihr das nicht. Kurz nach dem Aufstehen klang ihre Stimme immer etwas heiser und gebrochen. Sie hüstelte.

»Hallo, Jess«, hörte sie eine Männerstimme an ihrem Ohr säuseln. Lallte der Kerl? »Schön, deine Stimme zu hören.«

»Wer ist denn da, bitte?« Jetzt klang sie wirklich wütend, doch ihr Gesprächspartner ließ sich in keiner Weise dadurch einschüchtern, sondern kicherte etwas albern.

»Du bisch sooooo süß«, verkündete die Männerstimme melodisch. »Oh Mann, i liab dei Stimm'. Die isch … sexy.«

»Wie bitte?« Dann plötzlich konnte sie die Stimme des Mannes endlich mit einem Bild in ihrem Kopf verbinden. »Herr Forster?« Erstaunt schüttelte sie ihren Kopf. Dann erinnerte sie sich daran, dass sie sich geeinigt hatten, sich zu duzen. »Florian?«

»Jaaaaaaaa«, kam es träge aus der Leitung.

»Bist du betrunken?«, fragte Jessica und grinste. Plötzlich amüsierten sie der Anruf und der angetrunkene Hauptkommissar sehr. Vielleicht freute sie sich aber auch nur, dass er nun endlich anrief.

»Na … a bissele höchschtens. Gar ned so schlimm. Du, Jess …?« Der Allgäuer Dialekt, der plötzlich so vehement bei ihm durchschlug, klang irgendwie niedlich.

»Ja?« Weil ihr die Kälte plötzlich durch und durch ging, stolperte Jessica zurück zu ihrem Bett, legte sich hinein und zog die Decke bis über ihre Schultern, das Handy fest an ihr Ohr gepresst.

»Mir müssen uns treffa«, verkündete Florian im Brustton der Überzeugung, hickste laut und räusperte sich dann. Jessica hörte, wie viel Mühe er sich gab, beim Sprechen nicht zu lallen, doch dieser Vorsatz misslang ihm gänzlich. Nur schwer bekam er die Worte einigermaßen klar über die Lippen. »Du derfsch mi itt so oifach wegschicka. Mir isch kalt.«

Jessica kicherte. »Es ist mitten in der Nacht! Wir können uns jetzt nicht treffen, Florian«, erklärte sie ihm ernst. »Wo bist du denn? Wieso ist dir kalt?«

»Ja, mir isch kalt«, sagte er geistesabwesend, dann kamen wohl ihre Worte bei ihm an und er beantwortete ihre Frage. »Bin im Hotel. Sehr kalt hier.«

»Du bist ja voll wie eine Schnapsdrossel. Geh ins Bett, dann wird dir wieder warm«, schlug Jessica vor und lächelte stumm in sich hinein.

»Kommsch du denn mit?«, fragte der Hauptkommissar. Es war die nüchterne, völlig sachliche Frage eines kleinen

Kindes, das sich nicht wohlfühlte und nicht allein bleiben wollte, nicht die Frage eines Mannes, der nichts anderes im Kopf hatte als Sex. Im Kopf wie im ganzen Körper dieses Mannes war purer Alkohol, keine schmutzigen Gedanken.

»Ich liege bereits im Bett, Florian. Geh du jetzt auch schlafen. Wir können morgen weitersprechen.« Der mütterliche Ton in ihrer Stimme erschreckte Jessica erst, dann amüsierte sie sich köstlich über sich selbst, den Kommissar und die ganze Situation.

»Guats Nächtle, Jess.« Ein Rascheln und Knarzen drang durch den Hörer. Vermutlich kroch Florian in sein Bett. Dann wurde das Gespräch unterbrochen.

»Gute Nacht. Dann schlaf mal schön deinen Rausch aus.« Ohne das Handy aus der Hand zu legen, drehte sich Jessica auf die Seite, zog die Decke noch ein Stückchen höher, seufzte zufrieden und schloss die Augen.

KAPITEL 7

Regen, der in Bindfäden vom Himmel fiel, und nasses Laub auf den Straßen waren eine unglückliche Kombination. Immerhin überfror die ganze Sache nicht auch noch, denn die Temperaturen hielten sich merklich bei acht bis zehn Grad. Wenn es nicht gerade regnete, wehte allerdings ein stürmischer Wind, dem nicht mehr viel fehlte und er wäre ein ausgewachsener Orkan geworden. Beinahe norddeutsches Wetter hier am Alpenrand.

Bei so einer scheußlichen Witterung war man einerseits froh, wenn man in einem Auto mit Sitzheizung und Klimaanlage fahren konnte, doch auf den glitschigen und rutschigen Untergrund hätte man wirklich verzichten können.

Mit gerade einmal Schrittgeschwindigkeit bog Susanne Reuter in die schmale Nebenstraße ein, die zum Haus des Ehepaares Vollmer führte. Herr Vollmer hatte auf diesen Termin bei ihm zu Hause bestanden und Susanne kam diesem Wunsch selbstverständlich nach. Als sie in die Auffahrt zu dem großen herrschaftlichen Haus einbog, wusste sie noch nicht, was der Grund für dieses Beratungsgespräch war. Das Einzige, was sie wusste, war, dass Herr und Frau Vollmer die Eltern des ermordeten Mannes waren, der auf so tragische Weise vor einigen Wochen auf diesem Baumarktparkplatz ums Leben gekommen war. Dieser Besuch verursachte ihr zwar leichtes Bauchweh, denn es war niemals angenehm, trauernde Angehörige zu vertreten, doch sie war professionell genug, sich ihre Unruhe nicht anmerken zu lassen. Erhobenen Hauptes schritt sie schließlich auf die übergroße Eingangstür zu und betätigte den goldenen Klingelknopf.

Ein Butler öffnete und Susanne wurde durch eine kleine Empfangshalle mit imposanter Marmortreppe direkt in das Wohnzimmer des Hauses geführt.

Herr Vollmer begrüßte sie höflich, aber sehr distanziert und betrachtete sie völlig ungeniert und abschätzend. Frau Vollmer blieb auf dem mächtigen hellroten Designersofa sitzen und nickte nur kurz zum Gruß in ihre Richtung.

Schließlich saß die Anwältin dem Ehepaar gegenüber, legte artig die Hände auf ihren Schoß und wartete geduldig.

»Unser Anliegen ist folgendes«, begann Herr Vollmer ohne viel Herumgeplänkel. Höflichkeiten schienen genug ausgetauscht worden zu sein. »Sie müssen eine Schenkung rückgängig machen.«

Susanne sagte nichts, blinzelte nicht einmal, denn sie hatte gelernt, keine Fragen zu stellen, die sie nichts angingen. Was immer die Klienten von ihr wollten, musste sie tun. Nach kurzem Überlegen nickte sie.

»Haben Sie die Unterlagen vielleicht da? Ich müsste kurz einen Blick in die Übertragungsurkunde werfen«, erklärte sie nüchtern und professionell. »Handelt es sich um ein Geldgeschenk oder um die Übertragung einer Immobilie?«

»Geld«, sagte Herr Vollmer nur, verzog mürrisch das Gesicht und erhob sich schließlich. »Sehr, sehr viel Geld!« Er verließ das Wohnzimmer. Frau Vollmer starrte Susanne unverwandt an, rührte sich aber nicht. Stocksteif saß sie auf dem edlen Sofa, als würde sie einfach nur zur Einrichtung gehören, ein teurer Dekorationsgegenstand, der sonst zu nichts nütze war. Ab und zu rümpfte sie ihre kleine, etwas spitze Nase, sodass winzige Fältchen auf ihrem Nasenrücken entstanden. Ob es Abfälligkeit war oder ob sie einfach einen angeborenen oder antrainierten Tick hatte, konnte Susanne aus ihrer erstarrten Mimik nicht ergründen.

Der Butler brachte den Kaffee und platzierte völlig lautlos das zierliche Blumenmusterservice auf dem Tisch, schenkte drei Tassen dampfend heißen Kaffee ein, legte ungefragt dem Hausherrn zwei Stückchen Zucker in die Tasse und der Dame des Hauses goss er einen winzigen Schluck Milch hinzu. Dann sah er fragend, aber wortlos auf die Anwältin. Susanne schüttelte langsam den Kopf und hob abwehrend kurz ihre Hand. Niemals würde sie diese tödliche Grabesruhe, die in diesem Zimmer vorherrschte, durch unaufgefordertes Sprechen stören. Etwas unbehaglich war ihr schon zumute. Vorsichtig verlagerte sie ihr Gewicht ein wenig und schob ihre Beine etwas nach links. Der Raum zwischen dem Sofa, auf dem sie saß, und dem flachen Glastisch vor ihren Beinen war leider etwas schmal. Ihre Knie würden gegen die Kante des Tisches stoßen, wenn sie nach ihrer Tasse greifen würde, und das wollte sie vermeiden. Nicht, dass sie überhaupt auf die Idee kam, einen Schluck Kaffee zu nehmen, bevor Herr Vollmer wieder am Tisch saß.

»Hier.« Ein schmaler Ordner mit einem dunkelbraunen Einband und einem Wappen auf dem Deckel landete klatschend auf dem Tisch neben ihrer Tasse. Erschrocken fuhr Susanne zusammen. Komplett geräuschlos war Herr Vollmer wieder zurück in das Zimmer gekommen. Trotz seiner mächtigen Leibesfülle hatte der dicke, beigefarbene Teppich jeden plumpen Schritt dieses Mannes geschluckt. Er ließ sich auf den Platz neben seiner Frau fallen und ächzte angestrengt. »Schauen Sie sich die Sache an«, befahl er der Anwältin. »Und dann sagen Sie mir, ob man da etwas machen kann.«

Susanne griff nach dem Ordner, öffnete ihn und begann zu lesen.

»Das ist eine Schenkung an Ihren Sohn Klaus über 5.000 Euro«, sagte sie schließlich laut und schaute zu Herrn Vollmer auf. Es gelang ihr, sämtliche Emotionen aus ihrer Stimme und aus ihrem Gesicht zu nehmen, als sie fortfuhr. »Gibt es einen triftigen Grund, warum Sie das Geld zurückverlangen?«

Herr Vollmer Senior verzog wieder mürrisch seinen Mund. »Damit seine dumme Ische das Geld nicht erbt«, brummte er beinahe bedrohlich. »Sie wissen sicher, dass mein Sohn tot ist.«

Susanne nickte. Sie hatte schon vorher nicht verstanden, warum der Sohn eines offensichtlich so reichen Mannes in einem Baumarkt arbeiten musste. Scheinbar war das Mordopfer Klaus Vollmer ein ganz armes Würstchen gewesen, lebte mit seiner fünfköpfigen Familie in einer ärmlichen Gegend von Kempten und war alles andere als reich.

»Die Rückforderung dieser Schenkung wird allerdings problematisch. Ich denke, wir werden damit keinen Erfolg haben.« Dieser Klient wollte keine ausgeschmückten Worte, sondern klare Aussagen. »Kein Richter wird die jetzige Erbin zwingen, das Geld zurückzugeben.«

»Das Geld war nicht für sie«, brauste der alte Herr Vollmer wütend auf und schlug seine Faust energisch auf seinen dicken Oberschenkel. »Das Geld gehörte meinem Sohn! Und mit dieser dummen Frau war ich eh nie einverstanden«, wetterte er weiter gegen seine Schwiegertochter. »Die war nicht gut für ihn! Verdammt noch mal! Die Schenkung wird doch erst nach zehn Jahren rechtskräftig!« Fluchend wippte er aufgeregt auf dem Sofa auf und ab. Seine Frau wippte neben ihm, allerdings völlig unfreiwillig. Susanne Reuter verkniff sich ein Lächeln.

»Herr Vollmer«, begann sie beruhigend auf ihn einzureden. »Sie haben recht, dass eine getätigte Schenkung im Falle einer Erbschaft erst nach zehn Jahren rechtskräftig wird und vorher komplett oder teilweise in die Erbmasse einfließt.« Jetzt griff sie nach ihrer Tasse und nahm einen großen Schluck Kaffee. »Doch in Ihrem Fall sind ja nicht Sie gestorben, sondern Ihr Sohn. Mein Beileid übrigens zu Ihrem …«

»Ja, vielen Dank«, unterbrach Herr Vollmer ihre Beileidswünsche rüde und unhöflich. »Aber was kann man in diesem Fall denn jetzt machen?«

Susanne seufzte angestrengt.

»Wofür war das Geld denn eigentlich ursprünglich gedacht?«, fragte sie, schlug den Ordner erneut auf und blätterte darin herum. Schließlich fand sie die gesuchte Stelle. »Immerhin ist diese Schenkung über acht Jahre her.«

»Mein Sohn hat studiert. Dafür war das Geld«, polterte Herr Vollmer erbost. »Und diese blöde Kuh hat ihn dazu gebracht, das Studium zu schmeißen und ihm gleich drei kleine Kinder angehängt. Wer weiß, ob die überhaupt von ihm sind. Scheißblöde Kuh.« Bei diesen Worten bemerkte Susanne, wie Frau Vollmer ein zweites Mal fast unauffällig zusammenzuckte und beinahe schmerzerfüllt den Mundwinkel hob. Dann wurde sie wieder starr und reglos.

»Gut.« Susanne Reuter legte den Ordner wieder auf den Tisch. »Wenn Ihr Sohn studiert hat, dann hat er doch sicher das Geld bereits verbraucht«, sagte sie und wusste, dass sie mit dieser Aussage ihren Klienten noch mehr reizte. Frau Vollmer warf ihr einen flehenden Blick zu. Herr Vollmer schnaufte verächtlich.

»Was ich damit sagen will«, fuhr sie vorsichtig fort, »ist, dass Ihre Schwiegertochter gar nichts von dem Geld bekommen hat und deshalb auch nichts zurückzahlen muss.«

»Das ist mir egal«, schimpfte der Senior und seine Stimme klang grob und ärgerlich. »Mein Sohn hat nicht zu Ende studiert, er hat das Geld nicht für seine Ausbildung verwendet, also verlange ich es zurück. Die bleede Bix kriegt mein Geld sicher nicht.«

»Wir können natürlich versuchen, diese Schenkung anzufechten«, versuchte Susanne die Stimmung wieder ins Positive zu rücken. »Doch machen Sie sich nicht allzu viele Hoffnungen. Ich persönlich glaube nicht an einen Erfolg. Wenn wir Ihrer Schwiegertochter allerdings Böswilligkeit oder Habgier nachweisen könnten, dann würde es etwas günstiger aussehen.« Die Anwältin in ihr triumphierte, weil sie höchstwahrscheinlich mit diesen Worten den Zuschlag für diesen Fall an Land gezogen hatte, trotzdem er mehr als zweifelhaft und höchstwahrscheinlich völlig aussichtslos war. Die menschliche Seite in ihr allerdings konnte absolut nicht nachvollziehen, warum diese arme Frau all dieses Leid verdient hatte, was jetzt in naher Zukunft neben ihrem eigentlichen Schicksal als junge Witwe und alleinerziehende Mutter auf sie zukommen würde. Selbst wenn sie am Ende als Siegerin aus diesem Fall hervorging, kostete sie die ganze Aufregung eines langwierigen Prozesses Nerven, die sie vermutlich schon lange nicht mehr im Überfluss hatte.

»Leiten Sie alles in die Wege, Frau Reuter«, befahl Herr Vollmer und erhob sich ächzend, dann streckte er ihr zum Abschied seine Hand entgegen. »Ich verlasse mich auf Sie. Sie finden doch allein hinaus, oder?«

Martin Hansen hatte ein schlechtes Gewissen. Das und rasende Kopfschmerzen. Der gestrige Abend war lang gewesen und er war heilfroh, dass er an diesem Tag erst zur Spätschicht in die Wache musste. Gequält rieb er sich mit seinen Daumen und Mittelfingern die Schläfen, kroch dann mühsam aus dem Bett und schlurfte ins Badezimmer. Dabei wäre er beinahe gegen den Türrahmen gelaufen, weil sein Gleichgewichtssinn ihn im Stich ließ. Nur mühsam konnte er die Augen aufhalten. Er war zwar nicht mehr müde, doch das helle Licht, das durch das kleine Badezimmerfenster fiel, war grell und schmerzte schrecklich in seinem Kopf. Er schaute auf die Toilette, dann aufs Waschbecken und wieder auf das Klo. »Nee«, brummte er resigniert, stellte sich vors Waschbecken und pinkelte hinein. Sich zu bücken und den verdammten Klodeckel zu öffnen, wäre wirklich eine Spur zu viel gewesen. So war es einfacher.

Verdammt, er vertrug einfach gar nichts mehr. Mit Wolfgang war er oft um die Häuser gezogen, hatte auch mal ein Bierchen zu viel gehabt, doch selten war es ihm am nächsten Tag so schlecht gegangen wie heute. Soweit er sich an den gestrigen Abend erinnerte, war er recht lustig gewesen. Anfangs hatte er diesen Allgäuer Hauptkommissar für einen Idioten gehalten, doch im Laufe des Abends hatte er seine Meinung revidiert und korrigiert. Florian Forster war ein prima Kerl. Ob das allerdings Jessy auch so sah, bezweifelte er inzwischen. Florian war eindeutig an Susannes Schwester interessiert gewesen, doch Jessica hatte ihm vor zwei Wochen eine falsche Handynummer gegeben, wollte also scheinbar nicht, dass der Kommissar sich erneut bei ihr meldete. Jetzt allerdings hatte der Allgäuer von ihm die richtige Nummer bekommen. Hoffentlich war Jessy nicht sauer.

Der Wasserhahn rauschte, als Martin das Becken ausspülte, sich dann einen Schwall eiskaltes Wasser ins Gesicht klatschte und schließlich seinen ganzen Kopf unter den laufenden Hahn hielt, was seine Kopfschmerzen keinesfalls minderte, sondern zu Höchstleistungen antrieb. Um ein paar Schmerztabletten würde er nicht herumkommen, um seinen Kater in den Griff zu bekommen, doch zuerst musste er ein Gespräch nach Kempten führen.

Es klingelte lange, bis Jessica schließlich abnahm.

»Hallo, Martin. Wie geht's?«, lachte sie fröhlich in den Hörer und Martin griff sich erneut gequält an den Kopf. Ihre Stimme war laut. Viel zu laut.

»Geht so«, brummte er etwas mürrisch. »Ich hatte gestern ein Gläschen zu viel.«

Jessica kicherte leise. »Dass es wirklich nur eins war, wage ich zu bezweifeln«, neckte sie ihn freundschaftlich. Mitleid hatte sie allerdings nicht mit ihm. Männer, die so viel tranken, dass sie am nächsten Tag nicht mehr geradeaus schauen konnten, hatten ihren Zustand selbst verschuldet und waren keines Bedauerns wert.

»Warum rufst du an?«, fragte sie schließlich, als von ihrem Gesprächspartner wieder nur ein schmerzhaftes Stöhnen zu hören war.

»Ich habe gestern aus Versehen deine Handynummer weitergegeben«, gab er etwas zerknirscht zu. »Ohne dich vorher zu fragen.« Mehr sagte er nicht.

Zuerst konnte Jessica sich keinen Reim aus seinen Worten machen, doch dann puzzelte sie sich alles zusammen. Der Anruf von Florian gestern Nacht, der ebenfalls total betrunken war, jetzt Martin, der wirres Zeug stammelte und weit davon entfernt war, wenigstens nüchtern zu klingen. Die beiden Männer waren gestern Abend zusammen gewesen.

»Bist du in Kempten?«, fragte sie schließlich verwundert und ließ sich auf den Esszimmerstuhl fallen, neben dem sie gerade stand.

»Wie kommst du denn darauf?«, kam Martins Antwort etwas verspätet und total verwirrt an ihr Ohr.

»Ja, weil … du warst doch gestern …« Sie unterbrach sich selbst, schüttelte den Kopf, beschloss dann aber, dass ihre Schlussfolgerung richtig sein musste, und sprach sie aus. »Was macht denn Florian Forster in Hamburg?«

Als Jessica Minuten später das Gespräch beendete, konnte sie immer noch nicht glauben, dass Hauptkommissar Forster extra nach Hamburg gefahren war, um in der Kemptener Mordfallgeschichte zu ermitteln. Wie kam er nur darauf, dass die beiden Todesfälle irgendetwas miteinander zu tun hatten? Jessicas Vater hatte einmal gesagt, wenn jemand wollte, fände er sogar eine verwandtschaftliche Verbindung zwischen Pinguinen und Eisbären. Jeder Mensch hatte über wenige Ecken irgendetwas mit jedem anderen Erdbewohner zu tun und man müsste nur wichtige von völlig irrelevanten Informationen trennen, um die Bedeutsamen herauszufiltern. Die einzig wirkliche Verbindung zwischen dem Hamburger und dem Kemptener Mordfall war dieser merkwürdige Eintrag im Handy des zweiten Opfers. Glaubte Florian Forster denn immer noch, dass an dieser Spur irgendetwas dran war? Das wiederum würde dann aber bedeuten, Wolfgang hätte diesen Mann gekannt, was eindeutig nicht der Fall war. Jessica und vor allem Susanne kannten Wolfgang in- und auswendig. Dieser Mann war offen und ehrlich gewesen und hätte keine Gründe gehabt, irgendetwas zu verbergen. Hauptkommissar Forster sollte sich besser im näheren Umfeld des Opfers umsehen, anstatt in ihrem alten Fall herumzuwühlen. Jessica war eine gute Kommissarin gewesen, hatte sauber gearbeitet und eine Verbindung welcher Art auch immer ins Allgäu sicher nicht übersehen, wenn es einen Hinweis darauf gegeben hätte. Und es gab keinen, absolut gar keinen.

KAPITEL 8

Die dunkelgrauen Wolken, die sich träge und satt über die Bergkette schoben, versprachen Schnee. Zumindest in den Alpen. Vielleicht würden auch hier in der Stadt ein paar Flocken herunterkommen, doch es war noch viel zu warm, als dass der Boden den weißen Puder nicht gleich wieder auftauen würde. Florian stieg aus seinem Wagen, ging zum Kofferraum und nahm seine Reisetasche heraus. Den Rückweg von Hamburg nach Kempten hatte er in sieben Stunden und 15 Minuten geschafft, doch die Fahrt war anstrengend gewesen. Er hatte sich zwar nach dem ausgiebigen Alkoholkonsum vorgestern Abend mit Martin noch einen Tag Auszeit in Hamburg gegönnt, bevor er die Heimreise angetreten hatte, doch trotz allem war er gute 42 Stunden nach der Sauferei immer noch nicht ganz wieder der Alte. Er würde sich wohl oder übel irgendwann eingestehen müssen, dass er mit seinen 33 Jahren nicht mehr der Jüngste war.

Die Kofferraumklappe schlug mit einem lauten Krachen zu. Auf dem Weg zur Eingangstür des Mehrfamilienhauses, in dem er seit einem Jahr wohnte, schloss er mit dem Autoschlüssel die automatischen Türriegel seines Wagens und hängte sich die dunkle Nylontasche über die rechte Schulter. Eigentlich wollte er heute Abend noch ins Büro fahren und den liegen gebliebenen Papierkram erledigen. Außerdem musste er sich informieren, ob es hier in Kempten zum Mordfall Vollmer neue Erkenntnisse gab, doch das musste bis morgen warten. Heute hatte er wichtigere Dinge zu erledigen.

Er lief die Treppe zum zweiten Stock hinauf, nahm dabei immer zwei Stufen auf einmal, dann den Gang nach links hinunter zu seiner Wohnungstür, schloss auf und ging hinein. Die Reisetasche landete mit einem schwungvollen Wurf im Badezimmer direkt vor der Waschmaschine, die Schuhe und Jacke zog er auf dem Weg ins Wohnzimmer aus, dann betätigte er den Lichtschalter neben der Tür, ließ sich in den alten Ledersessel fallen und schloss die Augen. Aus der Brusttasche seines hellblau gestreiften Hemdes zog er einen kleinen zusammengefalteten Zettel. Er legte ihn neben das Telefon auf dem Beistelltisch, strich ihn glatt, griff nach dem Hörer und seufzte.

Die Nummer auf dem Zettel war Jessicas Handynummer. Martin hatte sie ihm gegeben und inzwischen hatte er herausgefunden, dass nur ein kleiner Zahlendreher in der Nummer gelandet war, die Jessica ihm damals in der Kneipe aufgeschrieben hatte. Ein mulmiges Gefühl durchströmte seinen Magen, denn er wusste nicht recht, was er gleich zu ihr sagen sollte. Als er nach seiner durchzechten Nacht festgestellt hatte, dass er Stunden vorher und total besoffen über zwei Minuten mit ihr telefoniert hatte, war er entsetzt gewesen, denn er konnte sich nicht daran erinnern. Er hoffte nur inständig, dass er höflich geblieben war und ihr nicht irgendwelche schmutzigen Sachen gesagt hatte, denn er hatte in dieser Nacht verdammt unanständig von ihr geträumt.

Falls er irgendwelche Grenzen überschritten hatte, würde er sich einfach dafür entschuldigen und hoffen, dass sie ihm vergab. Mit dem Daumen tippte er die Zahlen ihrer Handynummer auf seinem Telefon, hielt sich den Hörer ans Ohr und lauschte gespannt auf das nun erklingende Freizeichen.

Sekundenlang nahm niemand ab, dann wurde das Gespräch angenommen und Florian hörte ein Rascheln, dann ein leises Fluchen und schließlich Jessicas leicht abgehetzte Stimme. Sie war völlig außer Atem.

»Hallo?«

»Hi, ich bin's, Florian Forster.« Das ungute Gefühl in seinem Magen breitete sich aus und wurde zu einer mittleren Übelkeit, da vom anderen Ende der Leitung kein Wort kam. Er hörte Jessica nicht einmal mehr atmen. Nervös räusperte er sich.

»Ähm, also, wenn ich vorgestern …«, sagte er zögernd, wurde jetzt aber fröhlich unterbrochen.

»Oh, hallo, Florian. Entschuldige, ich bin gerade etwas abgelenkt.« Er hörte sie wieder laufen, dann hielt sie das Telefon etwas von sich weg, denn ihre Stimme wurde leiser und hallte etwas. »Svenja, die roten Socken dürfen auf keinen Fall mit in die weiße Wäsche, sonst werden alle Blusen von deiner Mama rosa.« Im Hintergrund lachte ein Kind.

»Da bin ich wieder«, meldete sich Jessica jetzt erneut am Telefon. »Du wolltest gerade etwas sagen.«

Florian überlegte fieberhaft, ob die Freundlichkeit in ihrer Stimme nur aufgesetzt oder ehrlich war, denn im zweiten Fall wäre sicher sein Anruf in der Nacht nicht allzu unhöflich gewesen. Allerdings konnte er sich nicht ganz sicher sein, ob sie ihn nur herausforderte und jetzt wirklich eine Erklärung erwartete. Er entschloss sich trotzdem, das Telefongespräch von vorgestern noch einmal zu erwähnen.

»Ich habe dich vorletzte Nacht angerufen«, sagte er schließlich vorsichtig.

»Ja, ich weiß. Ich habe schließlich mit dir gesprochen«, kam ihre Antwort ein wenig schnippisch und Florian rutschte unruhig auf seinem Sessel hin und her, lehnte sich dann aber zurück und atmete einmal tief durch.

»Ich kann mich leider nicht mehr daran erinnern«, gab er schließlich zu und hielt gespannt die Luft an. Entweder sie hielt ihn jetzt für einen totalen Idioten und einen Lügner oder die unterschwellige Entschuldigung reichte ihr aus, um ihm die schlimmen Dinge zu vergeben, die er höchstwahrscheinlich zu ihr gesagt hatte.

Und dann hörte er Jessica lachen, schallend und laut und sie hörte gar nicht wieder auf.

»Erzählt ihr euch gerade Witze?«, fragte die Kinderstimme im Hintergrund und Jessica versuchte, sich wieder zu beruhigen, was ihr nur schwer gelang. »Gehen denn diese Socken, Tante Jessy?«

»Ja, Svenja. Die gehen. Die sind ja hellblau und nicht rot. So, und jetzt zu dir, mein Lieber«, richtete sie schließlich das Wort wieder an Florian, der gleich ein wenig den Kopf einzog und sich tiefer in den Sessel drückte.

»Hab ich sehr schlimme Dinge gesagt?«, fragte er scheinbar beschämt und sehr zaghaft.

»Dazu kommen wir später«, sagte Jessica streng, doch er hörte das Lachen in ihrer Stimme, das sie krampfhaft und ohne viel Erfolg versuchte, im Zaum zu halten.

»Und jetzt hör gut zu«, befahl sie und Florian gehorchte, indem er nichts weiter sagte. »Wenn du schon meinst, mich mitten in der Nacht aus dem Schlaf klingeln zu müssen, dann stell gefälligst sicher, dass du dich am nächsten Tag noch daran erinnerst. So kann ich ja nicht einmal ärgerlich auf dich sein.«

»Entschuldige bitte«, nuschelte Florian kleinlaut.

Wieder lachte Jessica und trotz der ganzen Peinlichkeit, die ihm ein wenig die Stimmung verdarb, ging ihm ihr Lachen durch und durch. Es war ein herrliches Gefühl, sie lachen zu hören, und er konnte nicht umhin, selbst zu lächeln. »Es tut mir wirklich aufrichtig leid«, wiederholte er bedrückt.

»Ja, schon gut«, tönte ihre wunderschöne Stimme amüsiert durch den Hörer, vertrieb das mulmige Gefühl aus seinem Bauch und ersetzte es durch ein großartiges und aufregendes Kribbeln. »Du warst in der Nacht am Telefon sehr anständig und lieb und keineswegs unhöflich. Also keine Panik.«

Das breite Grinsen konnte Jessica natürlich durchs Telefon nicht sehen, doch Florian wollte darauf nichts erwidern, weil er hoffte, sie würde einfach weiterreden, wenn er jetzt schwieg. Ihre Stimme trieb ihn schon am Handy beinahe in den Wahnsinn und er wusste nicht, wie er auf sie reagieren würde, wenn er ihr hoffentlich irgendwann einmal wirklich nah sein würde, doch er konnte es auch kaum erwarten.

»Ich habe übrigens heute Abend frei«, verkündete Jessica ganz beiläufig und Florian verstand den Wink mit dem Zaunpfahl sofort.

»Schön zu hören«, sagte er und verlieh seiner Stimme ganz unbewusst einen tiefen und erotischen Unterton. Jessica sog scharf die Luft ein, schwieg aber.

»Darf ich dich zum Essen einladen, Jess?«, fragte er dann höflich, atmete tief durch und setzte schließlich alles auf eine Karte. »Ich hole dich in einer Stunde ab, also …«, er sah auf seine Armbanduhr, »also um 19 Uhr. Ich bestelle einen Tisch.« Er ließ sie nicht zu Wort kommen und beendete das Gespräch nach einem letzten Satz. »Und höre bitte den ganzen Abend nicht auf zu reden. Ich liebe deine sexy Stimme.« Dann drückte er auf den roten Knopf am Tele-

fon, mehr als zufrieden mit dem Verlauf dieses Gespräches und voller Erwartung auf einen schönen und aufre-
genden Abend.

Gerade als Florian etwa eine Stunde später in seinem Auto
saß, klingelte sein Handy. Widerwillig zog er es aus der
Innentasche seiner Jacke und schaute aufs Telefon. Eine
Nummer mit Hamburger Vorwahl erschien auf dem Display, doch es war nicht Martins Nummer, denn die hatte
er eingespeichert. Ärgerlich über die Verzögerung, doch
zu neugierig, um diesen Anruf zu ignorieren, nahm er
schließlich das Gespräch an.

Hauptkommissar Wächter, der Nachfolger von Jessica und jetziger Ermittler im Mordfall Wolfgang Reuter, meldete sich, tauschte kurz die nötigen Höflichkeiten
aus, bevor er dem überraschten Kemptener Kommissar
schließlich mitteilte, dass er aufgrund seines Besuches in
Hamburg jetzt seinerseits die Telefonverbindungen vom
Anschluss Reuter auf die Handynummer des Mordopfers überprüft hätte und die Ergebnisse sehr überra-
schend wären. Es wurde tatsächlich zumindest ein einziges
Gespräch von Wolfgang Reuters Handy aus getätigt. Er
wundere sich außerdem, dass seine Vorgängerin Grothe in
diesem Punkt so schlampig gearbeitet hatte, denn da unter
anderem wegen eventuellen Korruptionsvorwürfen gegen
den Beamten Reuter ermittelt wurde, hätte Hauptkommissarin Grothe diese Spur zumindest überprüfen müssen. Den Vorwurf der Unterschlagung von Beweismit-
teln deutete der Hamburger Kommissar nur am Rande an,
doch Florian entnahm seinen Worten einen gewissen Argwohn gegenüber seiner Vorgängerin. Er persönlich hielt
Hauptkommissar Wächter für einen weniger guten und

auch nicht sehr engagierten Ermittler und doch musste er ihm beipflichten, dass eine derartige Schlampigkeit wirklich den Verdacht zuließ, selbst in die Angelegenheit verwickelt zu sein.

Sofort nach Beendigung des Gespräches rief Florian deshalb auf seiner Dienststelle an und hoffte, sein Kollege Berthold würde heute wieder Überstunden machen. Und auf Kommissar Willig war wie immer Verlass.

»Hallo, Berthold, du musst mal etwas für mich überprüfen«, fiel er gleich mit der Tür ins Haus, ohne noch viele unnötige Worte zu gebrauchen.

»Klar, Chef, äh … Florian. Wie war es denn in Hamburg?«

»Ja, nett. Also, Berthold. Ich brauche dringend Informationen über die Dienstpläne von Jessica Grothe damals in Hamburg. Außerdem benötige ich eine Auskunft von ihrem jetzigen Chef bezüglich der Arbeitszeiten am Tag des Mordes von diesem Klaus Vollmer. Ach ja, und dann überprüfe bitte auch gleich, ob die Hauptkommissarin jemals in Korruptionsvorwürfe verwickelt oder irgendwelchen internen Untersuchungen ausgesetzt war. Ich brauche ein komplettes Bild von dieser Frau. Und zwar so schnell wie möglich.«

»Klar, Chef. Ist sie denn verdächtig?« Florian Forster überlegte nur kurz.

»Weiß ich noch nicht. Das will ich ja am liebsten sofort ausschließen. Finde einfach nichts, dann ist sie nicht verdächtig. Fertig.«

»Mach ich. Und morgen erzählst du dann von den Stripbars auf der Reeperbahn. Das war bestimmt total spannend.«

Schmunzelnd beendete Florian das Gespräch, schnallte sich an und drehte den Zündschlüssel. Solange er keine weiteren Hinweise oder Unstimmigkeiten hatte, würde er den Abend mit Jessica einfach genießen und davon ausgehen, dass alles in Ordnung war.

Keine zehn Minuten später klingelte das Handy des Hauptkommissars erneut. Florian hatte gerade seinen Kombi vor dem Endreihenhaus der beiden Schwestern eingeparkt und den Motor ausgeschaltet. Sein Kollege Willig hatte in so kurzer Zeit einiges über Jessica herausgefunden und Florian unterbrach ihn nicht, als er ausführlich über seine Ermittlungsergebnisse berichtete.

»Also, Chef … äh, Florian. Entschuldige.« Ein Räuspern kam durch die Leitung, dann begann Willig zu berichten. »Hauptkommissarin Grothe hatte am Tag des Hamburger Mordes frei und war nicht bei der Weihnachtsfeier, die an diesem Abend stattfand. Hier in Kempten dann hatte sie zwar Dienst in dieser Kneipe, war aber laut ihrem Chef, ein scheinbar sehr pedantischer Kerl, ganze 20 Minuten zu spät zur Arbeit erschienen. Er hat sie die Zeit dann nacharbeiten lassen. Falls du jetzt die Zeiten nicht mehr so im Kopf hast: Das Mordopfer vom Baumarkt ist um etwa 20 Uhr gestorben, um diese Zeit hätte Frau Grothe mit ihrer Arbeit beginnen müssen. Gut«, unterbrach er sich kurz selbst. Papier raschelte. »Die internen Ermittlungen … ja, da gab es etwas. Hauptkommissarin Grothe musste sich einmal rechtfertigen, weil sie bei einem Einsatz versehentlich auf einen ihrer Kollegen geschossen hatte. Allerdings wurde damals zu ihren Gunsten entschieden. Das war's. Soll ich weitersuchen, Chef?«

»Vorerst nicht. Mach jetzt Feierabend, Berthold. Es ist spät«, antwortete Florian und klang müde und enttäuscht. Das war jedenfalls nicht das, was er gerne gehört hätte, doch trotzdem noch lange kein Beweis für eine Schuld Jessicas in einem der beiden Mordfälle.

Er stieg aus, ging zur Haustür und läutete.

»Oh, der Hauptkommissar«, wurde er überschwänglich und mit einem charmanten Lächeln von Jessicas Schwester begrüßt, als diese ihm die Tür öffnete. »Jessica ist unten. Sie müssen sich also noch kurz gedulden. Kommen Sie doch rein.« Schwungvoll trat sie beiseite und lud ihn mit einer ausladenden Handbewegung ein, das Haus zu betreten.

»Wir hatten einen kleinen Zwischenfall mit meinem Sohn Tobi«, plapperte sie weiter, als sie die Tür hinter Florian geschlossen hatte. »Der kleine Mann hat's heute ein biss-chen mit dem Magen, übergibt sich ständig und beim letzten Mal hat es meine Schwester erwischt.« Jetzt lachte sie aus-gelassen und schob Florian ins Wohnzimmer. »Die Arme hatte sich schon so hübsch gemacht … und nun muss sie noch einmal duschen«, verriet Susanne Reuter dem Kom-missar und Florian wusste, dass sie mit Absicht auf die Tat-sache anspielte, dass ihre Schwester unter der Dusche stand. Und mit vollem Erfolg, denn die Vorstellung, Jessica würde sich gerade warmes Wasser und Seife über ihre nackte Haut laufen lassen, ließ ihn nervös schlucken. Susanne Reuter zwinkerte ihm neckisch zu, ließ ihn dann einfach stehen und rief ihm auf dem Weg ins Obergeschoss zu: »Ich muss wieder zu meinem Sohn. Gehen sie doch schon in den Kel-ler, geradeaus durch den Gang kommen Sie direkt auf ihre Tür zu. Sie können in ihrem Zimmer auf sie warten.« Also stieg Florian die Treppe hinunter in den Keller. Der kleine Flur im Untergeschoss war eng und grau und nicht gerade einladend. Die kalten Betonwände und der staubige Fußbo-den ließen nicht vermuten, dass jemand hier unten wohnte. Links ging eine Tür ab. Sie stand offen und gab den Blick auf eine Waschküche frei. Rosafarbene Handtücher und Blusen hingen auf der direkt unter der Decke gespannten Wäscheleine. Florian musste schmunzeln. Hinter einer weiteren Tür hörte er Wasser rauschen. Jessica duschte noch, also ging er weiter durch den Flur auf die letzte Tür zu. Vorsichtig trat er ein. Das Zimmer war matt erleuchtet, denn die Deckenlampe warf nur gedämpftes Licht auf einen Tisch in der Mitte des Raumes. Der Tür gegenüber stand ein breites Bett und darüber war ein kleines Fenster direkt unter der niedrigen Decke. Das einzige Fenster im Raum, wie Florian feststellte. Neben der Tür stand ein altmodischer, dunkelbrauner Kleiderschrank. Er war offen und überall im Raum verteilt lagen Pullover, Blusen, Jeans und Röcke. Auf dem Boden lagen außerdem diverse Schuhe, ein paar hellbraune Wildlederstiefel, schwarze Riemchensandalen mit hohem Absatz und ein paar teure Sportschuhe mit Gras und Erdflecken. Daneben zusammengeknüllt eine dunkelblaue wetterfeste Laufhose. Unter den Klamotten, die auf dem Tisch in der Mitte des Raumes lagen, stapelten sich Zeitschriften, Zeitungen und Papiere, außerdem Fotos, diverse Stifte, eine offene Tüte mit Kaubonbons und ein leeres Pistolenhalfter. Misstrauisch trat Florian an den Schreibtisch und hob das lederne Halfter an. Es war gut verarbeitet, mit breiten Schulterriemen versehen, leicht und beinahe zierlich. Es würde unter einer Jacke getragen kaum auffallen. Doch Florian erkannte sofort, dass es sich nicht um eine Dienstausrüstung handelte. Die gängigen Dienstwaffen würden in dieses Halfter nicht hineinpassen. Wo war also die dazugehörige Waffe? Er sah sich suchend im Zimmer um und entdeckte den kleinen Nachtschrank neben dem Bett. Ein kurzer Blick auf die leicht geöffnete Zimmertür versicherte ihm, dass niemand plötzlich hereinkommen würde. Außerdem lief nach wie vor das Wasser im gegenüberliegenden Badezimmer. Mit zwei großen Schritten ging er um den Tisch herum, setzte sich auf die Kante von Jessicas Bett und öffnete die oberste Schublade des kleinen Schränkchens. Er fand Papiertaschentücher, eine große Taschenlampe aus schwerem Metall und ein Pfefferspray. Außerdem eine angebrochene Tafel weiße Schokolade und einen teuren Füller mit einer Namensgravur. In schwungvollen Buchstaben stand darauf »Meiner lieben Schwester Jessy«. Florian legte den Füller zurück in die Schublade, schob sie zu, öffnete die darunterliegende. Ein dunkelgrüner Ordner lag darin. Jemand hatte die Initialen »W. R.« mit einem schwarzen Stift dick auf den Umschlag geschrieben. Neugierig nahm Florian den Ordner aus der Schublade, öffnete ihn und überflog in Windeseile die vielen Seiten und Zettel, die unsortiert und lose zwischen der dunkelgrünen Pappe lagen. Manche waren sorgfältig getippt, andere waren kleiner und mit der Hand beschriftet. Er fand eine Kopie eines Fotos der Leiche von Wolfgang Reuter. Als er weiterblätterte, fielen ihm drei Zeitungsausschnitte entgegen. Scheinbar hatte Jessica alle Berichte über den Kemptener Baumarktmord ausgeschnitten und gesammelt. Nur warum? Trophäen? Erinnerungen an die Tat? Das ergab doch keinen Sinn. Er schob die Zettel unter den Papierstapel zurück und blätterte weiter. Hatte sie ... hatte sie ... Florian schüttelte vehement den Kopf. Er weigerte sich, seinen Gedanken zu Ende zu denken. Seine gute Menschenkenntnis hatte ihn noch nie getäuscht und er hielt Jessica nicht für eine Mörderin. Doch wenn er sich dieses Mal irrte, weil diese Frau ihn faszinierte, weil er in ihrer Gegenwart mehr darüber nachdachte, wie es wohl wäre, sie zu küssen, als sich darüber Gedanken zu machen, ob sie in den aktu-

ellen Fall oder den Hamburger Mordfall verwickelt war ...
Was wäre, wenn ihm seine Instinkte bei genau dieser Frau
einen üblen Streich spielten?

Und dann plötzlich fand er die Verbindungsnachweise
des Telefonanschlusses von Wolfgang Reuter in dem grünen Ordner. Mit gelbem Textmarker waren alle Telefonnummern markiert, die scheinbar fremd oder nicht Freunden und Verwandten zugeordnet werden konnten. Florian
überflog schnell die Liste der gelb unterlegten Zahlen-
reihen und fand schließlich die gesuchte Handynummer
des ermordeten Klaus Vollmer. Er erkannte sie, weil sie
in der Mitte die markante Zahlenkombination »666« auf-
wies. Kein Zweifel, Jessica hatte bewusst die Ermittlungen behindert. Doch warum? Was wusste die ehemalige
Hamburger Hauptkommissarin? War sie selbst in kriminelle Machenschaften verwickelt oder deckte sie bloß einen
Freund? Und wie weit würde sie gehen, um zu verhindern,
dass genau diese Beweise, die Florian gerade in den Händen hielt, ans Tageslicht kommen würden?

Die Zimmertür schwang auf und Licht aus dem Flur
durchströmte den schummrigen Raum und blendeten
den Hauptkommissar, der abwehrend seinen Arm vor die
Augen hob und in Richtung Tür blinzelte. Dort stand Jessica, nur in ein großes Handtuch gewickelt und starrte ihn
hasserfüllt an, die Hände wütend in ihre Hüften gestemmt.

»Was machst du da«, rief sie laut, und mühsam unter-
drückter Zorn schwang in ihrer Stimme mit. »Das hättest du nicht tun dürfen, Florian.« Sie machte einen großen Schritt auf ihn zu, stieß mit dem Fuß die Tür hinter
sich zu und hob drohend die rechte Hand. Florian Forster starrte entsetzt in den Lauf einer Pistole.

Das warme Wasser tat Jessica wie immer gut und war auch nötig, um den schrecklichen Geruch von Erbrochenem von ihrer Haut zu bekommen. Tobi hatte sein gesamtes Abendessen und den Fencheltee zur Beruhigung seines angeschlagenen Magens im hohen Bogen in ihren Ausschnitt gespuckt, war dann weinend in ihren Armen zusammengebrochen und konnte sich gar nicht mehr beruhigen. Jessica hatte nur mühsam den aufsteigenden Würgereiz unterdrücken können, Susanne schließlich ihren kränkelnden Sohn in die Arme gedrückt und sich selbst auf den Weg in die Dusche gemacht. Als sie sich die schmutzigen Kleider vom Körper schälte, hoffte sie inständig, dass Florian sich verspäten würde, damit sie sich bis zu seiner Ankunft ein zweites Mal herausputzen konnte, denn sie wollte heute besonders hübsch aussehen. Bei diesem Gedanken musste Jessica über sich selbst schmunzeln, denn es war ihr bisher noch nie ein Bedürfnis gewesen, sich für einen Mann schick zu machen. Vermutlich machte das ihr Alter. Jede noch so kleine Spur ihres Alters konnte den Erfolg bei Florian eventuell schmälern und sie wollte auf gar keinen Fall Gefahr laufen, dergleichen zu riskieren. Der gut aussehende Allgäuer Kommissar hatte es ihr wirklich angetan. Also stieg sie Minuten später aus der Dusche, trocknete sich ab und cremte sich ausgiebig ein zweites Mal an diesem Abend ein. Auf viel Schminke verzichtete sie und war froh, dass ihre Haut schon immer natürlich frisch und rein war, sodass sie keine Makel verdecken oder Fehler mit Farbe korrigieren musste. Die stinkenden Klamotten lagen in einem mit Wasser gefüllten Eimer und weichten gründlich ein. Nur in ein Handtuch gewickelt verließ Jessica schließlich das Badezimmer, lauschte im kargen Flur auf Geräusche aus dem Erdgeschoss und war froh, dass sie im Wohnzimmer niemanden reden hörte. Florian war also noch nicht gekommen. Ziemlich unhöflich, sich so zu verspäten, dachte sie amüsiert und stieß die Tür zu ihrem Zimmer auf. Was sie dann sah, verschlug ihr den Atem und ließ ihr den aufsteigenden Wutschrei im Halse stecken bleiben.

Hauptkommissar Florian Forster saß auf der Kante ihres Bettes und durchwühlte ihren Nachttisch. Das war eine bodenlose Frechheit, Respektlosigkeit und … verdammt noch mal, das war total unhöflich. Hatte er sie etwa nur zum Essen eingeladen, um eine Gelegenheit zu bekommen, ihr Zimmer zu durchsuchen? Wäre er so weit gegangen, sie womöglich zu verführen, um nach einem Techtelmechtel Zugang zu ihren Unterlagen zu bekommen? Was für ein hinterhältiges Arschloch! So ein Scheißkerl. Er verdächtigte sie nach wie vor und machte sich auf so schäbige Weise an sie heran. Gibt es einen schlimmeren Ausdruck als »Arschloch«? Jessica überlegte fieberhaft, denn sollte es eine derartige Beschimpfung geben, dann passte sie genau auf diesen Idioten in ihrem Zimmer.

»Was machst du da?«, rief sie schließlich, als sie ihre Stimme wiederfand. Wütend ging sie auf Florian Forster zu. Sie würde ihm die Unterlagen aus der Hand reißen und um die Ohren schlagen. Dann würde sie ihn hinauswerfen und ihn für immer zum Teufel jagen. Diese Art von Vertrauensbruch war für Jessica unentschuldbar. Das hätte er ihr nicht antun dürfen.

»Das hättest du nicht tun dürfen«, sagte sie hasserfüllt und hob drohend die rechte Hand und fuchtelte etwas albern mit dem Fön vor seiner Nase herum, den sie aus dem Badezimmer mitgebracht hatte.

Was dann passierte, ließ ihr schon wieder den Atem stocken. Wie von einem Wirbelwind getroffen, wurde sie brutal umgedreht und schlug mit dem Oberkörper und dem Gesicht gegen die offene Schranktür, die krachend zufiel. Ihr rechter Arm wurde bei der Drehung in die Höhe gerissen und ihr Unterarm schlug schmerzhaft gegen die Außenkante des Schrankes, der andere Arm klemmte vor ihrem Bauch zwischen der Holztür des Schrankes und ihrem Körper. Sie bekam kaum Luft, weil etwas sie mit großer Kraft an den Kleiderschrank presste und mit Wucht ihre Beine von hinten auseinandertrieb. Jessica kannte diesen Trick nur zu gut aus ihrer Kampfsportausbildung. Wenn der Gegner breitbeinig stand, hatte er keine Möglichkeit, seine Füße zum Kampf einzusetzen, da er sonst sein Gleichgewicht verlor und auf die Schnauze fiel. Das konnte Jessica in ihrer ausweglosen Situation allerdings nicht passieren, denn ihr gesamter Körper war eingekeilt und unverrückbar gefangen zwischen zwei Haltern einer Schraubzwinge. So fühlte es sich zumindest an.

»Lass die Waffe fallen«, zischte Florian Forster bedrohlich direkt an ihrem Ohr. Mit seiner rechten Schulter hinter ihrem Kopf verhinderte er, dass Jessica ausholen und ihm mit ihrem Schädel die Nase brechen konnte. Auch ihren linken Arm bekam sie nicht frei, denn jetzt fühlte sie den stahlharten Griff seiner Hände um ihre beiden Handgelenke. Wieder wurde ihr Arm gegen die Schrankkante geschlagen und Jessica heulte gequält auf. Doch anstatt den Fön loszulassen, begann sie wutentbrannt zu fluchen.

»Lass mich los, du Arschloch. Verdammte Scheiße, du tust mir weh!«

»Das ist der Grund dieser Übung«, flüsterte Florian in ihr Ohr und presste seinen Körper noch fester in ihren Rücken, wenn das überhaupt möglich war. Er keuchte vor Anstrengung und trotz der schreienden Ungerechtigkeit und den haltlosen Vorwürfen gegen sie reagierte ihr Körper augenblicklich auf sein geräuschvolles Atmen an ihrem Hals. Ihr Arm schmerzte zwar und ihre Lungen schrien förmlich nach Sauerstoff, und trotzdem spürte sie ein wohliges Kribbeln in ihrem ganzen Körper. Verblüfft hörte sie auf, sich zu wehren und nahm Florians Körper hinter ihrem plötzlich mit einer Intensität war, die ihr den letzten Atem auch noch raubte. Ihr wurde schwindelig und endlich ließ sie den Fön fallen, der scheppernd auf den Boden aufschlug und dabei ein lautes Knacken von sich gab. Vermutlich war das Gehäuse gesprungen. Jetzt hielt auch Florian den Atem an.

»Was war das?«, fragte er, ohne seine Position zu verändern.

Jessica sog zwei- oder dreimal mühsam Luft durch den Mund und versuchte dann, mit den Lippen fast gänzlich an der Schranktür klebend zu antworten.

»Fön«, sagte sie gepresst. »Ist kaputt.«

Sekundenlang reagierte Florian nicht, dann lockerte er vorsichtig seinen felsenfesten Griff an ihrem Handgelenk, ließ sie aber nicht gänzlich los.

»Scheiße«, war alles, was er herausbrachte, kam mit seinem Mund noch dichter an ihr Ohr und flüsterte. »Entschuldige bitte.« Seine Nase berührte den oberen Rand ihres Ohres. Er atmete flach und unregelmäßig durch den Mund, roch dann an ihrem Haar und stöhnte.

»Scheiße«, sagte er wieder und dieses Mal klang es fast verzweifelt. »Du riechst gut, Jess.«

Und dann ließ er sie frei, trat zurück, ließ ihre Arme los, drehte sich um und lief zur Zimmertür hinaus in den Kellerflur. Jessica verlor fast das Gleichgewicht, fing sich aber schnell wieder, öffnete und schloss ihren Mund einige Male, um die verspannte Muskulatur in ihrem Unterkiefer wieder zu lockern, und ließ sich dann auf ihre Knie fallen. So konnte sie kriechend die Blätter und Fotos aus dem Ordner wieder einsammeln, die über den ganzen Fußboden verstreut herumlagen, und niemand würde merken, dass ihre Knie einfach nachgegeben hatten und ihre Beine ihr Gewicht nicht mehr halten konnten. Draußen vor der Zimmertür hörte sie Florian fluchen und als sie einen Blick unter dem Tisch hindurch in den Flur riskierte, sah sie ihn in purer Selbstbestrafung die Faust gegen die Betonwand schlagen, immer und immer wieder.

Die gesammelten Unterlagen verschwanden wieder in der Nachttischschublade. Jessica setzte sich erschöpft auf die Bettkante und rieb sich den schmerzenden Arm. Ein breiter Bluterguss färbte ihren Unterarm auf Höhe der Pulsadern rot und würde sicher in Kürze dunkelblau anlaufen. Die Schmerzen waren erträglich, sie hatte sich wirklich schon schlimmer verletzt in ihrem Leben, doch die Enttäuschung über den Vertrauensbruch von Florian tat sehr weh. Er hätte fragen können und sie hätte ihm ganz freiwillig all die gesammelten Notizen über den Mord an ihrem Schwager gezeigt. Was er getan hatte, war hinterhältig. Hinterhältig und gemein.

Die Kälte der grauen Betonwand kühlte seine Stirn und sein erhitztes Gemüt wieder auf Normaltemperatur. Er wusste nicht, wie lange er schon in dem hell erleuchteten schmalen Gang vor Jessicas Zimmer stand und seinen Kopf an die graue Mauer lehnte. Seufzend schloss er die Augen und rieb sich geistesabwesend die aufgeschlagenen Fingerkuppen seiner rechten Hand. Was hatte er nur getan? Wie konnte er auch nur im Entferntesten annehmen, dass diese Frau ihn mit einer Waffe bedrohte.

Ein Fön. Ein gottverdammter Fön.

Weder der Mord in Hamburg noch der Mord vor ein paar Wochen in Kempten waren Affekthandlungen gewesen. Beide Morde waren gut und klug durchdacht und perfekt ausgeführt. Selbst wenn Jessica etwas mit den Morden zu tun hatte, was er nicht glauben wollte, würde sie ihn nie spontan töten, sondern eher ... sondern zum Beispiel einen laufenden Fön in die Badewanne werfen, in der er saß, und es dann wie einen Unfall aussehen lassen. Das treffende Beispiel ließ ihn schmunzeln, doch sofort dachte er wieder daran, was er Jessica eben angetan hatte. Noch nie in seinem Leben hatte er einer Frau wehgetan. Selbst bei Festnahmen hatte er stets darauf geachtet, gerade Frauen zuvorkommend und respektvoll zu behandeln. Auf der anderen Seite hatte keine Frau ihn jemals zuvor mit ... einem Fön bedroht. Himmel, er war ein Arschloch, sie hatte völlig recht.

Mit hängenden Schultern und gesenktem Kopf trat er in die offene Tür zu Jessicas Zimmer.

»Darf ich reinkommen?«, fragte er flehend in einem defensiven Tonfall.

Jessica sagte nichts, saß nur auf ihrem Bett und starrte ihn an. Langsam setzte Florian einen Fuß in das Zimmer und trat lautlos ein. Er ließ die Tür offen, um ihr nicht das Gefühl zu geben, sie wäre durch seine Anwesenheit in Gefahr. Doch Jessica wirkte keinesfalls ängstlich. Ruhig und entspannt saß sie etwas nach vorn gebeugt da und stützte ihre Arme auf ihren Knien ab.

»Warum?«, fragte sie schließlich und schaute auf den Fußboden, um ihn nicht ansehen zu müssen.

Florian wusste, dass sie nicht seinen tätlichen Angriff meinte, sondern die Tatsache verurteilte, dass er heimlich in ihren Sachen gewühlt hatte. Trotzdem wollte er sich auch für seine Brutalität entschuldigen.

»Ich habe einen großen Fehler gemacht«, fing er an und hoffte, sie würde ihn ausreden lassen und nicht unterbrechen, denn er wusste nicht, ob er ein zweites Mal den Mut hatte, das alles auszusprechen. »Es tut mir schrecklich leid. Ich wollte dir nicht wehtun und weiß doch trotzdem, dass ich es getan habe. Du hast Beweise unterschlagen und ich dachte, du wärst tiefer in den Mordsachen drin, als du zugegeben hattest.«

»Wie bitte?« Beinahe tonlos kam ihr Einwand, doch Florian hörte die Fassungslosigkeit heraus und wurde unsicher.

»Die Telefonlisten in dem Ordner. Du hattest damals in Hamburg gewusst, dass es Verbindungen zu unbekannten Handynummern gab, und bist der Sache nicht nachgegangen.« Seine Aussage war klar und sachlich, nicht anklagend und rechtfertigend.

Jessica schüttelte den Kopf. »Ich habe mir die gesamten Untersuchungsergebnisse nach meiner Kündigung heimlich kopiert. Die Telefonlisten, die Obduktionsergebnisse, doch die Originale lagen und liegen den Hamburger Beamten vor. Mein Kollege hat damals alle unbekannten Nummern geprüft und zu jeder Nummer einen seriösen und logischen Hintergrund aufgetan. Es gab nichts Verdächtiges, sonst wäre ich der Sache nachgegangen. Wenn du mir also etwas vorwerfen willst, dann bitte keine Schlamperei im Job. Die Kopien sind rechtswidrig, okay, aber ich hatte gehofft, irgendwann doch noch hinter das Geheimnis um Wolfgangs Tod zu kommen. Für meine Schwester und ihre Kinder.«

Florian kam etwas näher und blieb dann mitten im Raum neben dem Tisch stehen und rieb sich mit den Fingern über seine Augen, als hätte er rasende Kopfschmerzen.

»Hab ich jetzt alles kaputt gemacht?«, fragte er vorsichtig und schaute auf Jessica hinunter. Ihre Augen suchten seine und schauten ihn traurig an. Dann zuckte sie mit den Schultern.

»Geh bitte jetzt«, flüsterte sie schließlich. »Geh und lass mich in Ruhe. Ich will dich nie wiedersehen!«

»Bitte«, flehte Florian. Das alles hier durfte so nicht enden. Er begehrte diese Frau, wollte sie und würde sie nicht auf so schändliche Art wieder verlieren, bevor er sie richtig kennengelernt hatte.

Jessica erhob sich und baute sich vor ihm auf. Dann legte sie ihre flache Hand auf seine Brust und drückte ihn von sich weg.

»Jetzt geh. Es reicht.«

»Nein«, sagte Florian bestimmt, griff mit seiner angeschlagenen Hand in ihr Haar und umschloss ihren Nacken mit seinen Fingern. Dann zog er sie an sich. Ihre Nasen berührten sich fast und er spürte ihren warmen Atem auf seinem Gesicht, roch den blumigen Duft ihres frisch gewaschenen Haares und sah in ihre erschrockenen und wunderschönen blauen Augen. Sie wehrte sich nicht, doch ihr Körper versteifte sich.

»Verdammt noch mal, Jess«, hauchte er atemlos. »Ich war vorhin dort am Schrank …« Mit einem Kopfnicken deutete er hinter sich, ohne sie aus den Augen zu lassen. »… kurz davor, dir das verdammte Handtuch herunterzureißen. Du hast mich total verrückt gemacht. Ich konnte mich kaum noch beherrschen. Wäre ich im Zimmer geblieben …« Er beendete den Satz nicht und atmete tief durch, um sich zu beruhigen. »Ich habe mich jetzt wieder einigermaßen im Griff, doch Jess, wenn du mich nicht aufhältst, dann werde ich dich jetzt küssen. Und wenn du dann immer noch willst, dass ich gehe, dann werde ich gehen.«

Jessica schaute ihn wortlos an, entspannte sich merklich und hob ganz leicht ihren Kopf.

Und Florian legte seinen Mund auf ihre weichen Lippen und küsste sie.

KAPITEL 9

Vor 15 Jahren in Hamburg, eine Geburtstagsfeier in einem schön dekorierten Kellerraum

Laute Musik dröhnte aus der teuren Stereoanlage auf dem langen Tisch in der Ecke. An den Wänden hingen Poster aus irgendwelchen Jugendzeitschriften und auf einem weiteren Tisch am anderen Ende standen volle und leere Flaschen, aber nur Säfte und Cola, keine alkoholischen Getränke. Der Alkohol war versteckt unter dem Tisch und hinter der bodenlangen Tischdecke, das wusste er, denn auch er hatte heimlich eine Flasche Wodka mitgebracht. Immerhin feierte sein bester Freund seinen 16. Geburtstag, da war es sozusagen Pflicht, sich ordentlich zu besaufen.

Hier, mit dem Rücken an der Wand, direkt unter dem einzigen und winzigen Kellerfenster hatte er den perfekten Überblick über den ganzen Raum. Die meisten der Gäste kannte er nicht. Das Geburtstagskind hatte weitaus mehr Bekannte als er selbst. Immerhin war sein bes-

ter Freund Mittelstürmer der Jugendmannschaft im hiesigen Fußballverein, spielte außerdem Tennis und war ein begnadeter Surfer. Trotz seiner vielen Hobbys hatte er seine freie Zeit fast ausschließlich immer mit ihm verbracht, obwohl er selbst ein Langweiler war. Hochintelligent und langweilig. Niemand aus der Schule wollte etwas mit ihm zu tun haben. Er war einfach nicht cool genug und Jugendpreise in Mathematikwettbewerben waren nichts gegen glänzende Pokale und Urkunden für erste Preise in einem Tennisturnier. Eigentlich störte es ihn nicht, dass er immer eher abseits stand und nie der Mittelpunkt einer Veranstaltung war, doch seit sein Freund eine Freundin hatte, verbrachte er noch weniger Zeit mit ihm und er war immer öfter ganz allein. Eine Freundin wünschte er sich auch. Die vielen Mädchen mit den ultrakurzen Röcken, die laut kichernd und wild in der Mitte des Raumes herumhopsten und im Rhythmus der Musik ihre Hüften kreisten, waren schon süß, doch keine von ihnen würde freiwillig ein Wort mit ihm wechseln. Worüber sollten sie auch reden? Über den Satz des Pythagoras oder Binomische Formeln?

»Hi. Amüsierst du dich?« Wie aus dem nichts stand plötzlich das Mädchen vor ihm, mit dem sein bester Freund seit einigen Wochen ging.

»Ja, ist ganz nett hier«, gab er höflich zur Antwort, denn so recht wohl fühlte er sich hier nicht.

»Würdest du mir einen Gefallen tun?«, fragte sie und ihm fiel erneut auf, wie gut sie aussah. Sie war etwas jünger als er und viel kleiner, doch sie wusste, wie sie sich in Szene setzen musste, trug einen kurzen pinken Lackrock und ein schwarzes Paillettentop mit sehr tiefem Ausschnitt. Von oben konnte er ihre vollen Brüste sehen und er musste

höllisch aufpassen, ihr nicht ständig auf ihre Nippel zu star-
ren, die sich klein und hart durch das Oberteil pressten.

»Klar. Was gibt's?«

»Komm einfach mit«, befahl sie und wartete eine Ant-
wort nicht ab, sondern drehte sich um, ging zur Tür und
aus dem Raum. Er folgte ihr. Vermutlich wollte sie neue
Getränke holen. Sie hatte bereits bei den Vorbereitungen
der Party geholfen und wusste, wo der Nachschub an Cola
stand.

Und tatsächlich stieß sie mit ihrer Hüfte die nur ange-
lehnte Kellertür zum Vorratsraum auf, zwinkerte ihm zu
und ging hinein. Das Licht allerdings ließ sie aus.

Zögernd steckte er seinen Kopf durch die Tür und suchte
mit der Hand nach dem Lichtschalter, den er an der Wand
neben der Tür vermutete. Doch plötzlich griff eine kleine
Hand nach seinem Pullover und zog ihn in den Raum.
Dann spürte er weiche Lippen auf seinem Mund und diese
wundervollen Brüste direkt an seinem Körper. Himmel,
sie fühlte sich gut an. Nie zuvor war er einem Mädchen so
nahegekommen, reagierte prompt auf dieses unbeschreib-
liche Gefühl und bekam eine mächtige Erektion.

»Ich wusste, das würde dir gefallen«, hauchte sie, als
sie ihren Bauch aufreizend an seinem Schwanz rieb und
dabei wohlig seufzte. Und dann schob sie ihre Hand an
seinem Bauch hinunter und legte sie auf seiner Hose genau
auf die Stelle, die sich groß und hart ausbeulte und danach
drängte, angefasst zu werden.

»Nein«, sagte er schließlich und schob sie mit dem letz-
ten Rest an Selbstbeherrschung, den er aufbringen konnte,
von sich weg. »Das ist nicht richtig.« Und dann stöhnte er
laut, als sie blitzschnell ihr T-Shirt zerriss, seine Hand nahm
und sie direkt auf ihre große, feste Brust legte. Er konnte

nicht mehr zurück, umarmte sie mit seinem freien Arm und drängte sie an eine nackte, kalte Wand. Sie küsste ihn fordernd, legte ihre Hände jetzt auf seinen Hintern und zog ihn so fest an sich, dass er durch den Druck, den ihr Körper auf seine Hüfte ausübte, beinahe kam. Gott, er würde das hier niemals bis zum Ende aushalten. Er musste sich zusammenreißen, an etwas anderes denken, … Herr im Himmel, sie war heiß … sie war sexy … sie war … sie war die Freundin seines besten Freundes. Mit einem Ruck befreite er sich aus ihren Armen und trat einen Schritt zurück.

Und dann wurde plötzlich die Tür aufgestoßen und im hellen Lichtschein sah er die Umrisse seines besten Freundes, der stocksteif in der Tür stehen blieb und ihn anstarrte.

Wie auf Kommando begann das Mädchen jämmerlich zu schluchzen.

»Gott sei Dank«, weinte sie und japste, als würde sie kaum Luft bekommen. »Er wollte mich … er wollte mich … mein T-Shirt ist zerrissen.«

Ein grölender Wutschrei erfüllte den Raum und hallte von den kahlen Wänden zurück. Und dann traf ihn eine donnernde Faust mitten ins Gesicht.

Sie hätte schreien können, als er den Raum verließ, doch sie hätte nicht gewusst, warum sie schrie. Wäre es aus Enttäuschung, aus unerfüllten Wünschen oder aus purer Wut gewesen, dann wäre es gut zu schreien, um den schrecklichen Druck, den dicken Klumpen Selbsthass in sich, endlich loszuwerden. Doch Jessica befürchtete, sie hätte aus Kummer geschrien, um dann im Anschluss heulend und jammernd zusammenzubrechen, ohne dass sich der eigentliche Schmerz von ihrem Körper löste. Also riss sie sich zusammen, ließ das Badetuch, in das sie immer noch gewickelt war, einfach auf den Boden fallen, zog Unterwäsche und die schmuddelige Jogginghose, die eigentlich längst in die Wäsche müsste, über und suchte im Schrank nach dem alten, aber mollig warmen Fleecepullover, der zum Laufen in kalter Nachtluft prima geeignet war.

Schließlich verließ sie über die Kelleraußentreppe das Haus. Auf gar keinen Fall wollte sie ihrer Schwester Susanne in die Arme laufen, die sie nicht nur mit Fragen über den übereilten Aufbruch von Florian gelöchert hätte, sondern ihr außerdem das Joggen um diese Uhrzeit verboten hätte. Wenn Jessica genauer darüber nachdachte, dann hätte ihre Schwester mit ihrer Anweisung recht gehabt, denn es war gefährlich, nachts zu laufen, doch Jessica wollte und musste sich abreagieren, brauchte diese völlige körperliche Erschöpfung, um später wenigstens einschlafen zu können. Joggen machte den Kopf frei und ihrer war zurzeit übervoll.

Die Straßenlaternen in der schmalen Nebenstraße, in der das Reihenhaus stand, würden in etwa einer Viertelstunde abgeschaltet werden. In der Nacht sparte die Stadt in wenig befahrenen Gebieten Strom. Noch waren der Gehweg und die Straße beleuchtet, aber das wenige Licht reichte kaum aus, mehr als einzelne Flecken des Weges zu erhellen, die Stellen dazwischen waren dunkel. Die Büsche und Sträucher in den kleinen Vorgärten nahm Jessica nur noch als schwarze Schatten wahr, als sie mit großen, kraftvollen Schritten an den Häusern vorbeilief und in den stockdunklen Weg einbog, der zum nahe gelegenen Park führte. Angst im Dunkeln kannte Jessica nicht. Schon als Kind hatte sie sich ohne Furcht nachts aus dem Haus schleichen können, um in einem Baum »geheime Observation« oder in der winzigen Hütte, die als Kinderhaus zum Spielen diente, »nächtliche Razzia« zu spielen. Einige Male hatte sie Susanne überredet, mitzumachen, doch ihre kleine Schwester fand diese Ausflüge nicht lustig, weinte sogar und fürchtete sich fast zu Tode. Immerhin konnte Jessica sich darauf verlassen, dass Susanne sie nie verriet, wenn ihre Mutter am nächsten Morgen beim Wecken fragte, woher die Blätter in ihren Haaren kamen oder warum ihre Schuhe so schmutzig waren. Ihr Vater allerdings fragte nie, lächelte nur wissend und sagte beiläufig: »Außerhalb des Gartens sind die echten Verbrecher.« Und Jessica wusste, dass er richtig wütend werden würde, wenn sie jemals nachts über den Zaun steigen sollte. Sie tat es nicht, blieb in der Nähe des Hauses und wartete darauf, älter zu werden. Als sie zwölf war, verlor sie das Interesse an den nächtlichen Ausflügen und entdeckte das Radfahren für sich. Nicht das gemächliche durch die Stadt Fahren, einen Picknickkorb auf dem Gepäckträger und lustige bunte Bänder am Lenker, die im Wind flatterten. Nein, sie wollte mehr. Sie wollte ihre Oberschenkel vor Anstrengung brennen spüren, wenn sie stundenlang durchs Gelände fuhr, Hügel hinaufstrampelte und hinunterbrauste, Kurven schnitt und waghalsige Sprünge über kleine Gräben und Baumstümpfe vollführte. Etwa einmal pro Woche kam sie mit aufgeschürften Beinen oder Beulen am Kopf nach Hause, einmal hatte ihr ein dicker Ast, der im Weg hing, die Schulter aufgerissen und einmal hatte sie sich beim Sturz die rechte Hand verstaucht, aber wirklich schlimme Unfälle waren ihr nie passiert.

Die großen Bäume mit den tief herunterhängenden Ästen wirkten gespenstisch. Hier im Park war es beinahe stockdunkel, doch die vereinzelnd stehenden Parkbänke und Mülleimer waren vor der großen Rasenfläche in der

Mitte der Grünanlage gut zu erkennen. Jessica würde problemlos auf dem ausgetretenen Schotterweg bleiben können und eine große Runde durch den Park laufen, bevor sie an der gegenüberliegenden Seite hinter dem Hügel an eine viel befahrene Straße mit etwas mehr Beleuchtung kam. Tagsüber lief sie nicht besonders gern an vielbefahrenen Straßen, sondern bevorzugte Waldwege und Wiesen, doch in der Stadt war es schwierig, asphaltierten Untergrund zu umgehen. Dafür hätte sie sich ins Auto setzen und aus Kempten hinausfahren müssen.

Problemlos stapfte sie den unebenen Hügel hinauf und lief zwischen Baumwurzeln und nassem Laub hindurch an der anderen, etwas steileren Seite wieder hinunter. Mehrmals rutschte sie gefährlich auf dem feuchten Untergrund und wäre beinahe gefallen, doch sie fing sich geschickt wieder und preschte mit großen Schritten an dünnen Baumstämmen vorbei den finsteren Abhang hinunter, immer dem Licht der durch die Äste schimmernden Straßenlaternen entgegen. Durch die dichten, mit buntem Herbstlaub behangenen Äste der Büsche sprang sie auf den gepflasterten Weg und rannte ungebremst in einen metallenen Mülleimer.

Der Schmerz schoss brutal in ihr rechtes Knie und sie presste den Mund fest zu, um nicht laut aufzuschreien. Ein qualvolles Stöhnen konnte sie allerdings nicht unterdrücken. Humpelnd trat sie ins Licht und griff mit beiden Händen an das pochende Knie. Sie konnte auftreten, das war ein gutes Zeichen. Doch Strecken und Beugen tat höllisch weh. Wütend starrte sie den nagelneuen Abfallkorb an, der letzte Woche noch nicht hier gestanden hatte und der sie so mühelos und brutal ausgebremst hatte. Dann holte sie aus und trat mit dem gesunden Bein gegen das harte Metall. Der Mülleimer schepperte laut, gab aber nicht nach.

»Scheißteil«, fluchte Jessica, humpelte noch einen Schritt zurück und verzog schmerzerfüllt das Gesicht. »Blödes Mistding!« Dann starrte sie resigniert die lange, autofreie Straße hinauf, rieb sich genervt mit der Hand über das Gesicht und stapfte los.

Es würde lange dauern, bis sie in diesem Tempo wieder zu Hause war.

Und es würde schmerzhaft werden.

Lang und sehr, sehr schmerzhaft.

Hauptkommissar Forster hatte schlecht geschlafen in dieser Nacht, war schließlich sehr früh aufgestanden und in sein Büro gefahren. Als Kommissar Willig gegen 8 Uhr das Zimmer betrat, war er bereits seit eineinhalb Stunden damit beschäftigt, Akten zu durchsuchen und längst überfällige Berichte zu tippen. Er hasste die Büroarbeit.

»Guten Morgen, Chef«, begrüßte der junge, schlaksige Beamte seinen Vorgesetzten und bekam nur ein mürrisches Brummen zur Antwort. Berthold Willig ließ sich davon jedoch nicht abschrecken. Ob er zu einfältig war, die schlechte Laune seines Kollegen zu erkennen, oder einfach wusste, dass Florian Forster zwar knurren, aber nicht beißen konnte, konnte der Hauptkommissar nicht sagen. Jedenfalls nervte ihn die überschwänglich gute Laune von Berthold ungemein, der jetzt pfeifend und beschwingt durch den Raum lief und sich ihm gegenüber auf den Stuhl auf der anderen Seite des Schreibtisches fallen ließ.

»Wie war's denn nun in Hamburg? Reeperbahn, Stripklubs«, half Berthold Willig Florian auf die Sprünge, als dieser nicht auf seine Frage reagierte. »Laufen die Nutten dort tatsächlich einfach so frei herum und quatschen einen an?«

»Abends kommt das schon mal vor«, gab Florian widerwillig Auskunft. Er würde jetzt lieber seine Ruhe haben oder wenigstens über die Arbeit sprechen, als hier in »Urlaubserinnerungen« zu schwelgen.

»Und? Wie sehen die aus?«, fragte Berthold neugierig und grinste breit.

»Zu jung, zu doll geschminkt, zu ... nuttig«, war das Einzige, was der Hauptkommissar sagte.

»Du hast wohl nicht besonders viel Spaß gehabt in Hamburg«, neckte Berthold seinen Chef, wechselte dann aber das Thema, da er begriff, dass er auf dieser Schiene nicht weiterkam. »Was ist jetzt eigentlich mit dieser Jessica Grothe? Müssen wir die Spur weiterverfolgen?« An der Art, wie er die Frage aussprach, merkte Florian, wie wenig Willig von dieser Sache hielt. Für ihn gab es keinen Grund, diese Spur weiterzuverfolgen. Doch das letzte Wort hatte der Hauptkommissar.

»Die Spur mit den angeblich unterschlagenen Telefonnachweisen hat sich geklärt«, verkündete er sachlich. »Ich glaube nicht, dass die Hauptkommissarin etwas mit einem der Morde zu tun hat.« Es gab zwar nach wie vor Dinge, denen Florian nachgehen und die er abklären wollte, doch im Großen und Ganzen hatte er für sich beschlossen, dass Jessica keine Mörderin war.

»Was ist denn mit deiner Hand passiert, Chef?«, fragte Berthold plötzlich, als sein Blick auf Florians lädierte Fingerknöchel fiel.

Florian hob die verletzte Hand und drehte sie gedankenverloren vor seinem Gesicht. Die Knöchel an den mittleren drei Fingern waren aufgesprungen und leicht geschwollen. Dunkelrote Krusten verschlossen die offenen und gestern noch blutenden Stellen und Florian konnte die Finger kaum beugen, ohne dass die Wunden erneut aufplatzten. Schließlich ließ er die Hand sinken und sah zu seinem Kollegen hinüber.

»Ich habe mich gestern Abend geprügelt«, gab er sachlich und neutral zu. Und bevor Berthold Willig noch eine weitere Frage stellen konnte, folgte bereits seine Erklärung.

»Mit einer Wand. Einer verdammt harten Betonwand!«

KAPITEL 10

Auf dem großen parkähnlichen Friedhof im Stadtteil Hamburg Winterhude wehte ein eisiger Wind, doch die Sonne schien hell und der Himmel war fast wolkenlos und klar. Schweigend liefen Elfriede und Herbert Grothe mit ihrer Tochter Susanne über die gefrorenen Sandwege an den zahlreichen Gräbern vorbei, die bereits mit Tannenzweigen winterfest gemacht worden waren und am helllichten Tag unspektakulär und eintönig aussahen, und gelangten schließlich zum Grab von Wolfgang Reuter. Susanne ging in die Knie und strich zärtlich über den marmornen Stein, in dem Geburts- und Todestag ihres verstorbenen Mannes eingemeißelt waren und jeden, der es sah, daran erinnerten, wie schnell ein Leben zu Ende gehen konnte und wie vergänglich Ewigkeit war.

Wolfgang Reuter hatte lange vor seinem tragischen Tod beschlossen, dass er verbrannt werden wollte, und so lagen seine staubigen Überreste jetzt in einem kleinen Urnengrab neben all den anderen Gräbern mitten auf einer großen Wiese. Nur die Grabsteine zeigten die Stellen an, an denen die Verstorbenen ruhten.

»Zweiunddreißig«, flüsterte Susanne traurig und rieb sich über die Augen. Sie wollte nicht weinen, doch die Erinnerungen an all die schönen Zeiten mit Wolfgang, sein Lachen, seine starken Arme, all das machte sie traurig, weil sie es vermisste.

Weil sie ihn vermisste.

Weil sie allein war.

Die große schwere Hand ihres Vaters legte sich beruhigend auf ihre Schulter und drückte sie sanft. Susanne sah zu ihm auf und schmiegte ihre Wange an seinen Arm. Dann stand sie auf.

»Danke, dass ihr mitgekommen seid«, sagte Susanne leise und fiel dann ihrer Mutter um den Hals. »Ich weiß nicht, ob ich es allein gekonnt hätte. Es ist immer noch so schwer.« Und dann weinte sie. Sie weinte bitterlich und schluchzte laut, als wäre ihr Mann gestern erst und nicht schon vor über einem Jahr gestorben, und ihre Mutter hielt sie ganz fest und ihr Vater strich ihr beruhigend über den Rücken.

Die beiden Schwestern hatten sich ganz kurzfristig entschlossen, die Weihnachtstage in ihrer alten Heimat in ihrem Elternhaus zu verbringen. Elfriede und Herbert freuten sich sehr, Kinder und Enkelkinder an den Feiertagen um sich zu haben, und verwöhnten die vier, wo es nur ging. Der Heilige Abend war besinnlich und fröhlich wie lange nicht mehr gewesen und heute, am ersten Weihnachtsfeiertag hatte Susanne beschlossen, das Grab von Wolfgang zu besuchen, um auch mit ihm Weihnachten zu feiern. Für andere klang das albern, aber sie fühlte sich ihrem verstorbenen Mann an solch besinnlichen Tagen besonders nah und jetzt stand sie auch an dem Ort, an dem er seine letzte Ruhe gefunden hatte.

Ihre Kinder Svenja und Tobias verbrachten den Vormittag mit Jessica in einem Schwimmbad. Jessica hatte Martin angerufen und ihn eingeladen, mit ihnen zu gehen, und er hatte dankend angenommen. Vermutlich war er gerade in der Weihnachtszeit sehr allein, denn schon früher hatte er die Feiertage gern bei Familie Reuter verbracht. Er war ohne seine Mutter aufgewachsen und auch sein Vater war vor einigen Jahren gestorben. Susanne, Jessica, Wolfgang und die Kinder waren alles gewesen, was er an »Familie« besaß.

»Maaaaaartiiiiin!«, schrie Svenja vergnügt und nahm Anlauf. »Fang mich auf!« Dann sprang sie vom Beckenrand ab und Martin direkt in die Arme. Wasser spritzte in alle Richtungen, als Svenja klatschend auf der Oberfläche aufschlug und die Arme um Martins Hals warf.

Jessica stand am Beckenrand und lachte. Sie hielt den kleinen Tobias an der Hand, der ängstlich zum Beckenrand schielte und vorsichtig seine Zehen ins Wasser tauchte. Dann verzog er das Gesicht und schüttelte heftig seinen kleinen Kopf. Hilflos schaute er zu seiner Tante auf.

»Wollen wir wieder in das Kinderbecken, Tobi?«, fragte Jessica, obwohl sie die Antwort bereits kannte. Ihr Neffe strahlte, nickte und rannte dann voraus zu dem kleinen flachen Becken am Rande der Schwimmhalle. »Sei vorsichtig und lauf nicht so schnell, sonst rutschst du noch aus!« Doch der kleine Mann hörte nichts mehr und war schon auf der ersten Stufe der kleinen Kinderrutsche, die im niedrigen Becken endete und Tobi so viel Freude bereitete.

»Hallo, Nicky.«

Jessica erstarrte, als sie die Männerstimme in ihrem Rücken hörte. Sie erkannte sie sofort, nicht nur daran, dass nur ein einziger Mensch sie jemals bei ihrem zweiten Namen nannte. Dass ihr voller Name Jessica Nicole Grothe lautete, wussten nur ihre engsten Freunde.

»Du siehst gut aus, Nicky.« In Windeseile drehte sie sich um und schaute in die freundlichen Augen ihres Exfreundes.

»Kai?« All die unausgesprochenen Fragen, die sie nicht mehr stellen konnte, weil er damals sang- und klanglos verschwunden war, fielen ihr spontan wieder ein. Sie hatte nicht verstanden, warum er sich getrennt hatte, wollte damals Antworten haben, bekam keine und wurde frustriert und wütend zugleich. Doch jetzt, nach über vier Jahren freute sie sich einfach nur, ihn wiederzusehen. »So ein Zufall. Schön, dich zu sehen!« Und sie meinte es ernst.

Er lächelte schüchtern, dann sah er zu Tobias hinüber. »Ich habe dich beobachtet«, gab er zu. »Ist das deiner?« Er nickte leicht in Tobis Richtung und schaute sie dann fragend an.

»Nee, ich habe keine Kinder. Das ist mein Neffe, Susannes Sohn«, erklärte Jessica und betrachtete Kai ungeniert. Er sah nach wie vor jung aus, hatte immer noch diese Frisur, die immer ungekämmt und etwas wild aussah, und war schlaksig wie eh und je. Er hatte sich überhaupt nicht verändert.

»Du siehst immer noch so aus wie vor vier Jahren«, sagte sie, ohne lange zu überlegen. »Hast du denn jetzt Kinder?«

»Ja, der Kleine dort drüben.« Er zeigte auf einen kleinen Jungen in Tobias' Alter, dessen strohblonde Haare wirr in alle Richtungen abstanden und der wild im flachen Wasser herumsprang, dass es nur so spritzte.

»Die Haare hat er eindeutig von dir«, lachte Jessica und zog ihr Bikinioberteil gerade, denn sie hatte das Gefühl, von Kai angestarrt zu werden, und wurde etwas nervös. »Du bist also verheiratet. Freut mich für dich«, sagte sie dann und knuffte ihm freundschaftlich in die Rippen. Er war immer noch so dünn, dass die Rippen deutlich hervortraten.

»Geschieden«, gab Kai ohne Bedauern zu. »Heute habe ich den Kleinen.«

»Aha.« Konzentriert fixierte Jessica ihren Blick auf Tobias, der in einer für ihn sehr waghalsigen Aktion versuchte, die glatte Rutsche vom Wasser aus zu besteigen. Sie würde nicht eingreifen oder gar rufen. Der Kleine musste dringend mutiger werden und sich selbst mehr zutrauen. Trotzdem schlug ihr Herz bis zum Hals, als er ausglitt, mit dem Gesicht auf die Rutsche knallte und dann kurz reglos liegen blieb. Dann drückte er sich wieder hoch und kletterte weiter nach oben.

»Puh«, flüsterte Jessica. »Ich dachte schon, es würde Geschrei geben.«

»Bist du jetzt mit Martin zusammen?«, fragte Kai plötzlich und sie sah, wie er seinen Blick auf Martin richtete und beobachtete, wie dieser Svenja in die Luft warf und ins Wasser fallen ließ, nur um sie kurze Zeit später wieder herauszuangeln. Svenja liebte das Wasser, war seit ein paar Wochen auch im Schwimmverein und hätte jede freie

Minute im kühlen Nass verbringen können, wenn man sie lassen würde.

»Nee, wir sind mit Martin nach wie vor nur gut befreundet. Zu ihm hast du den Kontakt auch abgebrochen«, sagte sie jetzt ein wenig vorwurfsvoll. »Warum eigentlich?« Sie würde auch auf diese Frage keine Antwort von Kai bekommen, das wusste sie, deshalb plapperte sie einfach weiter und überspielte so die peinliche Stille, die zwischen ihnen entstand.

»Ich bin noch ein paar Tage hier. Wenn du Lust hast, dann können wir uns gern einmal treffen«, schlug sie vor und Kai sah sie fragend an.

»Wohnst du denn nicht mehr in Hamburg?«

»Wir wissen wirklich nicht mehr viel voneinander, oder?«, stellte sie kopfschüttelnd fest. »Ich würde mich wirklich freuen, wenn wir beide uns mal wieder ausführlich unterhalten könnten.«

Kai nickte und lächelte dann.

»Am Montag? 19 Uhr? Wie immer?«, schlug er vor und zwinkerte ihr zu. Jessica grinste. Sie wusste, er meinte das kleine Lokal in Altona, in dem sie sich früher immer einmal in der Woche getroffen hatten.

»Sehr gern. Ich freue mich«, sagte sie wieder, gab ihm einen Kuss auf die Wange und lief zu Tobias.

»Ich mich auch«, flüsterte Kai und bemerkte nicht Martins wütenden Blick in seinem Rücken.

Das Zimmer war hell und freundlich mit bunten Vorhängen an dem großen Fenster und Bildern an der Wand und doch sah man sofort, wenn man es betrat, dass es nur ein funktionelles und steriles Krankenhauszimmer war. Wenigstens stand nur ein einziges Bett darin. Florian hätte es nicht ertragen, wenn seine Mutter mehrere kränkelnde und altersschwache Bettnachbarinnen gehabt hätte. Seine Mutter hasste leidende Menschen. Auch sich selbst gestand sie kein Gejammer zu und so lag sie jetzt mit einem schweren Oberschenkelhalsbruch im Kemptener Regionalkrankenhaus, einen Laptop auf dem Bauch, und schlug heftig in die Tasten. Als ihr Sohn das Zimmer betrat und leise die Tür hinter sich schloss, schaute sie kurz zu ihm auf.

»Moment«, sagte sie und starrte konzentriert auf den Bildschirm. »Bin gleich fertig. Nur noch einen Satz.« Dann schloss sie kurz die Augen, murmelte still vor sich hin, denn ihre Lippen bewegten sich wortlos und dann schlugen ihre flinken Finger wieder klappernd auf die Tasten. Schließlich schaltete sie den Computer aus und legte ihn auf den Nachttisch.

»Hallo, Florian«, begrüßte sie jetzt ihren Besucher und lächelte freundlich.

»Hallo, Mutter.« Florian beugte sich über sie und gab ihr einen Kuss auf die Wange. Seine Mutter sah gut aus. Ihre Augen strahlten und ihr Gesicht war immer noch jugendlich frisch, obwohl ihr Haar bereits seit Jahren vollständig ergraut war. Sie kümmerte sich nicht um die graue Farbe, doch trug sie stets modische Kurzhaarfrisuren und spielte selbst in ihrem Alter noch Tennis. Ihre Sportlichkeit und ihr jugendlicher Elan hatten sie dennoch nicht davor bewahrt, die hohe breite Steintreppe in dem alten Stadthaus, in dem sie nach wie vor wohnte und das vorher bereits ihren Eltern gehört hatte, hinunterzustürzen, sich ihr Bein zu brechen und sich eine schwere Gehirnerschütterung zuzuziehen.

»Kommst du gut voran?«, fragte er, zog sich den grünen Stuhl mit dieser unbequemen Plastikschale als Sitzfläche heran und setzte sich neben das Bett. Seine Mutter hatte es, nachdem sie ihre Laufbahn als Geschichts- und Englischlehrerin beenden musste, als Autorin versucht und arbeitete jetzt bereits an ihrem dritten Buch.

»Ja, geht ganz gut. Ich bräuchte da allerdings noch die zwei Bücher aus meinem Arbeitszimmer. Hast du daran gedacht?«

Florian öffnete die große Sporttasche, die er mitgebracht hatte, und beförderte die dicken Geschichtsbücher, die seine Mutter für ihre Recherche brauchte, zutage. Außerdem eine hellblaue Tupperschale mit Deckel und ein paar frische Nachthemden zum Wechseln.

»Was ist da drin?«, fragte sie neugierig. Dann grinste sie breit. »Mostküchle.« Und als sie ihren Sohn lächeln sah, wurde ihr Grinsen noch breiter.

»Kein Weihnachten ohne Mamas Mostküchle«, flüsterte Florian verschwörerisch, sah sich zur geschlossenen Zimmertür um und zog dann zwei Pappschüsseln und eine Thermoskanne hervor, legte die in Teig ausgebackenen Brotscheiben in die Schüsseln, bestreute sie mit Zimt und Zucker und übergoss das Ganze dann mit heißem Glühmost. Eine der Schüsseln reichte er seiner Mutter.

Maria Forster lächelte immer noch, legte jetzt aber ihrem Sohn ihre alte Hand auf den Arm und sah ihn beschwörend an.

»Koi Moschtkiachle …«, schwäbelte sie und klopfte Florian jetzt aufmunternd auf den Unterarm.

»… ohne Tischgebet«, vervollständigte Florian ihren Satz. Er räusperte sich, setzte sich aufrecht hin und senkte den Kopf.

»Eisar Hearr im Himl doba. Mir sind do und wend Di lobe. Labescht eis mit Speis und Tronk. Drum saget mir Dir Lob und Donk.«

»Amen«, schloss Maria das Gebet. »Jetzt aber schnell essen, bevor es kalt wird oder der Alkohol gar verdampft.«

Genussvoll schmatzend aßen sie gemeinsam die mitgebrachten Küchle und schwiegen eine ganze Zeit lang. Der erste Weihnachtsfeiertag war, wie man sich Weihnachten wünschte. Die Sonne schien hell und ließ die winterliche Schneelandschaft glitzern und leuchten. Die Äste der Bäume waren überfroren, und dicke Eisschichten funkelten wie Kristalle mit dem Schnee um die Wette. Die Kälte war trocken und angenehm und jetzt am frühen Nachmittag zog es alle Menschen nach draußen. Selbst hier vor dem Krankenhaus spielten Kinder im Schnee, bauten Schneemänner oder bewarfen sich laut schreiend mit weißen Kugeln. Patienten und ihre Angehörigen gingen im Park spazieren und reckten ihre Gesichter in die Sonne.

»Ich möchte etwas mit dir besprechen, Florian«, unterbrach Maria Forster schließlich die Stille, reichte ihrem Sohn die leere Schüssel und setzte sich mühsam im Bett auf.

»Ich weiß, mein Vorschlag wird dir nicht gefallen, doch lass mich erst ausreden, bevor du protestierst«, sagte sie in dem typischen Oberlehrerton, den sie immer benutzte, wenn sie gehört werden wollte und keine Zwischenrufe duldete. Florian war in diesen Momenten immer froh, dass er seine Mutter nie als Lehrerin gehabt hatte, obwohl er auf das gleiche Gymnasium gegangen war, an dem sie unterrichtet hatte. Die Lehrerin Forster war geliebt und gefürchtet zugleich gewesen und einige seiner Freunde ließen kaum ein gutes Haar an ihr, andere dagegen beneideten ihn um diese offene und loyale Mutter und bewunderten ihren guten und lebhaften Unterricht. Maria Forster hatte ihren Beruf gelebt, hatte es geliebt zu unterrichten und ihre späte Schwangerschaft hatte sie nicht daran gehindert, ihre

Arbeit auch nach der Geburt mit vollem Elan fortzusetzen. Als Florian geboren wurde, war Maria Forster bereits 42.

»Ich bin jetzt 75«, begann sie, nickte dann kurz, so als wollte sie sich selbst zustimmen, und fuhr dann fort. »Dieser blöde Beinbruch hat mich etwas aus der Bahn geworfen und ich befürchte, ich werde nie wieder ganz die Alte sein.« Als Florian widersprechen wollte, gebot sie ihm mit einer erhobenen Hand, zu schweigen.

»In drei Wochen beginnt meine Reha«, sprach sie nüchtern weiter. »Wenn ich Glück habe, bin ich dann auch irgendwann die Krücken wieder los, aber das wird noch dauern.« Jetzt sah sie ihren Sohn ernst und bittend an. »Ich möchte, dass du in mein Haus ziehst!« Sie wartete geduldig auf eine Reaktion ihres Sohnes, doch als er den Mund öffnete, um etwas zu erwidern, redete sie dann doch einfach weiter.

»Ich muss nach unten ziehen und möchte mir das Gästezimmer in ein Schlafzimmer umwandeln«, erklärte sie ihren Plan. »Du könntest dann die drei Zimmer in der oberen Etage haben und auch das Bad oben gehört dir allein. Die Küche müssten wir uns teilen, aber das Wohnzimmer sollst du auch gerne haben. Ich baue mir das Esszimmer in ein Wohnzimmer um, dann können meine Freundinnen weiterhin zum Schafkopfen kommen.« Jetzt wurde sie ganz aufgeregt. »Wir würden uns nicht auf die Nerven gehen, denn jeder hätte seinen eigenen Bereich. Und die Treppe komme ich sowieso nie wieder hinauf. Dann störe ich auch eventuellen Damenbesuch nicht.« Jetzt lachte sie laut und zwinkerte ihrem Sohn zu. Dann wurde sie wieder ernst. »Ich bitte dich inständig, Florian. Zieh zu mir«, flehte sie. »Ich möchte eines Tages in meinem Haus sterben, doch ich habe Angst, allein zu wohnen. Als das mit dem Treppensturz passierte, lag ich über zehn Stunden auf dem kalten Fußboden, bevor Hilfe kam.«

Mit Grausen erinnerte sich Florian an den Anruf der besten Freundin seiner Mutter auf der Dienststelle vor zwei Wochen. Sein Gewissen quälte ihn immer noch, da er an genau diesem Tag den sonst täglich üblichen Anruf am Morgen nicht getätigt hatte. Es war einfach zu viel zu tun gewesen und schließlich hatte er es einfach vergessen. Hätte er es doch nur getan, dann wäre sie früher ins Krankenhaus gekommen und hätte sich nicht so lange quälen müssen. Doch mit dem Gedanken, seine Mutter täglich zu sehen, konnte er sich auch nicht recht anfreunden. Seine Mutter war eine starke Frau mit einem verdammt dicken Kopf. Da er selbst auch eigensinnig und rechthaberisch war, würden sie sicher ständig aneinandergeraten.

»Ich überlege es mir, okay?«, gestand er ihr schließlich zu. »Und jetzt spielen wir eine Runde Scrabble!«

»Was machst du denn für ein Gesicht, Martin?«, begrüßte Susanne Wolfgangs besten Freund, als sie zusammen mit ihren Eltern ihre Kinder und ihre Schwester vom Schwimmbad abholte. »Die drei haben dich wohl mächtig gestresst.«

Martin brummte ärgerlich, konnte aber nichts sagen, da Jessica ihm zuvorkam.

»Quatsch«, sagte sie abwehrend. »Wir waren ganz lieb. Er ist nur sauer, dass ich mich am Montag mit Kai verabredet habe, stimmt's?« Martin, den sie gerade direkt angesprochen hatte, knurrte leise und schaute dann weg.

»Kai?«, fragte Susanne grinsend. »Der Kai? Dein Kai?«

»Ja, mein Kai«, gab Jessica lachend zu. »Wir gehen nur essen. Schön, ihn mal wiederzusehen.«

»Wow«, sagte Susanne. »Grüß ihn von mir. Und sag ihm, wenn er dir noch mal wehtut, dann reiße ich ihm höchstpersönlich den Kopf ab.« Sie lachte schallend.

»Ich auch«, brabbelte Martin in seinen nicht vorhandenen Bart und blickte wütend drein.

Herr Grothe unterbrach die schlechte Stimmung, indem er sich direkt an den jungen Mann wandte. »Herr Hansen, haben Sie Lust, mit uns zusammen zu essen? Es ist genug da. Wenn Sie wollen, dann verbringen Sie doch den Abend mit uns.«

Seine Frau Elfriede nickte zustimmend.

»Bitte, Martin. Kommen Sie doch mit. Wir würden uns freuen. Und Sie gehören doch sozusagen zur Familie.«

KAPITEL 11

Der Verkehr auf der Autobahn A7 in Richtung Süden war mörderisch. Es schien, als wollten alle das lange Silvesterwochenende in den Bergen verbringen. Jessica hielt ihren BMW mit ausreichend Abstand hinter einer total überladenen Familienkutsche. Der knallrote Kombi fuhr mit nicht einmal 130 km/h gemütlich vor ihr her und Jessica hatte nach der dritten erzwungenen Pinkelpause in den ersten vier Stunden beschlossen, dass sie ruhig und gemütlich fahren konnte, anstatt sich so abzuhetzen, denn spätestens in einer halben Stunde würde wieder eines der Kinder auf die Toilette müssen und sie musste ihre Fahrt erneut unterbrechen. Doch zurzeit schliefen die beiden Kleinen friedlich auf der Rückbank in ihren bunten Kindersitzen und endlich herrschte Ruhe im Fahrzeug. Hektik und lautes Geplapper gerade im Auto machten Jessica nervös. Sie wollte am liebsten überhaupt nicht reden, doch den Gefallen tat ihre Schwester auf dem Beifahrersitz ihr leider nicht.

»Ich bin froh, dass wir bald wieder zu Hause sind«, sagte Susanne heute bereits zum vierten Mal und Jessica fragte sich, warum sie nur um des Redens willen eine Sache so oft wiederholte. Sie könnte doch auch endlich einmal Ruhe geben und ebenfalls ein wenig schlafen.

»War aber trotzdem schön, die beiden mal wiederzusehen. Papa ist ganz schön alt geworden, findest du nicht?« Jetzt spürte Jessica die Blicke ihrer Schwester, drehte sich aber nicht zu ihr um, sondern schaute weiter geradeaus.

»Beide sind alt geworden«, bestätigte sie den Eindruck ihrer Schwester. »Papa ist ja jetzt auch schon über 70.« Herbert Grothe war fast 15 Jahre älter als seine Frau Elfriede und immer sichtlich stolz auf diese junge und hübsche Frau an seiner Seite. Und Elfriede liebte ihren Mann über alles. Die beiden führten eine glückliche Ehe.

»Wenn Papa mal nicht mehr ist, wird Mama sehr einsam sein«, warf Susanne gedankenverloren ein und verlagerte ihr Gewicht im Beifahrersitz ein wenig. Die lange Fahrt war wirklich anstrengend und die Sitze in Jessicas Sportwagen lange nicht so bequem wie in Susannes Limousine. »Wir werden Mama dann ins Allgäu holen müssen, meinst du nicht?«

»Darüber machen wir uns am besten Gedanken, wenn es so weit ist«, antwortete sie und hoffte im gleichen Moment, dass diese Entscheidung noch sehr lange nicht getroffen werden müsste. Bis dahin waren hoffentlich die beiden Kinder aus dem Haus, Susanne neu und glücklich verheiratet und sie selbst … ja, was würde wohl aus ihr werden? Irgendwann einmal wollte sie dann zumindest auch wieder ein normales Leben führen. Eine eigene Wohnung, einen Mann und … Nein, für Kinder war es dann wohl zu spät, denn allzu alt wollte sie auch nicht sein, wenn sie Mutter werden würde. Und zurzeit gab es schließlich nicht einmal einen potenziellen Vater.

»Bist du eigentlich sehr traurig, dass Kai …« Mit einer abwehrenden Geste ihrer rechten Hand gebot Jessica ihrer Schwester zu schweigen. »Entschuldige«, sagte diese nur und schaute dann auf ihrer Seite des Autos aus dem Fenster.

Das Treffen mit Kai am letzten Montag war die reinste Blamage gewesen. Sie hätte es eigentlich vorher wissen müssen, dass man sich auf diesen Mann nicht verlassen konnte. Voller Spannung hatte sich Jessica auf ein Wiedersehen gefreut, doch als sie dann vergnügt und erwartungsvoll an ihrem vereinbarten Treffpunkt auf ihn gewartet hatte und die Minuten verstrichen und Kai einfach nicht kam, war sie schrecklich enttäuscht und wütend gewesen und hätte heulen können, dass sie diese Begegnung überhaupt vorgeschlagen hatte. Sie hatte doch nichts erwartet. Sie empfand gar nichts mehr ihrer alten Liebe zu diesem Mann und doch war sie neugierig, was in den letzten vier Jahren aus ihm geworden war, wie er lebte, was er für eine Frau geheiratet hatte, ob er jetzt endlich einen Job hatte und Karriere machte, wie er es sich erträumt hatte. Doch dieser Feigling schlich sich auch ein zweites Mal aus ihrem Leben, ohne dafür eine Erklärung abzugeben. Ja, Jessica war bitter enttäuscht von Kai und wollte ihn nie wiedersehen und nie wieder etwas von ihm hören.

»Martin ist total verknallt in dich«, platzte Susanne plötzlich heraus und unterbrach den stillen Frieden, der gerade im Auto eingekehrt war.

»Was!« Jessica fuhr erschrocken zusammen, machte einen unvorsichtigen Schlenker mit dem Wagen und bekam das Auto schließlich wieder unter Kontrolle.

Susanne sog erschrocken die Luft ein und hielt sich krampfhaft am Türgriff fest, doch dann lachte sie. »Hast du das nicht bemerkt? Der war total eifersüchtig auf … Entschuldige«, sagte sie kleinlaut, nur um dann erneut fröhlich weiterzuplappern. »Der hat dich auch ständig so lüstern angesehen. Das ist sogar Mama aufgefallen.«

»Quatsch«, murmelte Jessica, wollte aber auch über diese Sache nicht weiter mit ihrer Schwester reden. Martin war ein feiner Kerl, lieb und immer nett zu ihr gewesen, doch als Partner an ihrer Seite war er wirklich nicht der Richtige. Er war überhaupt nicht ihr Typ und Jessica bezweifelte, dass Martin mit so einer Kratzbürste, wie sie eine war, leben wollte. Sie würde ihn in einer Beziehung komplett unterbuttern und das wäre für den Selbstwert eines Mannes doch niemals gut. Ob es überhaupt einen Mann gab, der mit ihr leben konnte? Nicht einmal der gutmütige Kai hatte es mit ihr ausgehalten und eigentlich wusste Jessica, warum er nicht zu der Verabredung vor ein paar Tagen gekommen war. Er war auch nicht stark genug, ihren Argumenten und ihren bohrenden Fragen irgendetwas entgegenzusetzen. Jessica war eine Frau, die jeden Mann einfach an die Wand reden konnte, um ihm dann schwer getroffen und hilflos mit einem treffenden Argument den letzten Dolchstoß zu verpassen. Einen Mann, der dieser geballten Macht etwas entgegenzusetzen hatte, gab es nicht.

»Wer gefällt dir eigentlich besser? Der Hauptkommissar oder der Polizeiobermeister?« Susanne gab nicht auf und ignorierte einfach die aufkeimende Wut ihrer älteren Schwester, die sie sehr wohl wahrnehmen musste, denn die beiden kannten sich in- und auswendig. »Sind ja beide irgendwie süß, oder?«

»Willst du einen von ihnen?«, fuhr Jessica ihrer Schwester schnippisch ins Wort. »Such dir einen aus. Ich will keinen von beiden!« Der letzte Satz allerdings war gelogen und selbst Susanne wusste, dass ihre Schwester nach wie vor der verpassten Chance mit Hauptkommissar Forster hinterhertrauerte. Jessica hatte ihrer Schwester zwar nichts von dem Vorfall in der besagten Nacht erzählt und sowohl die Verletzung am Knie als auch den schlimmen Bluterguss am Handgelenk auf den Abfalleimer geschoben, mit dem sie in dieser Nacht so unliebsam Bekanntschaft gemacht hatte, doch das alles erklärte nicht, warum der Kontakt zwischen ihr und dem Hauptkommissar so plötzlich wieder abgebrochen war. Aber einem Mann, der sie nicht wollte, sollte sie wirklich nicht hinterhertrauern. Das hatte wenig Sinn und blockierte einfach nur den glücklichen Fortgang ihres Lebens. Nach diesem unbeschreiblich leidenschaftlichen Kuss war er einfach gegangen und hatte sich nicht wieder bei ihr gemeldet.

»Entschuldige, Susi«, bedauerte Jessica ihren rüden Wutausbruch. »Ich wollte dich nicht so anfahren.«

»Kein Problem. Ich halte jetzt auch meinen Mund und lass dich in Ruhe fahren.«

Von der Rückbank kam ein müdes Gähnen.

»Tante Jessy? Hältst du mal an? Ich muss mal.«

Die kleine Familie war erst am späten Abend zu Hause angekommen und jeder von ihnen war müde und absolut erledigt. Die Fahrt war durch den dichten Reiseverkehr und die unruhigen Kinder sehr anstrengend gewesen, dazu kam, dass Jessica die ganze Strecke, wie auch schon auf der Hinfahrt, ohne Ablösung durch Susanne allein gefahren war. Susanne mochte Autobahnen überhaupt nicht und weigerte sich strikt, auch nur einen einzigen Meter zu fahren. Eigentlich machte es Jessica wenig aus, weite Strecken mit dem Auto zu fahren, doch hatte sie in den Tagen bei ihren Eltern in Hamburg schlecht geschlafen, einerseits wegen der Aufregung um Kai und andererseits, weil das Gästezimmer mit Susanne und den Kindern mehr als übervoll belegt war und sie selbst deshalb auf dem unbequemen, schmalen und harten Sofa im Wohnzimmer hatte schlafen müssen. Fünf lange Nächte lang.

In ihrer ersten Nacht zu Hause in ihrem Kellerzimmer und in ihrem eigenen Bett schlief sie deshalb wie ein Stein und holte gleich ein paar verlorene Stunden Ruhe nach. Erst gegen 10 Uhr am folgenden Tag kam sie aus dem Keller herauf, nur um sich gleich wieder auf dem Sofa im Wohnzimmer niederzulassen.

Susanne war gerade in ein ernstes Gespräch mit ihrem Sohn vertieft.

»So, junger Mann«, sagte sie streng, griff nach seinem Arm und schob den Ärmel des Schlafanzuges hinauf. »Zuerst die Sauerei mit der Zahnpasta an der Badezimmerwand …« Sie zeichnete mit dem Kugelschreiber ein großes blaues Kreuz auf seine Haut. »Jetzt die Kakaoflecken auf der Tischdecke …« Ein weiteres Kreuz entstand neben dem ersten. »Noch ein weiteres, und die Schonfrist ist vorbei, Freundchen.« Tobias nickte eifrig und rannte die Treppe hinauf.

»Guten Morgen, Jess«, wandte sie sich jetzt fröhlich an ihre Schwester. Der Esstisch, an dem sie saß, war beladen mit allerlei Päckchen und Paketen. »Was ist das denn alles?«, fragte Jessica und gähnte ausgiebig.

»Weihnachtspost«, trällerte Susanne und warf ihr eines der Päckchen entgegen. Jessica fing es erschrocken auf. »Sieben Stück«, triumphierte ihre Schwester und erklärte Jessica dann, dass sie bereits ganz früh zur Post gefahren war, um die Abholscheine aus dem Briefkasten einzulösen, bevor die Post am heutigen Silvestertag Mittags ihre Pforten schloss und sie drei Tage über das lange Wochenende nicht an die Pakete gekommen wären. »Eingekauft habe ich auch schon«, erzählte sie dann weiter. »Du bist ja heute arbeiten, aber vielleicht können wir am ersten Januar schön gemeinsam kochen.«

»Gern«, stimmte Jessica zu und erinnerte sich mit Grausen daran, dass sie am Abend noch in den »Feuertempel« musste, weil ihr Urlaub nach den paar wenigen Tagen bereits wieder vorbei war. Trotzdem war sie froh, dass ihre Schicht heute nur bis um elf gehen würde. Sie würde rechtzeitig um Mitternacht zu Hause sein, um mit ihrer Schwester und den Kindern das neue Jahr zu begrüßen.

»Machst du's nicht auf?«, fragte Susanne jetzt und Jessica bemerkte, wie sie neugierig an den Paketen vorbeischaute, dann aber so tat, als wäre ihr die ganze Sache völlig gleichgültig.

Jessica schaute auf den Absender des Päckchens. Mit kleinen, sauber aufs Packpapier gebrachten Buchstaben standen dort deutlich die Worte »Vom Arschloch an die bezauberndste Frau aus dem ganzen Allgäu.«

Schnell riss sie das braune Papier herunter und öffnete den Schuhkarton, der darunter zum Vorschein kam. Sie konnte nicht anders, als sie hineinsah, sie musste unwillkürlich lächeln. Dann biss sie sich grinsend auf die Unterlippe und zog einen schwarz-silbernen Haarfön heraus.

»Ein Fön«, schrie Susanne entsetzt vom Esstisch und schlug sich dann erschrocken die Hand vor den Mund. »Bin ich froh, dass mir noch nie ein Mann *Haushaltsgeräte* geschenkt hat. Das ist ja völlig daneben«, sagte sie kopfschüttelnd und betrachtete ihre Schwester dann misstrauisch. »Dir scheint's aber zu gefallen«, stellte sie fest und verzog das Gesicht, als hätte sie gerade in eine Zitrone gebissen.

Jessica beachtete ihre Schwester nicht, sondern legte den Fön beiseite und zog jetzt einen Briefumschlag aus dem Karton, riss auch diesen voller Ungeduld auf und begann zu lesen. Florian hatte eine saubere, aber sehr schwungvoll dynamische Handschrift und Jessica gefiel nicht nur seine Schrift, sondern auch die Sätze, die er schrieb.

»Was schreibt er?«, meldete sich Susanne jetzt erneut zu Wort. »Kannst du's erzählen, oder ist es zu peinlich?« Jetzt lachte ihre Schwester fast hämisch. »Ich hoffe, er hat sich für den Fön entschuldigt.«

»Liebe Jess«, las Jessica den Brief jetzt vor. Sie freute sich so über dieses Lebenszeichen von Florian, dass sie sich dabei nichts dachte. Außerdem konnte sie mit ihrer Schwester schon immer über alles reden. Die beiden hatten keine Geheimnisse voreinander. »Nachdem ich dich Weihnachten nicht persönlich angetroffen habe und auch dein Handy ständig ausgeschaltet ist, schicke ich dir jetzt ein Paket. Ich befürchte, du hast dir inzwischen einen neuen Fön gekauft, aber nimm diesen doch als Ersatz, falls dich noch einmal ein Arschloch in deinem Zimmer belästigt. Da das dumme Teil leider nicht schießt, empfehle ich einen gezielten Wurf genau zwischen die Augen. Das setzt jeden Idioten zumindest kurzfristig außer Gefecht.«

Susanne lachte schallend. »Der Kerl hat ja richtig Humor. Was hat es mit der Sache auf sich? Ich will alles wissen.«

Doch Jessica hob nur den Kopf und gebot ihrer Schwester mit einem bösen Blick, sie nicht mehr zu unterbrechen.

»Entschuldigt habe ich mich schon am gleichen Abend«, las sie weiter, »deshalb werde ich dafür jetzt keine Worte mehr verschwenden. Doch ich möchte dir unbedingt sagen, dass ich seit diesem Tag nicht mehr so gut schlafen kann. Allerdings nicht aufgrund eines schlechten Gewissens, wenn du das jetzt vermuten solltest. Ich muss von diesem Abend nichts bedauern, außer den kaputten Fön und die lädierte Hand (sorry). Vielmehr hält mich die Erinnerung wach, die Erinnerung an dich zwischen mir und dem Schrank ...« Jetzt sah Jessica beschämt zu ihrer Schwester auf, doch diese winkte ab und forderte sie mit wildem Herumgefuchtel ihrer Hände dazu auf, schnell weiterzulesen.

»... mir und dem Schrank. Punkt«, las sie erneut und atmete tief durch. »Und jetzt will ich den Schrank unbedingt wiedersehen, dich erneut davorstellen und dann endlich herausfinden, wie dieser Tagtraum, den ich ständig habe, ausgeht. Ich habe dir deshalb auch schon einmal das Kleidungsstück mit in das Paket gelegt, das du in meinem Traum immer trägst. Dein Handtuch damals war ja schon nicht schlecht, doch vielleicht könntest du ... mir zuliebe ... bitte.« Die Hitze, die ihr in die Wangen stieg, ließ Jessica vermutlich gerade flammendrot aufleuchten, doch jetzt packte sie die Neugier und sie sah erneut in den Schuhkarton. Mit Daumen und Zeigefinger zog sie langsam einen kleinen weißen Frotteewaschlappen heraus und hielt ihn baumelnd in die Höhe.

»Ach, du Scheiße«, schrie Susanne und bekam einen Lachanfall, von dem vermutlich die ganze Reihenhaussiedlung etwas hatte.

Silvester Dienst zu schieben, war nicht weiter schlimm, aber die Tatsache, dass er im Mordfall Klaus Vollmer nicht den winzigsten Schritt vorankam, nervte Hauptkommissar Forster gewaltig. Alle Spuren verliefen im Sande, nichts deutete auch nur im Entferntesten an, warum dieser arme Mann überhaupt sterben musste. Er hatte kaum Geld bei sich gehabt, sein Auto war nahezu schrottreif und seine Brieftasche unangetastet gewesen. Eifersucht schien auch auszuscheiden, denn darauf gab es ebenfalls keine Hinweise. Die Ehefrau schien merklich erschüttert, als sie vom Tod ihres Mannes erfuhr und niemand im persönlichen Umfeld des Ermordeten hegte irgendeinen Argwohn gegen Herrn Vollmer oder wusste gar etwas von einer heimlichen Geliebten. Das Einzige, was nach wie vor Fragen aufwarf, war diese Telefonverbindung nach Hamburg und dieser merkwürdige Buchstabeneintrag im Adressverzeichnis seines Handys. Vielleicht hielt sich Florian Forster gerade deshalb so krampfhaft an diesem einzig ungeklärten Punkt fest, weil er sich sonst eingestehen müsste, dass dieser vermaledeite Fall aussichtslos und verloren war und dass wieder irgendein Mörder unbescholten davonkommen würde. Das durfte einfach nicht passieren.

Der Mord stand in Verbindung mit irgendwelchen kriminellen Geschäften. So musste es sein und es war die einzige Möglichkeit, die der Hauptkommissar bisher noch nicht in der Lage war zu widerlegen. Also war es zurzeit Fakt. Klaus Vollmer musste sterben, weil er zu viel wusste oder weil ein Geschäft drohte aufzufliegen, wenn er auspackte. Doch worum ging es bei der Angelegenheit? Drogen? Geldwäsche? Menschenhandel? Vermutlich war das etwas weit hergeholt und bewies eigentlich nicht mehr, als dass Florian inzwischen wirklich verzweifelt war und absolut nicht weiterwusste. Berthold Willig war ihm leider auch keine große Hilfe, denn er war einfach noch zu unerfahren. Es fehlte eine intelligente Person, mit der er sich austauschen konnte, um neue Ideen zu bekommen. Unzufrieden rieb er sich den Nacken und wiegte seinen Kopf hin und her, um seine verspannte Halsmuskulatur zu lockern. Seit seine Mutter im Krankenhaus war, hatte er jede freie Minute bei ihr verbracht und sich um sie gekümmert. An Sport war nicht mehr zu denken und diese mangelnde Bewegung machte ihn mürrisch und unausgeglichen. Wenn er nicht bald wieder aufs Laufband im Fitnessstudio kam oder ein paar Gewichte stemmen durfte, würde er noch durchdrehen.

»Ich hau dann jetzt ab, Chef!« Berthold steckte seinen Kopf durch die Tür und grinste breit. »Einen guten Rutsch wünsche ich dir. Gehst du irgendwohin zum Feiern?«

»Nein«, gab Florian abwesend zurück. Er hatte kurze Zeit überlegt, in den »Feuertempel« zu gehen, in der Hoffnung, Jessica zu begegnen, doch diesen Einfall hatte er schnell wieder verworfen. Die hirnrissige Idee mit dem merkwürdigen Weihnachtsgeschenk war ihm hinterher ein wenig peinlich gewesen. Sie war aus einer Sektlaune, oder besser Bierlaune am zweiten Weihnachtstag entstanden, nachdem er zum wiederholten Male umsonst Jessicas Handynummer gewählt hatte. Sie nahm nie ab, hatte ihm seinen tätlichen Angriff von vor ein paar Wochen nicht verziehen und er hatte gemeint, er könnte sie mit so einem Brief schief von der Seite anquatschen und so tun, als wäre nie etwas gewesen. Was hatte er sich nur dabei gedacht. Verdammter Mist.

»Willst du dann mit mir mitkommen, Chef?«, fragte Berthold mehr aus Höflichkeit oder vielleicht, weil Florian ihm leidtat. »Ich feiere eine Party mit ein paar Freuden auf einer Dachterrasse mit Blick über Kempten. Das wird dieses Jahr ein klasse Feuerwerk bei so einer Aussicht.«

»Vielen Dank, aber nein«, winkte Florian ab. »Und nun geh endlich. Guten Rutsch«, wünschte er noch, als Berthold eilig die Bürotür schloss.

Erst kurz nach 18 Uhr verließ Florian schließlich die Dienststelle. Er war der Letzte, der um diese Uhrzeit noch arbeitete, alle anderen waren bereits vor Stunden gegangen. Über die Feiertage war nur die Wache in der Rottachstraße für Notfälle besetzt und einige Beamte mussten telefonisch erreichbar bleiben, falls doch etwas passierte. Mehr als kleinere Sachschäden an Gebäuden und Autos und hier und da eine Schlägerei würde es vermutlich in dieser Nacht nicht geben und dafür waren andere Polizisten zuständig und nicht er. Als seine Mutter am späten Nachmittag angerufen hatte, um ihm zu sagen, sie könne ihn heute Abend im Krankenhaus nicht gebrauchen, denn sie würde Besuch von zwei Freundinnen bekommen, die mit ihr zusammen feiern wollten, hatte sich Florian kurzerhand entschlossen, sich etwas vom Chinesen zu holen, gemütlich zu Hause zu essen, dann zu duschen und sich anschließend eine DVD anzusehen. Das würde ein ruhiger Abend werden. Einer wie jeder andere normale Abend, an dem er nicht arbeitete.

Fünfeinhalb Stunden später legte er den vierten Teil der »Stirb langsam«-Serie ein und ließ sich wieder in seinen Sessel fallen, legte die nackten Füße auf den schäbigen alten Lederhocker, der einfach viel zu praktisch war, um ihn wegzuwerfen, und griff in die Chipstüte auf dem kleinen Tisch neben dem Telefon. Den dritten Teil hatte er ausgelassen, da er diesen Film an den Weihnachtsfeiertagen bereits im Fernsehen gesehen hatte. Und sosehr er diese Filme liebte, zweimal in einer Woche brauchte er sie wirklich nicht sehen. Draußen wurden bereits die ersten Raketen gezündet, obwohl es noch fast eine halbe Stunde bis Mitternacht war. Vor zehn Jahren hatte er es auch noch spaßig gefunden, bereits am Tag vor Silvester Böller und Raketen in die Luft zu jagen, doch inzwischen achtete er strikt darauf, das neue Jahr korrekt um frühestens eine Sekunde nach zwölf Uhr zu begrüßen. In diesem Jahr allerdings würde er ganz darauf verzichten. Ihm war nicht danach, zu feiern. Allein machte es außerdem wenig Spaß. Als es an der Tür klingelte, war Florian gerade auf dem Weg in die Küche, um ein neues Bier zu holen, blieb dann aber verwundert im Flur seiner Zweizimmerwohnung stehen und starrte auf die Wohnungstür. Im Treppenhaus war Licht, denn er sah den hellen Schein durch den Türspion, beschloss dann aber für sich, dass es sich wohl um einen Klingelstreich handelte, und setzte seinen Weg in die Küche kopfschüttelnd fort.

Kurze Zeit später klingelte es erneut.

Barfuß tapste er über das Laminat im schmalen Flur, lief zur Tür und schaute durch den Spion. Als er erkannte, wer direkt vor seiner Wohnungstür stand, riss er sie auf und starrte mit offenem Mund und erstauntem Ausdruck im Gesicht in die lachenden Augen von Jessica Grothe.

»Darf ich reinkommen?«, fragte sie überschwänglich und wippte dabei nervös auf ihren Fußballen auf und ab. Dann wurde sie plötzlich unsicher, ihr Lachen verschwand und sie ging einen Schritt zurück.

»Entschuldige«, sagte sie und starrte nervös auf die Fußmatte vor der Tür. »Du hast sicher Besuch. Ich wollte nicht stören.« Bis ihre Worte sein Gehirn erreicht hatten, war sie schon fast wieder an der Treppe nach unten.

»Nicht gehen«, rief er atemlos und bemerkte erst jetzt, dass er die ganze Zeit über die Luft angehalten hatte. »Bitte, komm rein«, bat er, griff nach ihrem Arm und zog sie in die Wohnung. »Ich bin allein«, erklärte er ihr dann, als er bemerkte, wie sie sich unsicher und suchend umsah. »Oh, Mann. Wow! Ich freue mich, dass du gekommen bist.«

»Ich dachte, es wäre nett, zusammen das neue Jahr willkommen zu heißen«, sagte Jessica jetzt sehr geschäftig und Florian erkannte an ihrem Geplapper und den hektischen Bewegungen, wie nervös sie plötzlich wurde. »Im ›Feuertempel‹ hatten sie keinen Sekt«, sagte sie dann. »Ich wollte einen mitbringen.«

»Du kommst direkt von der Arbeit?«, fragte Florian und schob sie in sein Wohnzimmer. »Vielleicht finde ich noch eine Flasche in der Küche.«

»Nicht nötig«, unterbrach ihn Jessica und lächelte breit. »Ich habe etwas anderes mitgebracht.« Aus ihrer großen Umhängetasche zog sie zwei Flaschen Guinness und hielt sie Florian unter die Nase. »Das schmeckt doch viel besser.«

Sekundenlang starrte er sie an, dann riss er sich von ihrem Anblick los und lief in die Küche, um zwei Gläser zu holen. Als er zurückkam, saß Jessica auf dem Sofa, das dem Fernsehsessel gegenüberstand, die Beine artig vor sich auf dem Boden und die Arme um ihre Knie gelegt.

Ihren warmen Wintermantel hatte sie ausgezogen. Er lag neben ihr auf der Sitzfläche.

Sie war wunderschön, trug eine schwarze Jeans und eine hellblaue hautenge Bluse, die perfekt zu ihrem blonden Haar und ihren blauen Augen passte. Ihre Wangen waren leicht gerötet von der Kälte draußen und auch ihre Nasenspitze sah leicht erfroren aus.

»Wie ich vermutet habe«, sagte sie plötzlich. »Haare auf der Brust!« Dann lachte sie.

Florian schaute an sich hinunter. Er trug seine Jeans und ein dunkelblaues Hemd. Nach dem Duschen vorhin hatte er es für völlig unnötig gehalten, die Knopfleiste zu schließen und so hatte Jessica jetzt freie Sicht auf seine nackte Brust.

»Stört es dich?«, fragte er herausfordernd.

»Überhaupt nicht«, gab sie zu und es klang ehrlich. »Männer ohne Haare auf der Brust sind für mich keine echten Männer. Ich hoffe, es stört dich nicht, dass *ich* keine habe.«

»Das ist okay, damit kann ich leben, glaube ich.« Was eigentlich ein Scherz sein sollte, kam bei ihm nicht so rüber. Mit leicht geöffnetem Mund starrte er sie an, doch dieses Mal sah es nicht erstaunt aus, sondern eher wie eine Raubkatze, die jede Bewegung ihres Opfers studierte, um dann blitzschnell zuschlagen zu können. Seine Augen fixierten sie …

»Danke übrigens für den Fön«, sagte Jessica, stand dann kurz auf und nahm ihm die Gläser aus der Hand, setzte sich wieder und öffnete die erste Guinnessflasche, indem sie den Deckel mit der zweiten abhebelte. Dann goss sie das Bier in die Gläser und reichte eins davon Florian. Der hatte sich die ganze Zeit über nicht bewegt, löste sich jetzt aber aus seiner Starre und prostete ihr zu.

Draußen brach das Feuerwerk los. Raketen zischten durch die Nacht und explodierten in hundert Farben und Formen vor dem dunklen Himmel, überall knallte, zischte und summte es und von weit entfernt waren dumpfe Schläge zu hören, die sich wie einschlagende Kanonenschüsse anhörten.

»Schon Mitternacht«, jubelte Jessica erfreut, drehte sich auf dem Sofa um, um aus dem großen Wohnzimmerfenster zu schauen. Sie stützte sich mit den Knien auf der Sitzfläche ab und lehnte ihren Oberkörper über die Rückenlehne. »Schau mal, wie schön das ist.« Wie ein kleines Kind zeigte Jessica mit ausgestrecktem Arm in den Nachthimmel und lächelte selig. Florian konnte ihr Gesicht sehen, das sich in der Fensterscheibe spiegelte. Zufrieden brummend setzte er sich in seinen Fernsehsessel, trank einen Schluck Bier und stellte das Glas auf den Tisch. Und dann bewunderte er die herrliche Aussicht auf ihren sexy Hintern und lächelte ebenfalls selig.

Nach ein paar Minuten drehte sich Jessica wieder zu ihm um. Sie sah enttäuscht aus, schob ein wenig die Unterlippe vor und schmollte.

»Was ist denn?«, fragte Florian verunsichert.

»Ich hatte gedacht, ich würde es noch im letzten Jahr schaffen«, sagte sie kleinlaut und schaute mit gesenktem Kopf zu ihm hinüber. Grinste sie?

»Was schaffen?« Jetzt war Florian total verwirrt, und als Jessica sich erhob und langsam um den Tisch auf ihn zuging, schluckte er nervös und rutschte unruhig auf seinem Sessel herum. Sie ließ sich nach vorne fallen, stützte ihre Hände links und rechts neben seinem Kopf auf die Rückenlehne und ihre Knie auf beiden Seiten neben seine Beine, setzte sich aber nicht auf seinen Schoß, was keinen Unterschied gemacht hätte, denn er reagierte prompt auf sie. Seine Hände auf den Armlehnen ballten sich zu Fäusten und er wagte nicht, sie anzufassen.

»Ich wollte unbedingt noch im vergangenen Jahr das allererste Mal mit dir schlafen, Florian«, hauchte sie, sah ihm tief in die Augen und biss sich dann auf ihre Unterlippe. Sie atmete flach und unregelmäßig durch den Mund. Ihr langes blondes Haar, das sie heute offen trug, fiel auf seine Schultern. Florian konnte ihre Brüste nicht sehen, nur den tiefen Ausschnitt ihrer engen Bluse. Wann hatte sie den oberen Knopf geöffnet?

»Himmel, Jess«, flüsterte er, dann versagte seine Stimme. Er atmete tief durch und roch dabei ihre warme Haut und einen Hauch von frischer Seife. »Dann ...«, begann er erneut und legte jetzt vorsichtig seine Hände auf ihre Hüften, fuhr an ihrem Körper nach oben, bis er unter der Bluse auf ihre nackte Haut traf. »Dann schlafen wir halt das erste Mal in den ersten Minuten des neuen Jahres miteinander«, schlug er vor und seine Stimme klang gequält und brüchig. Er wollte nicht mehr reden, er wollte ihren Mund auf seinem. Und nicht nur ihren Mund. Verstohlen sah er erneut auf ihre Brüste. Die kleinen harten Brustwarzen zeichneten sich deutlich unter ihrer Bluse ab. Sie trug keinen BH. Seine Hände glitten über ihren Hintern und er packte fest zu, bevor er mit einem Ruck auf dem Sessel nach vorne rutschte und Jessica genau auf die Stelle setzte, die wild pochend nach ihrem Körper lechzte und tief in ihr sein wollte. Doch noch trennten ihn mindestens zwei Hosen von der absoluten Erfüllung.

Und endlich küsste sie ihn. Ihre Hände wühlten durch sein Haar, mit den Spitzen ihrer Finger glitt sie dann tiefer, seinen Hals hinab, legte schließlich beide Hände flach auf seine Brust, drückte ihren Rücken durch und warf den Kopf nach hinten. Mit der Hüfte vollführte sie kleine kreisende Bewegungen, rieb sich an ihm und stöhnte leise.

»Heilige ... Scheiße«, fluchte Florian und atmete schwer. Er fühlte sich, als wäre er gerade vom Laufband gestiegen, war außer Atem, aber hätte vor lauter aufgeladener Energie Bäume ausreißen können. Mit leicht zitternden Händen nestelte er an den Knöpfen ihrer Bluse herum, bekam sie schließlich auf, einen nach dem anderen. Ihre Brüste waren perfekt, nicht zu klein, fest und mit herrlichen, harten und hellrosa Nippeln. Fast ehrfurchtsvoll berührte er sie mit beiden Händen und Jessica rief beinahe verzweifelt: »Bitte, Florian, nicht so … nicht heute … ich will dich endlich in mir!« Dann stöhnte sie laut auf, als er mit seinen Lippen ihre Brustwarze umschloss und zärtlich daran saugte. Er musste dringend aus dieser blöden Hose heraus. Er würde noch wahnsinnig werden, wenn sie weiterhin so viel Stoff zwischen sich hatten.

Wie sie schließlich in sein Schlafzimmer gekommen waren und wie sie es geschafft hatten, sich ihrer Klamotten zu entledigen, wusste er später nicht mehr, doch die Nacht mit ihr war großartig. Um nichts auf der Welt hätte er auf diesen Moment verzichten wollen.

KAPITEL 12

Die ganze Stadt war still und auf den Straßen fuhren nur sehr wenige Autos. Der erste Januar war der einzige Feiertag, der Dornröschenschlaf-Charakter hatte, wie Jessicas Vater einmal so treffend sagte. An diesem Tag schliefen die meisten Menschen in Deutschland lange und waren geschafft von wilden Silvesterpartys, die häufig bis in die Morgenstunden andauerten. Wenn die Partys dann zu Ende waren, hatte auch die Polizei an diesem Tag nur noch sehr wenig zu tun. Wo an Weihnachten Morde geschahen, weil Verwandte sich in die Haare bekamen, war der Neujahrstag der friedlichste im ganzen Jahr. Wenn man schlief, dann sündigte man eben nicht.

Vor einer Viertelstunde hatte Jessica sich heimlich aus Florians Wohnung geschlichen. Er war erschöpft und mit einem entspannten Lächeln auf den Lippen neben ihr in den frühen Morgenstunden eingeschlafen, nachdem er in dieser Nacht das dritte Mal mit ihr geschlafen hatte. Dieser Mann war einfach großartig. Gut, diese überdimensionierte Potenz rührte wohl eher daher, dass er, genau wie sie selbst, seit Wochen auf diese Begegnung gewartet hatte und genau wie sie sein eigenes Verlangen nach ihr durch die Erinnerung an die Begegnung in ihrem Zimmer geschürt hatte. Diese Spannung musste raus, der Druck musste weg und nach dieser Nacht ging es Jessica jetzt hervorragend und sie vermutete, auch Florian fühlte sich jetzt besser.

Auf einem kleinen Zettel hatte sie ihm ihre neue Handynummer hinterlassen und zweimal kontrolliert, ob sie auch wirklich die richtige Nummer aufgeschrieben hatte. Ihr altes Handy war bei dem Zusammenstoß mit dem Mülleimer in der Nacht zu Bruch gegangen, in der ihre Geschichte mit Florian begonnen hatte. Vielleicht war das ein Zeichen, dass ihr altes Leben jetzt endgültig vorbei war. Gut, die Nummer von Kai, die sie auch nach ihrer Trennung nicht aus ihrem Adressbuch gelöscht hatte, war jetzt weg, doch was machte das schon. Man musste alte Geschichten auch irgendwann ruhen lassen und abhaken.

»Guten Morgen, Tante Jess«, wurde sie stürmisch von Svenja begrüßt, als sie um kurz nach 9 Uhr die Haustür aufschloss und in den Flur trat. Das kleine Mädchen mit den lustigen Zöpfen nahm Anlauf und sprang in ihre ausgebreiteten Arme. »Hast du Überstunden gemacht?«, fragte sie und klang bedauernd.

»Ja, ich war sehr beschäftigt«, bestätigte Jessica und wurde ein wenig rot. Susanne saß am Esstisch, einen Arm aufgestützt und den Kopf leicht schräg in ihre Hand gelehnt. Sie schmunzelte.

»Solche Überstunden sind echt hart. Das tut mir schrecklich leid, dass du heute Nacht so viel arbeiten musstest.«

»Wieso seid ihr denn alle schon wach?«, fragte Jessica, als sie den kleinen Tobias entdeckte, der genussvoll auf einem trockenen Brötchen kaute. Er machte sich nicht viel aus Nutella oder Marmelade und war mehr als glücklich, wenn er irgendetwas zu beißen hatte. Natürlich wollte sie mit ihrer Frage nur ablenken und wusste, dass sie nur noch so lange vor einem Verhör ihrer Schwester sicher war, wie die Kinder im Raum waren.

»Wir haben gestern nur ein paar Knallbonbons hochgehen lassen und Tischfeuerwerk angezündet. Um neun waren die beiden dann im Bett. Und ich um halb eins«, fügte Susanne zu und warf ihrer Schwester einen Blick zu, der Jessicas Vermutung bestätigte. Susanne wollte wirklich alles erfahren. Und keine zwei Minuten später schickte sie die Kinder nach oben in ihre Zimmer, lehnte sich auf dem Esstischstuhl zurück und zwinkerte Jessica zu.

»Gut, dann mal heraus mit der Sprache. Welcher Mann war's? Der Hauptkommissar?«

Elfriede Grothe saß am Frühstückstisch und rührte genervt in ihrem Kaffee herum. Der silberne Löffel schlug unaufhörlich gegen das zarte Porzellan und klingendes Klappern erfüllte die Luft. Eine Zeitung raschelte und Herbert Grothe schaute über das Papier hinweg zu seiner Frau hinüber.

»Was ist denn los, Schatz«, murmelte er beruhigend, griff nach ihrem Arm und augenblicklich hörte Elfriede auf, den Löffel durch den bereits lauwarmen Kaffee zu ziehen, und seufzte.

»Ich verstehe einfach nicht, warum in Jessicas Leben absolut gar nichts richtig läuft«, erboste sie sich regelrecht, legte dann geräuschvoll den Teelöffel auf den kleinen Frühstücksteller und nahm einen Schluck aus der Tasse. »Sie wird in diesem Jahr 31!« Vorwurfsvoll sah sie ihren Mann über den Tisch hinweg an, die Augenbrauen grimmig zusammengezogen und der Blick ärgerlich.

Herbert Grothe lächelte entwaffnend.

»Erstens hat sie erst im August Geburtstag, zweitens ist sie Hauptkommissarin, drittens …«, zählte er auf, doch Elfriede unterbrach ihn rüde.

»Ist sie eben nicht mehr«, sagte sie und nickte mit ihrem Kopf, wie um ihre Aussage zu unterstreichen. »Aber darum geht es nicht. Ich bin ja froh, dass sie nicht mehr im Polizeidienst ist. Das ist nichts für Frauen«, bestimmte sie herrisch.

»Aber Elfriede, die Hauptsache ist doch …«

»Und warum hat sie sich nur mit diesem Kai so dumm angestellt?«, redete sie einfach weiter, mehr für sich und ohne ihren Mann zu beachten. »Das war so ein feiner Kerl. Hätte sie ihn damals nicht zum Teufel geschickt, dann wäre sie jetzt sicher gut verheiratet und hätte ebenfalls Kinder, wie die Susanne.«

Herbert Grothe atmete tief durch und versuchte es dann erneut. »Soviel ich weiß, ist Kai damals gegangen. Jessica konnte nichts dafür. Sie hatte …« Doch wieder wurde er unhöflich unterbrochen.

»Das glaubst du doch selbst nicht«, blaffte sie. »Der Kai wäre nie gegangen, wenn sie nicht so herrschsüchtig und karrieregeil gewesen wäre.« Als Elfriede den einseitig zu einem schiefen Lachen hochgezogenen Mundwinkel ihres Mannes sah, wurde sie noch wütender. »Und jetzt sagt Susanne, sie hätte einen neuen Freund. Der hat nicht einmal studiert!« Erbost kreuzte sie die Arme vor der Brust und wartete zum ersten Mal auf eine bestätigende Aussage ihres Mannes. Doch Herbert sah verblüfft aus und nicht ärgerlich, wie sie gehofft hatte.

»Entschuldige bitte, Elfi«, begann er schließlich. »Hast du Susanne etwa erst gefragt, ob Jessicas neuer Freund studiert hat, bevor du dich überhaupt darüber freust, dass deine ältere Tochter endlich glücklich ist?« Der ehemalige Hauptkommissar schüttelte ungläubig den Kopf. Doch seine Frau schaute ihn nur böse an.

»Was macht der Kerl denn nun beruflich?«, fragte er schließlich resigniert, als er begriff, dass er mit Vorwürfen bei seiner Frau nicht weiterkam.

»Das weiß ich doch nicht. Susanne erzählt ja nichts. Und Jessica bekomme ich nicht ans Telefon. Die ist nie zu Hause, wenn ich anrufe. Und glücklich? Wie kann man glücklich sein, wenn man als Kellnerin arbeitet?« Jetzt kam das zweite Thema auch wieder auf den Tisch. Elfriede Grothe hasste es, dass ihre Tochter in einer Kneipe arbeitete. Für sie kam das beinahe schon der Prostitution gleich. »Wäre der Kai jetzt ihr Mann, dann …« Doch dieses Mal unterbrach Herbert Grothe seine Frau, indem er mit der

Faust auf den kleinen Küchentisch schlug und das Porzellan erneut zum Scheppern brachte.

»Es reicht, Elfriede«, polterte er los. »Der Kai ... versteh mich nicht falsch. Ich mochte ihn ja auch ... aber der Kai war doch nichts für Jessica. Die braucht einen Mann, der ihr geistig gewachsen ist. Und ich rede nicht von Intelligenz, sondern von Selbstbewusstsein und innerer Stärke. Der Kai hatte beides nicht. Der konnte unserer Tochter nicht das Wasser reichen. Und jetzt will ich nichts mehr davon hören, verstanden?« Er hob seine Zeitung wieder vors Gesicht und lächelte stumm in sich hinein.

»Und der Martin? Wäre der nichts für Jessica?«, fragte seine Frau leise und vorsichtig darauf bedacht, ihren Mann nicht noch mehr zu reizen.

»Martin ist ein Weichei«, verkündete er und grinste jetzt breit. Gut, dass seine Frau ihn jetzt nicht sah.

Vor zwölf Jahren in Hamburg in einer Cafeteria

»Ist hier noch frei?« Das junge Mädchen, das vor ihm stand und mit einem voll beladenen Tablett auf den freien Platz ihm gegenüber deutete, lächelte freundlich. Sie hatte kurze blonde Haare und umwerfend schöne Augen.

Er nickte, weil er sonst nichts zu sagen wusste. Wie so oft, wenn er auf hübsche Mädchen traf, wurde sein Mund trocken, seine Zunge schwer und er bekam einfach kein einziges Wort heraus. Dafür plapperte seine Tischnachbarin jetzt beinahe ununterbrochen.

»Bist du schon Polizist? Ich mache hier auf der Polizeischule ein Praktikum, allerdings im Büro. Da muss ich nur Adressen auf Umschläge tippen und Kaffee kochen. Ganz

schön öde.« Sie stopfte sich einen großen Löffel Gemüse in den Mund und schmatzte laut.

Er wusste, dass dieses Mädchen nur hier saß, weil eben kein anderer Platz in der übervollen Kantine mehr frei war, und nicht, weil sie ihn wirklich kennenlernen wollte. Oft genug hatte er junge Frauen beobachtet, wenn sie sich für Männer interessierten. Sie lächelten dann ständig, redeten kaum und warfen den Objekten ihrer Begierde nur bewundernde Blicke zu. Manchmal spielten sie unschuldig mit einer Locke ihres Haares. Jedenfalls würden solche Mädchen niemals schmatzen. Doch komischerweise störte ihn das merkwürdige Verhalten dieses Mädchens nicht. Sie war wirklich niedlich, und er war froh, dass sie das Reden übernahm, denn ihm fiel nichts zu sagen ein.

»Ich steh ja total auf Polizisten«, sagte sie plötzlich und erschrak dann über ihre eigene Aussage. »Nicht, was du jetzt denkst«, beteuerte sie. »Ich bin nicht auf der Suche nach einem Freund oder so.« Schade, er hätte sich gern angeboten. »Doch wenn ich älter bin, dann heirate ich einen … vielleicht«, sagte sie jetzt und es klang nicht so, als wollte sie ihn anmachen. Dazu wirkte sie viel zu aufgedreht. »Isst du das nicht mehr? Die Hackbällchen sind total geil. In der Schulkantine ist das Essen lange nicht so gut.«

Er starrte auf seinen Teller. Seit sie am Tisch saß, hatte er sein Essen nicht mehr angerührt, sondern nur geistesabwesend das Besteck auf den Tellerrand gelegt. Er schüttelte den Kopf und sofort fuhr ihre Gabel hinüber und pickte eines der Fleischbällchen auf. Genussvoll lächelnd schob sie es in ihren Mund und kaute. Dabei brummte sie zufrieden vor sich hin.

Nach ein paar Minuten war das ganze Schauspiel vorbei. Sie stand auf, nahm ihr Tablett und verabschiedete sich freundlich.

»Danke, dass ich meine Mittagspause mit dir verbringen durfte. Vielleicht sieht man sich mal wieder. Ich bin noch die ganze nächste Woche hier. Halt mir einfach mittags einen Platz frei, okay?« Dann ging sie und ließ ihn seufzend zurück.

Bis jetzt hatte er den Polizeidienst gehasst. Diese verdammte Ausbildung machte er nur, weil sein Vater es so wollte. Er selbst hätte lieber studiert. Nachdem er auf dem Gymnasium eine Klasse übersprungen hatte und bereits mit 17 ein überdurchschnittlich gutes Abitur abgelegt hatte, standen ihm für ein Studium alle Türen offen. Doch sein Vater hielt nichts vom Studieren und wollte seinen Sohn als Beamten sehen. Im Staatsdienst wäre er am Besten aufgehoben, hatte er gesagt. Dafür hasste er seinen Vater. Heute jedoch war der erste Tag in seiner bereits über einem Jahr andauernden Ausbildung, an dem ihm die Polizeiarbeit gar nicht mehr so schlimm erschien. Er könnte sich die ganze Sache ja noch einmal überlegen. Und wenn sie später gern einen Polizisten heiraten wollte, dann … ja, dann könnte doch er dieser Polizist sein. So wichtig war ihm studieren dann doch wieder nicht.

KAPITEL 13

Das Kindergeschrei ging einem durch Mark und Bein. Wie hielten die Kindergärtnerinnen diesen Geräuschpegel nur den ganzen Tag aus? Der kleine Vorraum mit den niedrigen Garderobenständern, an denen bunte Winterjacken, Wollmützen und Schals hingen, war gerammelt voll von wartenden Müttern und einem Vater. Alle redeten wild durcheinander, unterhielten sich über Kinderkrankheiten, trafen Verabredungen für den Nachmittag und jammerten über überfüllte Supermarktkassen und Bügelwäsche, die sich stapelte, weil im Winter immer noch mehr Kinderwäsche dreckig wurde, gerade hier im Kindergarten. Jessica mochte dieses Gedrängel und sinnlose Gequatsche überhaupt nicht, doch heute war sie mal wieder dran, ihren Neffen Tobias abzuholen. Susanne musste zum Gericht und einen unliebsamen Fall behandeln. Jessica hatte heute Morgen das Gefühl, ihre Schwester würde sich ausnahmsweise freuen, wenn sie den Fall verlieren würde. Natürlich würde sie das nicht daran hindern, ihr Bestes zu geben. Ihre Berufsehre ging ihr über alles.

Die breite Tür neben der Garderobe schwang auf und eine Horde kleiner Kinder strömte in den Vorraum. Jessica sah ihren Neffen sofort, der direkt neben der Tür stehen blieb und sich suchend umsah.

»Hi, Tobi«, rief sie, hatte aber wenig Hoffnung, dass ihre zarte Stimme die Flut von Geräuschen übertönen konnte. Doch Tobias drehte sich zu ihr um, lachte und rannte mit ausgebreiteten Armen auf sie zu.

»Wo ist Mami?«, fragte er arglos und umarmte seine Tante dann lange und überschwänglich. »Eis?«, fragte er dann hoffnungsvoll, denn er erinnerte sich plötzlich, dass Jessica ihn beim letzten Mal, als sie ihn abholte, zum Eisessen eingeladen hatte. Allerdings war das im September gewesen und draußen waren keine Minusgrade.

»Es ist Winter, Tobi«, erklärte sie ihrem Neffen. »Aber wenn du willst, dann können wir heute Mittag Pfannkuchen essen.« Tobi war begeistert und lief in Windeseile zur Garderobe zurück, um sich anzuziehen.

»Der Kleine spricht aber noch recht schlecht«, sagte eine etwas pummelige Dame mit knallrotem Haar neben ihr. »Wie alt ist er denn?«

»Tobi ist dreieinhalb«, gab Jessica zur Antwort. »Und ich finde, dafür spricht er ganz gut.« Natürlich wusste Jessica, dass das nicht stimmte. Ihr Neffe sprach wirklich schlecht, nuschelte sehr, und obwohl er fast alles gut verstand, kamen aus seinem Mund nur sehr wenige deutliche Worte. Meist vermied er sogar ganz zu sprechen. Doch Jessica hasste es, so dumm von der Seite angequatscht zu werden.

»Da müssen sie dringend etwas unternehmen«, mahnte die Frau jetzt, zog ein kleines Mädchen zu sich heran und verkündete stolz: »Meine Gudrun ist vier und kann schon das Alphabet!« Wie auf Kommando begann das Kind, das dieselbe Haarfarbe wie ihre merkwürdige Mutter hatte, das Alphabet herunterzuleiern.

Jessica beachtete sie nicht weiter, sondern sah sich nach ihrem Neffen um. Doch Tobi hatte noch immer seine Stiefel nicht an.

»Mit dem alleine Anziehen klappt es ja auch noch nicht besonders gut«, scherzte die Rothaarige überheblich.

»…emenopehkuheresteee…« Das Mädchen seufzte total außer Atem.

»U V W X Y Z«, ergänzte Jessica. »Fein gemacht, Gudrun. Und jetzt sitz und sei brav.« Sie tätschelte den roten Haarschopf des Kindes und rief dann nach ihrem Neffen. »Nun komm schon, Tobi. Wir müssen auch noch Svenja abholen.«

»Unverschämtheit. Aber bei so einer Mutter auch kein Wunder.« Sie nahm ihre Tochter, die brav ihren Mund hielt, an die Hand, musterte Jessica noch einmal abschätzend von oben bis unten und marschierte hoch erhobenen Hauptes nach draußen.

Endlich kam Tobias angelaufen. »Pannkuchen?«, fragte er und grinste breit.

»Gleich, wenn wir zu Hause sind. Versprochen!« Jessica half ihm, die Jacke zu schließen, und streckte ihm schließlich ihre Hand entgegen. Tobias legte seine winzige Hand in ihre und hüpfte aufgeregt auf und ab, als er mit ihr den Kindergarten verließ.

Im Gegensatz zu ihrem Bruder hatte Svenja bereits mit zwei Jahren richtig gut gesprochen, konnte mit fünf bereits einfache Worte lesen und sollte jetzt auf Empfehlung der Klassenlehrerin sogar die erste Klasse überspringen und gleich in die zweite Klassenstufe aufsteigen. Sie hatte eine schnelle Auffassungsgabe und konnte hervorragend logisch denken, war selbstbewusst und ließ sich nicht unterkriegen. Tobias dagegen war schon immer schüchtern und ängstlich gewesen, doch Susanne hoffte, das würde sich mit der Zeit legen. Ein Muttersöhnchen wollte ja später keine Frau haben, sagte sie dann immer scherzhaft, wenn es auf dieses Thema kam.

Als Jessica mit den beiden Kindern im Gepäck um kurz nach eins nach Hause kam, war Susanne bereits da.

»Ich bin auch gerade erst rein«, verkündete sie erschöpft, begrüßte ihre Kinder und rieb sich dann über die Stirn, die angestrengt in Falten lag.

»Kopfweh?«, fragte Jessica ihre Schwester.

»Hab schon eine Tablette genommen«, winkte Susanne ab und nickte dann aber. »Scheiß Fall!«

»Hast du verloren?« Jessica hängte die Jacken der Kinder an zwei Haken neben der Tür und stellte die Stiefel auf die Abtropfschale. Draußen schneite es und seit Wochen wussten die Bewohner der Straße nicht mehr, wohin sie den weggeschobenen Schnee von den Gehwegen noch lagern sollten. Hoch türmten sich die Schneeberge in den Vorgärten und an den Straßenrändern. Im hinteren Bereich des Gartens, den die Schwestern natürlich nicht freiräumten, lag der Schnee kniehoch.

»Leider nicht«, antwortete Susanne und seufzte bedauernd. »Aber die verdammte Kanzlei hat jetzt einen glücklichen Mandanten mehr.« So abfällig hatte Susanne noch nie über ihre Arbeit gesprochen. Jessica kannte ihre Schwester so überhaupt nicht. Der unsägliche Fall ging ihr wirklich an die Nieren. Doch Jessica hakte nicht nach, denn sie wusste, dass Gespräche über die Arbeit tabu waren. So hatten sie es immer gehalten, auch als Jessica noch Kriminalbeamtin war.

Doch dann griff Susanne plötzlich nach Jessicas Hand.

»Du, Jess?«, fragte sie, schlug beinahe beschämt die Augen nieder und drückte dann sanft die Hand in ihrer. »Ich hätte eine Bitte an dich, frage auch nur ungern, doch es wäre wichtig für mich.«

»Was ist es denn, nur raus damit«, ermunterte Jessica ihre Schwester.

»Ich müsste zu einem Seminar. In den Frühlingsferien.

Eine Woche. Nach Karlsruhe«, zählte sie auf. »Mein Chef besteht darauf.« Jetzt wurde sie rot.

Jessica lachte. »Läuft da was zwischen dir und deinem Chef?«, fragte sie geradeheraus. Susanne zog ihre Hand weg und kicherte jetzt.

»Vielleicht. Aber das ist nicht der Grund. Ich muss wirklich auf dieses Seminar. Kannst du in der Zeit die Kinder betreuen?«

Jessica sagte spontan zu. Sie freute sich für ihre Schwester. Es war ein gutes Zeichen, dass sie sich wieder auf einen Mann einließ. Immerhin war Wolfgang über ein Jahr tot. Gut, sie selbst würde sich in dieser Woche freinehmen müssen, um auch abends für die Kinder da zu sein, doch ihr Chef würde das sicher verstehen. Immerhin war sie in den letzten Wochen mehrmals spontan für Paula eingesprungen, die sich immer häufiger krankmeldete.

Ein wenig Bedauern verspürte sie allerdings, als sie am Abend mit Florian zum Essen ging. Bedauern war in diesem Zusammenhang vielleicht das falsche Wort. Enttäuschung traf es eher.

Schon den ganzen Abend hatte Florian über den Tisch hinweg verschmitzt lächelnd zu ihr hinübergesehen. Dann ließ er endlich die Bombe platzen.

»Wir verreisen«, sagte er voller Inbrunst, hob dann sein Weinglas und nickte ihr zu.

»Ach«, sagte Jessica nur und räusperte sich dann. »Ähm. Schön. Wohin denn?«

»Ich habe ein Ferienhäuschen in der Toskana gemietet. Ganz romantisch, etwas außerhalb, nur wir zwei. Was sagst du?«

Das Lächeln kam ganz von allein, und Jessica seufzte selig. »Oh ja, das hört sich fantastisch an«, schwärmte sie dann. »Ich hoffe nur, es ist nicht gerade ab dem 23. März, denn da kann ich nicht«, verkündete sie leichtfertig. »Urlaub mit meinem Lieblingsmann. Dafür gibt's später ein extra Dankeschön!«, hauchte sie jetzt und versuchte, ihrer Stimme einen erotischen Unterton zu verleihen. Doch dann fiel ihr Florians grimmiges Gesicht auf.

»Was ist denn?« Fragend sah sie ihn an.

»Wieso geht es ab dem 23. März nicht?«, fragte er und es klang fast ein bisschen bedrohlich, doch Jessica überhörte seine schlechte Laune einfach und erklärte den Grund, warum der Zeitpunkt so unpassend war.

»Deine Schwester«, stieß er fast abfällig hervor. »Deine Schwester geht wohl immer vor.« Dieser Vorwurf war gemein, aber nicht gänzlich abwegig. Jessica hatte in den wenigen Wochen ihrer Beziehung bereits mehrfach Verabredungen abgesagt, um ihrer Schwester mit Babysitting oder anderer Hilfe unter die Arme zu greifen.

»Es tut mir leid, Florian«, sagte Jessica, die jetzt begriff, dass der Urlaub aufgrund dieser Terminüberschneidung leider ins Wasser fiel. Doch als sie dann aus purer Höflichkeit anbot, er könne doch allein verreisen, damit keine Stornokosten anfallen würden, fiel der Stuhl, auf dem der Allgäuer Hauptkommissar saß, krachend um, als dieser aufsprang, seine Serviette auf den Tisch warf und Jessica wütend ansah. Er öffnete den Mund, schloss ihn wieder, drehte sich um und verließ den Tisch. Jessica sah noch, wie er am Tresen des Lokals die Rechnung bezahlte, dann stürmte er aus dem Restaurant und ließ sie einfach zurück.

Zu perplex, um irgendwie zu reagieren, blieb Jessica

am Tisch sitzen und beobachtete nur sprachlos, wie der herangeeilte Kellner den Stuhl wieder aufstellte, unsicher lächelte und sie dann ebenfalls allein ließ.

»Was willst du denn?«, rief Jessica ins Telefon und rieb sich müde die Augen. Sie hatte bereits geschlafen und musste ihr warmes Bett verlassen, um an ihr Handy zu gehen. Dies und die Tatsache, dass ihr »Lieblingsmann« sie vorhin so blöd im Restaurant hatte stehen lassen, machte sie einigermaßen ärgerlich auf Florian, der der Grund für die nächtliche Störung war.

»Ich möchte dich sehen«, sagte Florian bittend.

»Ich glaube nicht, dass *du* gerade in der Position bist, irgendwelche Wünsche zu äußern«, brummte Jessica drohend. »Lass mich einfach in Ruhe. Wir können morgen über die ganze Sache sprechen.«

»Ich will aber jetzt.« Es klang beinahe bockig, doch dann änderte sich sein Tonfall. »Jess, ich hätte nicht so ausrasten dürfen. Ich war einfach so enttäuscht. Tut mir sehr leid. Können wir jetzt reden?«

»Worüber denn?« Die Tatsache, dass er sich bei ihr entschuldigte, überraschte sie etwas. Normalerweise war er stur und dickköpfig und gab genau wie sie selten zu, dass er Unrecht gehabt hatte. »Wir sprechen morgen«, beschloss sie trotzdem, denn sie wollte ihn schnell loswerden und zurück in ihr Bett. Es war wieder einmal höllisch kalt in ihrem Zimmer.

»Gut, dann friere ich hier jetzt halt einfach fest«, verkündete er und seufzte theatralisch. »Du kannst mich dann morgen von den Stufen kratzen, wenn's dir nicht zu anstrengend ist. Wenn ja, dann warte bis zum Frühjahr, dann bin ich wieder aufgetaut.«

»Wo bist du denn überhaupt?«, fragte Jessica jetzt und lief bereits los, bevor er eine Antwort gab.

»Ich stehe direkt vor dieser Kellertür, die zum Zimmer meiner Traumfrau führt, und es fehlt nicht mehr viel, dann …« Die Tür wurde aufgerissen und Jessica fiel ihm um den Hals.

»Dann was?«, fragte sie, zog ihn ins Haus und schloss die Tür.

Florian grinste breit. »Dann … werde ich ganz steif!«

Jessica lachte und zwinkerte ihm zu. »Das muss ich mir unbedingt genauer ansehen.«

Am nächsten Morgen erwachte Jessica und fühlte sich großartig. Doch als sie sich suchend nach Florian umdrehte, war er verschwunden. Hatte sie sich nur eingebildet, dass er gekommen war, um sich bei ihr zu entschuldigen? Hatte sie diesen aufregend heißen Sex, seine Hände auf ihrem Körper und seine verlangenden und leidenschaftlichen Küsse nur geträumt? Vorsichtig hob sie die dicke Daunendecke und schaute auf ihren komplett nackten Körper. Er war da gewesen. Natürlich war er das. Vermutlich durfte sie nicht mehr von ihm erwarten, denn es hatte ihn sicher genug Überwindung gekostet, überhaupt bei ihr zu übernachten. Seit dem Vorfall mit dem Fön war er nicht mehr in ihrem Zimmer gewesen und wenn er sie zum Essen abholte, hatte er immer draußen in seinem Wagen auf sie gewartet, nie das Haus betreten. Bisher hatte Jessica immer bei ihm übernachtet. Dieser Besuch war also vermutlich nur eine Ausnahme gewesen, ein Zufall, der aus einer Laune heraus entstand, eben weil sie sich kurz davor gestritten hatten. Fröstelnd warf sie die Decke beiseite und kroch aus dem Bett, dann spähte sie vorsichtig durch einen

Spalt ihrer geöffneten Zimmertür und rannte dann nackt über den Flur ins Badezimmer. Sie wusste nicht, wie spät es war, und deshalb wäre es möglich gewesen, dass eines der Kinder oder ihre Schwester noch im Haus waren, doch scheinbar war sie bereits allein. Durch die fast geschlossene Glastür an der Dusche erreichte sie mit den Fingerspitzen die Mischbatterie und stellte sie auf »heiß«. Es würde etwas dauern, bis wirklich heißes Wasser aus dem Duschkopf kam, deshalb zog sie es vor, im Trockenen zu warten, bis das Wasser eine angenehme Temperatur erreicht hatte. Zuerst benutzte sie die Toilette, dann schaute sie in den kleinen Spiegel über dem Waschbecken und fuhr sich mit den Fingern durch ihr zerzaustes Haar. Da auch das Badezimmer recht kühl war, hüpfte sie schließlich fröstelnd auf und ab.

Endlich war das Wasser warm.

Mit geschlossenen Augen unter dem warmen Wasserstrahl dachte sie an Florian und an die letzte Nacht. Rinnsale liefen über ihren Rücken und ihre Brust und kitzelten ihre Haut. Genussvoll stöhnend strich sie sich mit den Händen über ihren Busen und seufzte dann resigniert, als sie schließlich beschloss, dass es ohne Florian nur halb so viel Spaß machte, angefasst zu werden. Sie griff nach der Flasche mit dem Haarshampoo.

»Du kannst doch jetzt nicht einfach aufhören«, brummte Florian erregt und atmete tief durch. »Jetzt, wo es gerade spannend wird.«

Erschrocken fuhr sie zusammen und starrte in die etwas lüstern schauenden Augen ihres Freundes.

»Du bist noch da? Ich dachte, …« Doch weiter kam sie nicht, denn Florian stieg mitsamt der Jeans, die er trug, aber mit freiem Oberkörper zu ihr in die Dusche, zog sie an sich und küsste sie fordernd, biss dabei zärtlich in ihre Oberlippe und traf endlich mit seiner suchenden Zunge auf ihre. Er schmeckte nach Kaffee und Karamell und fühlte sich einfach fantastisch an. Doch plötzlich trat er einen Schritt zurück. »Ich helfe dir mit dem Einseifen.«

»Du hast deine Hose noch an«, flüsterte Jessica fast tonlos, denn sie war von dem Kuss völlig atemlos.

»Das ist auch ganz gut so«, erklärte Florian geschäftsmäßig. »Ich möchte diese Sache nicht gleich nach zwei Minuten schon wieder beenden, doch wenn ich den dort unten freilasse, könnte das tatsächlich passieren.« Dann stöhnte er laut, als seine seifigen Hände über ihre Brüste glitten. »Himmel, Jess. Du bist die absolute Hölle für meine Selbstbeherrschung.« Wieder fand sein Mund ihre Lippen und sein Körper presste sich an sie, als er jetzt ihren Rücken einseifte.

»Lass uns nie wieder damit aufhören.«

Später, zurück in ihrem Bett, frühstückten sie. Florian hatte ein Tablett mit lauter leckeren Dingen bestückt und es aus der Küche in Jessicas Zimmer getragen. Das war bereits vor dem Duschen gewesen und jetzt war der Kaffee kalt, aber das störte die beiden nicht. Der Trockner in der Waschküche mit Florians Jeans darin lief, und da sie allein im Haus waren, krochen sie einfach nackt zurück ins Bett und genossen zumindest die frisch aufgebackenen Brötchen und den Orangensaft.

»Hast du meine Schwester und die Kinder noch getroffen?«, fragte Jessica neugierig und biss in ihr Marmeladenbrötchen. Sie hatte einen Bärenhunger.

»Ja, habe ich. Die Kinder sind total niedlich«, schwärmte Florian. »Der kleine Mann hat mich gleich an die Hand genommen und mir seine Polizeiautos im Kinderzimmer gezeigt. Er redet aber nicht sonderlich viel, oder?«

»Nee, ich hoffe, das kommt noch. Aber er ist ja erst dreieinhalb.« Satt und zufrieden warf sich Jessica rücklings in die weichen Daunenkissen und seufzte zufrieden. »Und was hat meine Schwester zu dir gesagt? War sie artig?«

»Klar, die war lieb. Hat mir beim Frühstückmachen geholfen und mir gezeigt, wo alles steht. Und dann …« Jetzt grinste er, stellte das Tablett beiseite und schmiegte sich ganz dicht an seine Freundin. »Dann habe ich ihr von dem geplanten Urlaub erzählt und sie hat sofort bei euren Eltern angerufen und gefragt, ob sie in dieser Woche für dich einspringen können.«

»Das heißt«, japste Jessica und wurde ganz aufgeregt. »Das heißt … das heißt, wir fahren in die Toskana?« Und als Florian lachend nickte, fiel sie ihm um den Hals und küsste ihn begeistert.

KAPITEL 14

»Chef?«, rief Kommissar Willig aufgeregt ins Telefon, als er den Hauptkommissar nach mehreren Versuchen endlich an der Strippe hatte. »Wo bist du denn? Es ist etwas Schreckliches passiert!« Die Frau saß vor ihm auf dem feinen Sofa und starrte Löcher in die Luft. Ab und zu schniefte sie leise und betupfte mit einem Stofftaschentuch vorsichtig ihre Nase.

»Ja, Chef. Du musst sofort kommen. Es gibt eine neue Leiche.« Seine Stimme klang brüchig und er war so nervös, dass er zügig am großen Panoramafenster des imposanten Wohnzimmers entlanglief wie ein Tiger im Käfig, das Handy an sein rechtes Ohr gepresst. Allein an einem Tatort fühlte er sich hilflos und wusste nicht, was er machen sollte. Er gab Hauptkommissar Forster die Adresse durch und hoffte, er würde sich beeilen, denn die Leiche lag nach wie vor mitten im Wohnzimmer auf dem teuren Orientteppich und hatte eine Menge Blut verloren. Die Spurensicherung und die Typen aus der Gerichtsmedizin warteten nur noch auf die Freigabe, dann würden sie den Toten abtransportieren.

»Nein, Chef ... ja, entschuldige, ... Florian. Nein, er liegt noch da. Soll er ... Ja, okay, dann warten wir. Beeile dich bitte.« Er unterbrach das Gespräch, schaute kurz auf die Frau, entschloss sich dann aber, lieber draußen auf Florian zu warten. Er wollte weder länger bei der Leiche noch bei der weinenden Frau sein und er konnte nicht einmal sagen, was von beiden schlimmer war.

Der blaue Passat hielt keine zehn Minuten später auf der mit Kieselsteinen belegten Auffahrt des Anwesens. Hauptkommissar Forster stieg aus, knallte die Fahrertür zu und lief zum Eingang, wo Berthold Willig bereits auf ihn wartete.

»Was ist denn jetzt genau passiert, Berthold?« Mit Grüßen und netten Worten hielt er sich nicht auf, sondern kam gleich zur Sache. Bei einem Mordfall waren vor allem die ersten Stunden von großer Bedeutung.

»Der Hausherr ist erschlagen worden. Wir haben die Tatwaffe sichergestellt. Ein Schürhaken vom Kamin im Wohnzimmer. Er liegt neben der Leiche.«

Florian verzog angewidert das Gesicht. Das Opfer würde kein schöner Anblick sein.

Berthold, der seinen Gesichtsausdruck richtig deutete, nickte zustimmend. »Sieht scheußlich aus. Überall Blut. Ekelhaft.«

»Wer hat ihn gefunden und die Polizei alarmiert?«, fragte Florian und machte sich gleichzeitig auf den Weg in das große Haus.

»Seine Frau, Gertrud Vollmer.« Florian Forster fuhr herum und starrte seinen Kollegen an. »Vollmer? Verwandt mit Klaus Vollmer?«

»Ja, der Vater, ähm, ich meine der Sohn ... also der jetzt ist der Vater und der Klaus sein Sohn.« Berthold Willig wollte nur noch nach Hause. Überfordert ließ er sich im hellen Foyer auf die dritte Stufe der großen Marmortreppe fallen und atmete konzentriert ein und aus.

»Übel?«, fragte der Hauptkommissar. Berthold nickte.

»Ich kann da nicht mehr rein, Chef. Das riecht dort so nach Blut.« Er würgte und hielt sich die Hand vor den Mund.

»Ist gut.« Tief durch den Mund einatmend ging Florian auf die Tür zum Wohnzimmer zu. Es würde nicht viel nützen, denn er würde lange genug im Raum bleiben müssen und konnte unmöglich so lange die Luft anhalten. Doch für den ersten Anblick würde es reichen. Schnell überflog er mit den Augen die Szenerie im fast 40 Quadratmeter großen Wohnzimmer. Zwei Herren und eine Dame von der Spurensicherung suchten nach Fingerabdrücken und Spuren auf dem Teppich und machten Fotos, vor dem großen Kamin an der Ostseite des Raumes standen zwei Sofas. Ein Sanitäter beugte sich über eine dort liegende Frau und fühlte ihren Puls. Das musste die Ehefrau sein. Jemand musste sie aus diesem Zimmer bringen, bevor sie gänzlich kollabierte. Und dann sah Florian die Leiche. Der ältere Mann am Boden lag auf seinem Bauch, die Arme weit ausgestreckt und ein Bein angewinkelt. In seinem Schädel klaffte ein großes Loch, überall war Blut, der Rücken war übersät mit kleineren Wunden, die jedoch nicht schlimm geblutet hatten.

»Hallo, Florian«, wurde er von Erwin Buchmann begrüßt. Der junge Gerichtsmediziner war schon lange mit ihm befreundet und kniete jetzt neben dem Toten.

»Was hast du für mich, Ewe?«, fragte der Kommissar und versuchte weiterhin, sehr flach durch den Mund zu atmen. Der ganze Raum roch nach Eisen. Der scharfe und unangenehme Geruch des frischen Blutes brannte in der Nase und in der Kehle. »Du hast ihn doch sicher schon untersucht.«

»Soweit es ging, schon.« Erwin Buchmann schaute zu ihm auf. »Wo warst du denn? Sonst bist du immer der erste am Tatort. Dein Kollege sagt, du warst heute früh nicht einmal im Büro.« Als Florian keine Antwort gab, wandte sich Buchmann wieder dem Toten zu. »Er hat sechs Verletzungen auf dem Rücken und dieses Loch im Kopf. Schau mal, das ging mitten durch den Schädelknochen. Man sieht sogar das Gehirn, wenn man dichter rangeht.« Fasziniert schaute er sich die Verletzung erneut an. Übelkeit kroch Florian durch den Magen und er musste sich sehr konzentrieren, den aufsteigenden Würgereiz zu unterdrücken.

»Also ist das Loch im Kopf die Todesursache?«, fragte er den befreundeten Gerichtsmediziner und ging vorsorglich einen Schritt zurück. Doch die Luft war hier nicht besser und er sah dieses blutende Loch und die glibberige Gehirnmasse genauso deutlich wie vorher.

»Ich befürchte nicht«, sagte Erwin Buchmann, legte seine mit einem Latexhandschuh geschützte Hand direkt auf die offene Kopfwunde und verzog dabei keine Miene. Jetzt würgte Florian wirklich.

»Die Kopfwunde hat nicht sehr geblutet, folglich war er schon tot, als jemand ihm den Schädel eingeschlagen hat.« Jetzt sah der Gerichtsmediziner zu Florian hoch und lächelte. »Kein schöner Anblick, oder?«

»Geht schon«, presste Florian gequält hervor und schaute dann zu der kränkelnden Frau auf dem Sofa. »Warte kurz«, sagte er dann und verließ das Wohnzimmer.

»Aber du musst die Leiche freigeben. Ich muss den Mann umdrehen. Ich glaube, der blutet aus dem Bauch …«

»Gleich, Ewe!«, winkte Florian ab, wandte sich dann aber an seinen Kollegen Berthold, der immer noch im Foyer auf der Treppe hockte und fürchterlich blass im Gesicht war. »Würdest du bitte endlich die Frau vom Tatort entfernen. Bring sie nach oben. Ich befrage sie dann später«, befahl er und ging zurück zu der blutüberströmten Leiche. Berthold gehorchte prompt und keine zwei Minuten später war Frau Vollmer mitsamt des betreuenden Sanitäters aus dem Zimmer.

»Na, dann mal los«, gab der Hauptkommissar schließlich den Befehl, das Opfer umzudrehen, und machte sich auf das Schlimmste gefasst. Doch als er die offene Bauchverletzung sah, musste er sich dennoch abwenden. Ein mindestens 30 Zentimeter langer Schnitt quer über den dicken Bauch des Ermordeten ließ Florian Forster das Blut in den Adern gefrieren. Die Wundränder waren ausgefranst und das Oberhemd, das der Tote trug, komplett mit Blut getränkt. Doch das Schlimmste war die Schnitttiefe. Irgendwelche inneren Organe, vermutlich der Darm, quollen aus der breiten Wunde hervor. Der Bauch dieses Mannes sah aus wie eine aufgeplatzte Wassermelone und überall war Blut und Schleim.

Florian lehnte sich mit dem Rücken gegen eine Wand und schloss die Augen. Ihm war schwindelig und kotzübel und er musste mehrmals schlucken, um sich nicht zu übergeben. Mit dem Ärmel seiner Jacke wischte er den kalten Schweiß von der Stirn und kämpfte mühsam dagegen an, in Ohnmacht zu fallen. Kotzen wäre ja schon schlimm gewesen, aber umfallen wie ein Mädchen kam überhaupt nicht infrage.

Dann meldete sich Erwin erneut zu Wort.

»Oh, Mann, den hat's aber übel erwischt«, murmelte er. »Der Kerl ist verblutet. So, wie der Teppich aussieht, ist er komplett ausgeblutet.« Dann bemerkte der Gerichtsmediziner Florians Zustand und lachte. »Hey, stell dich nicht so an, Flo.«

»Halt's Maul, du Idiot«, schimpfte Florian und die energische, wütende Stimme ließ ihn ein wenig zu Kräften kommen und tat vor allem seinem Kreislauf gut. »Man sieht ja nicht alle Tage Gedärme aus offenen Wunden quellen.«

Erwin Buchmann drehte sich wieder zu dem Opfer um und griff mit den Fingern in die schleimige Masse. »Ach, das meinst du«, sagte er nüchtern und völlig emotionslos. »Das sind keine Därme oder irgendwelche anderen Organe. Das ist bloß stinknormales Fettgewebe. Der Kerl hatte ja auch eine ganz schöne Wampe. Ist aufgeplatzt. Wenn man in so einen fetten Bauch reinschneidet, dann quillt halt alles hervor. Das ist ganz normal.«

Als er sich umdrehte, war der Hauptkommissar verschwunden.

Am Nachmittag saß Hauptkommissar Forster hinter seinem Schreibtisch und grübelte. Der Bericht aus der Gerichtsmedizin würde frühestens morgen vorliegen, doch Erwin hatte ihm bereits eine vage Angabe zum Todeszeitpunkt machen können. Demnach war Waldemar Vollmer weit nach Mitternacht, vermutlich sogar in den sehr frühen Morgenstunden gestorben, doch der Gerichtsmediziner konnte nicht sagen, wie lange er mit dieser offenen Wunde in seinem Bauch bereits mit dem Tode gekämpft hatte, ehe er die Schlacht verlor. Nach kurzer Durchsicht der vorliegenden Beweise deutete alles darauf hin, dass das größte und bisher einzig erkennbare Motiv die Schwiegertochter des Opfers hatte. Im Hause Vollmer waren Unterlagen gefunden worden, die bestätigten, dass Waldemar Vollmer eine Klage gegen die Frau seines Sohnes gewonnen hatte und diese ihm jetzt 2.000 Euro schuldete. Woher die Frau das Geld allerdings nehmen sollte, war Florian schleierhaft, denn schon beim Mordfall Vollmer junior waren ihm die ärmlichen Verhältnisse aufgefallen, in denen die Familie mit den drei kleinen Kindern lebte. Aus der Ehefrau des Ermordeten hatte Florian nicht viel herausbekommen. Sie stand unter Schock, war kaum in der Lage, ganze und verständliche Sätze herauszubekommen, und konnte nur nickend bestätigen, dass sie ihren Mann in den frühen Morgenstunden tot im Wohnzimmer gefunden hatte. Worauf sich Florian überhaupt keinen Reim machen konnte, war die Tatsache, dass so kurz nach der Ermordung des Sohnes auch der Vater Opfer eines Mordanschlages geworden war, die beiden Morde aber überhaupt nicht die gleiche Handschrift trugen. Klaus Vollmer war kaltblütig erschossen worden. Diese Tat war nahezu emotionslos und eiskalt durchgeführt worden. Doch bei den Verletzungen am zweiten Mordopfer hatte eindeutig Wut, Hass und Abscheu eine große Rolle gespielt. Tippte Florian im ersten Fall auf einen Mann als Täter, war im zweiten Fall eher eine Frau zu so einer brutalen und emotionsgetragenen Tat fähig. Dem widersprach allerdings die Tatsache, dass der zweite Mord mit so viel Stärke ausgeführt worden war, dass eine normale Frau mangels Körperkraft diese eigentlich nicht begangen haben konnte. Vielleicht würde ja ausnahmsweise die Tatverdächtige einfach gestehen, und die Angelegenheit wäre aufgeklärt.

Das läutende Telefon auf seinem Schreibtisch riss ihn unsanft aus seinen Gedanken. Es war ein interner Anruf.

»Ist sie da?« Vor einer Stunde hatte er seinen Kollegen Willig losgeschickt, die Schwiegertochter ins Revier zu holen. Er wollte sie zu dem Mordfall befragen und rechnete fest damit, dass er der Lösung des Falls sehr nahe war.

»Ja, Chef, … äh, Florian. Ich habe sie in das Verhörzimmer gebracht. Sie weint die ganze Zeit.« Berthold Willig klang verzweifelt, schien aber erleichtert, die heulende Frau endlich los zu sein.

»Was ist mit den Kindern?«, fragte Florian und erhob sich bereits von seinem Bürostuhl. Er wollte die Sache schnell hinter sich bringen.

»Die sind bei der Nachbarin. Das Jugendamt ist aber bereits informiert«, erklärte Berthold und fügte dann kleinlaut hinzu: »Nur falls Frau Vollmer nicht wieder nach Hause darf.« Auch Berthold war fest davon überzeugt, dass sie die Täterin gleich überführen würden.

»Ich komme rüber«, sagte er geschäftig und legte auf. Dann trank er schnell seinen Kaffee aus und verließ sein Büro.

Die junge Frau ihm gegenüber war in einem schlechten Zustand. Bereits vor Monaten war Florian aufgefallen, wie dünn und zerbrechlich sie war, doch jetzt wirkte sie abgemagert, ihr Gesicht war eingefallen und ihre Augen trüb. Sie weinte ununterbrochen und hörte nur ganz kurz auf, weil sie erschrak, als Florian ihr eine Packung Kleenex auf den Tisch warf. Ihr kurzes, dunkelbraunes Haar war stumpf und etwas ungepflegt und ihre Kleidung war altmodisch und sah ärmlich aus.

»Frau Vollmer«, begann Hauptkommissar Forster schließlich und ließ sich auf dem Stuhl auf der anderen Seite des Tisches nieder. Der Raum war kahl. Schlichte, weiß gestrichene Wände und ein einfacher grauer Teppich waren das Einzige, was diesen Raum von einer stinknormalen Knastzelle unterschied. Ein Tisch in der Mitte, mit zwei Stühlen, die sich gegenüberstanden, ließen ihn auch nicht sonderlich gemütlicher erscheinen. »Sie werden verdächtigt, Ihren Schwiegervater Waldemar Vollmer in seinem Haus ermordet zu haben. Können Sie mir dazu etwas sagen?« Seine Stimme klang neutral und nicht anklagend, doch er musste sich sehr anstrengen, seine Emotionen zurückzuhalten. Diese Tat war abartig und zeugte von einem kranken Verstand oder unbändiger Wut. Beides machte einen Menschen gefährlich und in seinen Augen unwürdig, höflich und zuvorkommend behandelt zu werden. Doch noch war nichts bewiesen. Nach so wenigen Stunden waren noch keine Fingerabdrücke untersucht und auch die heute so hoch gelobten

DNA-Proben würden Tage dauern, bis sie beweiskräftig zur Lösung beitrugen.

»Ich hab nichts damit zu tun«, jammerte sie und schniefte laut. »Was ist mit meinen Kindern?«

»Die sind gut versorgt, Frau Vollmer. Wann waren Sie das letzte Mal bei Ihren Schwiegereltern und wo waren Sie von gestern Abend bis heute Morgen um sieben, also die ganze Nacht über?«

»Bei meinen Kindern.« Erstaunt sah sie zu ihm hinüber, vergaß sogar zu weinen. »Wo sollte ich denn sonst sein? Die Kleinen können doch nicht allein bleiben. Und jetzt, da auch mein Mann ...« Weiter kam sie nicht, denn ihre Stimme brach und erneut verfiel sie in hemmungsloses Schluchzen.

»Sie haben meine erste Frage noch nicht beantwortet, Frau Vollmer. Wann waren Sie das letzte Mal bei Ihren Schwiegereltern?« Um ihr lautes Gejammer zu übertönen und um den Druck auf sie etwas zu erhöhen, sprach er laut und konnte einen leicht drohenden Tonfall nicht unterdrücken.

Wieder sah sie ihn an. »Ich kannte die beiden kaum«, wich sie aus und starrte dann auf ihre Hände auf der Tischplatte, die nervös das Papiertaschentuch zerpflückten, das sie hielt. Dann legte sie dieses benutzte und zerfledderte Knäuel an den Rand des Tisches und zog ein neues frisches Tuch aus der Spenderbox. »Wir hatten kein gutes Verhältnis«, gab sie kleinlaut zu.

»Lag das an der Klage um die Rückzahlung der geliehenen 2.000 Euro?«, hakte der Hauptkommissar nach, stand auf und hielt der verängstigten Frau einen geflochtenen Papierkorb unter die Nase. Sie schaute kurz zu ihm auf, griff dann nach dem gebrauchten Taschentuch und warf es in den Mülleimer. Florian platzierte den Korb neben Frau Vollmers Stuhl auf dem Fußboden und ging dann wieder auf seine Seite des Tisches, allerdings blieb er jetzt stehen. »Haben Sie meine Frage verstanden, Frau Vollmer?«, wiederholte er leicht gereizt.

»Ja, natürlich. Das war es aber nicht«, erklärte sie unsicher. »Sie mochten mich noch nie. Klaus hatte auch kein gutes Verhältnis zu seinem Vater, seit er mich geheiratet hat.«

»Und deshalb haben Sie ihn umgebracht?«, versuchte es Florian jetzt erneut, doch Frau Vollmer sah ihn nur ärgerlich an.

»Ich sagte bereits, ich habe ihn nicht getötet«, fauchte sie jetzt. »Was wollen Sie von mir?«

Florian lächelte süffisant und überheblich, stützte dann seine Hände auf der Tischplatte ab und beugte sich drohend zu ihr hinüber. »Sie können ja richtig wütend werden, Frau Vollmer. Ist Ihnen das gestern Abend auch passiert, als Sie mit Ihrem Schwiegervater sprechen wollten und er Sie eiskalt abserviert hat? Haben Sie da nach dem Schürhaken …«

»Ich habe diesen Scheißkerl nicht erschlagen«, brüllte sie wütend, sprang von ihrem Stuhl auf und schlug rasend vor Ärger mit der Faust auf den Tisch. Hasserfüllt starrte sie in seine Augen, ihr Gesicht ganz dicht vor seinem.

»Setzen Sie sich wieder, Frau Vollmer.« Seine Stimme klang machtvoll und drohend, doch sein Gesicht blieb freundlich. Die Verdächtige setzte sich wieder und seufzte. »Entschuldigung«, flüsterte sie leise und sank in ihrem Stuhl zusammen wie ein kleines Häufchen Elend.

»Und wenn ich Ihnen jetzt sage, dass wir im Haus Ihre Fingerabdrücke gefunden haben?«, log Hauptkommissar

Forster, ohne mit der Wimper zu zucken, und sah, wie Frau Vollmer ihn plötzlich ängstlich anschaute, dann aber nervös die nackten Wände hinter seinem Rücken betrachtete.

»Wollen Sie Ihre Aussage jetzt noch einmal überdenken?«

Sekunden vergingen, in denen keiner von ihnen etwas sagte. Dann, ganz zögerlich und mit zittriger Stimme, begann Evelyn Vollmer zu gestehen.

»Ich war gestern bei Herrn Vollmer, meinem Schwiegervater. Seine Frau war nicht da. Ich hatte gehofft, sie würde da sein, denn dann wäre es für mich nicht so schlimm geworden«, warf sie nervös ein. »Ich wollte ihn bitten, mir einen Teil der Schuld zu erlassen.« Unruhig rutschte sie auf ihrem Stuhl hin und her. »Das Geld habe ich nicht. Es war für das Studium von meinem Mann und es war fast komplett aufgebraucht.«

»Ihr Mann hat studiert?«, fragte Florian jetzt erstaunt, obwohl er sie eigentlich nicht unterbrechen wollte.

»Ja«, bestätigte Frau Vollmer. »Es war sehr mühsam, weil er nebenbei noch arbeiten musste wegen der Kinder, doch er hat sich wirklich bemüht und stand kurz vor dem Abschluss.«

»Wieso hat das Gericht Sie dann gezwungen, das Geld zurückzugeben, wenn es doch gar nicht Ihnen gehörte?«, unterbrach er sie jetzt erneut, doch die Umstände waren ihm komplett neu und könnten vielleicht auch für den Todesfall Vollmer junior von Nutzen sein.

»Klaus hatte mir«, begann sie und schniefte wieder heftig, »kurz vor seinem Tod ein wirklich teures Kleid gekauft. Er hatte sehr lange darauf gespart und ich sollte es zu der Abschlussfeier tragen, wenn er sein Staatsexamen schließlich endlich bestanden hatte.«

»Er war Anwalt?«

»Ja, zumindest fast.« Wieder begann sie zu weinen. »Ich bin schuld, dass er sich so abmühen musste, aber ich konnte doch nicht mitarbeiten. Die drei Kinder …« Sie vollendete den Satz nicht. »Jedenfalls meinte das Gericht, es wäre erwiesen, dass ich mich am Geld von Waldemar Vollmer bereichern wollte, da ich so teure Kleidung im Schrank hatte. Die spinnen doch. Ich weiß ja nicht einmal, wie ich genug zu Essen für die Kleinen beschaffen soll.«

»Was ist gestern Abend im Hause Vollmer passiert«, konzentrierte Florian jetzt ihr Augenmerk wieder auf den Fall. Er setzte sich und legte seine Hände vor sich auf den Tisch.

»Ich bin hin, habe versucht, mit ihm zu reden, doch er wollte nicht zuhören.« Eine kurze Pause entstand. »Er hat mich einfach ausgelacht«, sagte sie schließlich verächtlich. »Dann hat er mich hinausgeworfen.«

Der Hauptkommissar hob fragend eine Augenbraue und Evelyn Vollmer zuckte merklich zusammen.

»Ich geb zu, ich war schrecklich wütend auf ihn und es tut mir überhaupt nicht leid, dass er tot ist.« Ihr Blick war leer und sie wurde plötzlich ganz ruhig. »Aber ich sage Ihnen noch einmal, ich habe ihn nicht getötet.«

Evelyn Vollmer kam in Untersuchungshaft. Der Tatverdacht hatte sich zwar nicht gänzlich bestätigt, doch konnte sie Florian auch nicht vollständig von ihrer Unschuld überzeugen. Bisher war sie die letzte Person, die Waldemar Vollmer lebend gesehen hatte. Sie war am Abend des Mordes am Tatort und hatte ein ausreichendes Motiv. Der zuständige Staatsanwalt hatte sofort die

Einweisung in die JVA Kempten veranlasst und die drei kleinen Kinder wurden bei Pflegeeltern untergebracht, da es offensichtlich keine Verwandten gab, die die Kleinen aufnehmen wollten.

So ganz überzeugt war Florian dennoch nicht von ihrer Schuld, als er nach diesem wirklich anstrengenden Arbeitstag bei Jessica und Susanne auf dem Sofa saß und in groben Zügen von den Ereignissen berichtete.

»Oh Gott, nein«, rief Susanne plötzlich. »Die Frau war es bestimmt nicht.« Dann sprang sie auf und lief nervös durch das Zimmer. »Das tut mir so leid. Ich hätte den Fall niemals annehmen dürfen.«

»Was meinst du, Susi?«, fragte Jessica genau das, was auch Florian gleich gefragt hätte. »Kennst du die Frau?«

Susanne nickte heftig und war ganz aufgelöst. »Ich habe Herrn Vollmer senior in seinem Rechtsstreit gegen seine Schwiegertochter unterstützt«, gab sie zu. »Die arme Frau. Sie hat mir schon damals so leidgetan. Sie ist regelrecht zusammengebrochen, als der Richter das Urteil gesprochen hatte.«

»Ist es denn üblich, dass ein Fall auf diese Art ausgeht?«, fragte Florian, der sich schon den ganzen Tag über die Tatsache ärgerte, dass ein deutsches Gericht einer verarmten Frau 2.000 Euro abnahm und sie so zugrunde richtete.

»Eigentlich bin ich davon ausgegangen, dass wir verlieren«, gab Susanne Reuter geknickt zu. »Ich war mir sogar sicher, dass die ganze Sache im Sande verläuft, doch Herr Vollmer ist ein ganz gerissener Saukerl.« Erschrocken sah sie erst Florian, dann ihre Schwester an. Über einen kürzlich Verstorbenen sollte man nicht so schlecht reden. »Entschuldigt«, bat sie deshalb. »Der Typ war mir nicht so recht sympathisch«, umschrieb sie nun die Tatsache, dass sie ihn nicht ausstehen konnte. »Leider ist die junge Frau Vollmer sehr naiv und einfältig. Sie konnte meinen Fragen nicht standhalten und hat sogar zugegeben, dass sie ebenfalls von dem Geld profitiert hatte.«

»Das Kleid?«, warf Florian ein.

»Ja, das war ganz schön teuer. Über 800 Euro«, berichtete Susanne. Dann baute sie sich vor Florian auf. »Du glaubst doch nicht wirklich, dass die Frau einen Mord begehen könnte? Das würde sie nie tun. Wer kümmert sich dann um ihre Kinder, wenn sie im Gefängnis sitzt? Nein, eine Mutter würde so etwas Gedankenloses nie tun.« Kopfschüttelnd ging sie zurück zu ihrem Platz auf dem Sofa und ließ sich einfach fallen.

»Und was ist mit dem Bruder, dem älteren Sohn von Waldemar Vollmer?«, fragte sie schließlich nachdenklich. »Wenn der den anderen Sohn genauso schlecht behandelt hat wie diesen Klaus, dann …« Sie sprach den Satz nicht aus, schüttelte wieder ihren Kopf und lachte dann. »Ihr seid die Kriminalbeamten«, scherzte sie. »Kümmert ihr beide euch um die Verdächtigen und ich sehe dann zu, dass sie nicht ins Gefängnis müssen.«

KAPITEL 15

Vor acht Jahren in einer WG im Hamburger Stadtteil Altona

»Wo warst du denn so lange? War wieder so viel Arbeit?«
Müde rekelte sich die Frau seines Herzens in dem schmalen Bett und gähnte. Schlagartig kam sein schlechtes Gewissen zurück und schnürte ihm die Kehle zu.

»Komm schnell ins Bett«, sagte sie verschwörerisch und hob die Decke etwas an, damit er hinunterkriechen konnte.

»Ich habe dich schrecklich vermisst, du hast mir so gefehlt«, säuselte sie und ihm wurde schlagartig übel. Sie war wunderschön, seine absolute Traumfrau und sie führten seit fast einem Jahr eine erfüllte und glückliche Beziehung. Er war ein Schwein.

Jede Frau, mit der er vor ihr zusammen gewesen war, hatte versucht, ihn zu ändern, hatte versucht, ihn in Bahnen zu lenken, die er nicht nehmen wollte, doch sie war anders. Bei ihr durfte er sein, wie er wollte. Sie erwartete sogar von ihm, dass er seinen eigenen Weg ging und glücklich wurde. Und er war glücklich. Glücklich mit ihr. Warum nur hatte er ihr so etwas Schändliches angetan?

»Jetzt beeile dich, mir wird schon ganz kalt«, forderte sie ihn lachend auf und hielt nach wie vor die Decke mit einer Hand in die Höhe. »Außerdem habe ich heute Nacht noch einiges mit dir vor.« Jetzt zwinkerte sie ihm zu.

Sex mit ihr war gigantisch. Derart erfüllend wie mit ihr war sein Sexualleben vorher nie gewesen. Sie war wild und ungestüm und trieb ihn in Höhen, die er nie zuvor erlebt hatte. Und das Schöne war, dass es einfach nicht nachließ. Selbst nach einem Jahr war er noch genauso scharf auf diese Frau wie am allerersten Tag. Gerade deshalb konnte er sein Verhalten von vorhin überhaupt nicht nachvollziehen. So war er sonst nie.

Zögernd öffnete er seine Hose und ließ sie zu Boden fallen. Dann stieg er mit T-Shirt und Unterhose bekleidet zu ihr ins Bett. Stocksteif und voller Angst lag er neben ihr. Bildete er es sich nur ein oder roch er sogar noch nach der anderen Frau? Er hatte sich gewaschen, doch hatte er keine Möglichkeit gehabt zu duschen. Wenn sie jetzt den Geruch bemerkte, wie würde sie reagieren?

Doch die Frau an seiner Seite schmiegte sich nur unbedarft an ihn und legte ihren Arm über seine Brust. »Endlich«, seufzte sie. »Ich werde deinem Chef sagen müssen, dass du auch noch andere Verpflichtungen hast und nicht nur ihn beglücken musst.« Sie lachte laut und er zuckte schuldig zusammen.

Diese Frau war einfach übermächtig gewesen, doch er hatte mitgemacht. Er war schuldig. Er hatte nicht abgelehnt, als sie ihm so freizügig entgegentrat und tabulos ihre Hand in seine Hose schob. Er hätte sie wegstoßen müssen, doch es fühlte sich gut an und er hatte schlichtweg nicht mehr überlegt und einfach …

Als jetzt die Hand seiner Freundin tiefer wanderte und den Bund seiner Unterhose erreichte, hielt er sie erschrocken auf. Das hatte er noch nie getan, doch es ging nicht. Er schämte sich und würde sicher keinen hochkriegen. Sie würde etwas merken. Außerdem hatte er diese andere Frau erst vor zwei Stunden verlassen. Er würde nicht, er könnte nicht …

»Was ist denn los?«, fragte sie überrascht, da sie bisher noch nie von ihm zurückgewiesen worden war.

»Ich bin nur müde«, log er und tat, als müsse er gähnen.
»Na gut«, sagte sie nach kurzem Zögern. »Aber morgen früh kommst du nicht so leicht davon.«

Als sie sich umdrehte und in die Decke wickelte, dann nach seiner freien Hand griff und sie sich auf die Hüfte legte, starrte er an die dunkle Zimmerdecke und weinte.

Erschöpft und herrlich entspannt stieg er von seiner Freundin herunter, rollte sich auf den Rücken und zog Jessica fest an sich. Er gab ihr einen Kuss auf ihre Stirn und seufzte zufrieden. Ihr blondes Haar ergoss sich über seinen Arm und über seinen Oberkörper und vermischte sich mit den kurzen schwarzen Härchen auf seiner Brust. Mit der freien Hand zog er eine Decke heran, ohne seine Position zu ändern, und deckte sie beide zu.

Seit Tagen hatten sie sich nicht gesehen. Die Arbeit hielt ihn ganz schön auf Trab und abends war er oft so genervt, dass er ihr seine schlechte Laune nicht zumuten wollte und einfach nach Hause fuhr, ihr per SMS eine Gute Nacht wünschte und alleine schlafen ging. Als er jedoch heute nach Hause gekommen war, hatte sie einfach vor seiner Haustür gestanden, gelächelt, seine Hand genommen und war mit ihm in seine Wohnung gegangen. Und dann hatten sie sich geliebt. Es war ruhig, es war zärtlich und gefühlvoll, keineswegs rau und wild wie sonst so oft, doch gerade deshalb vermutlich war es dieses Mal auch herrlich intensiv und äußerst erfüllend. Diese Frau war ein Traum und sie wusste immer, was ihm richtig guttat.

Zärtlich strich er Jessica eine Strähne ihres Haares aus dem Gesicht.

»Ich liebe dich, Jess«, flüsterte er und schloss die Augen. »Ich möchte dich niemals verlieren.«

Jessica sagte nichts, rückte nur näher an ihn heran und küsste den deutlich sichtbaren Muskel über seiner Brust. Dann legte sie den Kopf wieder in seine Armbeuge und schloss ebenfalls die Augen.

Doch trotzdem ihn eine schwere bleierne Müdigkeit überkam, wie immer nach dem Sex, konnte er dennoch nicht schlafen. Die Gedanken an den aktuellen Fall ließen ihn einfach nicht los.

Evelyn Vollmer war bereits seit einer Woche in Untersuchungshaft und die Ergebnisse der Spurensicherung ließen nach wie vor auf sich warten. Wenigstens hatte die Gerichtsmedizin schon alle Informationen an ihn weitergegeben. Der Gerichtsmediziner Erwin Buchmann war sich sicher, dass Waldemar Vollmer aufgrund der Verletzung an seinem Bauch sehr schnell verblutet war. Der Schlag auf seinen Hinterkopf war post mortem ausgeführt worden. Hierbei handelte es sich sogar um mehrere Schläge. Man hatte dem Opfer ein großes Loch in den Kopf gemeißelt und dazu mindestens fünfmal zugeschlagen. Der Täter wollte wohl sichergehen, dass das Opfer auch wirklich starb. Die Verletzungen auf dem Rücken waren gegen die anderen beinahe harmlos und wären keinesfalls tödlich gewesen, denn sie waren weder tief noch besonders kraftvoll ausgeführt. Vermutlich hätte das Mordopfer nach der Rückenattacke sogar noch fliehen können, wenn ihm nicht auch diese Schläge erst nach dem Tod zugefügt worden wären. Da es nahezu unmöglich war, einen Schädelknochen zu zertrümmern, wenn man klein und schwächlich war, vermutete Erwin Buchmann einen Mann als Täter, konnte aber nicht ausschließen, dass auch eine Frau, wenn sie doch nur wütend genug war, in der Lage sein würde, solche immensen Schäden an einem Körper zu hinterlassen. Florian war ratlos. Er hoffte täglich auf eine Nachricht vom verschollenen Bruder und Sohn der beiden Opfer und wollte schnellstmöglich wenigstens einen der Fälle abschließen. Bisher allerdings hatten sie Richard Vollmer noch nicht gefunden.

Jessica seufzte und hob den Kopf. »Kannst du auch nicht schlafen?«

Florian brummte nur und es klang mehr belustigt, als mürrisch. »Ich glaube, ich habe einfach nur Hunger«, sagte er, zog seinen Arm unter ihrem Kopf hervor und rutschte auf seinem Hintern zur Bettkante auf seiner Seite. »Ich mach uns was zu essen. Bleib du liegen, ich bin gleich wieder da.«

Doch auch Jessica wollte nicht liegen bleiben. Wie ein junges Hündchen lief sie ihm hinterher und blieb erst stehen, als Florian in der Küche ankam und sich blitzschnell zu ihr umdrehte.

»Was hältst du eigentlich so generell davon ...«, begann er und setzte eine geschäftige Miene auf, »... wenn du irgendwann in naher Zukunft bei mir einziehst?« Dann lachte er. »Ich find's nämlich ganz toll, wenn du da bist und mir hinterherläufst.« Freudestrahlend nahm er seine Freundin in den Arm und drückte sie liebevoll. »Und dass wir beide nackt in der Küche stehen, finde ich auch klasse«, fügte er belustigt hinzu, ließ sie frei und betrachtete sie anerkennend von oben bis unten. »Also, was sagst du?«

»Das geht ...« *nicht, weil ich meine Schwester nicht allein lassen kann.*

»Das geht ...« *nicht, weil ich nicht der Typ Frau bin, der einen Mann lange halten kann.*

»Das ...« *ist nicht gut, denn ich liebe dich sehr und möchte nicht wieder enttäuscht werden.*

»Hat es dir die Sprache verschlagen?«, fragte Florian amüsiert und nahm dann ihre rechte Hand in seine, senkte seinen Blick und räusperte sich. Dann schaute er ihr direkt in die Augen. »Es ist toll, mit dir zusammen zu sein, und ich glaube, ich könnte es verdammt lange mit dir aushalten. So etwas wie mit dir habe ich noch nie erlebt. Doch ich kann verstehen, wenn dir das zu schnell geht. Ich frag dich einfach immer mal wieder und wenn du so weit bist, dann ziehst du einfach bei mir ein, okay?«

Jessica nickte mechanisch und versuchte zu lächeln, doch Zweifel und Angst blieben. Wenn sie sich zu sehr auf ihn einließ, würde sie dann wieder enttäuscht werden, wie damals mit Kai? Über das Thema Kai war sie seit Jahren hinweg und weinte dieser Beziehung auch keine Träne mehr nach, doch die Zeit, kurz nachdem er sie verlassen hatte, und noch dazu ohne eine Erklärung abzugeben, war für sie die Hölle gewesen. So etwas wollte sie nie wieder erleben.

Als sie eine halbe Stunde später am kleinen Küchentisch vor zwei großen Tellern mit Rührei und gebratenem Speck saßen, griff Jessica das Thema dennoch erneut auf, zumindest am Rande.

»Hast du deinen Argwohn gegen mich denn inzwischen begraben?«, fragte sie neugierig und biss genüsslich von dem knusprig kross gebratenen Speck ab. Fett lief ihr über das Kinn und tropfte auf den Teller. Sie griff nach einer Serviette und wischte sich den Mund ab.

»Wie meinst du das? Welchen Argwohn?« Florian war verwirrt, legte sein Besteck neben den Teller und wartete auf eine Erklärung.

»Du hast mich doch damals verdächtigt«, erklärte sie. »Bist du denn jetzt überhaupt sicher, dass ich mit den zwei Morden nichts zu tun habe?«

Sein schallend lautes Lachen erfüllte die Küche. Jessica liebte es, wenn er lachte, denn dann waren seine Augen am schönsten und lebendigsten.

»Ich habe mich natürlich ausführlich mit deinem Leben beschäftigt«, gab er grinsend zu. »Deine Personalakte ist beinahe makellos.«

»Wie bist du denn an die Daten gekommen?«, fragte Jessica mehr aus Verwunderung als aus Ärger über das Ausspionieren ihrer persönlichen Daten. Doch dann erst stolperte sie über seine Bemerkung und hakte nach. »Und wieso nur beinahe makellos?« Gespielt streng starrte sie ihn an, lachte dann aber.

»Du hast auf einen Polizisten geschossen. Wie kann das denn bitte passieren?« Da die damalige interne Untersuchungskommission keine Absicht erkennen konnte, wurde die Angelegenheit schließlich für unwichtig erklärt und stand einer Beförderung in keiner Weise im Wege. Weil Florian das aus den Akten wusste, hatte er der Sache ebenfalls keine weitere Beachtung geschenkt.

»Oh Mann, verrat es aber nicht weiter, okay?«, flüsterte Jessica und beugte sich leicht über den Tisch. »Ich war's ja gar nicht.«

Wenn er seine Augenbrauen fragend hob, so wie jetzt gerade, und sie mit großen Augen ansah, was er oft tat, dann war das richtig niedlich. Schließlich erzählte sie ihm die ganze Geschichte, die nun bereits fast acht Jahre zurücklag.

»Wir waren damals gemeinsam auf der Polizeischule. Wir, also mein Schwager Wolfgang, sein Freund Martin und ich hatten kurz nach der Abschlussprüfung einen Einsatz, der etwas knifflig war, doch der Einsatzleiter hat uns extra, so gut es ging, rausgehalten, weil wir ja noch Frischlinge waren. Na ja, lange Rede, kurzer Sinn … Martins Waffe ging los, weil er sich wegen irgendetwas erschrocken hatte. Der Schuss traf Wolfgang am Oberarm. Nichts Schlimmes, war nur ein Kratzer.«

Florian hatte vor Erstaunen aufgehört zu kauen, bemühte sich jetzt aber zügig, seinen Mund freizubekommen, schluckte und fuchtelte mit seiner Gabel vor ihrem Gesicht herum.

»Und du hast dann die Schuld auf dich genommen?«, schloss er richtig. »Wieso denn?«

»Weil Martin bereits einen Eintrag in seiner Akte hatte. Er ist von Natur aus etwas aufbrausend und hatte sich eine Woche zuvor geprügelt. Es war zwar nach Feierabend und nicht während seiner Dienstzeit, doch er trug nach wie vor seine Uniform. Das war natürlich nicht gerade gut fürs Image der Polizei.« Sie schaufelte den letzten Rest des Rühreis auf ihre Gabel. »Für Martin war der Beruf eigentlich nichts, aber soviel ich weiß, hatte sein Vater ihn damals gezwungen, in den Staatsdienst zu treten. Jetzt allerdings hat er sich mit der Berufswahl abgefunden, ist ein ganz guter Polizist geworden und lässt sich jetzt auch nicht mehr so schnell provozieren«, schloss sie und schob sich das Rührei in den Mund. »Und was hast du noch so über mich herausgefunden?«

»Nicht genug«, sagte er trocken, schob seinen leeren Teller von sich weg, streckte die Beine unter dem Tisch aus und verschränkte die Arme hinter dem Kopf.

»Was willst du denn noch wissen?«, fragte sie herausfordernd und grinste breit. »Vielleicht, aber wirklich nur vielleicht, würde ich dir noch mehr über mich verraten.«

»Mmh«, brummte er, sah sie dabei aber abschätzend an, so als wollte er ergründen, ob sie seiner nächsten Frage gewachsen war. Als sie fast unmerklich zusammenzuckte, schlug er spontan einen defensiveren Kurs ein. »Du musst es mir nicht erzählen, aber ehrlich gesagt möchte ich wissen, wer so dumm war, dich nicht für immer an sich zu binden.« Er schaute vorsichtig zu seiner Freundin und sie hielt seinem Blick stand. »Du bist nicht verheiratet und warst es auch nie. Und du bist auch nicht als Jungfrau zu mir ins Bett gekommen. Ich schließe also daraus, dass es vor mir schon Beziehungen gab«, scherzte er und Jessica schmunzelte. »Also, welcher Trottel wollte dich nicht, obwohl du fantastisch aussiehst, klug bist und im Bett die Erfüllung jeglicher Männerfantasien?«

»Danke für die Komplimente, aber für Kai Maximilian Richter reichten diese Vorzüge wohl nicht ganz aus. Er hat mich nach vier Jahren Beziehung verlassen«, sagte sie ohne jegliches Bedauern in der Stimme. »Ich habe meinen Verflossenen übrigens kürzlich nach über vier Jahren in Hamburg wiedergetroffen«, erzählte sie dann und Florian sah sie misstrauisch an. »Ich war doch über Weihnachten bei meinen Eltern. Und weißt du was? Der Typ hat mich erneut versetzt. So ein Trottel«, schloss sie schließlich, stand dann auf, nahm beide Teller und trug sie zur Spüle. »Du, Florian?«

»Ja.«

»Ich muss dann auch gleich nach Hause. Meine Schwester muss morgen ganz früh raus und deshalb muss ich morgens die Kinder übernehmen«, erklärte sie. Doch dann fiel ihr Florians grimmiges Gesicht auf. Er verstand nicht, warum Susanne ständig vorging und er fühlte sich in Bezug auf Jessicas Schwester immer als zweite Geige.

»Du, Florian?«, begann sie deshalb erneut und vernahm dieses Mal nur ein mürrisches Knurren als Antwort. »Wenn ich dann *irgendwann* mal bei dir wohne, müssen die Kinder wohl oder übel in so einem Fall bei uns übernachten. Überleg dir also besser, wann du mich das nächste Mal fragst. Könnte sein, dass ich Ja sage.«

KAPITEL 16

Nach wochenlangem Schnee, der vor drei Tagen in Dauerregen überging, wurde es jetzt zum Ende des Februars das erste Mal wieder richtig schön. Die Kälte war angenehm und die Sonne schien. Die Tage wurden wieder merklich länger und die fiese Erkältung, die alle vier Mitglieder des Reuter-Groth'schen Haushaltes über eine Woche in den Betten gehalten hatte, ebbte jetzt endlich ab. Die Kinder spielten warm eingepackt und ausnahmsweise mal völlig selbstständig im Garten und Jessica genoss die Ruhe im Haus auf dem Sofa und las ein Buch. Nachdem Susanne drei Tage krankgeschrieben gewesen war, musste sie heute in der Kanzlei einiges an liegengebliebener Arbeit nachholen und würde nicht vor 18 Uhr nach Hause kommen. Jessica selbst hatte noch bis morgen Abend Schonfrist. Als alle bereits auf dem Wege der Besserung waren, hatte es sie erwischt und deshalb war sie auch heute noch krankgeschrieben. In der Kneipe würde man sie kaum vermissen. Ihr Chef hatte Anfang diesen Monats zwei weitere Bedienungen eingestellt und deshalb genug Personal, das für sie einspringen konnte. Sie selbst allerdings vermisste das Laufen. Trotz des winterlichen Wetters hatte sie es bisher immer geschafft, mindestens zweimal in der Woche rauszukommen. Doch als die Kinder krank waren und später dann auch Susanne, brauchte ihre Schwester jede Minute des Tages ihre Hilfe. Auch Florian hatte sie bereits seit zwei Wochen nicht gesehen und sie litt schrecklich darunter, nur mit ihm telefonieren zu können. Selbst die Gespräche am Telefon waren selten, denn ihr Freund hatte zurzeit den Kopf voll mit Arbeit. Der Fall Vollmer senior war immer noch nicht zu seiner Zufriedenheit aufgeklärt und auch der Mord an dessen Sohn lag ihm nach wie vor auf der Seele. Jessica stellte immer häufiger fest, dass Florian ihr in seiner Arbeitsmoral sehr ähnlich war und genauso verbissen um Aufklärung rang wie sie, sei der Fall auch noch so verworren und undurchsichtig. Sie konnte sogar verstehen, warum Florian so konsequent an der Tatsache festhielt, dass die Sache mit dieser mysteriösen Telefonverbindung nach wie vor nicht aufgeklärt war. Solange es in einem Fall noch offene Fragen gab, hätte auch sie selbst nicht lockergelassen und weiter nach einer Lösung gesucht. Meistens hatte ihr diese Vorgehensweise bei der Aufklärung geholfen, denn oft steckte der Teufel im Detail und der Fall nahm häufig die überraschendsten Wendungen. Bei ihrem Schwager allerdings hatte sie kein Glück gehabt. Kein einziger Hinweis war es im Nachhinein wert gewesen, ihm nachgegangen zu sein, und nichts hatte auf den Mörder hingedeutet. Wolfgang Reuters Mörder würde bis in alle Ewigkeiten frei herumlaufen und Jessica würde immer mit dem schlechten Gewissen leben müssen, den Peiniger des Mannes ihrer Schwester nicht gefasst zu haben. Wenigstens war es gut gewesen, die Zelte in Hamburg abzubrechen, denn auch wenn es viele Wochen gedauert hatte, war Susanne nun endlich wieder glücklich. Sie weinte nach wie vor um Wolfgang, doch nicht mehr so häufig. Der neue Mann in ihrem Leben tat ihr auch gut. Bisher hatte Jessica den Chef ihrer Schwester noch nicht kennengelernt, doch das sollte sich am kommenden Wochenende ändern. Paul Dornhausen würde am Samstagabend zum Essen kommen und Jessica deutete die Offenheit ihrer Schwester als gutes Zeichen. Vielleicht hatte Susanne in ihrem Paul den Partner gefunden, den sie verdiente und der sie und ihre Kinder annahm und liebte.

Kurze Zeit hatte Jessica überlegt, auch Florian zu besagtem Essen einzuladen, doch ihr Freund war nicht gut auf Susanne zu sprechen. Einige Tage kurz nach seinem ersten Besuch bei ihr zu Hause hatte Jessica gehofft, seine Abneigung würde sich legen, doch sie wusste, dass sie selbst viel zu den Differenzen zwischen den beiden beigetragen hatte, weil sie oft spontan ihrer Schwester zu Hilfe eilte und bereits mehrere Verabredungen mit ihm hatte platzen lassen. Neuerdings vermied Florian es sogar, Jessica zu Hause zu besuchen. Sie trafen sich immer und ausschließlich bei ihm, doch es kam selten vor, dass sie am nächsten Morgen gemeinsam aufwachten. Immer häufiger musste Jessica die Morgenschicht mit den Kindern übernehmen und es wäre einfacher gewesen, wenn Florian von hier aus morgens zur Arbeit fuhr, denn so musste Jessica immer das warme Bett und die liebevollen Arme ihres Freundes verlassen und mitten in der Nacht nach Hause aufbrechen.

Das Telefon läutete. Nur ungern stand Jessica auf und schlurfte hinüber zu der Anrichte, auf dem das Festnetztelefon stand.

»Grothe und Reuter?«, meldete sie sich, wie sie es immer tat, und bekam einen heftigen Hustenanfall. »Entschuldigung«, keuchte sie mühsam mit kratzendem Hals, räusperte sich und griff in ihre Hosentasche auf der Suche nach einem Hustenbonbon. Doch die Bonbons waren alle aufgebraucht. »Hallo?«, fragte sie erneut, als vom anderen Ende der Leitung nichts kam.

»Du hörst dich ja grauenhaft an, Kind.« Die entrüstete Stimme ihrer Mutter schallte durch den Hörer und Jessica bereute sofort, dass sie nicht auf dem Display geschaut hatte, wer anrief, bevor sie unbedarft abgenommen hatte. »Es ist aber schön, dass ich nach so vielen Wochen auch mal meine große Tochter am Apparat habe.« Den vorwurfsvollen Ton in ihrer Stimme überhörte Jessica geflissentlich.

»Hallo, Mama. Wie geht's dir denn so? Was macht Paps?« Sie lief in die Küche, nahm eine Tasse aus dem Schrank und goss sich Tee ein. Den traditionellen selbst gemischten Erkältungstee, den ihre Familie seit Generationen bei Husten und Heiserkeit trank, hatte sie schon vor einer halben Stunde aufgebrüht und dann einfach vergessen. Jedenfalls hatte er lange genug gezogen und war auch schon auf Trinktemperatur abgekühlt.

»Hast du dir schon Tee gekocht, Kind?«, ignorierte Elfriede Grothe die Fragen ihrer Tochter. »Der Husten hört sich nicht gesund an.«

»Husten ist ja auch nicht gesund, Mama«, antwortete Jessica schnippisch und trank geräuschvoll einen großen Schluck des lauwarmen Tees. »Und ja, ich trinke gerade davon, wie du sicher gehört hast.« Einen kurzen Augenblick lang war Jessica versucht, so zu tun, als würde sie rülpsen, doch dann entschied sie sich, ihre Mutter nicht allzu sehr zu reizen. Außerdem war eh keiner da, der über diesen Scherz hätte lachen können.

»Fein«, sagte ihre Mutter nur. »Warum ich eigentlich

anrufe«, wechselte sie das Thema. »Dein Vater und ich würden gern Ende nächster Woche noch einmal ein paar Tage zu Besuch kommen, wenn es euch recht ist.«

Als hätte ihr jemand einen Pistolenlauf an die Schläfe gedrückt, blieb Jessica wie erstarrt und völlig regungslos in der Küchentür stehen.

»Du könntest ruhig mal etwas sagen, Kind«, hörte sie ihre Mutter aus dem Telefon und sie klang etwas gereizt. »Wir haben nur Sehnsucht nach den Kleinen, aber wenn es euch nicht recht ist …« Sie verstummte und es klang wie eine Anklage.

»Aber …«, ihre Gedanken überschlugen sich. Wollten ihre Eltern nicht …? »Wolltet ihr nicht in den Ferien Ende März kommen?«, brachte sie mit viel Mühe heraus. Sie hatte das Gefühl, keinen klaren Satz sprechen zu können. Wenn ihre Eltern nicht kamen, dann … dann fiel der Urlaub mit Florian aus und dann … war irgendetwas verdammt schiefgelaufen.

»Nein, nicht erst Ende März. Da könnten wir auch gar nicht. Da feiern Bohnackers ihre Goldene Hochzeit in einem teuren Hotel auf Fehmarn. Dein Vater und ich werden dort über eine Woche verbringen und Urlaub machen.«

»Aber …« Jessica setzte sich wieder in Bewegung, stellte die Teetasse auf dem Sofatisch ab und lief etwas kopflos zum Esstisch, drehte wieder um und starrte an die Wand über dem Sofa.

»Was ist denn los, Kind?«, fragte Elfriede Grothe besorgt. »Du fühlst dich wohl wirklich nicht gut. Geht es denn den Kindern jetzt wenigstens besser?«

»Ja«, sagte Jessica nur. Was war nur schiefgelaufen? Hatte Susanne ihr vergessen zu sagen, dass ihre Eltern doch nicht Babysitten konnten, während sie auf ihrem Seminar sein würde? Was würde nur Florian sagen, wenn sie die geplante Toskanareise jetzt doch wieder absagte?

Dank eines erneuten Hustenanfalls konnte Jessica ihre Mutter schnell überzeugen, dass die Fortsetzung ihres Gespräches viel zu anstrengend für sie war. Dazu log Jessica ihrer Mutter vor, sie müsse dringend wieder ins Bett und sei schrecklich erschöpft. Doch eigentlich wollte sie nichts lieber, als sofort ihre Schwester Susanne im Büro anrufen, um die Sache zu klären.

»Ob dein Hauptkommissar mich gefragt hat, ob Mama und Papa in der Seminarwoche einspringen könnten?«, wiederholte Susanne amüsiert die Frage ihrer älteren Schwester. »Na, da hat dir der Kerl aber etwas vorgeschwindelt. Ich habe ihn an diesem gewissen Morgen nur ganz kurz gesehen und ihm gezeigt, wo der Kaffee und die Kaffeefilter stehen, sonst nichts. Wir haben uns kaum unterhalten. Und von der Reise erfahre ich jetzt das erste Mal.« Dann änderte sich ihr Tonfall. »Oh, Jessy, das tut mir leid. Soll ich Mama anrufen und schnell fragen, ob sie kommen kann?«, bot sie hilfsbereit an. »Wäre doch schade, wenn deine Reise wegen so einem banalen Missverständnis jetzt ins Wasser fällt.«

»Die beiden können nicht. Ich habe gerade mit Mama gesprochen«, jammerte Jessica und wusste nicht einmal, was sie mehr verzweifeln ließ. War es die Tatsache, nicht mit Florian in den Urlaub zu können, oder die eindeutige Lüge, die ihr Freund ihr aufgetischt hatte?

»Oh, Jessy«, sagte Susanne wieder und klang verzweifelt. »Vielleicht kann ich Paul überzeugen, ohne mich auf das Seminar zu fahren, aber ich weiß nicht …«

»Nein, nein«, unterbrach Jessica ihre Schwester. »Das Seminar geht vor.«

Im Anschluss an dieses Gespräch suchte sie nach ihrem Handy, denn sie wollte Florian schnellstmöglich erreichen und ihn zur Rede stellen. Ein Anruf vom Festnetz auf ein Handy kostete zu viel, doch als sie ihr Mobiltelefon nach zehn Minuten immer noch nicht fand, war sie trotzdem versucht, auf das normale Telefon zurückzugreifen. Doch dann kam ihr Handy ihr zuvor und verriet plötzlich klingelnd seine Position. Mühsam keuchend legte sie sich vor das Sofa und griff mit dem Arm nach dem läutenden Telefon darunter, zog es hervor und schaute dieses Mal vorsorglich aufs Display. Martin. Nee, der würde warten müssen. Sie hatte jetzt Wichtigeres zu tun. Mit dem Daumen drückte sie die rote Taste und drückte Martin einfach weg. Danach wählte sie die Nummer von Florian. Nach kurzer Zeit sprang seine Mailbox an. Jessica legte auf, dann warf sie sich aufs Sofa, zog die Beine an und umklammerte sie mit ihrem freien Arm. Sie überlegte nur kurz, dann schrieb sie Florian Forster eine Kurzmitteilung, die sich gewaschen hatte.

Heute war ein fantastischer Tag. Das Wetter war wider Erwarten richtig gut und im Büro lief heute alles wunderbar. Der Fall Vollmer senior war nach Wochen endlich aufgeklärt. Als Florian auf dem Weg nach Hause war, konnte er es immer noch nicht fassen, wie schnell plötzlich alles gegangen war. Der zweite Sohn des Verstorbenen, nach dem sie so lange gefahndet hatten, wurde gestern auf dem Frankfurter Flughafen aufgegriffen, als er kurz nach der Landung beim Zoll durch wütende Pöbeleien auf sich aufmerksam machte. Die Fahndung lief zwar deutschlandweit, doch häufig wurden Flugdaten nach Wochen nicht mehr so gründlich kontrolliert und Herrn Vollmer junior hätte es mit etwas Glück gelingen können, wieder unterzutauchen, bevor die Polizei ihm über die Flugdaten auf die Schliche kam. Der junge Mann hatte die letzten Wochen in der Karibik verbracht, war braun gebrannt, als er heute Morgen im Verhörzimmer ihm und Kommissar Willig gegenübersaß. Es hatte nicht sehr lange gedauert, bis er gestand, und schließlich passte auch alles endlich zusammen. Waldemar Vollmer war tatsächlich ein kleiner Tyrann gewesen, hatte nicht nur seine Frau, sondern auch beide Söhne, wo er nur konnte, schikaniert, war geizig, eitel und gerissen gewesen. Wie der Hauptkommissar schon vermutet hatte, litt nach dem Auszug der Söhne besonders die Ehefrau unter ihrem herrschsüchtigen Gatten, wurde scheinbar sogar regelmäßig verprügelt. Zuerst hatte sich nach Auswertung der Untersuchungsergebnisse der Verdacht erhärtet, Frau Vollmer hätte ihren Gatten getötet, doch selbst als diese den Mord an ihrem Ehemann gestand, glaubte Florian nicht an ihre Schuld. Sie war viel zu schwach und ängstlich, um einen Menschen auf so brutale Art und Weise niederzumetzeln. Ihre Fingerabdrücke waren auf dem Schürhaken, deshalb kam einige Tage nach Festnahme der Schwiegertochter diese auch wieder frei. Evelyn Vollmer hatte mit der Tat tatsächlich nichts zu tun und Florian war mehr als froh darüber. Die kleine Familie hatte unter dem Tod des Vaters bereits genug gelitten, und es war schön, dass den drei Kindern jetzt wenigstens die Mutter blieb. Anfangs hatte Florian vermutet, Frau Gertrud Vollmer hätte gestanden, um ihren Sohn zu schützen, doch jetzt wusste er, dass sie eigentlich ihre Schwiegertochter aus dem Gefängnis holen wollte. Frau Vollmer wusste nicht, wer ihren Mann getötet hatte, doch sie hatte tatsächlich auf ihn eingeschlagen. Die Verletzungen an seinem Rücken konnten nur von ihr sein, denn ihr Sohn Richard hatte offensichtlich keine Ahnung von den viel später entstandenen Verletzungen. Er hatte glaubhaft und sehr ausführlich beschrieben, mit welcher Genugtuung er seinem alten Herrn immer und immer wieder auf den Schädel geschlagen hatte, aber nichts von den Rückenverletzungen erwähnt.

Am Ende des heutigen Arbeitstages hatte Florian die alte Frau Vollmer weinend im Gang vor den Büros gefunden, tief zusammengesackt auf einer dieser unbequemen Holzbänke sitzend. Als er ihr die Telefonnummer ihrer Schwiegertochter in die Hand drückte, sah sie ihn so dankbar an, dass ihm ganz warm ums Herz wurde. Dieser klägliche Rest, der von der Familie Vollmer übrig geblieben war, musste jetzt zusammenhalten und sich gegenseitig stützen. Geld war jetzt immerhin nicht mehr das Problem.

Immer zwei Stufen auf einmal nehmend lief er schließlich die Treppe zu seiner Wohnung hinauf. Am übernächsten Wochenende wollte er nun endlich in sein Elternhaus ziehen. Seine Mutter war vor zwei Wochen von der Reha zurückgekehrt und wurde seitdem mehrmals täglich von einem mobilen Pflegedienst betreut. Das allerdings war keine Dauerlösung. Die Entscheidung für den Umzug war Florian wirklich nicht leichtgefallen, doch sie war richtig.

Dieses Wochenende aber musste er dringend seine Freundin sehen. Ihre letzte Begegnung lag jetzt bereits zwei Wochen zurück und durch seine vielen Überstunden und ihre Erkältung hatten sie nur telefonieren können. Das reichte ihm einfach nicht. Er wollte sie in seiner Nähe.

Er schloss die Wohnungstür auf, warf seine Jacke über den Kleiderhaken der Garderobe, streifte seine Schuhe ab und ließ sie einfach mitten auf dem Fußboden liegen. Als er das Wohnzimmer betrat, hörte er sein Handy läuten. Eine Kurzmitteilung war eingegangen.

In der Eile heute früh hatte er sein Mobiltelefon auf dem Wohnzimmertisch liegen lassen und freute sich jetzt, endlich ein Lebenszeichen von Jessica zu lesen, denn die Nachricht musste von ihr sein. Er ließ sich auf seinen Fernsehsessel fallen und nahm das Telefon.

Vier Anrufe und drei Kurzmitteilungen waren im Laufe des Tages eingegangen. Zuerst hörte er seine Mailbox ab.

»Hallo, Sohn«, vernahm er die Stimme seiner Mutter. »Du bist also gerade nicht erreichbar. Macht nichts, ich melde mich morgen wieder.« Ganz automatisch löschte er die Nachricht und ging zur nächsten über.

»Florian? Ich bin's, Martin. Rufst du mich bitte mal zurück?« Auch diese Nachricht wurde gelöscht. Martin würde allerdings warten müssen, denn Jessica ging heute vor. Der dritte Anrufer war unbekannt und hatte keine Nachricht hinterlassen. Die vierte Nummer gehörte Jessica, und Florian wusste, dass auch sie ungern auf seine Mailbox sprach, also gab es keine weiteren Nachrichten, die er abhören und löschen musste. Als er voller freudiger Erwartung die erste Kurzmitteilung öffnete, die von seiner Freundin war, schaute er ungläubig und fassungslos auf die geschriebenen Worte auf dem Display.

»Was fällt dir ein, mich derart zu belügen. Das ist so gemein. Und jetzt gehst du nicht einmal ans Telefon.«

Die folgende Nachricht, die etwa zehn Minuten später einging, war etwas freundlicher.

»Entschuldige, aber wir müssen wirklich reden. Ich bin sehr enttäuscht, Florian. Ich finde, das habe ich nicht verdient. Reden wir heute Abend?«

Die dritte und letzte Nachricht war ebenfalls von Jessica, doch beim Lesen dieser Mitteilung zog Florian erst unmerklich den Kopf ein, dann wurde er wütend. Richtig wütend.

»Vergiss es einfach. Wie ich schon am Anfang unserer ›Beziehung‹ sagte, du bist (und bleibst) ein Arschloch. Ich hätte wissen müssen, dass du nicht der Richtige für mich bist. Du kannst mich mal an meinem …, du Arsch! Melde dich nicht, ich werde nicht mehr rangehen.«

Mit wild pochendem Herzen drückte er die Kurzwahltaste der gespeicherten Nummer seiner Freundin. Ihre Mitteilung war eine Unverschämtheit und er würde sie zur Rede stellen. Fast eine Minute läutete es im Telefon, doch sie nahm nicht ab. Soviel er wusste, war Jessica nach wie vor krankgeschrieben, also auch über das Festnetz erreichbar. Er warf das Handy aufs Sofa gegenüber und griff nach dem Telefon, doch auch hier nahm keiner ab. Dreimal drückte er die Wahlwiederholung, aber Jessica machte ihre Drohung wahr und hob nicht ab.

Verdammter Mist. So einfach ließ er sich nicht abspeisen.

Immer noch wütend lief er um das Sofa herum und schnappte sich erneut sein Handy. Wenn sie darauf bestand, dann würde er eben nur schriftlich mit ihr kommunizieren.

»Jetzt pass mal auf, Fräulein«, tippte er hektisch in sein Handy, *»blöd von der Seite anquatschen lasse ich mich nicht. Dann war's das jetzt? Gut, dann bist du das Arschloch jetzt los!«*

Ihre Nummer aufrufen. Anklicken. Absen…

Nein, so war das nicht richtig. Er wollte sich nicht trennen. Er kannte ja noch nicht einmal den Grund ihres Ärgers.

Löschen. Neu tippen.

»Was ist denn los? Worum geht es denn? Lass uns bitte miteinander reden. Darf ich zu dir kommen? Ich liebe dich, Jess. Lass es so nicht enden.«

Nummer aufrufen. Absenden. Geschafft.

Der Lärm und die schlechte Luft im »Feuertempel« waren absolut nicht das Richtige, wenn man eigentlich im Bett liegen und eine doofe Erkältung auskurieren sollte. Warum sie dennoch zugesagt hatte, heute kurzfristig einzuspringen, wusste Jessica nicht mehr. Vermutlich war sie im ersten Moment froh über die Ablenkung gewesen. Florian hatte sich den ganzen Tag weder telefonisch noch persönlich bei ihr gemeldet und sie hatte es satt, stundenlang auf ihn zu warten. Er war ihr eine Erklärung schuldig, wollte sich aber wahrscheinlich einfach nicht entschuldigen müssen. Jessica wusste, wie ungern ihr Freund Fehler zugab und wie schrecklich es für ihn und sein verdammtes Ego war, eine Entschuldigung auszusprechen. Und eigentlich nahm sie ihm diese Schwäche sonst auch nicht übel, liebte sogar diese unterschwellige Arroganz. Er war eben nicht so einfach gestrickt und so leicht zu lenken wie andere Männer, doch gerade das war ja auch die Herausforderung bei der ganzen Sache. Gerade das machte ihn ihr ebenbürtig, denn auch Jessica war rechthaberisch und hatte einen verdammt dicken Kopf.

Dieses Mal allerdings war er eindeutig zu weit gegangen.

Wollte er einen Keil zwischen sie und ihre Schwester Susanne treiben? Seine Eifersucht auf Susanne war offensichtlich, wenn auch völlig unbegründet. Warum stellte er sie als Lügnerin hin, wenn er behauptete, er hätte den Toskanaurlaub mit ihr abgesprochen?

Sie würde am Wochenende bei ihm vorbeischauen, um die ganze Sache zu klären, doch jetzt musste sie arbeiten.

KAPITEL 17

Vor vier Jahren in einer Villa mit schönem Garten in Hamburg

»*Du machst einen sehr großen Fehler*«, *war alles, was er hörte, dann war es still und er schaute in ein wütendes Augenpaar und wusste, dass er dieser Stärke und Macht nicht gewachsen war.*

»Bitte ... ich möchte doch nur ...« Mehr brachte er nicht heraus, als die Hand hervorschnellte und ihn brutal am Kragen packte. Er wagte nicht, sich zu rühren.

»Wir beide wissen doch, was wichtig ist im Leben, oder?«, drang diese grauenvolle und hasserfüllte Stimme an sein Ohr. Rein körperlich wäre er seinem Angreifer wohl zumindest gleichwertig gewesen, doch seine gute Erziehung hielt ihn zurück. Außerdem machte ihm diese Person eine Heidenangst.

»Du weißt es also nicht?« Gespielt enttäuscht, doch mit einem hämischen Grinsen auf den Lippen schüttelte der Mensch den Kopf, seufzte dann und ließ ihn frei.

»Du kannst gehen. Ich bin fertig mit dir.« Er drehte sich fast panisch um und wollte das wunderschöne Wohnzimmer mit den edlen Möbeln und den großen Fenstern verlassen, als er das Lachen hörte. Kalt, unnatürlich und absolut gruselig. Erschrocken blieb er wie erstarrt an der Tür stehen.

»Du wirst gehen. Sie gehört mir. Mir allein. Du weißt, ich werde ihr nichts tun, denn ich liebe sie über alles, doch du bist mir nicht sehr wichtig. Solltest du noch ein einzi-

ges Wort mit ihr wechseln, dann gnade dir Gott, dann bist du ein toter Mann.«

Er atmete schwer, hielt sich am Türrahmen fest und beschloss augenblicklich, sofort zur Polizei zu gehen, um eine Anzeige zu tätigen. Seine Angst war groß, doch damit durfte dieser Mensch nicht auch noch durchkommen. Niemand sollte immer gewinnen. Er drehte sich um und sah seinem Widersacher direkt in die Augen. Dreimal wurde er bisher von ihm bedroht und zweimal hatte er es über sich ergehen lassen, ohne sich zu wehren. Dieses eine Mal musste er kämpfen.

Doch der kurze Anflug von Mut wurde im Keim erstickt, als er die eigentliche Gefahr erkannte.

»Du hast keine Angst vor dem Tod? Deine Tochter wird aber bestimmt Angst haben.«

Das Wochenende verstrich, ohne dass Jessica ein einziges Wort mit Florian gewechselt hatte.

Zuerst wollte sie ihn spontan besuchen fahren, doch dann hatte sie sich die Sache kurz entschlossen anders überlegt. Warum musste eigentlich sie immer nachgeben? Sie hatte schließlich keinen Fehler gemacht. Sie hatte ihn nicht belogen. Doch auch Florian meldete sich nicht, und so vergingen die Tage und Jessica wurde immer unausstehlicher. Dazu kam, dass sie erneut ihr Handy nicht finden konnte und zusammen mit ihrer Schwester einen kompletten Abend damit verbrachte, nach dem Teil zu suchen. Leider ohne jeden Erfolg. Susanne hatte ihren Sohn Tobias in Verdacht, der auch früher gerne mal Dinge versteckt hatte, doch Tobi stritt alles ab. Auch das Anrufen von Susannes Mobiltelefon aus hatte keinen Erfolg. Vermutlich war der Akku leer und das Telefon komplett tot. Für Florian sollte das dennoch kein Grund sein, sich nicht mehr zu melden. Er hatte schließlich auch ihre Festnetznummer und dieses Telefon funktionierte tadellos.

Frustriert und wütend ging Jessica am Sonntagabend früh ins Bett. Sie fühlte sich zwar heute schon wesentlich besser, doch der Ärger mit Florian nagte schwer an ihr. Sollte es das wirklich schon gewesen sein? Sie hatte gedacht, mit ihm würde es etwas Ernstes sein. Etwas, das lange hält. Etwas für die Ewigkeit. Doch hatte sie das nicht auch bei Kai gehofft? Was war nur los mit ihr? Warum gingen alle ihre Beziehungen in die Brüche? Was machte sie nur falsch?

Sie war gerade eingeschlafen, als ihre Schwester den Kopf zur Tür hereinsteckte.

»Bist du noch wach?«, fragte sie leise.

»Mmh. Was gibt's?« Jessica rieb sich die Augen und setzte sich im Bett auf.

»Ich hab das Handy gefunden«, flüsterte sie, obwohl es jetzt nicht mehr nötig gewesen wäre. »Ich dachte, es wäre dir vielleicht wichtig.« Sie legte es auf den Tisch in der Mitte des Kellerraumes, drehte sich um und ging aus dem Zimmer. Dann kam sie noch einmal kurz zurück. »Du musst es aufladen. Es hat überhaupt keinen Saft mehr. Übrigens, es war doch Tobi. Entschuldige bitte.«

»Du kannst ja nichts dafür, Susi. Schlaf gut.« Susanne schloss die Tür hinter sich und ließ ihre Schwester wieder allein. Schnell stieg Jessica aus dem Bett und schloss das Handy an das Ladekabel. Ob Florian wenigstens eine Nachricht hinterlassen hatte? Kurze Zeit später blinkte der kleine Briefumschlag rechts oben in der Ecke des hellblau leuchtenden Displays und mit einer Mischung aus Freude und Panik öffnete sie die erste der beiden eingegangenen

Nachrichten. Martin bat darin um Rückruf. Das konnte warten. Die zweite Nachricht war unbekannt, doch als sie sie öffnete, erkannte sie schnell, wer ihr geschrieben hatte.

»Das war's also, Jess. Ich hatte gehofft, es würde etwas länger dauern. Der Sex war echt gut, um den ist es besonders schade. Aber so ist das Leben. Die eine kommt, die andere geht. Ich hoffe, du wirst glücklich ohne mich. Und wenn du mal Bock auf mich hast, dann melde dich ruhig. Ich kann dich immer irgendwie dazwischenschieben. Gruß und Kuss Florian«

Wie gebannt starrte Jessica auf die Buchstaben und konnte nicht fassen, was sie las. Und dann, ganz langsam, legte sie das Telefon auf den Nachttisch, zog sich ihre Decke über den Kopf und weinte. Stundenlang.

Das Wochenende war das beschissenste, das er je erlebt hatte, mal ganz abgesehen von dem Wochenende, als er mit schwerer Lebensmittelvergiftung im Krankenhaus gelegen und gedacht hatte, er müsse sterben. Doch dieser unsinnige Streit mit Jessica schlug ihm ähnlich schwer auf den Magen. Noch immer verstand Florian nicht, was er getan hatte, denn mit keinem Wort ihrer zahlreichen Kurzmitteilungen erwähnte seine Freundin, worüber sie eigentlich so aufgebracht war. Wenigstens hatte sie bis Samstagmittag noch schriftlich mit ihm verkehrt, seitdem war keine Antwort mehr auf irgendeine seiner folgenden Nachrichten gekommen. Schließlich hatte er es aufgegeben, ihr ein Ultimatum gestellt und vorgeschlagen, sich sonntags um die Mittagszeit in einem Lokal zu treffen, das sie im Laufe ihrer Beziehung bereits mehrmals gemeinsam besucht hatten. Doch sie erschien nicht und er beschloss, die Bettelei aufzugeben. Um sich abzulenken, begann Florian deshalb,

Umzugskartons zu packen. Seine Mutter hatte die finanziellen Ausgaben der Renovierung des Obergeschosses übernommen und nun konnte er sein neues Reich beziehen. Vom eingesparten Geld würde er sich in den nächsten Tagen ein paar neue Möbel kaufen. Eigentlich hatte er vorgehabt, an diesem Wochenende Jessica erneut zu bitten, mit ihm zusammenzuziehen, dann gemeinsam mit ihr Wohn- und Schlafzimmer neu zu gestalten und eine glückliche Zukunft zu beginnen.

So ein beschissenes Wochenende.

Heute früh im Büro erwartete ihn nur langweiliger Papierkram. Der Mordfall Vollmer musste nun auch schriftlich abgeschlossen werden. Die Staatsanwaltschaft erwartete den endgültigen Bericht zusammen mit allen Ermittlungsergebnissen noch bis zum Mittag, doch er konnte sich einfach nicht auf den Schreibkram konzentrieren. Um 11:30 Uhr rieb er sich genervt mit beiden Händen übers Gesicht, stopfte die fertigen Unterlagen in einen großen weißen Umschlag und warf ihn neben seinen Bildschirm in den Ablagekorb. Er hatte Kopfschmerzen.

Diese verdammte Angelegenheit mit Jessica musste endlich geklärt werde, gekränkter männlicher Stolz hin oder her. Er griff nach dem Telefon auf seinem Schreibtisch, nahm ab und wählte ihre Festnetznummer.

»Svenja Reuter?«, meldete sich eine Kinderstimme vergnügt.

»Hallo Svenja, hier ist Florian. Ist deine Tante auch da? Ich würde sie gern sprechen.«

Ohne einen weiteren Kommentar wurde der Hörer auf eine harte Oberfläche gedonnert, vermutlich auf den Esstisch, und Florian hörte Svenja laut, aber durch die Entfernung nur gedämpft rufen.

»Taaaaaanteeee Jeeeeeesssssyyyyyy!«, schrie sie, nahm dann den Hörer wieder auf und kicherte hinein. »Du, Florian? Was ist ein Dösbaddel? So nennt sie dich jetzt immer.«

Florian, der das plattdeutsche Wort nicht kannte, aber begriff, dass es nichts Gutes bedeutete, wechselte schnell das Thema.

»Was machst du eigentlich zu Hause, Svenja. Ist heute keine Schule?«

»Doch, aber schon lange aus. Frau Frehner ist krank«, erklärte sie. Auch Frau Frehner kannte Florian nicht und alles, was er sagte, war: »Ach so.« Dann hörte er Jessicas Stimme im Hintergrund.

»Wer ist denn am Telefon?« Svenja, die gerissener war als manch anderes Kind in ihrem Alter, hatte bereits begriffen, wie es um Jessica und ihren Freund Florian stand und lachte jetzt nur.

»Ach, nur so ein Mann«, sagte sie und reichte den Hörer an ihre Tante weiter.

»Jessica Grothe? Was kann ich für Sie tun?« Es war so schön, ihre Stimme zu hören, dass Florian kurz vergaß zu reagieren.

»Hallo?«, fragte sie jetzt und es klang etwas gereizt.

»Ich bin's, Florian. Und bitte leg jetzt nicht gleich wieder auf«, fügte er hektisch hinzu, als er ihr genervtes Stöhnen hörte. »Wir müssen endlich reden.«

»Worüber denn?« Den wütenden Unterton in ihren Worten überhörte er geflissentlich, wollte ihn vielleicht auch gar nicht hören.

»Du weißt genau, worüber«, sagte er ruhig. Er wollte nicht vorwurfsvoll klingen, konnte jedoch eine leise Spur von Ironie nicht ganz unterdrücken.

»Möglicherweise über deine Kurzmitteilung?«, fragte sie gereizt.

»Welche meinst du?« Florian war froh, dass sie nicht auflegte, befürchtete aber, sie könnte es jeden Augenblick tun. Gerade deshalb blieb er in der Defensive und erwähnte nicht, dass ihre Kurzmitteilungen wesentlich aggressiver gewesen waren als seine. Eigentlich hatte er sogar gedacht, er wäre recht freundlich gewesen.

»Die letzte vielleicht«, rief sie wütend und Florian hörte, wie sie im Zimmer auf und ab lief. Das Radio, das im Hintergrund dudelte, wurde mal lauter und mal leiser.

Florian lachte, bereute aber sofort seine spontane Belustigung. Als Jessica nur ärgerlich schnaufte, wurde er wieder ernst.

»Du meinst nicht zufällig die, in der ich dich gebeten habe, dich mit mir in der ›Silbernen Henne‹ zu treffen? Warum bist du nicht gekommen?« Jetzt war der leise Vorwurf in der Stimme nicht mehr zu überhören. Vom anderen Ende der Leitung kam nichts als ein verwundertes Schweigen.

»Ich habe über eine Stunde auf dich gewartet. Das war vielleicht ein Scheißtag«, jammerte er, doch es klang mehr wütend als verzweifelt. »Was habe ich dir angetan, dass du nichts mehr mit mir zu tun haben willst?« Mit den Füßen stieß Florian sich vom Boden ab und schob den Bürostuhl, auf dem er saß, vom Schreibtisch weg, drehte ihn etwas zur Seite und legte seine Beine auf den kleinen Rollcontainer, der neben ihm stand und in dem er Bürokram und Aktenordner aufbewahrte, wenn sie nicht auf seinem Schreibtisch lagen.

Wieder sagte Jessica nichts und Florian seufzte.

»Egal, was es ist, das dich so geärgert hat. Ich möchte es aus der Welt schaffen. Auf gar keinen Fall möchte ich dich verlieren. Bitte, Jess. Lass uns jetzt hier am Telefon einen neuen Termin ausmachen und uns endlich treffen.«

»Ja«, stimmte sie leise und etwas heiser zu. »Heute geht's aber nicht. Susanne ist lange in der Kanzlei.« Florian schloss die Augen und war kurze Zeit versucht, seinem Ärger über Jessicas Schwester endlich einmal Luft zu machen. Die Frau war einfach immer im Weg. Doch er hielt sich zurück, wollte Jessica nicht unnötig wieder wütend auf ihn machen, bevor sie alles andere geklärt hatten.

»Morgen Mittag?«, schlug er deshalb vor und Jessica versprach zu kommen.

»Tut mir leid, Jessy«, entschuldigte sich Susanne schon, als sie hereinkam. »Du sitzt bestimmt schon wie auf Kohlen. Ich hoffe, du kommst jetzt nicht zu spät.« Sie schloss die Haustür, schlüpfte aus ihrem Mantel und hängte ihn an die Garderobe. Dann zog sie ihre Stiefel aus.

»Du, Susi?«, fragte Jessica und zog sich ihre Jacke über. »Kann ich dich einmal etwas fragen?«

»Klar.« Sie gab ihrer Schwester zur Begrüßung einen Kuss auf die Wange, drängte sich dann im schmalen Flur an ihr vorbei und betrat das Wohnzimmer. »Waren die beiden brav?«

»Ja, alle beide ganz lieb«, winkte Jessica ab und schaute dann in den Garderobenspiegel. Sie würde sich noch kämmen müssen. Ihr Haar war total durcheinander. So wirkte sie zerstreut und ungepflegt. »Es geht um Florian«, begann sie schließlich, holte eine Bürste aus ihrer Handtasche und löste das Zopfband. »Ich glaube, die letzte SMS war gar nicht von ihm. Ist so etwas möglich?« Die Hand mit der Bürste sank herunter und Jessica sah fragend zu ihrer Schwester.

»Oh Mann, ja, ich glaube schon«, überlegte Susanne laut. »Vielleicht ... also manche können über ihren E-Mail-Account Kurznachrichten versenden. Dann wird natürlich auch keine Nummer angezeigt.« Sie starrte gebannt auf das kleine Bild neben dem Türrahmen, so als würde sie angestrengt nachdenken. »Klar geht das«, entschied sie sich dann. »Aber wer sollte denn so etwas tun?«

Jessica schwieg und atmete nur einmal tief aus. Dann hob sie unwissend die Schultern.

»Ich weiß es nicht. Ich muss jetzt auch los.« Die hohen braunen Wildlederstiefel standen neben Susannes schwarzen Stiefeln auf der Abtropfschale. »Ich treffe mich morgen mit ihm«, erklärte sie ihrer Schwester und stieg in ihre Schuhe. »Mal sehen. Dann wird sich sicher alles aufklären.«

»Das finde ich sehr vernünftig«, sagte Susanne und lächelte ihr aufmunternd zu. »Ihr seid das perfekte Paar. Wäre schade, wenn aus euch nichts wird.«

Die große Haustür fiel ins Schloss. Jessica lief zu ihrem Wagen und versuchte, beim Laufen das Zopfband wieder in die Haare zu knoten, als die Tür erneut aufging.

Licht fiel aus dem kleinen Flur auf den dunklen Weg vor dem Haus.

»Warte, Jessy«, rief Susanne ihr nach. »Du musst unbedingt Martin anrufen. Ich habe dir ganz vergessen zu sagen, dass er sich gestern Abend gemeldet hat. Es war schon so spät. Ich wollte dich nicht schon wieder wecken. Ruf ihn doch bitte heute noch an, okay?«

Jessica nickte, überprüfte ihre Frisur im Seitenspiegel und stieg dann in ihren BMW.

Den ganzen Abend über konnte sie Martin in Hamburg nicht erreichen. Weder am Handy noch am Festnetzanschluss hatte sie Glück. Wenn sie ehrlich zu sich war, war sie sogar froh, ihn nicht sprechen zu müssen, denn so nett Martin war, sein eifersüchtiges Verhalten vor ein paar Wochen in Hamburg war ihr ganz schön unangenehm gewesen. Dabei stand für sie immer fest, Martin war ein guter Freund, mehr nicht. Gut, sie hatte ihm mehrmals den Arsch gerettet, weil er immer wieder in dumme Situationen geriet. Er war einfach viel zu aufbrausend und schnell wütend. Doch das war nun wirklich kein Grund zu meinen, er hätte Ansprüche auf sie. Sie war als Einzige neben Wolfgang und Susanne immer gut mit ihm ausgekommen und sie hatten zu viert jede Menge Spaß gehabt. Als Kai dann in ihre eingeschworene Vierergruppe gekommen war, hatte es anfangs Probleme gegeben, denn die beiden konnten sich nicht riechen. Eigentlich war es nur Martin, der mit Kai nicht klarkam, doch er fügte sich irgendwann seinem Schicksal und lief als fünftes Rad am Wagen mit. Armer Martin. Dabei war er ein wirklich netter Mann, doch eben so gar nicht ihr Typ.

Um kurz nach Mitternacht betrat sie schließlich wieder ihr Zimmer. Ärgerlich stellte sie fest, dass sie zum wiederholten Male vergessen hatte, die zusätzliche Elektroheizung in dem kalten Kellerraum einzuschalten. Jetzt war es nicht nur kalt, sondern richtig eisig. Draußen waren die Nachttemperaturen trotz des Frühlings, der kurz bevorstand, immer noch frostig und die Betonwände im schlecht isolierten Keller hießen Kälte und Feuchtigkeit nur zu gern willkommen. Hier konnte sie unmöglich schlafen. Decke und Kissen waren schnell nach oben ins Wohnzimmer getragen. Auf dem Sofa richtete sich Jessica ein provisorisches Nachtlager ein, zog die Decke bis zur Nasenspitze hoch und schlief fast augenblicklich ein.

Vor 65 Tagen um 8 Uhr morgens in einer schäbigen Hamburger Einzimmerwohnung

Genau genommen hatte er noch Stunden Zeit bis zu der Verabredung, doch er war so aufgeregt, dass er bereits seit 5 Uhr früh wach lag und nicht mehr einschlafen konnte. Heute bedauerte er beinahe die wenigen freien Tage, die ihm über die Feiertage gewährt wurden, denn die Arbeit hätte ihn auf andere Gedanken gebracht. Mit einem Staubtuch wischte er sorgfältig über das Regal mit den CDs, dann über den großen Fernseher. Seine Mühe war allerdings vergebens, denn mit zu sich nach Hause bringen konnte er sie nicht. Das hatte er eigentlich noch nie gekonnt. Sie war um Klassen besser als er und weder er noch seine Wohnung mit den alten wild zusammengewürfelten Möbeln war ihrer würdig. Trotzdem hatte sie ihn, solange er sie kannte, immer als gleichwertigen Menschen behandelt und nie auf ihn herabgesehen, wie fast alle anderen Personen, denen er im Laufe seines Lebens begegnet war, es immer wieder getan hatten.

Er ging ins Badezimmer und putzte das Waschbecken, das Klo und schließlich die Dusche, wischte dann die Fliesen auf dem Fußboden, bezog das Bett neu und schob es zurück in die Schrankwand. Die Anschaffung dieses praktischen Schrankbettes hatte sich schon deshalb gelohnt, weil so das kleine Wohnzimmer auch Wohnzimmer blieb. Wenn wirklich einmal jemand zu Besuch kam, was nur selten passierte, musste er dem Gast nicht gleich auch sein Bett präsentieren.

Zwei Stunden später hatte er wirklich alles erledigt, sogar den Müll über die Treppe aus dem neunten Stock nach unten gebracht. Sowohl der altersschwache Fahrstuhl als auch der Müllschlucker, der auf jeder der zehn Etagen des Mehrfamilienhauses eine Einwurfklappe hatte und die Müllsäcke der einzelnen Mieter durch eine Rutsche direkt mit dem großen Container im Hof verband, waren seit Tagen kaputt. Der Müll in den verstopften Rohren stank bestialisch, doch der Geruch nach Urin im Treppenhaus toppte diesen unangenehmen Duft sogar noch. Das Haus, in dem er seit einigen Monaten lebte, war ziemlich heruntergekommen, doch die Miete war billig. Den Eigentümer und den Hausmeister interessierte es wenig, was im Haus funktionierte und wie dreckig es war. Und so würde es wieder Wochen dauern, bis er nicht mehr die 137 Stufen rauf- und runterlaufen musste, nur um den Abfall rauszubringen.

Die Schließanlage funktionierte auch schon wieder nicht mehr, stellte er fest, als er von draußen nur gegen die Haustür drücken musste und diese ohne Widerstand sofort nachgab und aufschwang. Im Treppenhaus stieß er schmerzhaft mit einem Mann zusammen und erschrak, als er das wütende Gesicht erkannte.

»Ich habe dir schon einmal gesagt, du sollst die Finger von ihr lassen. Ich werde es nicht noch mal tun«, drohte er und baute sich breitbeinig vor ihm auf, die Fäuste energisch in die Hüften gestützt. »Du lässt sie in Ruhe, verstanden?«, befahl er herrisch und kniff hasserfüllt die Augen zu schmalen Schlitzen zusammen.

»Was soll das?«, konnte er nur entgegnen. Er hatte schon lange keine Angst mehr. Angst hinderte einen am Vorankommen. Angst war außerdem völlig unbegründet. Rein statistisch gesehen war die Wahrscheinlichkeit, einem Verbrechen zum Opfer zu fallen, verschwindend gering. Außerdem hatte er in seinem Leben genug mitgemacht. Jetzt waren mal die anderen mit Pech und Leid an der Reihe. Sein Leben würde jetzt endlich wieder gut werden. Niemand würde ihm etwas tun. Warum auch. Er selbst tat schließlich auch niemandem etwas.

»Ich mochte dich noch nie«, verkündete der Mann und rieb sich die rechte Faust mit seiner linken Hand. Diese provozierende Geste beeindruckte ihn wenig.

»Du schlägst mich sowieso nicht«, sagte er und wunderte sich etwas über seinen aufkeimenden und sehr ungewöhnlichen Mut. Sein Kontrahent wurde noch wütender, denn sein Gesicht verfärbte sich dunkelrot.

»Ich habe dir gesagt, was passiert, wenn du sie nicht in Ruhe lässt«, fauchte sein Gegner grimmig und ging drohend einen Schritt auf ihn zu. Er wich zurück, aber nicht aus Angst oder gar Respekt, sondern um die Spannung zwischen ihnen abzubauen.

»Beruhig dich doch«, sagte er deshalb und hob abwehrend die Hand. »Lass sie doch selbst entscheiden. Du hattest doch deine Chance bei ihr. Jetzt werde ich halt mein Glück versuchen.«

Die Faust, die ihn im Gesicht traf, löschte schlagartig alle Lichter aus und warf ihn der Länge nach zu Boden.

KAPITEL 18

»Hast du schon in Hamburg angerufen?«, begrüßte Susanne ihre Schwester am nächsten Morgen. Jessica schälte sich aus der dicken Daunendecke und setzte sich auf. »Ist die Heizung schon wieder kaputt?«, fragte sie außerdem und deutete mit einem Kopfnicken auf das ungewöhnliche Nachtlager ihrer Schwester auf dem Sofa.

»Nein und ja«, gab Jessica zur Antwort. »Wenn es bei Martin so wichtig war, wird er schon anrufen. Er sieht ja jetzt, dass ich es probiert habe.« Sie stand auf, warf ihr Kopfkissen auf die Decke und knüllte alles mit den Armen zu einem großen Haufen zusammen, den sie anhob und vor ihrer Brust festhielt. Sie konnte kaum über den Rand des Deckenberges schauen und tastete sich vorsichtig voran, um nicht irgendwo anzustoßen. »Doofe Heizung«, schimpfte Jessica auf dem Weg in den Keller. »Erinnere mich daran, die Zusatzheizung heute Abend rechtzeitig anzustellen, ja?«

»Klar«, lachte Susanne amüsiert. Dann wechselte sie das Thema. »Du, Jessy? Kannst du heute Vormittag das Einkaufen übernehmen? Ich muss wieder länger in der Kanzlei bleiben.« Dann sah sie Jessicas enttäuschtes Gesicht und deutete ihre schlechte Stimmung richtig. »Keine Angst. Deinem Treffen mit Florian steht nichts im Wege. Svenja hat heute einen Schulausflug und Tobias wird gleich nach dem Kindergarten von der Mutter von Justin abgeholt. Sein neuer bester Freund und er spielen heute zusammen.« Als sie jetzt Jessicas Lachen sah, schmunzelte sie zufrieden. »Du siehst, Schwesterherz, mir liegt viel an deinem

Wohlbefinden. Ich werde in Zukunft darauf achten, dich nicht mehr als nötig in Beschlag zu nehmen.«

Dankbar sah Jessica ihre Schwester an und stieg die Stufen zum Keller hinunter.

Als sie nach einer guten Stunde wieder nach oben ging, waren Susanne und die Kinder bereits aus dem Haus. Auf dem Esstisch lag die Einkaufsliste und das Portemonnaie mit dem Haushaltsgeld. Susanne war es schon immer wichtig gewesen, genau über alltägliche Ausgaben Buch zu führen, und deshalb würde Jessica für den Einkauf nur mit diesem Geld bezahlen und sämtliche Quittungen in die kleine Box im Küchenschrank deponieren müssen. Ihr selbst war es relativ egal, wie viel Geld sie am Ende eines Monats für Brot, Milch oder Klopapier ausgegeben hatte. Sie war nicht sonderlich verschwenderisch, mit ihren Ausgaben von Natur aus recht sparsam und behielt auf ihre Art auch immer den Überblick. Doch wenn ihre Schwester darauf bestand, machte sie den albernen Buchhaltungskram halt mit.

Gegen 9 Uhr verließ sie schließlich das Haus. Es regnete leicht, doch zumindest tagsüber wurde es schon recht warm, sodass sie nicht einmal ihre Jacke schließen musste, als sie nach draußen kam. Auch Schal und Handschuhe ließ sie zu Hause.

Der Supermarkt war gerammelt voll. Mütter mit kleinen Kindern, Rentner und Geschäftsleute in teuren Anzügen, die schnell in der Frühstückspause etwas zu essen besorgten, drängten durch die Gänge zwischen den Regalen und verstopften die wenigen offenen Kassen am Ausgang. Einkaufen machte Jessica überhaupt keinen Spaß. Es war langweilig, anstrengend und extrem nervig. Meistens erledigte ihre Schwester diese leidvolle Aufgabe und dafür war sie ihr extrem dankbar. Manchmal, so wie heute, ließ es sich aber nicht vermeiden, dass sie selbst in den Supermarkt musste, und sie beeilte sich, die Angelegenheit schnell abzuhaken.

Wieder auf dem Parkplatz schob sie den übervollen Wagen zu ihrem Auto und belud Kofferraum und Rücksitz des viel zu sportlichen Fahrzeugs. Sie hätte Susannes Limousine nehmen müssen, dann hätte alles in den Kofferraum gepasst. Eier und Gemüse besorgte Susanne immer auf einem Bauernhof an der nördlichen Stadtgrenze und so machte sich heute Jessica auf den Weg zum Hofladen von Bauer Radtke. Inzwischen war es schon fast 11 Uhr. In nicht einmal einer Stunde würde sie von zu Hause losmüssen, um rechtzeitig in die »Silberne Henne« zu dem Treffen mit Florian zu kommen. Vorher wollte sie sich auch noch umziehen, musste die Einkäufe im Kühl- und im Eisschrank verstauen und eigentlich wollte sie auch noch duschen. Langsam geriet sie in Panik.

Um kurz vor zwölf war sie endlich mit allem fertig, trug die letzte Einkaufstasche in die Küche, stellte sicher, dass keine Dinge für den Kühlschrank darin waren und wollte gerade das Haus verlassen, als sie ihr Handy auf der Anrichte neben dem Telefon sah. Sie würde Florian schnell eine Nachricht schicken und ihm mitteilen, dass sie sich etwas verspäten würde. Dann würde er nicht wieder vergeblich auf sie warten. Auf dem Display leuchtete die Nummer ihrer Schwester Susanne auf. Sie hatte eine Nachricht hinterlassen, doch Jessica ignorierte sie geflissentlich. Wahrscheinlich war ihr nur irgendetwas eingefallen, was sie nicht auf die Einkaufsliste geschrieben hatte. Das war dann jetzt Pech. Sie hatte schließlich ein Date.

»*Komme etwas später*«, tippte sie kurz und bündig, legte dann ihr Handy zurück auf die Anrichte und eilte aus dem Haus.

Zufrieden drückte er den Knopf an seinem Handy, beendete das Gespräch und drehte sich dann im Bett noch einmal um. Berthold war nicht begeistert gewesen, als er ihm mitteilte, er würde sich heute freinehmen und wäre nur im Notfall erreichbar, doch das war ihm egal. Noch ein Mord würde in so kurzer Zeit sicher nicht passieren und sein Kollege bräuchte keine Angst haben, wieder allein an einem Tatort stehen zu müssen. Heute würde sich Florian ganz allein nur auf Jessica konzentrieren, den Streit mit ihr durch eine ausführliche Aussprache bei einem guten Essen und einem hervorragenden Glas Wein aus der Welt schaffen und den ganzen Nachmittag im Bett verbringen. Ebenfalls mit Jessica, wie er hoffte. Doch er war zuversichtlich, dass alles gut werden würde und sie in ein paar Stunden genau hier neben ihm liegen würde.

Jemand klingelte Sturm an seiner Haustür und riss ihn brutal aus seinen Fantasien.

Genervt rieb er sich die Augen und sprang dann aus dem Bett. Er war sauer. Wer immer vor der Tür stand, wenn es kein Notfall war, wenn nicht mindestens das Haus in Brand stand, dann würde diese Person richtig Ärger bekommen.

Wieder klingelte es Sturm.

Langsam ging er zur Wohnungstür und betätigte die Gegensprechanlage.

Die Schwester seiner Freundin stand vor der Tür, weinte heftigst und flehte regelrecht um Einlass. Verwundert drückte Florian auf den Summer und hörte Susanne mit schnellen Schritten die Stufen hochlaufen. Mit jedem einzelnen ihrer Schritte wuchs seine eigene Panik. Wie ein hämmernder Herzschlag schlugen die Absätze ihrer Stiefel auf den Stein der Treppenstufen. War etwas passiert? War etwas mit Jessica?

»Was ist passiert?«, rief Florian Susanne voller Angst entgegen. Die stürmte einfach mit verheultem Gesicht an ihm vorbei in seine Wohnung, zog ihn hinter sich her, schaute ängstlich noch einmal in das Treppenhaus und schloss dann eiligst die Tür. Erst jetzt fiel sie laut schluchzend und zitternd in seine Arme.

»Was ist los, Susanne?«, fragte Florian panisch, und als sie nicht antwortete, hielt er sie an den Schultern und schob sie von sich weg, damit sie ihm ins Gesicht sehen musste. »Was ist passiert?«

Seine Stimme war dominant und fordernd, doch in seinem Inneren fühlte er Angst und Unsicherheit.

»Die Svenja …«, schluchzte sie nur. »Du musst mir helfen … keine Polizei … sonst stirbt sie.« Und jetzt brach sie einfach zusammen, sackte auf den Boden und weinte und jammerte herzzerreißend. Erst jetzt bemerkte Florian den Zettel in ihrer Hand, nahm ihn an sich und erschrak heftig, als er die aus unregelmäßig großen Buchstaben zusammengeklebte Nachricht las.

Ich habe deine Tochter. Sie wird sterben, es sei denn, du bringst mir das Tonband. Du weißt, ich mache ernst. Keine Polizei. Zwölf Uhr, Kemptener Wald, am Dengelstein. Heute noch.

Susanne kniete immer noch am Boden und zitterte heftig, doch als Florian vorschlug, sofort das Sonderdezernat für Entführungen einzuschalten, sprang sie auf und griff flehend nach seinen Händen. »Bitte, nein. Er wird es mer-

ken. Er wird sie umbringen. Er hat nicht viel zu verlieren.«
In ihren Augen sah Florian Angst und unendliche Panik.

»Aber Susanne, meine Kollegen kennen sich mit Entführungen aus, die können viel besser helfen als ich.« Florian hielt ihr Gesicht in seinen Händen. Wäre die Situation
anders, hätte es beinahe wie eine zärtliche Geste zwischen
einem liebenden Paar ausgesehen.

Susanne wollte den Kopf schütteln, doch mit seinen
Händen an ihren Wangen ging es nicht. »Nein, Florian,
bitte. Ich bin doch zu dir gekommen, damit du mir hilfst,
nicht, damit du mein Kind tötest.«

Resigniert seufzte er tief.

»Was ist mit Jessica? Ist sie informiert?«

»Ich habe ihr eine Nachricht hinterlassen. Sie ist wohl
einkaufen und hat ihr Handy nicht dabei.« Nur mühsam
konnte Susanne sich auf das Gespräch konzentrieren. Sie
wollte wieder los. Sie wollte zu ihrem Kind.

»Was ist das für ein Tonband?«, fragte Florian, jetzt ganz
der Kommissar. »Kennst du den Entführer?«

Susanne schaute auf den Boden und schniefte. »Ich
habe … ich …«, stockte sie, bis Florian sie erneut packte
und heftig schüttelte.

»Reiß dich zusammen«, schrie er sie an. »Alles ist wichtig, um dein Kind zu retten!«

Erschrocken schluckte sie, atmete kurz und flach und
Florian befürchtete schon, sie würde vor lauter Angst in
Ohnmacht fallen, doch sie sammelte sich und begann erneut.

»Das Tonband … es ist eine Aussage von Martin darauf … ich weiß nicht, warum er es haben will, doch er soll es
bekommen. Er darf Svenja nichts tun. Sie ist doch so klein
und hilflos. Bitte, Florian, bitte, ich flehe dich an, hilf mir.«

Total geladen verließ Jessica um kurz nach eins die »Silberne Henne«. Sie hatte es so satt, immer und immer wieder versetzt zu werden, immer und immer wieder von Männern total verarscht zu werden. Und dabei hatte sie sich so gefreut über diese Chance, mit Florian wieder alles in die richtigen Bahnen zu lenken. Und dieser Mistkerl ließ sie einfach sitzen. Wütend stapfte sie über den regennassen Parkplatz zu ihrem Auto. Der Autoschlüssel fiel auf den Boden, als sie ihn aus der Hosentasche zog, und landete im feuchten Dreck des Sandplatzes. Verdammter Mist. Ihre Hände zitterten bereits vor Wut und nur mit viel Mühe gelang es ihr schließlich, den Schlüssel in das Türschloss zu stecken und den Wagen aufzuschließen. Seit Wochen brauchte der Türöffner im Autoschlüssel eine neue Batterie und sie hatte sich eigentlich schon daran gewöhnt, das Schloss manuell zu öffnen, doch heute brachte diese nachlässige Kleinigkeit das Fass zum überlaufen. Dieses verdammte Arschloch. Der spielte doch bloß mit ihr. Arroganter ... arroganter ... Mann! Zu Hause angekommen, lief sie zu ihrem Handy, um ihrem zukünftigen Exfreund ein allerletztes Mal gehörig die Meinung zu sagen.

Martin hatte erneut angerufen. Auch nur einer von diesen nichtsnutzigen Versagern, die Frauen als Spielzeug betrachteten und sie nicht zu würdigen wussten. Martin sollte sie einfach in Ruhe lassen.

Mistkerl.

Bevor sie Florians Nummer wählte, hörte sie ihre Mailbox mit der Nachricht ihrer Schwester ab.

»Jessy? Verdammt, du gehst nicht ran ... er hat Svenja ... ich fahre zu Florian ... keine Polizei, sonst stirbt meine Kleine ... melde dich, sobald du das hörst.«

Mit zitternden Händen wählte Jessica die Nummer ihrer Schwester und wartete. Die Angst in ihrer Stimme, die offensichtliche Panik gingen ihr durch Mark und Bein und sie fühlte sie jetzt selbst. Es klingelte, sekundenlang, über eine Minute, doch sie nahm nicht ab. Dann versuchte sie es bei Florian, schließlich wollte sie zu ihm fahren. Doch auch bei seinem Handy nahm niemand ab. Als der Festnetzanschluss direkt neben ihr zu läuten begann, fuhr sie erschrocken zusammen, griff dann nach dem Hörer, ohne sich zu melden, und wartete.

Der Schrei eines Kindes im Hintergrund ließ ihr das Blut in den Adern gefrieren, schnürte ihr den Hals zu und brachte ihren Puls von einer Sekunde auf die nächste auf 180.

»Was?«, krächzte sie kläglich in den Hörer, räusperte sich, setzte sich dann aufrecht hin, Schultern nach hinten, Brust raus und atmete einmal tief durch. »Was?«, fragte sie jetzt energisch, konnte aber das Zittern in ihrer Stimme nicht gänzlich unterdrücken.

»Guten Tag, Frau Reuter, ich bin die Mutter von Justin«, stellte sich eine Frau freundlich vor. »Der kleine Tobias möchte nach Hause. Er weint, wie sie sicher hören können, und ich kann ihn nicht beruhigen. Würden Sie ihn bitte abholen kommen?«

Es dauerte eine Weile, bis Jessica begriff, dass kein Entführer am Apparat war, sondern nur eine besorgte und verunsicherte Mutter. Sie klärte die Dame kurz auf, dass sie nur die Tante war, dass Susanne gerade unabkömmlich wäre und dass sie sich selbst sofort auf den Weg machen würde, um ihren Neffen abzuholen.

Irgendwie war sie Minuten später in ihrem Auto und auf dem Weg zu der Adresse, die Justins Mutter ihr durchgesagt hatte. Da sie krampfhaft versuchte, sich aufs Fahren zu konzentrieren, bemerkte sie nicht den grünen Opel Meriva, der sie verfolgte.

KAPITEL 19

»Hast du schon gepackt?«, fragte Herbert Grothe seine Frau Elfriede, als er am frühen Abend von seinem Skat-Nachmittag mit Willi und Heinz zurückkam. Seit Jahren schon spielte er einmal wöchentlich mit seinen zwei ältesten Freunden Karten. Die drei hatten sich bereits in der Schulzeit kennengelernt, später gemeinsam die Polizeischule besucht und waren seitdem unzertrennlich.

»Du stinkst nach Bier und Zigaretten«, fuhr seine Frau ihn an, ohne auf seine Frage einzugehen. Sie rümpfte verächtlich die Nase und fuhr dann fort, die Regalwand im Wohnzimmer abzustauben. Ihre Bewegungen waren hektisch und gehetzt.

»Ich hatte gedacht, wir fahren etwas früher nach Kempten«, verkündete ihr Mann jetzt und ließ sich auf einen Sessel fallen.

»Wieso?« Jetzt hielt sie in ihrer Arbeit inne und drehte sich verwundert zu ihm um. »Wir fahren nächste Woche. Es ist doch alles abgesprochen. Wir haben die Bahntickets schon gekauft«, zählte sie die Gründe gegen ein verfrühtes Aufbrechen auf, faltete dann die Hände mitsamt des Staubtuches vor ihrem Bauch und wartete auf eine Erklärung ihres Mannes.

»Ich dachte nur, es wäre schön, vielleicht morgen …« Weiter kam er nicht und wurde sofort von seiner strengen Frau unterbrochen.

»Morgen? Bist du verrückt? Das schaffe ich auf gar keinen Fall.« Dann sah sie ihren Mann erschrocken an, und als dieser nichts erwiderte, fragte sie ängstlich. »Ist etwas mit den Mädels? Ist etwas passiert?« Herbert Grothe starrte seine Frau lange an, dann hob er die Hand und winkte beruhigend ab.

»Nein, es ist nichts. War nur so ein Gefühl«, sagte er, doch es klang nicht aufrichtig. Sein Freund Willi hatte ihm an diesem Abend etwas erzählt, das ihn sehr beunruhigte, und doch, es war, als hätte er es schon immer gewusst, wollte es nur nicht wahrhaben. Das Puzzle fügte sich zusammen und plötzlich war alles klar. Es war notwendig, dass er nach Kempten zu seinen beiden Töchtern fuhr, am besten bereits am nächsten Tag. Doch zuerst musste er telefonieren, um sich zu vergewissern.

Herbert Grothe stand vom Sessel auf und ging wortlos in den Flur. Er suchte das dicke Hamburger Telefonbuch in dem kleinen Schränkchen, auf dem das altmodische Telefon stand, fand es und blätterte nervös darin herum. Dann wählte er die Nummer und wartete.

Als sich nach gefühlten zwei Minuten nur der Anrufbeantworter meldete, legte er frustriert auf, ging zurück zu seiner Frau und nahm sie in den Arm.

»Du, Elfi«, flüsterte er und gab ihr einen Kuss auf die Wange. »Ich würde doch gerne früher fahren, wenn es dir

recht ist. Schaffst du es bis übermorgen, alles vorzuberei-
ten? Ich helfe dir auch.«

»Hallo, Tobi«, begrüßte Jessica ihren Neffen, der immer
noch fürchterlich weinte und mit den Armen wild um
sich schlug. Sein Freund Justin unterdessen ignorierte
das wütend tobende Kind und spielte seelenruhig in einer
Ecke des Wohnzimmers mit seinen Autos. Als Tobias seine
Tante erkannte, war er schlagartig still, lief los und fiel ihr
schluchzend um den Hals.

»Tante Essy, Tante Essy«, jammerte er und weinte herzzerreißend, dann sah er ihr ins Gesicht und fragte nach
seiner Mama.

»Die Mama muss noch arbeiten«, log sie fast perfekt und
drückte den kleinen Mann ganz fest an sich. »Wir beide
fahren jetzt erst einmal nach Hause, okay?«

Tobias nickte heftig mit seinem kleinen Kopf, denn er
konnte vor lauter Schluchzen und Weinen nicht mehr sprechen.

»Danke für Ihre Mühe«, wandte sich Jessica jetzt an
Justins Mutter, die lächelnd und sichtlich beruhigt, hinter
ihr stand. »Ich weiß auch nicht, was er hat. Er ist sonst
gar nicht so.«

»Kein Problem«, erwiderte die junge Frau und lächelte
noch freundlicher als zuvor. »Gut, wenn es ihm jetzt wieder besser geht.«

Nach nochmaligem Dank und weiteren netten Worten
verabschiedete sich Jessica und trug ihren Neffen zum
Auto, das in einer kleinen Nebenstraße stand, weil direkt
vor dem Mehrfamilienhaus, in dem Justin mit seinen Eltern
wohnte, kein Parkplatz frei war. Tobias war auf ihrem Arm
eingeschlafen und hing schwer und plump an ihrem Hals.

Jessica hatte große Mühe, ihren Neffen zu tragen, und musste mehrmals sein Gewicht verlagern. Tobias seufzte im Schlaf. Vermutlich hatte ihn sein Wutanfall derart viel Kraft gekostet, dass er diese körperliche Ruhe jetzt einfach brauchte. Es nieselte nur noch leicht, doch der Himmel war dicht verhangen von dunklen Regenwolken. Es sah so aus, als würde es heute noch mehrmals kräftig regnen.

Am Wagen angekommen, beeilte sich Jessica, ihren Schlüssel aus der Hosentasche zu ziehen, um den BMW aufzuschließen, und verlor ihn erneut. Er fiel herunter, schlug auf dem Gehsteig auf und sprang unter das Auto. Fluchend verlagerte sie den schlafenden Tobias auf ihren anderen Arm und ging ächzend in die Hocke, doch sosehr sie ihren Arm ausstrecke, sie berührte den Autoschlüssel nicht einmal mit den Fingerspitzen. Verdammter Mist. Sie würde Tobias wecken müssen, ihn am Straßenrand abstellen und dann unter den Wagen kriechen. Mühsam stand sie wieder auf und erschrak, als sie den Mann im dunklen Kapuzenshirt sah, der neben dem Kotflügel ihres Sportwagens stand, die Arme vor der Brust verschränkte und lächelte.

»Soll ich dir helfen, Jessica?«

»Du?«, fragte sie und war viel zu erstaunt, um sich Sorgen zu machen. Warum auch? Vor ihr stand Martin Hansen und streckte nun die Arme nach Tobias aus.

»Ich nehme ihn dir ab, dann kannst du den Schlüssel holen«, entschied er und kam einen Schritt auf sie zu.

Jessica wich instinktiv einen Schritt zurück und presste Tobias schützend an sich. »Hol du bitte den Schlüssel und schließe dann für mich auf«, schlug sie vor. Misstrauisch sah sie ihn an. »Was machst du in Kempten, Martin? Warum bist du nicht in Hamburg?«

»Das ist jetzt nicht wichtig«, sagte er ruhig und sah ihr dabei fest ins Gesicht. »Gib mir den Jungen«, wiederholte er nur und griff jetzt nach Tobias.

»Nein.« Jessica lief rückwärts in eine angrenzende Hecke und schaute ihn böse an. »Was willst du hier, Martin?« Wenn sie ehrlich zu sich war, dann machte ihr die ruhige und berechnende Art des Freundes Angst. Es war auch ungewöhnlich, dass er wie aus dem Nichts aufgetaucht war, sie jetzt wütend anstarrte und drohend mit dem Zeigefinger seiner rechten Hand auf sie zeigte.

»Du gibst mir jetzt das Kind«, befahl er und klang, als würde er eine immense Wut verzweifelt im Zaum halten. »Ich will dir nicht wehtun, Jessy.«

Jessica überlegte fieberhaft, was sie tun sollte. Sie traute Martin nicht, konnte aber nicht ergründen, wieso sie plötzlich Angst hatte vor diesem alten Vertrauten. Sie begriff nicht, was er hier machte und warum er sie bedrohte, doch plötzlich kam ihr ein Verdacht.

»Du willst Susanne ihren Sohn wegnehmen?«, sprach sie ihre Vermutung aus. »Warum?« Doch als sich Martins Augen zu schmalen Schlitzen verengten und er sie kraftvoll am Arm packte, schrie sie: »Das lasse ich nicht zu!«, und befreite sich mit einer geschickten Drehung aus seinem Griff. Martin sah sich erschrocken um, schaute nach links und rechts und dann auf die Fenster der Häuser, die zu dieser Seite zeigten, und Jessica sah ihre Chance, ihm zu entkommen. Sie würde laut um Hilfe rufen.

Doch der Schrei blieb ihr im Halse stecken, als sie direkt vor ihrem Gesicht in den Lauf einer Pistole starrte.

»Du setzt Tobias jetzt in mein Auto und dann fahre ich mit ihm weg«, sagte er wieder ruhig und berechnend. »Und ich verspreche dir dafür, dass ihm nichts passiert. Ich gebe dir mein Wort.« Es klang ehrlich. Verdammt ehrlich, und doch traute Jessica in diesem Moment ihrem Gefühl nicht. Wie hatte sie sich in Martin so täuschen können? Was hatte sie all die Jahre übersehen? Was hatte er mit Svenja gemacht? Wo hatte er sie versteckt? Langsam, um etwas Zeit zu gewinnen, ging sie zu seinem Wagen, der etwa 50 Meter weiter am Straßenrand geparkt war. Vorsichtig hielt sie Tobias, der immer noch schlief. Sie wollte nicht, dass er aufwachte und das alles hier mitbekam. Ihr musste einfach einfallen, wie sie sich und ihren Neffen aus dieser scheinbar ausweglosen Situation befreien konnte. Martin durfte ihn nicht auch noch in die Finger kriegen. Auf gar keinen Fall. Doch die Angst, gepaart mit all den wirren Gedanken und den vielen Fragen, die ihr durch den Kopf schossen, lähmten sie und ihren Verstand. Es war unmöglich für sie, sich zu konzentrieren, wenn ihr bester Freund mit einer geladenen Waffe auf sie zielte und nicht nur ihr Leben, sondern auch das ihres Neffen in höchster Gefahr war.

Die Zentralverriegelung des grünen Opels klackte, als Martin und Jessica fast beim Auto waren. Sie blieb etwas entfernt von dem Wagen stehen und drehte sich langsam um.

»Mach die Tür auf und setze Tobias in den Kindersitz.« Martin drängte sie dichter an das Auto, indem er sie mit der Waffe, die er nun unter seinem Kapuzenshirt verbarg, in die Seite stieß. Widerwillig gehorchte sie, öffnete die Tür zur Rückbank und kroch mit Tobias auf dem Arm zur Hälfte in das Auto hinein. Ihr Neffe ließ alles schlafend über sich ergehen, seufzte nur entspannt, als sein kleiner Körper in den Kindersitz sank. Dann drehte er den Kopf zur Seite und träumte ganz unschuldig weiter.

»Anschnallen«, fauchte Martin hinter ihr. Er klang nervös und fuchtelte hektisch mit seiner Waffe unter dem Pulli herum. Ihre Hände zitterten heftig, als sie nach der silbernen Schnalle am rechten Gurt der Rückbank griff und das schwarze Band um Tobias' schlaffen Körper spannte. Mit der freien Hand griff sie heimlich in ihre Jackentasche und hoffte inständig, Martin würde es nicht bemerken.

»Was dauert denn da so lange«, polterte er wütend hinter ihrem Rücken. Im Bruchteil einer Sekunde zog Jessica ihr Handy aus der Tasche, schaltete es auf stumm und schob es hinter die Sitzfläche des Kindersitzes, dann erschien ihr Kopf wieder im Freien.

»Bitte Martin, tue ihm nichts. Was immer der Grund ist für diese Entführung, denk daran, dass Tobias keine Schuld trifft«, flehte sie inständig und bemerkte das kurze schuldbewusste Zusammenzucken, das durch Martins Körper fuhr. Dann richtete er sich zu voller Größe auf und blaffte: »Geh vom Wagen weg, Jessy. Ihm passiert nichts. Aber wenn ich nur irgendeinen Polizisten in meiner Nähe sehe, kann ich für nichts garantieren.« Er schlug die hintere Tür zu, stieg dann auf der Fahrerseite ein und fuhr mit quietschenden Reifen davon. Jessica rannte los, lief die 50 Meter zu ihrem BMW in Rekordzeit, schlitterte die letzten Schritte über den nassen Asphalt und schmiss sich auf den Boden. Dann griff sie hektisch nach dem Autoschlüssel unter dem Wagen, schloss auf und sprang ins Auto. Dieses Mal lief alles perfekt. Der Schlüssel stieß ins Zündschloss und im selben Moment, in dem der Wagen startete, gab sie auch schon Vollgas. Der Wagen ruckelte kurz, beschleunigte dann aber problemlos und brauste durch die 30er-Zone des friedlichen Wohngebietes. Bereits an der zweiten Abzweigung wurde ihr jedoch bewusst, dass sie ihn verloren hatte. Laut fluchend donnerten ihre Fäuste aufs Lenkrad.

Ungeduldig lief Berthold Willig im Büro seines Chefs auf und ab, sein Mobiltelefon am Ohr, in der linken Hand die kleine Plastikgießkanne. Am Fenster angekommen, goss er die halb vertrocknete Pflanze mit den drei grünen Blättern und hoffte, sie würde diese viel zu lang andauernde Durststrecke überlebt haben. Das Wasser lief aus dem langen Hals der Kanne in den Topf auf die staubige Erde und, noch bevor es versinken konnte, über den Rand des Pflanzengefäßes hinweg direkt auf die Fensterbank. Dem Kommissar fiel sein Missgeschick nicht auf. Er stellte die Gießkanne neben den Topf und setzte seinen Marsch durch das kleine Büro fort, das Handy weiterhin am Ohr. Resigniert legte er auf, als nach minutenlangem Klingeln nicht einmal die Mailbox ansprang. Das war ungewöhnlich. Normalerweise war Hauptkommissar Forster Tag und Nacht erreichbar.

Der Anruf von eben auf dem Telefonanschluss des Büros hatte bedrohlich wichtig geklungen. Dabei war Berthold nur zufällig hier im Raum, weil er etwas suchte. Sein Chef hatte die Unterlagen an die Staatsanwaltschaft zwar weitergegeben, doch die Fotos vom Tatort in der Villa Vollmer nicht beigelegt. Florian Forster war ein ausgezeichneter Ermittler und überragend guter Kriminalist, doch die Unordnung auf seinem Schreibtisch und die meist recht kopflos verfassten unliebsamen Berichte trieben sogar den gutmütigen Berthold zur Verzweiflung. Erneut drückte er die Kurzwahlnummer seines Chefs in seinem Handy. Dabei wühlte er mit der freien Hand in den wild durcheinandergeworfenen Unterlagen auf Florians Schreibtisch.

Wieder hatte Kommissar Willig kein Glück, weder mit dem Anruf noch mit den Fotos. Er würde einfach neue Kopien machen und sie dann direkt zum Gericht bringen.

Eine halbe Stunde später war alles erledigt. Inzwischen hatte Berthold weitere drei Male probiert, seinen Chef auf dem Handy zu erreichen. Immer vergebens. Also entschloss er sich, direkt bei ihm zu Hause vorbeizuschauen.

Hauptkommissar Florian Forster wohnte in einer ruhigen Siedlung, bestehend aus Reihenhäusern und niedrigen Mehrfamilienhäusern am Stadtrand von Kempten. Hinter den Häusern am Horizont ragte der Mariaberg auf, dicht bewaldet und beinahe niedlich klein gegen die imposante Bergkette der Voralpen auf der anderen Seite. Berthold parkte seinen Dienstwagen vor dem dreistöckigen Gebäude aus hellem Backstein. Ein heftiger Platzregen prasselte aufs Dach des Wagens und er beschloss, eine Weile sitzen zu bleiben und die nächste Trockenphase abzuwarten. Doch der Regen hörte und hörte nicht auf. Dicke schwere Bindfäden von Wasser legten einen undurchsichtigen Schleier um das Polizeiauto. Mehr als zwei oder drei Meter konnte er nicht sehen. Gerade deshalb bemerkte er auch die Person nicht, die sich, gebückt und tief in ihre Jacke vergraben, dem Fahrzeug näherte, und erschrak heftig, als eine Faust gegen die Fensterscheibe hämmerte.

Er hörte sehr gedämpft jemanden rufen, doch der aufschlagende Regen war um einiges lauter als die Rufe und selbst das Klopfen bemerkte er nur, weil er die Vibration spürte, die durch das Auto fuhr. Er betätigte den elektrischen Fensterheber und bereute es sofort. Regen prasselte durchs offene Fenster in sein Gesicht und Wasser lief auf der Innenseite an der Türverkleidung hinunter. Draußen neben dem Wagen stand Jessica Grothe, gestikulierte wild mit den Armen, legte dann die Hände auf den Holm des offenen Fensters und schrie Berthold Willig an.

»Hilfe! Sie müssen mir helfen! Ich habe das Handy im Wagen. Wir können ihn orten. Schnell ...« Mit Panik in den Augen und triefend nassem Haar sah sie aus wie die leibhaftige antike Medusa. Dicke Strähnen ihres durchnässten Haares schlängelten sich wild um ihren Kopf.

»Frau Grothe«, brüllte Kommissar Willig zurück, um den Krach im Innenraum des Dienstwagens zu übertönen, den der Platzregen verursachte. »Bitte, steigen Sie doch auf der Beifahrerseite ein, dann können wir uns besser unterhalten.« Berthold sah, wie Jessica Grothe vorne um das Fahrzeug herumlief, die Beifahrertür aufriss und zusammen mit einem großen Schwall nasskalter Luft in den Wagen sprang. Tür und Fenster wurden geschlossen und sofort begann Jessica zu berichten. Sie erzählte von der Entführung, von der verzweifelten Nachricht ihrer Schwester auf der Mailbox, von der Begegnung mit Martin und der zweiten Entführung von Susannes anderem Kind.

»Susanne hat sich wohl mit Florian getroffen«, schloss sie schließlich. »Und jetzt suche ich beide ganz verzweifelt. Es geht niemand ans Handy, weder bei ihr noch bei ihm. Zu Hause ist er auch nicht.« Erwartungsvoll sah sie den Kommissar an, vergrub nervös beide Hände zwischen ihren Oberschenkeln und wippte aufgeregt hin und her.

Berthold Willig starrte angstvoll zurück.

»Wir müssen etwas unternehmen«, sagte er schließlich nicht sehr überzeugt, umschloss das Lenkrad mit beiden Händen und starrte geradeaus durch die Frontscheibe. Es sah aus, als würde er fahren, doch das Auto rührte sich nicht vom Fleck.

»Ich habe mein Handy in Martins Auto deponiert. Wir könnten es orten und ihn so vielleicht finden«, schlug sie vor. Das zumindest war ihr Plan gewesen, als sie ihr Telefon unter dem Kindersitz versteckt hatte. Ihr war durchaus bewusst, dass sie trotz Martins Warnung und trotz der Bitte ihrer Schwester nun doch die Polizei einschaltete. Doch sie wusste auch, dass nur mithilfe der technischen Mittel einer gut organisierten Truppe eine Rettung von Svenja und Tobias überhaupt möglich war. Angst durfte einen Angehörigen niemals davon abhalten, sich Unterstützung an den richtigen Stellen zu suchen.

»Kommissar Willig«, fuhr sie ihn an, denn er war immer noch wie erstarrt. »Bitte fahren Sie zur Dienststelle und veranlassen Sie eine Fahndung nach einem dunkelgrünen Opel Meriva. Ich weiß das Kennzeichen«, fügte sie hinzu und schnallte sich an.

Endlich kam Leben in den Kommissar. Froh darüber, dass ihm jemand die Entscheidung abnahm, startete er den Wagen und fuhr los. Er war einfach nicht dafür gemacht, sich selbst den Kopf zu zerbrechen, und es fiel ihm verdammt schwer, eigene Pläne und Vorgehensweisen zu durchdenken. Es war ihm lieber, Befehle entgegenzunehmen.

»Bitte, Herr Kommissar, fahren Sie etwas schneller. Es geht doch um die Kinder!«

Er bog auf die Hauptstraße ab, warf das Martinshorn an und gab Gas.

KAPITEL 20

Draußen war es bereits dunkel, als Elfriede Grothe verwundert den Telefonhörer auflegte und langsam wieder ins Wohnzimmer ging. Ihr Mann Herbert saß auf dem Sofa vor dem niedrigen Glastisch und blätterte in einer Zeitschrift. Was ihn eigentlich entspannen sollte, machte ihn aber ganz fahrig und nervös. Die dünnen Seiten der Zeitschrift flogen nur so von rechts nach links und er nahm weder Bilder noch Texte wahr, konzentrierte sich nur auf das monotone Rascheln des Papieres beim Blättern und dachte angestrengt nach.

Die drei Reisetaschen, zwei davon mit ihren persönlichen Dingen und Klamotten zum Wechseln und die dritte wie immer mit diversen Geschenken für die vier im Allgäu, standen bereits fertig gepackt neben der Wohnungstür. Die Bahntickets waren sicher verstaut in der Mantelinnentasche seiner Frau. Das Umbuchen der Zugverbindung war überhaupt kein Problem gewesen. Ein kurzer Besuch im Reisebüro und schon konnten sie einige Tage früher nach Kempten fahren als ursprünglich geplant.

Elfriede setzte sich neben ihren Mann auf das Sofa und legte ihm beruhigend ihre Hand auf seinen Arm.

»Ich kann die Kinder nicht erreichen«, sagte sie leise, als wolle sie ihn durch lautes Sprechen nicht noch zusätzlich aufregen. »Ich probiere es schon den ganzen Nachmittag bei den beiden, aber keiner nimmt ab.«

»Hast du ihnen denn eine Nachricht hinterlassen?«, fragte Herbert seine Frau und legte jetzt seinerseits seine Hand auf ihre. »Oder hast du es auf den Handys probiert?«

»Ich habe auf allen Apparaten angerufen, doch es springt nicht einmal die Mailbox an, geschweige denn der Anrufbeantworter.« So beunruhigt sie klang, Herbert hörte trotzdem die Erleichterung heraus, denn Elfriede hasste es, auf ein Tonband zu sprechen. »Was hat dein Freund denn nun gesagt?«, fragte sie bereits zum wiederholten Male, da ihr Mann immer geschickt ausgewichen war und schnell das Thema gewechselt hatte. »Und dieses Mal läufst du mir nicht wieder davon«, bestimmte sie und hielt seinen Arm fest, als er Anstalten machte, sich vom Sofa zu erheben.

Der ehemalige Hauptkommissar seufzte tief und ergab sich schließlich seinem Schicksal.

»Bitte reg dich nicht auf, aber …«, begann er und wusste im selben Augenblick, dass seine Frau sich sehr wohl aufregen würde und eigentlich auch jeden Grund dazu hatte. »Vielleicht ist es wirklich besser, ich sage es dir bereits jetzt, dann kannst du dich bis morgen mit der Geschichte anfreunden und verbreitest keine unnötige Panik.«

»Was soll das denn bitte heißen?«, brauste sie auf, riss sich dann aber wieder zusammen. Die Sorge in den Augen ihres Mannes ließ sie verstummen.

»Es geht um Martin«, begann Herbert erneut und beschloss, nicht mehr lang darum herumzureden.

»Er wird polizeilich wegen versuchten Mordes und Mordes gesucht und befindet sich auf der Flucht.«

»Was?« Jetzt war es Elfriede, die schockiert aufsprang, ihn entsetzt anstarrte und dann begann, nervös im Zimmer auf und ab zu laufen. »Meinst du etwa … Meinst du …?« Sie konnte ihre Vermutung nicht aussprechen.

»Martin Hansen war immer eng mit den beiden Mädchen befreundet«, sagte Herbert ruhig. »Ich weiß nicht, ob er Kontakt aufnehmen wird, doch ich würde gern in der Nähe meiner Familie sein, wenn er es tut, verstehst du?« Seine Frau sah ihn nur voller Angst an und Herbert beschloss, seine anderen Gedanken für sich zu behalten. Es waren eben nur Vermutungen und keine Tatsachen und er wollte Elfriede nicht noch mehr beunruhigen. Als er gestern Abend bei Martin angerufen hatte, er wusste selbst nicht mehr genau, warum, war er sicher, dass Martin Hansen nicht abnehmen würde. Doch die Ansage auf seinem Anrufbeantworter war mehr als merkwürdig gewesen und bestätigte ebenfalls seine Befürchtung, dass die Kinder in Gefahr waren. Martin hatte auf seinem Anrufbeantworter eine Nachricht für Jessica hinterlassen und sie ganz persönlich um Rückruf auf seinem Handy gebeten. Der Polizeibeamte würde mit absoluter Sicherheit Kontakt zu Jessica aufnehmen und Herbert Grothe hoffte inständig, er würde noch rechtzeitig in Kempten eintreffen.

»Los, Herbert. Ich habe etwas entschieden«, sagte Elfriede plötzlich. »Hier kann ich jetzt nicht mehr rumsitzen und auf den Zug am nächsten Morgen warten. Wir fahren mit dem Auto! Jetzt sofort!«

Im Gebäude der Kemptener Kriminalpolizei brach Unruhe aus, als Jessica mit Kommissar Willig im Schlepptau hereingestürmt kam und laut Befehle austeilte. Natürlich hörte niemand auf sie, bis Berthold beherzt eingriff und ihre erteilten Befehle einfach wiederholte. Er war zwar nur der zweite hinter dem ranghöchsten Kommissar, doch trotzdem befolgten alle Beamten kritiklos seine Anweisungen. Es wurde eine Fahndung eingeleitet nach dem dunkelgrünen Opel und nach Martin Hansen. Außerdem wurde eine Handyortung veranlasst, deren Ergebnis aber noch auf sich warten ließ. Vermutlich stand das Auto in einer Gegend, in der das Telefon keinen Empfang hatte, und es würde erst wieder senden, wenn Martin das Auto bewegte. Jessica hoffte inständig, dem kleinen Tobias ginge es gut und machte sich selbst die größten Vorwürfe, weil es ihr nicht gelungen war, ihren kleinen Neffen zu schützen, weil sie Martin auf seiner Flucht verloren hatte, ja selbst, weil sie zu schusselig war und immerzu ihren doofen Autoschlüssel fallen ließ. Doch diese Selbstvorwürfe nützten gar nichts. Sie musste abwarten und hoffen, dass man Martin finden würde. Und zwar schnell.

»Möchten Sie auch einen Kaffee?«, fragte Kommissar Willig, als er das Büro seines Chefs betrat, in das er die aufgebrachte Jessica vor gut einer halben Stunde gebracht hatte. Sie stand am Fenster und zupfte die braunen Blätter von der mickrigen kleinen Pflanze in dem alten Plastikübertopf.

»Ja, gern«, stimmte Jessica nickend zu und Berthold platzierte die bereits mitgebrachte Tasse mit dampfend heißem Kaffee auf einem freien Fleckchen auf Florian Forsters Schreibtisch. Dann trank er einen Schluck aus seiner eigenen Tasse.

»Gibt es schon etwas Neues?«, fragte Jessica müde, schlurfte resigniert zum Schreibtisch und nahm ihren Kaffee entgegen. Sie erwartete nicht, dass innerhalb so kurzer Zeit bereits irgendein Ergebnis vorlag, und erschrak fast, als Kommissar Willig heftig zu nicken begann.

»Wir haben tatsächlich etwas erfahren«, verkündete er. »Dieser Martin Hansen … Also, nach dem wird bereits gefahndet.«

»Warum denn?« Sichtlich erstaunt sah sie Berthold an, stellte dann ihren viel zu heißen Kaffee wieder auf den Schreibtisch und wartete auf eine Erklärung.

»Soviel ich erfahren habe, wird er wegen Mordes gesucht. Und das bereits seit einer Woche.« Der Kommissar ging wie selbstverständlich um Florians Schreibtisch herum und setzte sich auf den großen schwarzen Bürostuhl dahinter. »Die Hamburger Kriminalpolizei hat eine Leiche gefunden und einiges deutet darauf hin, dass der Beamte Hansen in dem Fall mit drinsteckt«, fuhr er fort. Er wusste, dass er diese internen Ermittlungsergebnisse einem Zivilisten und noch dazu scheinbar einer guten Freundin des Gesuchten eigentlich nicht erzählen durfte, doch er hoffte insgeheim, Jessica Grothe könne ihm bei den zukünftig zu treffenden Entscheidungen helfen. Immerhin war sie Hauptkommissarin und die Freundin seines Chefs. Und Florian irrte sich nie, hatte eine hervorragende Menschenkenntnis und würde keine Sekunde mit der Hamburger Kommissarin verbringen, wenn sie nicht in Ordnung wäre. Die immense Verantwortung, die so ein Fall und all die Entscheidungen und Befehle mit sich zog, überforderten den jungen Kommissar und am liebsten hätte er alles hingeworfen und wäre einfach weggelaufen.

»Er soll einen Mord begangen haben?« Jessica legte entsetzt die Hand auf ihre Stirn und schüttelte energisch den Kopf. »Das glaube ich nicht«, sagte sie, doch sie wusste selbst, dass sie es schlicht nicht glauben wollte. Wenn Martin zu einem Mord fähig war, was würde dann aus den beiden Kindern werden? Würde er so skrupellos sein, auch diesen hilflosen kleinen Wesen etwas anzutun? Warum hatte er sie überhaupt entführt? Sie kam nicht dahinter, verstand nicht das Motiv, konnte nicht begreifen, warum er nicht einfach über die Grenze floh und sich im Ausland ein neues Leben aufbaute. Nicht, dass sie das gutgeheißen hätte, doch als Kriminalbeamtin wusste sie, dass dieses Vorgehen am Typischsten war für Mörder, wenn ihnen die Polizei bereits auf den Fersen war. Was also trieb ihn an?

»Um wen handelt es sich denn?«, wandte sich Jessica jetzt wieder an den Kommissar. Als dieser sie nur fragend über den Schreibtisch hinweg ansah, formulierte sie ihre Frage neu. »Wen soll er denn getötet haben?«

»Ach so«, sagte Berthold und klang erleichtert. »Die Dame hieß Rebecca Milton. Habe ich mir gut gemerkt, weil ich erst Hilton verstanden habe«, erklärte er stolz. »Sie war erst 25.«

»Sagt mir nichts.« Gedankenverloren begann Jessica im Zimmer auf und ab zu laufen, dann blieb sie wieder vor dem Schreibtisch stehen. »Haben die Beamten in Hamburg eine persönliche Verbindung von Martin zu diesem Opfer gefunden?«

»Das weiß ich nicht«, gab Berthold kleinlaut zu und fühlte sich gleich wieder schlecht, weil er danach überhaupt nicht gefragt hatte. Ein guter Kommissar hätte sich über die Hintergründe sicher ein Bild gemacht. Doch dann fiel ihm etwas ein und er lächelte breit. »Ich habe aber gehört, dass am Tatort irgendwelche Spuren von diesem Hansen gefunden worden sind. Deshalb ist man ja auch auf ihn gekommen.«

Immer noch konnte Jessica das Bild von Martin nicht mit dem Bild eines kaltblütigen Frauenmörders vereinen. Ihr Freund war zwar aufbrausend und manchmal hatte er sich nicht gut im Griff, doch noch nie hatte es irgendwelche Probleme in Bezug auf Frauen gegeben. Er war dem weiblichen Geschlecht gegenüber immer vorbildlich galant und ließ sich selbst durch schnippische Bemerkungen oder gar wüste Beschimpfungen nie aus der Ruhe bringen, wenn sie von einer Frau ausgesprochen wurden. Doch sie musste zugeben, dass sie Martin auch die Entführung eines kleinen Kindes niemals zugetraut hätte.

Die Warterei machte sie völlig fertig. Ihr war natürlich klar, dass sie ein kleines Wunder erwartete, wenn sie davon ausging, dass bereits nach einer Stunde Martins Wagen irgendwo gesichtet worden wäre. Aus Erfahrung wusste sie, dass gesuchte Fahrzeuge meist erst auffielen, wenn sie zufällig in eine Verkehrskontrolle gerieten oder tagelang auf einem abgelegenen Parkplatz standen. Die Zufahrtsstraßen aus Kempten heraus konnte man jetzt auch nicht mehr sperren, denn Martin war sicher bereits irgendwo außerhalb des Landkreises Oberallgäu. Ihre einzige Hoffnung war, dass das Hamburger Nummernschild den Wachtmeistern der Verkehrskontrolle auffallen würde. Vermutlich würden sie aber eher über die Ortung ihres Handys etwas erreichen können, wenn Martin es nicht bereits gefunden und abgeschaltet hatte.

Als das Telefon auf dem unordentlichen Schreibtisch zu läuten begann, sprang Jessica ganz automatisch auf und riss den Hörer an sich, noch bevor Berthold überhaupt seine Hand danach ausgestreckt hatte.

»Hauptkommissarin Grothe«, meldete sie sich und erschrak dann selbst etwas über ihre Dreistigkeit. Entschuldigend zuckte sie mit den Schultern und schaute schuldbewusst in Bertholds Richtung. Der winkte nur großmütig ab und lehnte sich im Chefsessel zurück.

»Ähm«, hörte sie eine Frauenstimme am anderen Ende der Leitung. »Ich dachte, ich hätte jetzt Hauptkommissar Forster an der Strippe.«

»Der ist nicht da«, sagte Jessica höflich, ersparte sich und der Anruferin allerdings die wohlgemeinten Worte

»Kann ich ihm etwas ausrichten« und fragte stattdessen: »Was gibt's?«

»Oberwachtmeisterin Schneible hier«, stellte sich die Gesprächspartnerin jetzt vor und Jessica rollte genervt mit den Augen. Die Dame war ihr noch gut in Erinnerung. Immerhin hatte die Oberwachtmeisterin bei Jessica erreicht, dass sie immer erst nach dieser Parkbucht auf der B12 aus Kempten raus richtig Gas gab.

»Wir sollten uns direkt an diese Nummer wenden, wenn wir das verdächtige Auto sichten«, fuhr die Wachtmeisterin geschäftig fort. »Wegen der Gefahr der Abhörung des Polizeifunkes«, erklärte sie Jessica, als diese nicht reagierte. Plötzlich aber kam Leben in die ehemalige Hamburger Kommissarin.

»Wo ist der Wagen?«, rief sie aufgeregt in den Hörer und begann wieder im Zimmer auf und ab zu laufen. Aus den Augenwinkeln sah sie, wie Berthold Willig ebenfalls aus dem Lederstuhl aufsprang und sie gespannt beobachtete.

»Wir stehen hier am Straßenrand vor der Waschanlage neben dem Supermarkt am Ring 3. Der Wagen steht auf dem Parkplatz«, berichtete sie. »Sollen wir den Mann festhalten, wenn er aus dem Laden kommt?«

»Ist der Junge denn dabei?«, fragte Jessica nervös und blieb vor dem Fenster stehen. Draußen regnete es nur noch leicht und der Himmel schien aufzuklaren. Wieder begann sie, die vertrockneten Blätter des Pflänzchens auf der Fensterbank einzeln abzupflücken.

»Nein, es ist auch kein Kindersitz im Auto. Wir sind einmal kurz daran vorbeigefahren, um uns zu vergewissern.«

»Gut«, lobte Jessica die Beamtin. »Dann …« Sie überlegte kurz, lief zu Kommissar Willig um den Schreibtisch herum und sprach dann weiter. »Dann unternehmen Sie bitte nichts. Wenn Sie ihn aber verfolgen würden – unauffällig natürlich – und uns per Telefon auf dem Laufenden halten, dann führt er uns vielleicht zu dem Ort, wo er den Jungen versteckt hält. Ich reiche Sie jetzt an Kommissar Willig weiter. Er gibt Ihnen dann seine Handynummer. Wir machen uns auch sofort auf den Weg.« Jessica nickte Berthold Willig zu und reichte ihm den Hörer. Als er seine Telefonnummer durchgegeben hatte, stand sie schon ungeduldig in der offenen Tür und wartete auf den Kommissar.

»Jetzt aber schnell, Willig«, rief sie ihm zu. »Wir müssen los.«

Ganz entspannt schaute Martin Hansen in den Rückspiegel. Der Streifenwagen, der ihn in gut hundert Metern Abstand verfolgte, war ihm schon am Supermarkt aufgefallen. Gut, dass sie ihn endlich gefunden hatten. Es war geschickt von Jessica gewesen, ihr Handy unter dem Kindersitz zu platzieren, doch er hatte bereits vermutet, dass sie irgendetwas Derartiges versuchen würde, und das Gerät schnell gefunden. Es lag jetzt in dem kleinen Safe des Hotelzimmers, das er seit ein paar Tagen bewohnte. Man konnte es durch die stahlverkleideten Außenwände des Safes nicht orten. Der Junge war ebenfalls in diesem Zimmer. Er hatte den kleinen Tobias mit allerlei Süßigkeiten versorgt und ihn vor den Fernseher gesetzt, ihm einen lustigen Disneyfilm eingeschaltet und war dann losgegangen, um endlich eine Streife auf sich aufmerksam zu machen. Sich selbst zu stellen, kam nicht infrage. Die hiesigen Beamten mussten das Gefühl haben, sie wären ihm auf die Schliche gekommen, nur dann war das Kind wirklich sicher. Tobias hatte seinen Aufenthalt bei ihm im Hotel mit keinem einzigen Satz hinterfragt. Es war selbstverständlich für ihn, dass er den Nachmittag bei ihm verbrachte. Er war schließlich Onkel Martin.

Onkel Martin.

Ja, so war es wohl.

Er beschleunigte seinen Opel etwas, bevor er mit quietschenden Reifen um die Ecke bog, ein Stück die schmale Straße entlangfuhr und blitzschnell den Wagen in die Tiefgarage lenkte. So einfach wollte er es den Beamten dann doch nicht machen. Sie würden nach dem Wagen suchen müssen, bevor sie draufkamen, wo er sich aufhielt.

Im dritten Untergeschoss fand er schließlich einen freien Parkplatz, lenkte sein Fahrzeug geschickt in die schmale Parklücke und stieg in aller Seelenruhe aus. Dann zog er einen Schraubenzieher aus der Hosentasche und entfernte die Nummernschilder. Bereits gestern Nacht hatte er neue Schilder von einem hier im Landkreis gemeldeten Wagen geklaut und befestigte diese jetzt vorne und hinten an seinem eigenen Wagen. Die originalen Schilder warf er in den Kofferraum, schloss schließlich das Auto ab und nahm den Fahrstuhl, der von diesem Parkdeck direkt ins Foyer des Hotels fuhr, indem er sich eingemietet hatte.

Über eine große Treppe gelangte er in den ersten Stock zu seinem Zimmer, schloss mit der Chipkarte auf und ging hinein. Tobias saß nach wie vor in dem für ihn viel zu großen Sessel vor dem Fernseher und winkte ihm nur kurz fröhlich zu. Martin beschloss, ihn nicht zu stören. Später würde er mit ihm im hoteleigenen Restaurant zu Abend essen und Jessicas kleinen Neffen dann ins Bett bringen. Höchstwahrscheinlich würde dann im Laufe der Nacht irgendwann die Polizei kommen und ihn festnehmen. Ja, so sollte es sein. Dann würde vielleicht alles gut.

»Und wo ist er jetzt?« Suchend schaute Jessica die Straße rauf und runter, lief dann zurück zu dem wartenden Streifenwagen und befragte die Beamtin auf dem Beifahrersitz erneut.

»Er ist hier links abgebogen und dann haben wir ihn verloren«, jammerte Oberwachtmeisterin Schneible und verzog dabei leicht gequält das Gesicht. Sie hatte Jessica sofort wiedererkannt und war anfangs abweisend und unhöflich gewesen, doch mit ein wenig Lob für die hervorragende Observation und Verfolgung des Verdächtigen und ein paar anerkennenden Worten für ihre ausgezeichnete Mitarbeit und große Hilfe bekam Jessica die harte Schneiblenuss schließlich geknackt.

»Ich hoffe doch sehr, liebe Frau Hauptkommissarin«, sagte sie kleinlaut, »dass wir den Kerl jetzt noch finden. Vielleicht hat er gesehen, wie wir ihn verfolgt haben. Dabei haben wir so viel Abstand gehalten.«

»Sie haben wirklich alles richtig gemacht«, beruhigte Jessica die Beamtin, konnte aber nicht verhindern, dass ihre Stimme vor Aufregung zitterte. Was war, wenn Frau Schneible recht hatte. Würde Martin jetzt dem Kleinen etwas antun? Sie mochte gar nicht daran denken.

»In den angrenzenden Hotels ist kein Martin Hansen gemeldet«, verkündete Berthold Willig jetzt, der sehr geschäftig mit einem Klemmbrett vor der Brust die Streifenpolizisten koordinierte und in die einzelnen Geschäfte, Restaurants und Hotels schickte. »Auch in den Läden haben wir nichts herausgefunden. Vielleicht ist er hinter der nächsten Kreuzung einfach weitergefahren und bereits über alle Berge.«

»Das glaube ich nicht«, gab Jessica kopfschüttelnd zurück, doch sicher war sie sich nicht. Sie hoffte einfach, dass ihr Neffe und ihre Nichte ganz in der Nähe waren und sie die beiden schnellstmöglich aus Martins Fängen befreien konnte. Auch ihre Schwester Susanne hatte sie bisher nicht erreicht. Da sie kein Handy mehr hatte, hatte sie es nur vom Festnetzanschluss aus Florians Büro probieren können und das war bereits fast zwei Stunden her. »Wir fangen noch einmal ganz von vorne an«, beschloss sie schließlich seufzend. »Berthold, fragen Sie bitte in den drei Hotels noch einmal nach allein reisenden Herren, eventuell mit kleinem Kind. Und schicken Sie ein paar Beamte in die Tiefgaragen und auf die nahe gelegenen Parkplätze. Irgendwo muss das Auto schließlich sein.« Kommissar Willig nickte eifrig und ging. Jessica drehte sich zu Oberwachtmeisterin Schneible um und beugte sich zum offenen Autofenster hinunter.

»Würden Sie mir bitte einen Gefallen tun?«, fragte sie, wartete aber keine Antwort ab. »Meine Schwester ist noch nicht informiert. Könnten Sie zu ihr fahren und sie etwas beruhigen? Aber hier möchte ich sie nicht sehen, sie soll zu Hause auf mich warten.« Frau Schneible nickte ebenfalls, wie zuvor Berthold, nahm Jessicas Visitenkarte mit der Adresse entgegen und lächelte ihr aufmunternd zu. »Sie machen das alles hier ganz hervorragend, Frau Hauptkommissarin. Wir werden die Kinder schon finden. Da bin ich ganz sicher.« Dann nickte sie dem Fahrer neben sich zu und der Wagen fuhr davon.

KAPITEL 21

Die acht Stunden Autofahrt nach Kempten nahmen einfach kein Ende. Es kam Elfriede vor, als würden sie ihrem Ziel nicht näher kommen, so schnell sie auch fuhr. Ihr Mann Herbert ließ sie die ganze Fahrt über in Ruhe, sagte nicht einmal etwas zu den zwei wirklich waghalsigen Überholmanövern und zu dem viel zu schnellen Fahren im Bereich der großen Baustelle, die sie auf der A7 Richtung Süden passieren mussten. Auch er wollte schnell bei den Kindern sein.

Schließlich erreichten sie um kurz vor 20 Uhr das kleine Endreihenhaus ihrer Töchter und parkten ihren Kleinwagen direkt hinter einem Streifenwagen vor dem Haus.

Schon wieder stieg ein ungutes Gefühl in Herbert Grothe auf, und auch seine Frau Elfriede schaute ihn ängstlich an und hakte sich auf dem Weg zur Haustür bei ihm ein. Herbert tätschelte seiner Elfi beruhigend die Hand, die auf seinem Unterarm lag, und klingelte dann.

Wenige Sekunden später wurde die Tür aufgerissen. Wie erstarrt stand Susanne in der Tür, den Mund leicht geöffnet, die Augen rot und geschwollen vom Weinen. Dann sprang sie auf ihre Eltern zu und warf sich beiden gleichzeitig um den Hals. Ihr Vater hielt sie ganz fest und ihre Mutter begann sofort zu weinen, dabei wusste sie noch nicht einmal, was passiert war.

Schließlich saßen sie alle drei auf dem Sofa im Wohnzimmer und die anwesenden Polizisten berichteten von der Entführung der beiden Kinder, da Susanne völlig aufgelöst war und kaum sprechen konnte.

»Frau Reuter hat versucht, zusammen mit Hauptkommissar Forster die Übergabe der Tochter zu regeln«, berichtete Oberwachtmeisterin Schneible erhobenen Hauptes und war sichtlich stolz, in diesen wirklich spannenden Fall involviert zu sein. »Nach jetzigem Stand der Ermittlungen wissen wir, dass der Entführer die Übergabe nicht wahrgenommen hat, weil er zu genau diesem Zeitpunkt mit der Entführung des zweiten Kindes beschäftigt war.« Jetzt machte sie eine dramatische Pause, seufzte dann theatralisch und fuhr sachlich fort. »Aber Frau Hauptkommissarin Grothe, mit der ich eng zusammenarbeite, wird sicher in wenigen Stunden den Täter überführt haben.«

»Oh Gott«, jammerte Elfriede und übertönte kurz die lauten Schluchzer ihrer Tochter Susanne, die zwischen ihren Eltern saß und immer noch nicht aufhören konnte zu weinen. »Und das war wirklich dieser Martin?«

»Sieht ganz so aus«, sagte Herbert Grothe mehr zu sich selbst. »Wer hätte das von ihm gedacht.« Er versuchte ruhig zu bleiben und stark zu sein für die beiden Frauen aus seiner Familie, die am Boden zerstört und völlig hilflos waren, doch es fiel ihm sehr schwer, einfach nur hier zu sitzen und nichts tun zu können. Wenn man keine Aufgabe hatte, kam man viel zu sehr ins Grübeln, malte sich die schlimmsten Dinge aus und geriet schnell in Panik.

»Wir verabschieden uns dann jetzt auch«, meldete sich die Beamtin erneut zu Wort. »Sie haben ja nun ein wenig Unterstützung von Ihren Eltern, Frau Reuter.« Sie erhob sich aus dem Sessel, nickte ihrem Kollegen zu und streckte den dreien ihre Hand entgegen. »Alles wird wieder gut, Frau Reuter. Sie werden sehen. Schon bald haben Sie ihre Kinder wieder bei sich.«

Herbert Grothe begleitete die zwei Beamten zur Tür. Als Kriminalbeamter wusste er, dass es nicht viel Hoffnung gab. Entführungen gingen in den seltensten Fällen gut aus. Doch als Opa der Kinder hoffte er natürlich auf eine Rettung und redete sich ein, dass Martin nicht durch und durch schlecht sein konnte, wenn sowohl sein Schwiegersohn Wolfgang als auch seine eigene Tochter ihn immer als guten Freund bezeichnet hatten. Man konnte sich doch in einem Menschen nicht so täuschen. Nicht über so viele Jahre. Das war unmöglich.

Und auch wenn er wusste, dass er sich mit diesen Argumenten selbst belog, hielt er doch verzweifelt daran fest.

Endlich hatten sie sein Auto entdeckt. Es stand in der Tiefgarage, die zu dem teuren Hotel gleich neben dem Einkaufszentrum gehörte. Die Nummernschilder waren ausgetauscht worden, fielen den zwei jungen Beamten aber gerade deshalb auf, weil es ortsansässige Schilder waren. In dieser Garage standen Fahrzeuge aus allen Regionen Deutschlands, einige wenige aus der Schweiz und aus Österreich und eins aus Polen. Da der Angestelltenparkplatz des Hotels sich überirdisch und hinter dem Gebäude befand, wurde der Wagen schließlich überprüft und die Schilder konnten sehr schnell einem Diebstahl zugeordnet werden, der am heutigen Vormittag gemeldet worden war. Der Halter eines gelben Polos hatte den Verlust der Nummernschilder telefonisch angezeigt.

Die Beamten waren sich inzwischen sicher, dass Martin Hansen sich in diesem besagten Hotel aufhielt, überprüften noch einmal die Gästelisten und fanden schließlich einen auffälligen Namen. Als Jessica dem Hinweis des jungen Beamten Gruber nachging und den verdächtigen

Namen sah, schüttelte sie ungläubig den Kopf. Martin Hansen hatte sich als Jack Hier im Hotel angemeldet. Mit ein wenig Fantasie und logischem Denken konnte man die Buchstaben kurzerhand in »Hijacker« umwandeln, was das englische Wort für Entführer war. Was spielte dieser Mann nur für ein krankes Spiel? Erwartete er sie vermutlich schon auf dem Zimmer? Oder war er längst mit den Kindern abgehauen und hatte sie mit dieser ganzen Aktion in die Irre geleitet?

Verzweifelt versuchte Jessica die Beamten des SEK davon zu überzeugen, dass es gut wäre, wenn sie allein in Martins Zimmer ginge und ihn zur Vernunft bringen würde, doch auf ihren Vorschlag ließ sich der Leiter des Einsatzkommandos nicht ein. Zivilisten durften nicht gefährdet werden und Jessica war, auch wenn sie es sich nicht eingestehen wollte, nur Zuschauerin während dieser ganzen Aktion. Immerhin durfte sie sich auf der Etage aufhalten, auf der Martins Zimmer lag, um gegebenenfalls als Angehörige die Kinder in Empfang zu nehmen, zu betreuen und zu trösten. Der Krankenwagen, der vorsorglich vor das Hotel bestellt worden war, machte es allerdings nicht gerade leicht, an einen glücklichen und verletzungsfreien Ausgang der Entführung zu glauben.

Als sich die Polizisten, bewaffnet und mit Helmen und Schutzwesten bekleidet, im Gang vor der Zimmertür in Position brachten, wurde Jessica ganz übel. Von Weitem beobachtete sie, wie der Einsatzleiter die letzten Anweisungen per Handzeichen gab und dann seine rechte Hand hoch über seinen Kopf hob, die Finger spreizte und wortlos von fünf bis eins hinunterzählte.

In diesen wenigen Sekunden vor dem Zugriff verknoteten sich die Gedanken in ihrem Kopf zu einem sinnlosen Durcheinander aus Angst, Hoffnung und Selbstvorwürfen. Die Worte ihres Vaters fielen ihr ein und quälten sie zusätzlich. Doch er hatte recht. Sie selbst gehörte zu den Menschen, die sich immer anstrengen mussten, um gut zu bleiben, denen die positive Lebenseinstellung nicht einfach in die Wiege gelegt wurde, wie es zum Beispiel bei Susanne der Fall war. Jessica hatte versucht, immer alles richtig zu machen, war dennoch häufig auf die Nase gefallen und hatte es meist nicht geschafft, den Menschen in ihrem nahen Umfeld gerecht zu werden. Vielleicht war ihr Dickkopf schuld, vielleicht die Tatsache, dass sie Schwächen nicht akzeptieren konnte, dass sie die klitzekleinsten eigenen Fehler als Makel betrachtete und deshalb extrem perfektionistisch veranlagt war. Sie war nie gut genug, weder als Tochter noch als Kriminalbeamtin noch als Tante. Ihre Nichte und ihr Neffe waren in Gefahr, weil sie nicht gut genug aufgepasst hatte, weil sie nicht in der Lage gewesen war, Martin Hansen richtig einzuschätzen, weil sie ihm vertraut hatte. Solche Fehler waren unverzeihlich und Menschen, die sie über alles liebte, mussten jetzt darunter leiden. Wenn den beiden auch nur das kleinste Haar gekrümmt worden war, sie könnte es sich nicht verzeihen.

Plötzlich ging alles sehr schnell. Die Tür zu Martin Hansens Hotelzimmer wurde zwar mit einer Generalchipkarte geöffnet, doch blitzschnell aufgestoßen und noch bevor die Tür mit lautem Donnern an eine Wand im Inneren des Raumes schlug, waren drei der Beamten des SEK bereits in das Zimmer gestürmt und riefen laut Befehle. Ein riesiger Tumult brach aus, Männer schrien, Stiefel donnerten über den gefliesten Boden und zwei der Beamten platzierten sich mit geladenen Maschinenpistolen vor der Zimmertür und zielten auf ein imaginäres Ziel im Inneren.

Kein einziger Schuss fiel. Zuerst war Jessica erleichtert, doch dann kam ihr plötzlich in den Sinn, dass vielleicht niemand im Zimmer war. Hatten sie sich verkalkuliert? Hatte Martin Zeit genug gehabt, mit den Kindern zu fliehen, während sie sich hier noch Taktiken des Zugriffs überlegt hatten und überhaupt nicht daran dachten, woanders nach den dreien zu suchen? Hatte sie wieder einmal auf ihren Instinkt gehört und war gescheitert? Was war nur los mit ihr? Wieso funktionierte ihr gesunder Menschenverstand zurzeit einfach nicht? Warum war sie nicht mehr in der Lage, richtige Entscheidungen zu treffen? Warum konnte sie ihre Familie nicht beschützen?

Vor 65 Tagen in Hamburg, morgens um 10:10 Uhr

Entsetzt starrte er direkt in den Lauf einer Pistole, erst dann sah er das Gesicht. Es war ausdruckslos, kalt und irgendwie leer. Ängstlich wich er einen Schritt zurück. Anstatt die Tür einfach zuzuschlagen, öffnete er sie jetzt noch richtig, da seine Hand beim Zurücktreten am Türgriff blieb. Er hatte das Gefühl, er müsste sich festhalten, denn seine Knie wurden weich und leichter Schwindel benebelte seinen Kopf und seinen Blick.

»Aber …«, stieß er ängstlich hervor, mehr brachte er nicht heraus. Denn plötzlich setzte der Fluchtreflex ein, er warf die Tür zu und rannte ins Wohnzimmer, wo sein Mobiltelefon lag. Doch schon auf halbem Wege, schon bevor er überhaupt den Tisch erreicht hatte, auf dem sein Telefon lag, merkte er, dass er verloren hatte. Das Geräusch, das beim Zuschlagen einer Tür entstand, dieses brachiale Krachen, wenn Holz auf Holz schlug und

die dünne Wand protestierend vibrierte, dieses Geräusch blieb aus. Jetzt hatte er verloren.

Blitzschnell drehte er sich auf dem Absatz um.

»Ich habe dir doch gesagt, was passiert, wenn du sie wiedersiehst!« Es war mehr eine Feststellung als eine Frage, mehr das neutrale Aussprechen eines gefällten Urteils, als eine Drohung, und doch machte diese Aussage ihm mehr Angst, als er jemals zuvor gehabt hatte. Wahrscheinlich war es auch nicht die Stimme, die ihn das Fürchten lehrte, sondern dieser Blick. Dieser kalte Blick mit diesen widerlich amüsierten Augen. Das passte einfach nicht. Das war nicht richtig. Wut und Hass wären doch in so einer Situation viel angebrachter. Doch was machte er sich darum Gedanken? Er hatte jetzt andere Sorgen.

»Du kannst doch nicht …«, begann er, »… ich habe doch gar nicht …«

»Blablabla.« Verachtung und Arroganz schwangen in der Stimme mit. »Ich will keine Erklärungen hören. Wenn dir das Leben deines Kindes so wenig wert ist, dann bist du es nicht wert, weiterzuleben.« Der Lauf der Pistole berührte seine Schläfe und er begann unweigerlich hemmungslos zu zittern, fiel auf die Knie und starrte auf den Boden, dann kniff er fest die Augen zu und wartete auf den letzten Ton, den er hören würde, bevor er starb. Würde es laut sein, wenn der Abzug der Waffe an seinem Kopf klickte? Würde er auch den Schuss noch hören, ehe die Kugel seinen Schädelknochen durchschlug? Plötzlich fiel ihm ein, warum er vorhin überhaupt so achtlos die Tür geöffnet hatte, und seine Angst verdoppelte sich schlagartig. Er hatte seinen Sohn erwartet. Jetzt hoffte er inständig, sein Sohn würde aus irgendwelchen nichtigen Gründen heute nicht kommen. Es wäre entsetzlich für den Kleinen,

wenn er seinen Vater blutüberströmt mit einem riesigen Loch im Kopf auf dem Fußboden finden würde. So wollte er ihm nicht in Erinnerung bleiben. Würde von seinem Kopf denn überhaupt noch etwas übrig bleiben? Wie stark war die Schlagkraft der Pistole? Würde sie ihm den ganzen Schädel wegblasen?

Sekundenlang passierte nichts, dann löste sich der Druck an seiner Schläfe und die Pistole zielte jetzt auf seine Brust.

»Aufstehen!« Es war ein leiser, fast freundlicher Tonfall. »Das hier geht mir etwas zu schnell.«

Beim ersten Versuch gaben seine Knie nach und er brach einfach wieder zusammen. Schließlich schaffte er es, sich aufzurichten, stützte sich aber auf der Sessellehne ab.

»Wir gehen ins Bad!« Es hörte sich fröhlich an, als würde ein Elternteil seinem Kind vorschlagen, ein lustiges Schaumbad zu nehmen. »Und dann lassen wir uns ganz viel Zeit.« Komischerweise erschreckte ihn diese Aussage nicht, weil es noch mehr Angst, noch mehr Qual und als Krönung sicherlich seinen eigenen Tod bedeutete, sondern weil so die Wahrscheinlichkeit stieg, dass sein Sohn in Gefahr geriet. Seinem zweiten Kind würde nichts passieren, da war er sich sicher.

»Du hast mich aber verstanden, oder? Erweise mir wenigstens jetzt den gebührenden Respekt und begebe dich ins Bad. Da hinten, oder?« Die Pistole wies auf die Tür neben dem kleinen Fenster zum Hof, dann zielte sie wieder in seine Richtung. Er nickte und ging los.

Woher er letztendlich die Kraft nahm, wusste er nicht, doch wenn ihm jemand vorher gesagt hätte, was ihm noch blühen würde, dann wäre er problemlos hundert Kilometer mit dieser Scheißangst und den wackeligen Knien gegangen, ohne sich darüber zu wundern.

Immer noch freundlich lächelnd wurde er schließlich gebeten, sich selbst die Beine zu fesseln, nachdem er in die Badewanne gestiegen war. Im Anschluss kettete er seine Hände mit Handschellen an den Chromgriff an der Wand neben der Badewanne, der eigentlich das Ein- und Aussteigen erleichtern sollte. Zum ersten Mal, seit er diesen bewaffneten »Besuch« in der Wohnung hatte, flammte ein kleiner Funke Hoffnung in ihm auf. Fesseln war gut. Fesseln bedeutete, dass er nicht fliehen konnte, dass er keine Hilfe holen konnte. Doch diese Probleme ließen sich auch einfacher lösen, indem man ihn einfach tötete. Noch also blieb er am Leben. Würde er jetzt überleben?

Als die schwere Pistole auf den Waschbeckenrand gelegt wurde, wuchs der winzige Funken Hoffnung zu einem kleinen Feuer, doch es erlosch keine zehn Sekunden später.

»Wir wollen doch nicht, dass alle Nachbarn dich schreien hören, oder?« Wieder ein freundliches Lachen, dann wurde ihm ein alter staubtrockener Frotteeputzlappen in den Mund gestopft und er begann unwillkürlich zu würgen und zu husten.

»Na, na, jetzt ersticke mir bloß nicht. Das wäre gar nicht lustig.« Mit dem Rest der Wäscheleine, die bereits seine Füße zusammenhielt, wurde der Lappen in seinem Mund fixiert. Die dünnen mit Kunststoff überzogenen Drähte schnürten ihm schmerzhaft in die Wangen und der Knoten an seinem Hinterkopf zog an den Haaren, die achtlos in das Band hineingewickelt waren.

»Ich habe draußen ein nettes Spielzeug gesehen, das werde ich jetzt holen. Nicht weglaufen, okay?« Dieses Mal war das Lachen hämisch und überheblich und ein eiskalter Schauer lief ihm über den Rücken. Er fror, zitterte und ihm brach der Schweiß aus. Durch die Nase bekam er viel zu

wenig Luft, hyperventilierte fast und riss voller Panik die Augen auf, als sein Peiniger zurück ins Badezimmer kam.

»Ich habe die Verlängerungsschnur auch gleich mitgebracht. Wer weiß, ob das Kabel der Bohrmaschine sonst bis zur Wanne reicht.« Dieses monotone Plaudern war für ihn das Furchteinflößenste, das er je gehört hatte, bis die Bohrmaschine laut summend aufheulte. Wie ein schweres Motorrad vor einer roten Ampel, das kaum erwarten konnte, bei Grün endlich loszubrausen, kreischte die Maschine mehrmals hintereinander kurz auf, dann verstummte sie urplötzlich.

»Warum hast du meine Anweisungen nicht befolgt? Warum hast du nicht hören wollen? Wenn du mir eine plausible Erklärung lieferst, dann lasse ich dich vielleicht laufen.« Eine kurze Pause entstand. Mit der Zunge fest an den Gaumen gepresst und vom trockenen Lappen bewegungsunfähig gehalten, bekam er nicht mehr als undefiniertes Brummen und Klagen hervor. Trotzdem hörte er nicht auf und schüttelte heftig mit seinem Kopf. Sein Blick verschwamm, als die Tränen kamen. Das Zittern ließ einfach nicht nach und das kalte Metall der Handschellen um seine Handgelenke schlug in einem unregelmäßigen Rhythmus gegen die hellblauen Fliesen. Es hörte sich an wie ein leises Klopfen. Niemals laut genug, um Nachbarn zu Hilfe zu rufen oder Menschen, die er liebte, zu warnen.

»Du willst also nichts sagen.« Ein breites Grinsen zeigte sich auf dem Gesicht, das neben der Wanne auf ihn hinuntersah. »Schade, ich dachte, wir kommen um den schmerzhaften Teil herum.« Wieder heulte das Getriebe der Bohrmaschine brüllend auf, dieses Mal direkt neben seinem Ohr. Und auch er brüllte. Brüllte aus vollem Halse. Und seine Schreie wurden von dem Tuch in seinem Mund erstickt, wirkten kümmerlich und schwach gegen das monotone Brummen der Maschine. Selbst die Schläge seiner Füße gegen den Wannenrand riefen nur ein müdes Lächeln seines Peinigers hervor und keinen donnernden Hilferuf. Nicht mehr als ein stumpfes Klopfen. Niemand würde ihn hören.

Die Bohrmaschine verstummte schlagartig.

»So. Irgendwelche Wünsche, womit ich anfangen soll?« Der freundliche Blick, der fragend auf ihn gerichtet war, wechselte schnell in eine Art professionelle Viehbeschau. Die Augen wanderten von seinem Kopf über seine Rippen, seinen Bauch und blieben dann kurz an seinen Genitalien haften, dann wanderten sie weiter über seine Beine und starrten auf seine Kniescheiben.

»Fangen wir mit …« Wieder dieser leise, leicht humorvolle Tonfall. »Fangen wir mit den Beinen an. Dann kannst du mir wenigstens nicht mehr weglaufen.«

Der panikartige Angstschrei war fast ein irres Brüllen, verstummte jedoch schlagartig, als die Spitze des Zehner-Steinbohrers, den er selbst vor einer Stunde in die Maschine gespannt hatte, um Löcher für das neue Regal im Wohnzimmer in die Betonwand zu bohren, jetzt reglos in seinen Oberschenkel gepresst wurde. Beinahe hätte er dankbar geseufzt, denn seine Kniescheiben würden heil bleiben. Doch überwog die Angst vor den kommenden Schmerzen jedem noch so kleinen positiven Gefühl von Hoffnung.

Als der Bohrer schließlich fast ehrfurchtsvoll leise zu brummen begann, spürte er im ersten Augenblick gar nichts, starrte voller Panik auf sein Bein, sah, wie der rotierende Bohrkopf sich langsam durch die Hose fräste, der Jeansstoff sich erst um den Bohrer wickelte, immer mehr spannte und schließlich zerriss, aufklaffte und rote kleine Fetzen Haut aus seinem Bein geraspelt wurden. Haut, blu-

tige Haut. Fetzen von Fettgewebe und Muskelmasse. Sie klatschten an den Rand der Wanne und rutschten langsam an der weißen Emaille hinunter. Fetzen, rote Fetzen, Flöckchen blutiger fettiger Späne.

Und dann setzte der Schmerz ein.

Traf ihn schlagartig, zerriss sein Bein, zerriss seinen Körper.

Und er brüllte. Brüllte, bis sein Hals schmerzte, als würden brennende Messer hindurchgestoßen. Er bekam keine Luft mehr. Sog panisch Sauerstoff durch seine fast verstopfte Nase. Und er weinte, weinte so heftig, dass er seine Tränen in kleinen Sturzbächen seinen Hals hinunterlaufen spürte. Wie war es möglich, neben den unerträglichen Schmerzen derart zarte Berührungen überhaupt wahrzunehmen? Und dann, mit einem bestialischen Krachen brach sein Oberschenkelknochen und zerschlug nicht nur sein Bein, sondern ließ seinen Kopf explodieren.

Alles um ihn herum wurde schwarz.

Schwarz, friedlich und so wunderbar leise.

KAPITEL 22

Fast zärtlich legte er dem kleinen Tobias die schwere Daunendecke über seinen kleinen Körper. Der Junge war vor ein paar Minuten auf dem großen Sessel eingeschlafen, hatte sich nach dem Essen im Restaurant bereits schläfrig gähnend wie ein kleiner Kater auf der Sitzfläche zusammengerollt und den Kopf mit den hellblonden Haaren auf die Armlehne gebettet. Von dem dritten Disneyfilm am heutigen Tag hatte er nicht einmal mehr eine Viertelstunde geschafft, dann war er friedlich eingeschlafen. Martin stopfte die Decke vorsichtig unter die Knie des kleinen Jungen und setzte sich dann neben ihn auf den zweiten Sessel des kleinen Hotelzimmers. Auch er war müde. Der Tag war anstrengend gewesen, doch er war eben noch nicht vorbei. Eigentlich rechnete er bereits seit einer Stunde damit, dass sie kommen würden. Beinahe musste er lächeln. War Jessica etwa so eingerostet, dass sie ihn trotz der Hinweise nicht schneller fand? Oder hatte er ihr zu viel zugemutet? Er wollte ihr keine Angst einjagen, doch hätte er es nicht getan, dann hätte sie weiterhin ihre Augen verschlossen. Er musste sie einfach wachrütteln, auch wenn es bedeutete, dass er jetzt seinen Job los war. Und nicht nur das. Er würde ins Gefängnis kommen. Vermutlich lebenslänglich.

Tobias begann zu schnarchen, seufzte dann zufrieden, als Martin ihm sanft die Haare aus dem niedlichen Gesicht strich und die Decke etwas höher zog. Er sollte nicht so dicht bei dem Kind sein, wenn sie kamen. Vielleicht würde der kleine Mann von dem ganzen Tohuwabohu nichts mitbekommen, würde nicht wach werden, wenn das SEK das Zimmer stürmte, denn das würde mit Sicherheit passieren. Er war ein gesuchter Mörder und noch vor Kurzem hätte er genauso gehandelt, wenn sich ein Kind in den Händen eines so gefährlichen Mannes befand und man nicht wissen konnte, ob das Kind ebenfalls in tödlicher Gefahr war. Natürlich war der Kleine bei ihm nicht in Gefahr. Für den kleinen Tobias würde er sich vor einen fahrenden LKW werfen, um das wertvolle Leben zu retten, doch das konnten die Beamten der Sonderkommission nicht wissen.

Leise erhob er sich aus seinem Sessel und ging hinüber zu dem großen Doppelbett am anderen Ende des Raumes. Das war immer noch nicht weit genug weg, doch vielleicht würden ihn die Polizisten sofort sehen, ihn festnehmen und hinausführen, bevor Tobias die ganze Sache überhaupt wahrnahm.

Er ließ sich auf der Bettkante nieder, die Arme auf seinen Knien abgestützt, und starrte wartend auf die Tür. Minuten vergingen und nichts geschah, doch er blieb sitzen. Wartete und wartete. Mehr konnte er jetzt nicht tun.

Als das elektronische Türschloss leise summte und den Weg in sein Hotelzimmer freigab, stand er langsam auf und erwartete die Kemptener Sonderkommission mit gesenktem Kopf und hocherhobenen Armen.

»Wo sind die Kinder«, brüllte Jessica Martin entgegen, als dieser mit Handschellen gefesselt und flankiert von zwei uniformierten Beamten aus dem Zimmer geführt wurde und direkt auf sie zukam.

»Tobi schläft in meinem Zimmer«, sagte er leise und es klang beinahe verwundert. »Pass auf ihn auf, ihm darf nichts passieren«, fügte er kleinlaut hinzu und wurde rüde von einem Beamten unterbrochen, der ihn gnadenlos nach vorn schubste, als Martin stehen bleiben wollte.

»Weitergehen«, befahl der Beamte, der über einen Kopf größer war als Martin. Dann wandte er sich an Jessica. »Dem Kleinen scheint es gut zu gehen. Würden Sie sich jetzt bitte um ihn kümmern?«

Ohne noch abzuwarten, lief Jessica auf die offene Hotelzimmertür zu, stürmte in den Raum hinein und sah Tobias sofort. Er saß auf einem großen mit hellem Stoff bezogenen Sessel. Nur sein Kopf und seine Brust schauten aus einem riesigen Berg aus Daunendecke hervor. Sein kleiner Arm kam zum Vorschein. Er rieb sich die Augen, so als wäre er gerade wach geworden.

»Tante Essy?« Als er seine Tante entdeckte, lächelte er erfreut und hob die Ärmchen. Jessica lief auf ihn zu, riss ihn beinahe aus dem Sessel und drückte ihn fest an ihre Brust. Mit Tränen in den Augen wiegte sie ihn zärtlich in ihrem Arm und strich ihm mit der Hand über das zerzauste blonde Haar. Dann wanderte ihr Blick durch das ganze Zimmer. Die schweren hellblauen Vorhänge vor den beiden Fenstern waren geschlossen, dass Bett noch unberührt. Aber wo war Svenja?

»Wo ist denn Svenja?«, fragte sie ihren Neffen, ohne lange zu überlegen. Doch Tobias sah sie nur verwundert an und zuckte mit den Schultern. »Weinst du, Tante Essy?«

»Ich freue mich nur so, dich zu sehen«, wich sie aus und drückte ihn wieder an sich, sodass sein Gesicht über ihre Schulter schaute.

»Wo ist Martin?«, fragte der Kleine jetzt und kuschelte sich vertraut an seine Tante.

»Martin hat jetzt keine Zeit mehr, auf dich aufzupassen«, sagte sie und hoffte, der Junge hatte nicht allzu viel von der Entführung mitbekommen. »Wir fahren jetzt nach Hause. Dort wartet Mama sicher schon auf dich.«

»Und Wenja?« Er sprach wirklich nicht gut für sein Alter, doch das war in diesem Moment völlig egal. Der kleine Mann war nicht nur am Leben, er schien auch völlig gesund zu sein und die letzten Stunden ohne Angst verbracht zu haben. Jessica hoffte, dass es auch Svenja gut ging und sie vielleicht bereits wieder zu Hause war.

»Vermutlich liegt sie schon zu Hause in ihrem Bett«, log Jessica deshalb. »Es ist ja auch schon so spät.«

Weniger als eine Viertelstunde später hob sie den erneut schlafenden Tobias bereits aus dem Auto, um ihn ins Haus zu tragen. Drinnen angekommen, war sie so überrascht, ihre Eltern zu sehen, dass sie beinahe gar nicht bemerkte, wie ihre Schwester Susanne ihren Sohn aus ihren Armen riss und heftig an sich drückte.

»Wann seid ihr angekommen?«, fragte sie nur, denn sie wollte das Thema Svenja und Entführung nicht ansprechen, solange Tobias noch in der Nähe war. Doch ihr Vater verstand ihren suchenden Blick und schüttelte langsam den Kopf.

»Wir haben noch nichts weiter gehört«, sagte er traurig und legte beruhigend den Arm um die Schultern seiner Frau Elfriede. »Wir hatten gehofft …«, begann er, doch dieses Mal schüttelte Jessica ihren Kopf und senkte dann ihren Blick. Sie fühlte sich schuldig, noch viel mehr als vor über einem Jahr, als sie nicht in der Lage gewesen war, den Mörder von Wolfgang zu überführen. Was war, wenn Svenja jetzt auch …? Vorsichtshalber dachte sie den Gedanken nicht zu Ende und da sie stark sein und auf gar keinen Fall vor ihrer Schwester und ihren Eltern in Tränen ausbrechen wollte, entschuldigte sie sich kurzerhand und lief in ihr Zimmer im Keller. Erst ein paar Minuten später unter der heißen Dusche gab sie auf und weinte. Weinte um Svenja und um die Not, die ihre Schwester fühlte. Weinte um ihren Schwager Wolfgang. Weinte um all die Menschen, denen sie nicht helfen konnte und die unglücklich waren.

Kurze Zeit später in ihrem Zimmer traf sie auf ihren Vater. Er saß auf der Kante ihres Bettes, so wie damals Florian, und sah zu ihr auf.

»Hallo, Kind«, begrüßte er sie ganz unnötigerweise erneut. »Das war ein schlimmer Tag heute, nicht wahr?« Vermutlich spielte er auf ihre verweinten und geschwollenen roten Augen an. Oder er wollte einfach irgendwie mit ihr ins Gespräch kommen.

»Ich bin froh, dass wir Tobias heil wiederhaben«, sagte Jessica nur und ließ sich neben ihren Vater auf die Bettkante nieder. Herbert Grothe legte seinen Arm schützend um ihre Schulter und nickte zustimmend.

»Hat Hansen etwas über den Aufenthaltsort von Svenja gesagt?«, fragte der ehemalige Hauptkommissar vorsichtig. Seine Tochter war in keiner guten Verfassung und er wollte sie auf gar keinen Fall zusätzlich belasten, doch es war wichtig, über alles zu reden, denn nur so bestand die Möglichkeit, irgendwie einen Hinweis zu bekommen, wo seine Enkeltochter jetzt gerade war.

»Er hat nichts gesagt, wird aber so lange verhört, bis die Kemptener Beamten etwas aus ihm herausbekommen.« Sie sah ihren Vater von der Seite an. »Du, Paps?« Herbert Grothe drückte sie noch fester an sich.

»Was denn?«

»Ich glaube nicht, dass Martin die Kleine hat. Er hat so komisch reagiert, als ich ihn nach Svenja fragte. So als könne er sich ihr Verschwinden auch nicht erklären.« Dann senkte sie schuldbewusst ihren Blick und schüttelte heftig den Kopf. »Aber das ist Blödsinn. Zwei Entführungen an einem einzigen Tag und dann nicht der gleiche Täter? Das ist doch nicht möglich. Siehst du, Paps, das ist der Grund, warum ich den Polizeidienst quittiert habe. Ich kann meinem eigenen Urteil nicht mehr trauen.«

»Und genau das ist jetzt wirklich Blödsinn«, lachte Herbert Grothe, doch es klang ein wenig verbittert, was aufgrund der schrecklichen Umstände kaum verwunderlich war. »Du bist eine gute Ermittlerin. Und wenn du sagst, Svenja ist nicht in der Gewalt von Martin Hansen, dann stimmt das auch«, beschloss er. »Und jetzt müssen wir nur noch herausfinden, wo und bei wem sie ist. Und dann rettest du sie genauso, wie du Tobias gerettet hast.« Mit einem Kuss auf ihre Stirn besiegelte er diesen Pakt und Jessica nickte mechanisch.

Bevor er das Zimmer verließ, informierte Jessicas Vater seine Tochter noch über den Erpresserbrief, die misslungene Übergabe und die verzweifelte Suche nach Svenja, die Hauptkommissar Forster zusammen mit Susanne unternommen hatte, beruhigte sie erneut, dass Svenja sicher genau wie Tobias nicht wirklich in Gefahr sei, und wünschte ihr eine erholsame Nacht. In der Tür drehte er sich noch einmal um.

»Bitte tue mir den Gefallen und rufe doch mal auf Martins Festnetzanschluss an. Ich persönlich glaube nämlich auch nicht, dass er Svenja hat.« Dann ging er hinaus und Jessica grübelte lange über seine Worte nach. Warum sollte sie Martin anrufen? Schließlich saß er hier im Allgäu in Untersuchungshaft. In Ermangelung eines Handys, denn ihres war bisher noch nicht wieder aufgetaucht, beschloss sie schließlich, den Worten ihres Vaters nicht allzu viel Beachtung zu schenken, und kroch stattdessen ins Bett. Sie konnte bei Martin auch morgen anrufen. Es machte keinen Unterschied. Wann sie schließlich einschlief, wusste sie nicht. Erst lag sie stundenlang wach, konnte keine

Ruhe finden, obwohl sie todmüde und sowohl körperlich als auch geistig am Ende war. Sie dachte an Svenja, die irgendwo vor Angst mit Sicherheit auch keine Ruhe finden konnte, wenn sie denn noch lebte. Wieder begann Jessica zu weinen und schlummerte in den frühen Morgenstunden endlich vor Erschöpfung ein.

Nach gefühlten zwei oder drei Stunden Schlaf wachte sie schließlich um kurz vor acht wieder auf, stieg total erschöpft aus dem Bett und ging nach oben. Im Wohnzimmer traf sie erneut auf ihren Vater. Von Susanne und ihrer Mutter war nichts zu sehen.

»Die beiden sind auf der Wache«, verkündete Herbert Grothe seiner Tochter. »Konntest du wenigstens ein bisschen schlafen?« Jessica nickte.

»Gibt es denn etwas Neues von Svenja?«, fragte sie hoffnungsvoll und setzte sich zu ihrem Vater an den Esstisch. Er war mit allerlei Köstlichkeiten gedeckt. Es gab frische Brötchen, leckere Marmelade, Kakao, Saft und Aufschnitt, doch Jessica hatte überhaupt gar keinen Hunger.

»Leider nicht«, gab ihr Vater kleinlaut zu. »Aber dieser Kommissar Willig war heute Morgen da und hat dein Handy mitgebracht. Sie haben es im Zimmer von Martin Hansen im Safe gefunden. Es liegt in der Küche.«

Jessica beschloss, später nach ihrem Telefon zu sehen. Sie wollte heute auf jeden Fall bei Florian anrufen. Es war besser, mit ihm zu reden, als ihre ohnehin schon hypernervöse Schwester nach dem Geschehen des letzten Tages zu befragen.

KAPITEL 23

Irgendetwas knarzte und durchbrach seinen Dämmerzustand für einen kurzen Augenblick. Als er erschöpft die Augen öffnete, sah er nichts. Bedrohliche dunkle Schwärze und merkwürdige Geräusche, die er nicht zuordnen konnte, und diese bleierne Schwere in seinem ganzen Körper. Verzweifelt versuchte er, sich seiner Lage bewusst zu werden. Er konnte sich an nichts erinnern, fühlte sich, als wäre er aus einem Delirium erwacht, hätte haufenweise Drogen konsumiert, deren Wirkung jetzt langsam nachließ und ihn zurückkommen ließ in diese ungewisse Gegenwart, von der er nicht wusste, wie er sie einschätzen sollte. Er musste systematisch vorgehen, musste so langsam wieder die Kontrolle bekommen, Stück für Stück Bewusstsein und Umgebung in Einklang bringen, nur dann würde er entscheiden können, was als Nächstes getan werden musste.

Wieder dieses merkwürdige Knarzen, als würde jemand über morsche Holzdielen laufen. Ein Kind weinte. Ein Kind oder eine Frau. Es war so leise, dass man es kaum hören konnte, doch da es hier im Dunkeln das einzige Geräusch war, das er wahrnahm, konnte er es doch deutlich hören. Kein Straßenlärm, kein Licht. Er war nicht bei sich zu Hause. Und es war kalt. Seine Arme und Beine waren beinahe taub vor Kälte und erst jetzt bemerkte er, dass er zitterte. Der Untergrund, auf dem er lag, war hart und staubig und es roch nach muffiger Erde und moderigem Holz. Kurze Zeit überlegte er, ob er vielleicht irgendwo draußen war, doch schließlich verwarf er den Gedanken, denn er hörte absolut nichts als leises Wimmern, gedämpft durch eine Wand, vermutete er. Plötzlich ergriff ihn eine irre Angst, ließ ihm das Blut in den Adern gefrieren und ihn panisch den Atem anhalten. Er lag in einem Sarg. Daher der Modergeruch. Und jetzt fühlte er das harte Holz unter seinem Rücken und an seinem rechten Arm. Oh Gott. Es war eng hier, er bekam keine Luft. Die Dunkelheit kroch ihm in die Seele und er wollte schreien, doch er brachte keinen Ton heraus. Der rechte Arm lag unter seinem blei-schweren Körper. Er bekam ihn nicht frei. Kein Wunder in dieser beengten Lage. Doch der linke Arm – er bewegte vorsichtig die Finger – lag auf seinem Bauch. Langsam hob er die Hand. Gleich würde er wissen, wie groß oder eben eng sein Gefängnis war und wie viel Luft ihm noch blieb, bevor er mangels Sauerstoff elendig zugrunde ging.

Jetzt hyperventilierte er fast und zwang sich mit ein paar bewussten Atemzügen zur Ruhe, hob den Arm höher und höher und …

Nichts.

Über ihm war nichts.

Links von ihm war nichts.

Auf seiner rechten Seite legte sich seine Hand flach auf eine Wand. Wenn er den Kopf in diese Richtung neigte, berührte seine Nase und seine Stirn hartes, splitteriges Holz und er roch diesen fauligen Waldgeruch noch inten-siver.

Unter ihm war ebenfalls Holz. Ein Holzfußboden mit rauen Dielen. Er würde sich aufsetzen können. Er würde sich mit dem Rücken an die Wand setzen und sich so etwas sicherer fühlen als in dieser eingeklemmten, fast bewe-gungsunfähigen Lage liegend auf dem kalten Boden. Gänz-lich aufstehen war unmöglich, denn sein Kopf schmerzte nicht nur höllisch, sondern ein ekelhaftes Schwindelgefühl gepaart mit scheußlicher Übelkeit machte sich breit und waberte durch sein Gehirn und seinen Magen. Hatte er eine Gehirnerschütterung?

Himmel, wenn er sich nur erinnern könnte, was passiert war.

Zuerst einmal hochkommen.

Ein reißender Schmerz fuhr durch sein Bein, als er sich bewegte, und überdeckte zuerst die Schmerzen in seinem Kopf, dann steigerte er sie bis zur Unendlichkeit, bis der Schädel ihm zu explodieren drohte, bis der Schrei grausam verzerrt seine Kehle verließ und von den Wänden zurückhallte. Ein Echo aus Schmerz, Angst und hysterischer Panik.

Nichts.

Niemand nahm ab.

Ihre Schritte hallten auf den Fliesen der kleinen Küche, als sie ungeduldig vom linken Küchenschrank zur Wand gegenüber lief, umdrehte und ihren Marsch in die andere Richtung fortsetzte. Das Handy hielt sie dabei ununterbrochen an ihr Ohr, wartete gespannt darauf, dass Florian endlich abnahm oder zumindest die Mailbox, wie sonst üblich, ansprang. Florian war immer erreichbar. Das brachte sein Job so mit sich und lag ihm einfach im Blut. Doch jetzt tat sich gar nichts.

Resigniert kappte sie die Verbindung und legte das Telefon zurück auf die Arbeitsplatte. Draußen vor dem Fenster vernahm sie Stimmen. Ihre Mutter und Susanne waren auf dem Weg vom Auto zur Haustür. Susanne hatte sich Halt suchend bei ihrer Mutter eingehakt. Sie sah schlecht aus. Die Augen gerötet und geschwollen, das Gesicht blass und ihr Blick trüb und müde, trotzdem wanderten ihre Pupillen suchend und hektisch über den Vorgarten, die Büsche und Sträucher und blieben schließlich am Küchenfenster hängen. Jessica schob die Gardine beiseite und nickte ihr zu. Susanne tat es ihr gleich. Das Lächeln, das sie dabei aufzusetzen versuchte, war mehr eine verzerrte Maske, eine gequälte Grimasse als ein Zeichen echter Wiedersehensfreude. Wer konnte ihr bei all den Sorgen, die sie im Moment beschäftigten, auch verübeln, dass sie zu keiner positiven Gemütsverfassung fähig war? Auf dem Weg aus der Küche in den kleinen Flur im Eingangsbereich dachte Jessica erneut an Svenja, betete, dass sie wohlauf und genau wie ihr kleiner Bruder von Martin gut versorgt irgendwo versteckt worden war. Sie würden sie schnell finden müssen, doch der Ausdruck auf den Gesichtern ihrer Mutter und ihrer Schwester sagten ihr, dass es noch keine Spur gab.

Herbert Grothe erreichte vor seiner älteren Tochter die Haustür, trat hinaus und umarmte beide ankommenden Frauen tröstend. Auch er hatte die Situation richtig gedeutet und wusste genau, wie es um die aktuelle Lage in diesem tragischen Entführungsfall stand. Martin hatte den Aufenthaltsort von Svenja nicht herausgerückt. Hätte er das überhaupt tun können? Wusste er überhaupt, wo Jessicas Nichte sich aufhielt? Doch ohne noch weiter darüber nachdenken zu müssen, wischte Jessica diese unlogischen Gedanken weit von sich und vergrub sie tief in ihrem Gehirn. Martin hatte Tobias entführt und deshalb war er auch verantwortlich für Svenjas Verschwinden. Anders konnte es nicht sein.

»Hallo, Jess«, begrüßte Susanne ihre Schwester und klang entmutigt und total erschöpft.

»Gibt es etwas Neues? Was hat Kommissar Willig erzählt?«, fragte Jessica und nahm ihrer Mutter geistesabwesend den Mantel ab, hängte ihn an die Garderobe und lief ihrer Schwester nach, als diese ins Wohnzimmer ging. Susanne trug nach wie vor ihre kurze helle Winterjacke und die vom Schneematsch und Streusalz verschmutzten Stiefel und hinterließ mit jedem Schritt nasse und hellbraune Flecken auf dem sonst piksauberen beigen Teppichboden.

»Sie haben nichts aus Martin herausbekommen«, gab Susanne leise als Antwort, schaute dann nach unten auf ihre Schuhe, hob kurz resigniert beide Schultern und ging dann weiter zum Sofa. Seufzend ließ sie sich einfach fallen und landete direkt auf dem kleinen roten Sofakissen in der rechten Ecke des Dreisitzers. »Sie haben ihn angeblich stundenlang verhört, doch er hat lediglich berichtet, wie er Tobi entführt hat. Mehr nicht.« Jetzt schaute sie mit leerem Blick in Jessicas Richtung. Sie schien lautlos zu fragen, was sie tun sollte, wie sie jetzt weitermachen sollte, wo sie ihre Tochter jetzt suchen sollte, doch Jessica zuckte nur mit den Schultern. Sie selbst stellte sich diese unausgesprochenen Fragen, seit sie am gestrigen Tag erst den Kleinen an Martin verloren hatte und später nur den Jungen bei ihm im Hotelzimmer hatte an sich drücken können. Wo war Svenja? Gab es denn gar keinen Hinweis auf ihren Verbleib?

»Du musst mir jetzt alles ganz genau erzählen, Susi«, beschwor sie ihre Schwester und wusste gleichzeitig, dass sie einiges von ihr verlangte. Sicher hatte sie die ganze Geschichte bereits auf der Wache erzählen müssen, doch es war wichtig für Jessica, alles haargenau zu erfahren. »Sag mir einfach alles, was dir noch einfällt, seit du gestern Florian um Hilfe gebeten hast.«

Nur sehr langsam ließ der Schmerz ein wenig nach und wurde nur wieder in ein erträgliches Maß gezwängt, weil er beschlossen hatte, seine Bemühungen aufzugeben, sich in eine aufrechte Position zu begeben, und stattdessen einfach liegen blieb und sich nicht mehr rührte. Sein linkes Bein pochte, und mit jedem Schwall Blut, der durch seine Venen gepumpt wurde, pochte auch der Schmerz. Brauste auf, ließ wieder nach, brauste auf und wurde schwächer. Minuten vergingen, ehe der Schmerz wieder klarere Gedanken zuließ, doch schließlich konzentrierte er sich erneut auf seine missliche Lage und versuchte, sich an all die Dinge zu erinnern, die ihn hier hineinkatapultiert hatten. Irgendetwas war anders als noch vor ein paar Minuten. Irgendetwas hatte sich geändert, doch er kam nicht drauf, was es war. Zuallererst würde er, so schwer es ihm auch fiel, herausfinden müssen, was mit seinem Bein los war. Fast in Zeitlupentempo hob er erneut seine linke Hand und tastete nach seinem Bein. Ob er den erneut aufkeimenden Schmerz fürchtete oder einfach übermächtige Angst hatte, den Grund für seine Pein herauszubekommen, wusste er nicht, doch er hatte keine Wahl. Wenn er seine Lage richtig einschätzen wollte, dann musste er alles wissen.

Seine Finger berührten den Bund seiner Jeans und er fühlte das kalte Leder des Gürtels, den er trug. Umso weiter er sich hinunterstreckte und an seinem Bein entlangfuhr, umso mehr kamen die Schmerzen zurück. Er konnte nicht ausmachen, wo genau es am schlimmsten wehtat, doch er vermutete eine Verletzung in der Kniegegend. Der Stoff der Hose auf seinem Oberschenkel war eiskalt und nass. Sein erster Gedanke war, er hätte sich in seinem Delirium selbst bepinkelt, doch dann fühlte er die weit aufklaffende Öffnung an seinem Bein links knapp über seinem Knie. Er biss die Zähne zusammen und stöhnte, als sein Zeigefinger sich in sein offenes Bein bohrte und die matschige, blutende Haut fühlte. Der Schmerz kam augenblicklich zurück und Tränen stiegen in seine Augen. Einen erneuten Schrei konnte er nicht mehr unterdrücken und keuchte schließlich atemlos, als viele Sekunden später der Schmerz ein wenig abebbte. Vorsichtig hob er die mit feuchtem Schleim bedeckte Hand direkt vor sein Gesicht und roch daran. Ja, eindeutig. Eisen. Dieser typische blutige Geruch nach Eisen, gepaart mit feuchter, erdiger und leicht schimmliger Waldluft bedeutete, dass seine momentane Lage nicht gut war. Wenn die Wunde zu tief war, würde er zwangsläufig in naher Zukunft das Bewusstsein verlieren und verbluten. Wenn er aber seine Beinverletzung überlebte, würde er an Unterkühlung, Flüssigkeitsmangel oder einer bösen Sepsis jämmerlich eingehen. Es war unumgänglich. Er musste versuchen, sich zu bewegen, die blutende Stelle an seinem Bein versorgen und irgendwie Hilfe holen. Wenn es nur nicht so verdammt dunkel wäre. Wenn doch nur jemand in der Nähe wäre. Doch Moment, jetzt fiel es ihm wieder ein. Das leise wimmernde Schluchzen war verschwunden. Das war es, was plötzlich anders war. War die Person, die geweint hatte, nicht mehr hier? Hatte er sich die Geräusche nur eingebildet?

»Hallo«, rief er laut und hoffte inständig, er hätte sich nicht geirrt und jemand würde antworten, jemand würde ihm helfen.

Doch es blieb still in dieser gottverdammten Dunkelheit. Kalt und totenstill.

KAPITEL 24

»Hallo, Jessy. Ich stecke in der Klemme – wie so oft. Schön, dass du anrufst. Ich werde jetzt Dinge regeln müssen, die mir nicht leichtfallen. Bitte, Jessy, sieh hinter die Fassade und urteile richtig. Ich bin nicht der Böse. Wirklich nicht! Ruf mich bitte auf meinem Handy an.«

Die Bandansage von Martins Anrufbeantworter in Hamburg verstummte nach dem üblichen Piepton, der das Signal zum Besprechen des Tonbandes anzeigte. Verwirrt und ungläubig drückte Jessica die rote Taste auf ihrem Handy und unterbrach die Verbindung. Martin hatte ihr eine persönliche Nachricht auf seinen Anrufbeantworter gesprochen. Nur für sie. Das war merkwürdig und sehr rätselhaft. Irgendetwas wollte er ihr sagen, doch mit seinen Andeutungen konnte Jessica nichts anfangen. Was meinte er nur damit, sie solle richtig urteilen, sie solle hinter die Fassade blicken? Welche Fassade? Es war eine Tatsache, dass er ihren Neffen entführt hatte. Tobi war nicht nur bei ihm im Hotelzimmer, als sie Martin festgenommen hatten, Martin hatte den Kleinen auch direkt aus ihren Armen entführt. Er war eindeutig derjenige, der schuld an der Sache war. Was also konnte sie nicht sehen? Welchen Hinweis versuchte er, ihr zu geben? Oder war es nur der billige Versuch, sich vor der Verantwortung zu drücken? Denn was war schon positiv daran, einen kleinen Jungen zu entführen, ihm Angst zu machen, ihn in Gefahr zu bringen?

Jessica lehnte sich rückwärts an die Arbeitsplatte in der Küche und rieb sich mit Daumen und Zeigefinger ihrer rechten Hand über die Augen. Angst hatte ihr Neffe jedenfalls nicht gehabt, als sie ihn in diesem Hotelzimmer in die Arme geschlossen hatte. Für ihn war die Entführung nichts weiter als ein spannender Ausflug mit seinem heißgeliebten Onkel Martin gewesen.

Da der Kleine das Erlebnis des gestrigen Tages nicht negativ empfunden hatte und da alle davon ausgingen, dass der Entführer bereits hinter Schloss und Riegel war, hatte Susanne auf Anraten der hiesigen Polizei und der Polizeipsychologin sehr widerwillig zugestimmt, den kleinen Mann heute in den Kindergarten zu bringen. Das verschaffte der ganzen Familie etwas Ruhe, Tobi war aus der Schusslinie und würde weniger vom familiären Stress mitbekommen. Und die Erwachsenen würden sich darauf konzentrieren können, Svenja zu finden.

Die Arme neben ihrem Körper hängend und die Hände krampfhaft zu Fäusten geballt, fand Minuten später Herbert Grothe seine Tochter in der Küche. Jessica sah kurz zu ihm auf und verschränkte dann ihre Arme vor der Brust.

»Hast du den Hauptkommissar erreicht?«, fragte ihr Vater und ließ sich auf den zierlichen Küchenstuhl nieder, der seiner Tochter gegenüber neben dem kleinen weiß lackierten Bistrotischchen stand.

Jessica schüttelte nur den Kopf und starrte an ihrem Vater vorbei auf das Bild mit der Sonnenblume direkt über seinem Kopf.

»Was will mir Martin bloß sagen?«, brachte sie schließlich hervor und schüttelte erneut ihren Kopf. »Ich verstehe es einfach nicht!«

Ihr Vater erhob sich und baute sich direkt vor ihr auf. Dann nahm er ihren Kopf zwischen seine großen, schweren Hände, sah ihr in die Augen, die seinen eigenen so ähnlich waren, und flüsterte: »Martin ist ein Hitzkopf, er ist sprunghaft, manchmal unkonzentriert, und ob Polizist die richtige Berufswahl für ihn war, habe ich immer bezweifelt … Aber Jessica, er ist kein Mörder. Die Beamten in Hamburg verdächtigen den falschen Mann … und die Beamten in Kempten haben zwar mit Martin den Entführer von Tobi gefasst, aber nicht den von Svenja.«

»Aber …« Jessica sah verzweifelt aus. Der Schlafmangel und die andauernde Sorge ließen ihr Gesicht müde aussehen und dunkle Ränder unter ihren sonst so schönen Augen bezeugten ihre Hilflosigkeit, ihre stete Unruhe und die schwindende Hoffnung. »… es ist doch nicht möglich …«

»Doch«, unterbrach Herbert Grothe seine Tochter rüde und trotzdem liebevoll, »wir sehen es nur nicht. Es ist höchst unwahrscheinlich, dass zwei verschiedene Täter zur selben Zeit zwei Kinder derselben Familie entführen, das stimmt. Doch in diesem Fall muss es so sein. Wir müssen die Lösung finden. Und es gibt eine Lösung, Jessica. Es gibt eine!«

Er war eingeschlafen. Zumindest hoffte er das, hoffte, dass es nur die Erschöpfung war, die ihn in einen tiefen Schlaf gleiten ließ und nicht eine gefährliche Ohnmacht, aus der er beim nächsten Mal vielleicht nicht mehr erwachte.

Als er die Augen aufschlug, war es nach wie vor dunkel, doch dieses Mal gewöhnten sich seine Augen schnell an das schwache Licht der Umgebung und zum ersten Mal seit Stunden sah er, wo er sich befand. Nach wie vor lag er auf dem Rücken, halb gegen eine Wand gelehnt. Ein schwacher Lichtschimmer fiel durch ein kleines Fenster direkt unter der tiefen dunklen Holzdecke. Der Raum, in dem er sich befand, war recht groß, die Decke niedrig, der Boden schmutzig von Staub und altem, trockenen Herbstlaub. In der Mitte des Zimmers sah er die schattigen Umrisse eines großen Tisches. Trotz der Größe standen nur zwei Stühle am jeweiligen Kopfende. An dieser Tafel hätten sonst gut zehn oder zwölf Personen Platz gehabt. Eine schwere und scheinbar massive Holztür am anderen Ende des Raumes war alles, was er außerdem noch sehen konnte. Keine Lampe, keine Heizung, keine Bilder an der Wand. Als er vorsichtig den Kopf hob, um hinter sich zu schauen, sah er eine zweite Tür, die mit einem schweren Holzriegel verriegelt war. Es erinnerte ihn irgendwie an diese großen Burgtore in mittelalterlichen Filmen, die mit Eisen beschlagen und mit eben solchen Holzbalken verriegelt waren und so die feindlichen Truppen abhielten, die Burg zu stürmen. Nur diese Tür war viel kleiner. Es sah fast so aus, als wäre sie sogar zu niedrig für ihn, um erhobenen Hauptes hindurchlaufen zu können. Da die Verriegelung dieser Tür auf seiner Seite war, entschied er, dass der Weg durch die größere Tür nach draußen führen musste.

Die Schmerzen in seinem Bein hatten nachgelassen und waren jetzt sogar erträglich, aber nur, weil er ganz still dalag und sich nicht bewegte. Er wusste, dass sie schlagartig zurückkommen würden, wenn er erneut versuchte, sich aufzusetzen. Wenn er doch nur sehen könnte, wie schlimm die Verletzung war, doch mehr als die Umrisse seines eigenen Körpers konnte er in diesem Schummerlicht nicht erkennen. Vorsichtig bewegte er sein vermeintlich gesundes Bein und konnte es beinahe schmerzfrei anziehen und den Fuß aufsetzen. Dann hob er langsam die Schultern vom kalten harten Boden, legte seine freie Hand auf sein rechtes Knie und zog sich hoch. Obwohl er wohlweißlich vermied, sein linkes Bein auch nur einen einzigen Millimeter zu bewegen, schoss der Schmerz erneut unaufhaltsam durch seine Glieder und er biss verzweifelt die Zähne ganz fest zusammen, um einen erneuten Schmerzensschrei zu unterdrücken. Schreien kostete nur unnötig Kraft und verschaffte selten Erleichterung. Ein unterdrücktes schmerzvolles Stöhnen konnte er dennoch nicht zurückhalten. Schließlich gelang es ihm, sich gänzlich aufzusetzen, doch urplötzlich übermannte ihn ein unangenehmes Schwindelgefühl. Der Raum und seine Umgebung verschwammen vor seinen Augen zu einem irren und wabernden Strudel aus Schatten und wurden zu einer schwarzen zähen Masse. Krampfhaft umklammerte er mit seinem freien Arm das gesunde Bein, hielt sich daran fest und spürte nur noch, wie sein Kopf auf sein Knie schlug und reglos liegen blieb. Der verzweifelte Versuch, seinen zweiten Arm, der vorher unter seinem Körper gelegen hatte, zur Hilfe zu nehmen, scheiterte daran, dass er über diesen keine Kontrolle hatte. Er hing nur schwer wie Blei von seiner Schulter herab und ließ sich durch eigene Kraft nicht bewegen. Also blieb er einfach sitzen, versuchte, nicht in eine dunkle Bewusstlosigkeit abzudriften, und konzentrierte sich auf seinen regelmäßigen Atem und die pochenden Schmerzen in seinem verletzten Bein.

Vor 65 Tagen, morgens um 10:30 Uhr

»Na endlich«, *hörte er eine Stimme direkt über sich und sie klang fast erleichtert.* »Ich dachte schon, der Spaß wäre bereits vorbei. Aber so ein Weichei, das bei der kleinsten Sache gleich stirbt, bist du vermutlich doch nicht.« *Beinahe respektvoll nickte der Kopf, den er erblickte, als er mit fla-*

ckernden Lidern seine Augen öffnete. Das abscheuliche Grinsen allerdings machte ihm schlagartig seine ausweglose Lage erneut bewusst. Das Grinsen und die Schmerzen, die nur deshalb erträglich waren, weil die Angst, diese unermessliche Panik, die er empfand, in dieser Sekunde noch größer war als jegliche andere körperliche Empfindung. Ihm war übel und er war kurz davor, sich zu übergeben, doch mit seinem staubtrockenen Knebel im Mund wäre eine solche Aktion sein Todesurteil. Er würde unweigerlich an seinem Erbrochenen jämmerlich ersticken. Also zwang er seinen Magen, sich zu beruhigen, und versuchte auch all die schlechten Gedanken zurückzudrängen, die ihm durch den Kopf schossen, seit er sein Bewusstsein wiedererlangt hatte. Ein gebrochenes Bein, all das Blut, die Hautfetzen an der ehemals weißen Emaille seiner Badewanne, die wunden, aufgerissenen Handgelenke, die immer noch in den stahlfesten Handschellen klemmten und fest umschlossen über seinem Körper an der Wand gehalten wurden.

»Möchtest du jetzt vielleicht etwas zu deiner Verteidigung sagen?« Wieder heulte das Getriebe der Schlagbohrmaschine auf und allein dieses Geräusch ließ seine Schmerzen erneut ins Unermessliche anschwellen. Er war kurz davor, in den so vertrauten schwarzen Sumpf aus Bewusstlosigkeit zurückzugleiten. Ein Zustand, den er willkommen geheißen hätte. Doch ein Schlag mit einer flachen Hand ins Gesicht holte ihn in die Realität zurück.

»Hey, kleiner Mann. Nicht einschlafen. Ich bin doch noch gar nicht fertig.« Wieder hörte er dieses hämische Lachen. »Welchen Knochen soll ich dir als Nächstes brechen?« Ganz fest kniff er die Augen zu, wollte diesen Blick, der über seinen Körper streifte, nicht noch einmal sehen.

Und er betete. Betete um sein Leben, bat um heile Kno-
chen, flehte um jeden einzelnen. Sein Knie, bestimmt wäre
jetzt sein Knie dran.

»Warum schaust du mich nicht an?«, fragte diese gott-
verlassene Stimme leise, fast zärtlich bittend. »Sieh mich an.
Sieh mir zu, sonst nützt meine Strafe doch nichts.« Doch
es war kein Befehl, es war ein Flüstern. Und obwohl er
die Augen nicht öffnete, sah er das überhebliche und sie-
gessichere Grinsen trotzdem vor sich. Es hatte sich in sein
Gehirn gebrannt und es würde die letzte Erinnerung vor
seinem hoffentlich bald eintreffenden Tod sein.

»Du willst nicht zugucken?« Es raschelte und er hörte,
wie etwas gegen den Wannenrand pochte. Und dann fühlte
er den warmen Atem direkt in seinem Gesicht, minzfri-
scher, gut riechender Atem, der ihm dennoch die Atem-
wege verätzte und ihm Tränen in die Augen trieb. Nein,
auf gar keinen Fall würde er die Augen öffnen.

»Ich werde mich beeilen müssen«, flüsterte die Stimme
erneut. »Nicht, dass du mir verblutest, bevor ich fertig
bin.« Er hörte, wie die Gestalt neben ihm sich leichtfüßig
erhob. »Wie wäre es ...«

Pause. Stille. War er endlich wieder bewusstlos? Nein,
dann könnte er nicht denken. War er tot?

»Du willst nichts mehr sehen und ich werde dir dabei
helfen«, erhob sich die Stimme dieses Mal laut und mäch-
tig. »In die Augen zu bohren, ist auch nicht so anstren-
gend wie durch einen Knochen. Ich bin richtig ins Schwit-
zen geraten.«

Dieses leichte, beinahe fröhliche Geplapper ließ seine
Gedanken abschweifen. Es hörte sich friedlich an. Worte
nahm er nicht mehr wahr, nur noch Geräusche, nur noch
diese Stimme. Er wusste nicht, ob er die Augen noch immer

geschlossen hatte, oder ob es einfach pechschwarz um ihn herum geworden war. War es schon Nacht? Ein brummendes monotones Geräusch traf sein Ohr und drang wabernd und zäh in sein Gehirn vor. Ein Brummen. Ein Summen. Eine Biene? Er würde sich verstecken müssen. Er mochte keine Bienen. Sie stachen. Sie taten einem weh.

Das Geräusch wurde lauter, kreischte fast. Direkt vor ihm. Es durchflutete seinen Körper, drang in ihn ein, füllte ihn aus. Zerriss ihn. Weg. Er musste weg.

Er musste sich verstecken.

Jemand summte. Summte ein Kinderlied. Jemand summte und die Biene verschwand. Auf einmal war sie weg. Verstummt. Tot. Still.

Und das Lied wurde lauter. Keine Worte, nur eine Melodie.

Tief aus seinem Inneren, tief aus seiner Seele verließen die Töne seinen Hals, bahnten sich den Weg durch das Tuch. Dieser trockene Knebel hielt sie nicht auf, dämpfte sie nur vorübergehend, wurde dann lauter. Immer lauter, und sie schrien in die Welt:

»… mach's ihm nach, sonst find' ich noch dich in deinem sichren Loch!«

»Ich kann Florian nicht erreichen«, presste Jessica atemlos hervor, nachdem sie die Stufen zur ersten Etage der Dienststelle der Kemptener Kriminalpolizei hinaufgerannt war und die Tür zu Hauptkommissar Forsters Büro einfach aufgestoßen hatte, ohne sich noch lange mit höflichem Anklopfen aufzuhalten. Wie sie richtig vermutet hatte, fand sie dort Berthold Willig, der, respektvoll wie er war, auf dem Besucherstuhl vor dem Schreibtisch Platz genommen hatte, obwohl der Bürostuhl seines Chefs ebenfalls frei war. Er schrak hoch, als die Tür aufschwang und mit einem ohrenbetäubenden Krach gegen die Wand donnerte, legte dann seinen Kugelschreiber beiseite und klappte die Akte zu, die er gerade gelesen hatte.

»Ich auch nicht«, gab er zu und es klang ein wenig hilflos. »Er hat keine Nachricht hinterlassen, sein Handy ist an, aber er nimmt nicht ab. Nur die Mailbox. Ich habe schon fünfmal draufgesprochen seit heute in der Früh.«

»Das sieht ihm gar nicht ähnlich.« Jessica Grothe lief um den Schreibtisch herum und ließ sich resigniert in den Chefsessel plumpsen.

»Ihre Schwester hat mir erzählt, dass sie den Hauptkommissar nach missglückter Geldübergabe mit ihrem Auto wieder nach Hause gefahren hat. Er ist ins Haus gegangen. Mehr wusste sie nicht.«

»Ja, das hat sie mir auch berichtet«, bestätigte Jessica und begann, mit dem Oberkörper vor- und zurückzuwippen. Der Stuhl wippte mit. »Vielleicht ist er noch einmal weggefahren«, mutmaßte sie und starrte dabei zum Fenster hinaus, ohne die rhythmischen Bewegungen einzustellen.

»Sein Auto steht noch vor dem Haus. Das habe ich überprüft«, sagte Kommissar Willig und war sichtlich stolz, dass er von ganz allein darauf gekommen war.

»Und ist er in der Wohnung?«, fragte Jessica und hielt in ihrer Bewegung inne. Jetzt blickte sie direkt zu Florians Untergebenem.

»Auch auf dem Festnetzanschluss konnte ich ihn nicht erreichen«, gab Berthold Willig kleinlaut zu, denn er wusste bereits in dieser Sekunde, dass er etwas übersehen hatte. »Ich hätte drinnen nachsehen müssen, stimmt's?«

Jessica starrte ihn nur an, nickte dann langsam und beugte sich über den Schreibtisch. Sie schluckte nervös. »Das können wir jetzt tun«, beschloss sie dann mit fester Stimme und verdrängte schnell die schrecklichen Bilder einer männlichen Leiche in einer Mietwohnung, die ihr sofort in den Sinn gekommen waren. Nein, Florian war nicht tot. Vermutlich schlief er nur tief und fest und hatte einfach das Telefon nicht gehört.

Kommissar Willig verließ mit Jessica die Dienststelle und fuhr mit ihr zur Wohnung seines Chefs am anderen Ende der Stadt.

Dort angekommen, klingelte Jessica zuerst Sturm, verschaffte sich Zugang zum Treppenhaus, indem sie kurzerhand bei einem Nachbarn läutete, und stand jetzt neben Kommissar Willig vor der Wohnungstür ihres Freundes Florian.

»Und jetzt?«, fragte sie beunruhigt, als nach mehrmaligem Klopfen und Rufen aus der Wohnung keine Antwort kam. »Schlüsseldienst verständigen und das Schloss aufbohren lassen?«

Berthold Willig hob seufzend die Schultern und starrte dann auf die Fußmatte. Er fühlte sich erneut völlig hilflos und völlig unnütz. Doch plötzlich kam ihm die rettende Idee.

»Seine Mutter hat bestimmt einen Zweitschlüssel.«

Etwa 20 Minuten später ließ Jessica Kommissar Willig allein zur Haustür der alten Frau Forster gehen, um den Wohnungsschlüssel ihres Sohnes abzuholen. Sie hatten der rüstigen Dame erzählt, dass Florian sich ausgesperrt hätte und nun aber aus beruflichen Gründen keine Zeit hatte, den Schlüssel selbst abzuholen. Frau Forster schöpfte keinen Verdacht, gab Berthold, den sie bereits gut kannte, ohne Vorbehalt den besagten Schlüssel und winkte Jessica, die im Auto saß, freundlich zu, bevor sie die Haustür wieder schloss. Grinsend schwenkte Berthold Willig den Schlüssel seines Chefs am ausgestreckten Zeigefinger hin und her, stieg zu Jessica ins Auto, warf ihr den Schlüsselbund zu und fuhr erneut zur Wohnung des Hauptkommissars.

Kurze Zeit später standen die beiden in Florians Wohnzimmer und sahen sich ratlos an. Vom Hauptkommissar fehlte nach wie vor jede Spur. Auch sein Handy war nicht in der Wohnung. Zumindest nicht an den Plätzen, von denen Jessica wusste, dass Florian es häufig dort ablegte. Das Bett im Schlafzimmer war zerwühlt, was ungewöhnlich war, denn Florian war privat ein sehr ordentlicher Mensch und verließ nie das Haus, ohne vorher das benutzte Geschirr in die Geschirrspülmaschine zu stellen, die Handtücher nach dem Duschen ordentlich über die Heizung zu hängen oder eben auch sein Bett zu machen. Die einzige Ausnahme war sein Schreibtisch, der in der Ecke des großen Wohnzimmers stand und genau so chaotisch aussah wie der in seinem Büro. Wenn er aber, wie Susanne Jessica erzählt hatte, Hals über Kopf mit ihr zusammen die Wohnung verlassen hatte, dann hätte er an solche banalen Dinge wie Aufräumen natürlich auch nicht gedacht.

Jessica war sich sicher, dass Florian nach dem Treffen mit ihrer Schwester Susanne nicht wieder in seine Wohnung zurückgekehrt war. Ihre Vermutung bestätigte sich scheinbar, als Berthold Willig auf Florians Festnetzanschluss eine Nachricht vorfand, die während der Abwesenheit des Hauptkommissars eingegangen war. Sicherlich hätte er seinen Anrufbeantworter bei seiner

Rückkehr abgehört. Vielleicht hatte Florian sich auf eigene Faust auf die Suche nach Svenja gemacht und Susanne nichts von seinem Plan erzählt, um sie nicht zu beunruhigen. Obwohl Jessica bezweifelte, dass Florian sich nicht Hilfe bei seinen Kollegen geholt hätte, nahm sie diesen Gedanken, diese einzig plausible Erklärung für sein Verschwinden, an. Sie wollte glauben, dass er in Sicherheit war, nur eine heiße Spur verfolgte und sich in naher Zukunft endlich wieder bei ihr melden würde. Das wirklich Schlimme war, dass sie absolut keinen greifbaren Hinweis zum Verschwinden ihrer kleinen Nichte Svenja hatte und auch deshalb mehr als verzweifelt nach Florian suchte. Sie war in einer Sackgasse und es gab nichts, was sie noch tun konnte. An so einem Punkt angekommen, gab es nur zwei Möglichkeiten. Aufgeben oder ganz von vorne beginnen. Und Jessica wusste, für was sie sich entscheiden würde.

KAPITEL 25

»Verdammt, Martin, jetzt rede endlich.« Berthold Willig hatte Jessica zu einem erneuten Verhör von Martin mitgenommen, als sie ihn darum bat. Der Kommissar war dankbar für jede Anregung, denn er fühlte sich als zurzeit ranghöchster Polizist etwas überfordert und scheute sich auch, Entscheidungen zu treffen. Also überließ er der ehemaligen Hamburger Hauptkommissarin das Feld und hielt sich bei der Befragung zurück. Allerdings machte er geschäftig ein paar Notizen und führte das Protokoll.

Martin Hansen ließ seinen Kopf nach vorne sinken und starrte auf die Tischplatte aus dunklem Holz. Er saß den beiden Polizisten gegenüber auf einem alten Stuhl, hatte die Beine unter dem Tisch lang ausgestreckt, die Arme lagen oben auf.

»Ich weiß wirklich nicht, wo Svenja ist«, seufzte er. »Ich würde es doch sagen, wenn ich es wüsste.«

»Martin, du belügst mich doch. Sag die Wahrheit.« Doch Jessica wusste, dass Martin ehrlich zu ihr war. Nur, dass sie sich leider das Verschwinden ihrer Nichte überhaupt nicht erklären konnte, bereitete ihr regelrechte Kopfschmerzen. Hektisch rieb sie sich mit ihrem Zeigefinger und Mittelfinger über die Schläfe. Die kreisförmigen Bewegungen sollten eigentlich die Schmerzen wegmassieren, doch sie wurden nur schlimmer. Also ließ sie resigniert die Hand sinken und atmete lautstark aus.

»Dann sag mir, was ich tun soll, Martin.« Verwundert hob Kommissar Willig den Kopf und starrte Jessica an. Einen Verdächtigen um Rat fragen, war mehr als ungewöhnlich.

»Ich kann das nicht, Jessica«, druckste Martin schließlich herum, »das …« Er setzte sich aufrecht hin und zog die Beine an und die Füße unter seinen Stuhl. Dann rieb er sich nervös den Nacken.

»Du musst selbst darauf kommen. Ich kann das nicht. Ich bringe Menschen in Gefahr, die ich liebe.«

Jetzt war es Jessica, die verwundert aussah. Doch

schließlich fasste sie sich, beugte sich über den Tisch und schaute Martin flehend an. Sie wusste plötzlich, dass Martin eine Lösung hatte, dass Martin der Schlüssel war und er ihr die richtigen Hinweise geben konnte.

»Martin, bitte, Svenja ist irgendwo da draußen, fürchtet sich zu Tode. Wir müssen sie finden. Martin, *ich* brauche deine Hilfe.« Als von Martin keine Antwort kam, legte sie ihre Hand auf seine und drückte sie sanft. »Bitte, Martin, hilf mir.«

Doch Martin schüttelte vehement den Kopf.

»Martin, weißt du, wer Svenja entführt hat? Weißt du, ob sie in Gefahr ist? Bitte, du musst es mir sagen.«

Jetzt schloss Martin die Augen und seufzte ergeben.

»Gut, also gut. Nein, ich weiß nicht, wer sie entführt hat, aber ich werde auch keine Vermutung äußern. Ich werde dir jetzt etwas sagen, aber diese Information bleibt unter uns. Ich möchte dein Wort.« Er sah Jessica direkt in die Augen, dann schaute er zu Kommissar Willig, der sich neugierig ebenfalls über den Tisch gebeugt hatte. »Und Ihr Wort will ich auch.«

Jessica und Berthold sahen sich an und nickten schließlich.

»Gut«, sagte Martin wieder und lächelte gequält. »Hör zu und sieh hinter die Fassade, Jessica.« Eine Pause entstand und Jessica wollte schon protestieren, dass dieser nutzlose Satz wohl kaum ein passender Hinweis war, doch dann sprach Martin plötzlich weiter.

»Mein Freund Wolfgang hatte als Kind Mumps. Mehr sag ich nicht!«

Vor 65 Tagen, morgens um 10:35 Uhr

Die junge Frau, die mit ihrem kleinen Sohn aus dem Auto stieg, war hübsch. Langes, dunkelbraunes Haar umrahmte ein zierliches, wohlgeformtes Gesicht. Am schönsten waren die haselnussbraunen Augen. Groß, mit langen Wimpern. Sie standen etwas zu eng zusammen, doch gerade das machte ihr Gesicht einzigartig schön. Scheue, braune Rehaugen. Doch wer die Frau besser kannte, wusste, dass sie alles andere als scheu oder schüchtern war. Erhobenen Hauptes schritt sie über den Fußweg auf die Kreuzung zu, ihren kleinen Sohn fest an der Hand, und blieb an der Ampel stehen. Dort zog sie ein Taschentuch aus der Manteltasche und putzte dem Kleinen die ständig laufende Nase.

»Mama, es ist schon Grün«, näselte der kleine Mann durch das Taschentuch und zerrte an der Hand seiner Mutter.

Die beiden überquerten die Straße, bogen links ab und liefen an dem etwas schäbigen Blumenladen vorbei in die vierspurige Nebenstraße. Das Bild der Umgebung änderte sich schlagartig. Versandhäuser mit großen Werbeschildern, Boutiquen mit hübsch dekorierten Schaufensterpuppen und Menschen in teuren Mänteln, die geschäftig in die Läden drängten, gab es nur an der vielbefahrenen Hauptstraße. Hier, in dieser beinahe schmutzigen Gasse, reihten sich alte Hochhäuser aneinander. Müll lag auf den Gehwegen, die vor Schlaglöchern nur so strotzten, und jede zweite Straßenlaterne war zerschlagen oder einfach nur krumm, weil ein Fahrzeug dagegen gefahren war. Jetzt, am Vormittag war es einfach nur unansehnlich, doch abends wahrscheinlich sogar gefährlich.

Mit großen Schritten lief die Frau den Gehweg entlang, überquerte noch einmal die Straße und lief auf ein hohes, altes Wohnhaus zu, ein Backsteingebäude aus den 30er-Jahren, das sicher mal ganz schön und modern gewesen war, doch jetzt nur noch schäbig und heruntergekommen. Die letzte Renovierung lag bestimmt 30 Jahre zurück, die Fenster waren alt und teilweise kaputt, die Hauswand mit allerlei Graffiti beschmiert, der Vorgarten nur eine überfrorene braune Sandgrube. Hier und da stand ein vertrockneter und jetzt gefrorener Löwenzahn. Ein mickriger Strauch ohne Blätter zierte das Eingangsportal mit der hellgrauen Holztür, von der die Farbe in großen Fetzen abblätterte.

Die Tür war offen, das Schloss schon seit Jahren kaputt. So auch der Fahrstuhl.

Energisch schritt die zierliche Frau auf die dunklen Steinstufen zu, hob mit der freien Hand ihren Mantel an, um ihn an den dreckigen Stufen nicht zu beschmutzen, und stieg die Treppe hinauf. Sie hasste es, ihren Sohn hierherzubringen, und verstand nicht, wie ihr Exmann in so einem Loch wohnen konnte. Er hatte einen guten Job, musste nur ihrem gemeinsamen Sohn Unterhalt zahlen und könnte sich sicher etwas Besseres leisten. Stattdessen wohnte er in einem 30-Parteien-Haus. Hier wohnten nur Asoziale, alte Leute, Familien mit zwölf Kindern, all die Menschen, die sich halt nicht mehr leisten konnten. Über die Hälfte der Wohnungen war gar nicht bewohnt, weil die Toiletten nicht mehr funktionierten, die Heizkörper durchgerostet waren und leckten und die Fenster undicht und kaputt waren. Doch der Hauseigentümer scherte sich nicht darum. Scheinbar reichten ihm die wenigen Mieteinnahmen zum Leben.

»Hoffentlich gibt's bei Papa heute wieder Hotdog«, sinnierte der Kleine und hatte Mühe, mit seiner Mutter Schritt zu halten.

»Ihr werdet sicher eine Menge Spaß haben«, gab sie geistesabwesend zur Antwort. Ihr Exmann war ein guter Vater. Ja, sie konnte sogar sagen, dass er ein guter Ehemann war. Leider war die anfängliche Liebe zwischen ihnen beiden schnell erloschen. Er konnte ihr nicht geben, was sie brauchte, und sie konnte ihm auch nicht gerecht werden. Als sie dann kurz nach der Geburt ihres Sohnes ihren jetzigen Mann kennenlernte, hatte sie sich schnell von ihrem Exmann getrennt.

Und darüber waren sie beide froh gewesen.

Nun versuchten sie, so gut es eben ging, als geschiedene Eltern, ihren gemeinsamen Sohn großzuziehen. Der Kleine war ihr ein und alles. Die blaue Daunenjacke, der knallrote Schal und die tief ins Gesicht gezogene ebenfalls rote Pudelmütze ließen seinen kleinen Körper fast gänzlich in diesem Stoffberg verschwinden. Er war etwas zu klein für sein Alter doch ein helles Köpfchen, sehr klug und offen, knüpfte schnell neue Freundschaften und konnte Menschen ganz hervorragend einschätzen. Im Kindergarten war er ein gern gesehener Gast und ebenso beliebt bei den dortigen Betreuern wie auch bei den anderen Kindern. Vor Einladungen zum Spielen konnte er sich kaum retten. Doch trotz allem bildete er sich auf seine Beliebtheit nichts ein, war höflich, lieb und hilfsbereit. Ein echter Sonnenschein.

Endlich kamen die beiden, atemlos von den unzähligen Stufen, auf der Etage an, zu der sie wollten. Am Ende des langen Flures war die Wohnungstür ihres Exmannes. Die einzige auf dieser Etage, die frisch gestrichen und mit neuem chromglänzendem Türgriff versehen fast einladend aussah.

Doch als die junge Frau näher kam und die Tür unverschlossen vorfand, blieb sie kurz zögernd stehen. Doch dann lachte sie. Aus dem Inneren der Wohnung war das laute Brummen einer Bohrmaschine zu hören. Ihr Exmann versuchte sich wohl wieder vergeblich am Heimwerkeln. Aus ihrer kurzen Ehe wusste sie, dass er nicht nur zwei linke Hände hatte, wenn es um ganz alltägliche Dinge wie Bilder aufhängen ging, sondern dass ihm auch jegliche Leidenschaft fürs Renovieren fehlte.

Vermutlich hatte er die Tür offen gelassen, damit sie einfach hineinkamen, denn bei diesem ohrenbetäubenden Lärm hätte er die Türklingel sowieso nicht hören können.

Kurz entschlossen drückte sie die Tür auf, schob ihren Sohn durch den winzigen Flur ins Wohnzimmer und sah sich suchend um.

Das kreischende Bohrmaschinengeräusch kam aus dem Badezimmer.

»Hallo«, rief sie, so laut sie konnte, um auf sich aufmerksam zu machen. »Hallo, Kai. Komme ich ungelegen?« Ihre Frage sollte ein Scherz sein. Ihr Exmann und sie hatten nach wie vor ein freundschaftliches Verhältnis zueinander und liebten es, sich gegenseitig aufzuziehen und zu ärgern. Da sie vermutete, dass er verbissen und mit mieser Laune irgendwelche Löcher in die Wand bohrte, würde sie ihn, sobald er den Kopf durch die Tür stecken würde, mit weiteren dummen Kommentaren nerven, bis sie beide sich vor Lachen den Bauch halten würden. Das war schon immer so gewesen.

Die Bohrmaschine verstummte und es wurde ganz still im Badezimmer. Doch es bewegte sich auch niemand. Keine Schritte, kein freundlicher Ruf zum Gruß. Nur Stille.

Und dann ertönte ein Lied. Es war nur ein leises Summen, ein fast tonloser Hauch, der durch die geschlossene Badezimmertür zu ihnen hinüberwehte. Ein kleines Kinderlied, so unbedeutend, so fehl am Platze und doch …

»Wir müssen uns verstecken«, flüsterte der kleine Junge und zupfte seiner Mutter ungeduldig am Mantelärmel. »Papa spielt mit uns. Wir müssen uns schnell verstecken.« Doch anstatt sich auf das bevorstehende Spiel zu freuen, das er mehr als einmal mit seinem Vater gespielt hatte, schaute der Junge ängstlich zu seiner Mutter hoch, die Augen voller aufsteigender Panik. Und diese Panik übertrug sich blitzartig auf die junge Frau. Als hätte sie einen elektrischen Schlag bekommen, fuhr sie erschrocken zusammen, griff nach ihrem Sohn und lief zum großen Kleiderschrank an der Wand neben dem kleinen Esstisch. Sie riss eine Tür auf, warf den Jungen beinahe hinein und strich ihm dann zärtlich über den Kopf.

»Du wartest hier«, flüsterte sie. »Und du kommst nicht heraus, bis dein Papa persönlich diese Tür wieder öffnet. Hast du mich verstanden?« Der Kleine nickte.

»Versteck dich, Mama«, sagte er und dann wurde es dunkel um ihn herum, als die schwere Tür des Schrankes ins Schloss fiel.

»Wolfgang hatte Mumps ... will der Kerl mich verarschen?« Wutentbrannt und mit ausladenden Schritten marschierte Jessica über den Parkplatz zum Streifenwagen, mit dem sie vor einer halben Stunde hier angekommen waren. »Was soll mir das denn sagen? Der will mich doch nur verarschen. Der lacht über mich. Der ist doch krank.«

Berthold Willig konnte trotz seiner viel längeren Beine kaum mit der Hauptkommissarin Schritt halten, geschweige denn, sie in ihrem Redefluss unterbrechen, denn sie winkte immer nur genervt ab, sobald er den Mund öffnete oder einen Satz begann.

»Es hat überhaupt nichts gebracht, diesen Idioten noch einmal zu befragen. Wir verplempern Zeit und kommen der Lösung keinen Schritt näher. Florian ist weg, Svenja vermutlich bereits tot …« Erschrocken blieb sie wie angewurzelt stehen. Dann drehte sie sich zu Berthold um. »Sie ist doch nicht tot, Berthold, oder? Sind wir schon zu spät?«

Jetzt nahm Berthold die Freundin seines Chefs in den Arm. Es war ein Reflex und deshalb auch ganz natürlich. Hätte er sich vorher über seine Handlung Gedanken gemacht, wäre diese Aktion sicher sehr unbeholfen und fehl am Platze gewesen.

»Ihr geht es sicher gut. Und wir finden sie ganz bestimmt. Und mein Stiefvater hatte als Kind auch Mumps«, warf er schnell die Information ein, die er schon seit Verlassen des Gefängnisses unbedingt loswerden wollte. Niemand konnte wissen, wann er sonst wieder die Gelegenheit dazu haben würde.

Jessica befreite sich aus seiner Umarmung, trat einen Schritt zurück und starrte ihn ungläubig an.

»Dann bedeutet diese Schwachsinnsinformation wirklich etwas?«, fragte sie und schüttelte verständnislos den Kopf. »Und was ist es, das ich einfach nicht begreife?«

Berthold zuckte mit den Schultern. »Ich weiß zwar, was es bedeutet, wenn ein Junge Mumps hat, doch ich habe absolut keine Ahnung, was es für unseren Fall bedeutet«, gab er zu und sah jetzt ebenfalls etwas hilflos aus.

»Und?«, fragte Jessica genervt. »Kommt jetzt noch diese brisante Information, oder was?«

Berthold fuhr erschrocken zusammen. Diesen rüden Tonfall hatte er an Jessica noch nie gehört. Doch ihre momentane schlechte Laune war mehr als verständlich und er nahm es ihr nicht übel.

»Wenn ein Mann als Kind Mumps hatte, dann ist er mit sehr großer Wahrscheinlichkeit zeugungsunfähig. Mein

Stiefvater und meine Mutter wollten nämlich noch ein Kind, doch daraus wurde nichts, eben weil mein Stiefvater nicht mehr zeugungsfähig war.«

»Aha«, sagte Jessica nur und man sah ihr förmlich an, wie sie angestrengt nachdachte. Diesen verbissenen Gesichtsausdruck mit der tiefen Stirnfalte genau zwischen den Augen hatte auch Florian Forster, wenn er versuchte, Dinge in seinem Kopf zu ordnen und irgendwie zu einem plausiblen Schluss zu kommen. Dann sprach sie laut aus, worüber sie nachdachte.

»Das heißt, Wolfgang war unfruchtbar?«, fragte sie mehr sich selbst als den Kommissar ihr gegenüber. »Aber Wolfgang hatte zwei Kinder. Es gibt doch sicher Ausnahmen, oder?« Diese Frage war an Berthold gerichtet, denn sie sah in hoffnungsvoll an.

»Sicher«, bestätigte Berthold. »Aber selbst wenn er noch zu einem geringen Prozentsatz zeugungsfähig war, ist es doch sehr unwahrscheinlich, dass er zweimal so viel Glück hatte, doch einen Treffer zu landen.« Bertholds Gesicht färbte sich dunkelrot. Ihm war das Thema sichtlich peinlich. Doch Jessica ignorierte seine Scham. Sie hatte andere Sorgen.

»Aber ganz unmöglich ist es nicht«, beschloss sie, obwohl sie inzwischen selbst zweifelte. Nicht, dass sie das medizinische Wissen hatte, Bertholds Vermutung zu bestätigen, doch glaubte sie, dass Martin mit seiner Aussage über Wolfgangs Kinderkrankheit genau das sagen wollte. Svenja und Tobi waren nicht Wolfgangs Kinder. Diese Aussage war wichtig, alles andere war egal. Aber was bedeutete Martins Vermutung für den Fall? Erneut verfiel Jessica in tiefe Grübelei, lief aber jetzt mechanisch weiter, legte die Hand auf den Türgriff der Beifahrerseite des Streifenwagens und wartete geduldig auf das klackende Geräusch der Zentralverriegelung, die Berthold Willig mit dem Schlüssel bediente. Dann stieg sie ein.

Der Kommissar ließ sich auf den Fahrersitz gleiten, steckte den Schlüssel in die Zündung, startete den Motor jedoch nicht, sondern drehte sich stattdessen zu seiner Beifahrerin.

»Könnte der leibliche Vater der Kinder der Entführer sein?«, sprach er nur den letzten Gedanken seiner Überlegung aus.

»Ich habe keine Ahnung«, antwortete Jessica und meinte damit auch, dass sie überhaupt nicht wusste, wer sonst als Vater der Kinder infrage kam. »Ich werde Susanne einfach fragen«, fügte sie entschlossen hinzu. »Sie muss es schließlich wissen.« Als sie sich angeschnallt hatte und der Kommissar immer noch keine Anstalten machte, den Wagen zu starten, schaute sie ihn fragend an.

Berthold Willig schüttelte fast unmerklich den Kopf.

»Wir haben Herrn Hansen unser Wort gegeben«, gab er zu bedenken. »Seine Information sollte geheim bleiben und ich glaube inzwischen, das hat auch seinen Grund.«

KAPITEL 26

Seine Hand war mit seinen eigenen Handschellen an einem rostigen Haken an der morschen Wand befestigt. Deshalb konnte er auch den Arm nicht heben. Immer mehr Licht fiel durch das winzige Fenster und der Raum war jetzt deutlich zu sehen.

Seinem Kopf ging es etwas besser. Der Schwindel ließ nach und er hatte das Gefühl, er könnte aufstehen, wenn da nicht sein verletztes Bein und seine gefesselte Hand wären. Jetzt, bei Tageslicht konnte er auch endlich die Wunde an seinem Bein genauer untersuchen. Es stellte sich heraus, dass der Schnitt zwar recht lang, aber weniger tief war, als er erst befürchtet hatte. Das Bein hatte ordentlich geblutet, die Wunde schien jetzt aber bereits Schorf gebildet zu haben und einigermaßen »dicht« zu sein. Die Schmerzen bei Bewegung waren allerdings nach wie vor fast unerträglich.

Aus dem Nebenzimmer war seit einigen Minuten wieder dieses leise Schluchzen zu hören und er hatte mehrmals gerufen, doch nie eine Antwort bekommen. Irgendwie musste es ihm gelingen, die Person hinter der Tür zu befreien. Und irgendwie musste es ihm gelingen, wieder einen klaren Kopf zu bekommen. Nicht nur der Schwindel setzte ihm mächtig zu, sondern auch die Tatsache, dass er sich nicht erinnern konnte.

Er wusste noch, dass Jessicas Schwester weinend in seiner Wohnung vor ihm stand. Es ging um ihre Tochter und eine Entführung. Die kleine Svenja war entführt worden.

Sie waren dann gemeinsam mit Susannes Auto losgefahren, doch genau hier endete seine Erinnerung. Auf halbem Weg zu der vermeintlichen Übergabestelle hatte er einen totalen Filmriss, so als hätte er gesoffen, bis er umfiel. Doch er war sich sicher, dass der Grund für seine momentane Lage irgendetwas mit der Entführung zu tun haben musste.

»Svenja?«, rief er deshalb und nannte das Kind auf der anderen Seite der verriegelten Tür zum ersten Mal beim Namen. »Svenja, ich bin's, Florian. Geht es dir gut?«

Das Wimmern verstummte und lange Zeit hörte er nichts, dann schnell tapsige Schritte über alte Holzdielen und schließlich die Stimme von Jessicas Nichte direkt hinter der verschlossenen Holztür.

»Florian?« Er hörte Angst und Verzweiflung in dieser Stimme und es schnürte ihm die Kehle zu. Ein Kind sollte solche Angst niemals haben müssen. »Bitte, Florian, ich will hier raus!«

Vor zwei Wochen in einem heruntergekommenen Hamburger Mehrfamilienhaus

»Der Müllschacht ist schon seit Wochen verstopft«, jammerte die alte Dame in dem billigen und viel zu dünnen Mantel, die ihm schon aufgeregt nachlief, seit er das Haus betreten hatte. »Es wurde aber auch Zeit, dass Sie endlich kommen und die Sache bereinigen.« Genervt verdrehte Jonas Kramer die Augen und lief dann, immer zwei Stufen auf einmal nehmend, vom vierten in den fünften Stock. Obwohl er wusste, dass die kleine nervige Dame ihm auch dorthin folgen würde, hoffte er, sie würde etwas länger

brauchen als er und ihn einmal ein paar wenige Minuten in Ruhe lassen. Schließlich konnte er nichts für den verstopften Müllschacht. Er war nur ein einfacher Arbeiter, der sich auch etwas Besseres vorstellen konnte, als so eine lästige Reparatur. Eigentlich war er gelernter Elektriker, hatte einmal einen guten Job und meistens Spaß an der Arbeit gehabt, doch seit die Firma, für die er jahrelang gearbeitet hatte, Konkurs angemeldet hatte, stimmte bei ihm gar nichts mehr. Seine Ehe ging nach und nach in die Brüche, das Geld reichte hinten und vorne nicht, seine drei Kinder sahen ihn kaum noch wegen der vielen Überstunden und seinen neuen Job hasste er abgrundtief. Er war doch kein billiger Hausmeister. Er konnte doch eigentlich mehr.

Schnell hatte er die Metallklappe des Müllschachtes auf dieser Etage erreicht und stieß sie mit dem Ellenbogen auf, nicht ohne vorher noch einmal tief Luft zu holen und den Atem anzuhalten. Die Gerüche, die aus dem Schacht drangen, waren bestialisch, bissen in den Augen und verätzten die Atemwege. Die Bewohner des Hauses hatten den Schacht trotz der Verstopfung natürlich ganz gedankenlos weiter benutzt. Jetzt war er randvoll mit Dreck, verwesenden Essensresten und stank schlimmer als ein Bahnhofsklo nach Durchmarsch einer Horde von Volltrunkenen, die jede freie Ecke vollgekotzt hatten, die sie finden konnten.

»Es riecht auch schon seit Wochen so müffelig.« Die alte Dame hatte ihn eingeholt und schaute neugierig in den Schacht, doch hier oben war alles in Ordnung. Das Problem lag vermutlich tiefer. Bis zur dritten Etage hatte er die Klappe am Müllschacht nicht einmal mehr aufstoßen können. Hier konnte er mit seiner Taschenlampe tief in den Metallschacht hineinleuchten, ohne etwas zu sehen. Und auch nach oben hin war alles frei.

»*Sie müssen doch nur ein bisschen von oben drücken, dann rutscht schon alles durch*«, gab die Frau neben ihm erneut einen klugen Ratschlag. »*Der Schacht ist ständig verstopft.*«

»*Ja, ist gut*«, sagte Jonas, nur um endlich Ruhe zu haben. »*Ich kümmere mich dann jetzt darum. Vielen Dank für Ihre Hilfe.*« Er ließ die Dame stehen und sprang die Treppe hinunter. Drei Etagen voller Dreck plus das Stück durch das Tiefparterre bis zum Hof. Das waren mindestens zwölf Meter Rohr vollgestopft mit gammeligem Müll. Er rannte förmlich durchs Treppenhaus und nahm die Tür zum Hinterhof, stürmte hinaus und atmete erst einmal tief durch. Ohne seine Schutzkleidung und eine Maske vor dem Gesicht würde er diesen Dreck bestimmt nicht beseitigen. Der Kleintransporter seiner Firma stand genau neben dem großen, oben offenen Container, der als Müllauffangbehälter diente und alle 14 Tage von der Müllabfuhr abgeholt wurde. Er war halb voll mit bunten Plastiksäcken, gammeligen Bioabfällen und Rattenkot, doch sosehr dieser Abfall ihn anekelte, der Kram, den er gleich aus dem Schacht pulen musste, war bestimmt um einiges schlimmer.

Wie er diesen Job hasste.

Er stieg durch die offene Seitentür des Autos ins Wageninnere, griff nach dem Blaumann und den Gummistiefeln und zog sich um. Auch einen Helm setzte er auf, aber nur, weil an dem hässlichen orangen Teil aus Plastik eine Lampe befestigt war, die ihm helfen würde, den Schacht auszuleuchten und ihm trotzdem beide Hände zum Arbeiten ließ. Eine alte Aluleiter lehnte bereits an dem Container. In die stinkende Masse aus Abfall musste er sich kurz überwinden hineinzuspringen, doch dann stand er vor dem unten offenen Schacht, die Beine bis zum Knie im Müll und presste die Hand vor den Mund. Diese dünne weiße Maske vor seinem Gesicht nützte gar nichts und ließ all den Gestank von Verwesung, Schimmel und Exkrementen problemlos durch. Wenn das Teil wenigstens die Krankheitserreger aufhalten würde, die mit Sicherheit hier überall herumflogen. Doch auch dabei machte sich Jonas nicht viel Hoffnung.

Die dunkelgrünen Gummihandschuhe reichten ihm fast bis zum Ellenbogen und alles, was von seinem Körper noch ungeschützt und nicht durch Gummi oder Stoff verhüllt war, waren seine Augen und seine Ohren. Deshalb hörte er auch diese schmatzenden, zähmatschigen Geräusche, als er seinen Arm in das große dunkle Rohr steckte und das erste Teil herauszog und einfach neben sich fallen ließ. Er hatte beschlossen, so wenig wie möglich hinzusehen, doch als jetzt dunkler brauner Schleim aus dem Rohr in den Container tropfte, sprang er dennoch erschrocken zurück. Dicke ölige Tropfen klatschten auf die Müllsäcke vor seinen Füßen, rannen aus dem schmutzigen Rohr und es stank bestialisch.

Doch Jonas riss sich zusammen und griff schließlich erneut in das dunkle Loch. Es nützte nichts, sich lange zu ekeln. Umso schneller er hier fertig war, umso schneller kam er unter die Dusche.

Wieder klatschte eine nasse schleimige Mülltüte neben seinem linken Gummistiefel auf den immer mehr wachsenden Müllberg. Schließlich war sein Arm zu kurz, um noch etwas greifen zu können, und er musste einen Schürhaken zu Hilfe nehmen.

Ein gammliger Pizzakarton und zwei weitere Tüten mit undefinierbarem Inhalt kamen zum Vorschein.

Als der Schürhaken erneut auf etwas stieß und sich darin verhakte, musste Jonas mit aller Kraft daran ziehen und hoffte fast, dass dieser Müllsack der Übeltäter war, der das Rohr so lange blockiert hatte. Denn wenn nicht, würde er wohl oder übel hineinkriechen müssen, um noch an den Müll heranzureichen. Und dazu hatte er nun wirklich keine Lust.

Mit dem ganzen Gewicht seines Körpers lehnte er sich zurück und zog. Die Gummihandschuhe hielten gut auf dem blanken Eisen des Schürhakens, doch er kam kaum voran. Im Rohr bewegte sich so gut wie gar nichts mehr. Also stemmte er seinen rechten Fuß an die untere Kante der Rohröffnung und verschaffte sich durch diese Hebelwirkung zusätzlich Kraft.

Urplötzlich gab der Müll nach, rutschte hinab. Jonas verlor das Gleichgewicht und landete in voller Länge auf dem Rücken im Dreck, hob geistesgegenwärtig die Arme und fing den herausschießenden Abfall so gut es ging ab. Er hatte Glück, denn nur ein Teil des Mülls im Rohrsystem entlud sich auf ihn, der viel größere Rest verstopfte es weiterhin. Angewidert schob er das Gewicht der schweren Müllsäcke mit den Armen von seinem Körper. Ihm war kotzübel und er hatte Mühe, den aufkeimenden Würgereiz noch länger zu unterdrücken. Das hier war wirklich der schlimmste Job, den er je gemacht hatte.

Doch es kam noch schlimmer. Der rostige alte Schürhaken hatte sich in dem Abfall verfangen, der auf seiner Brust lag und drückte zusätzlich ganz unangenehm in seine Rippen. Mit beiden Händen griff er nach der klumpigen Masse auf seiner Brust, stemmte sie mit aller Kraft hoch und starrte entsetzt in das aufgedunsene, verweste Gesicht eines Menschen. Ein Auge fehlte, das andere war trüb und glotzte ihn blicklos an. Die graue und schleimige Haut hing in Fetzen von Nasenrücken und Wange und gab den Blick auf gammlige Sehnen und grauweiße Knochen frei. Die Spitze seines Schürhakens hatte das linke Ohr zerfetzt und steckte fest im halb offenen Schädel. Etwas tropfte aus dem toten Gesicht heraus und landete direkt auf seiner Stirn.

Jonas wusste nicht, wie er es geschafft hatte, unter der Leiche herauszukommen, doch es gelang ihm gerade noch rechtzeitig, sich umzudrehen und sich die Papiermaske vom Gesicht zu reißen, bevor er sich in der Ecke des gro-ßen Müllcontainers die Seele aus dem Leib kotzte.

Sich von den Handschellen zu befreien, war ein Kinderspiel. Florian hatte für Notfälle immer einen Schlüssel in dem schmalen Geheimfach seines Gürtels, doch es war schwierig, sich sitzend und mit nur einer Hand den Gürtel auszuziehen, noch dazu tat sein Bein höllisch weh. Da er absolut kein Gefühl mehr dafür hatte, wie viel Zeit inzwischen vergangen war, ob er einige Stunden oder bereits zwei Tage hier herumlag, konnte auch jederzeit der Entführer der kleinen Svenja zurückkommen. Und ehrlich gesagt glaubte Florian nicht daran, dass er am Leben bleiben würde. Vielleicht war der Entführer nur ein wenig sadistisch veranlagt und wollte ihn hier verdursten und verhungern lassen. Und auch Svenjas Leben war in allergrößter Gefahr. Soweit er aus beruflicher Erfahrung wusste, wurden Entführungsopfer nach einer Geldübergabe nahezu immer getötet. Er musste die Kleine so schnell wie nur möglich befreien.

Als er seine Hand befreit hatte und sich das schmerzende Handgelenk rieb, hörte er Svenja im Nebenzimmer erneut weinen.

»Hey, Svenja«, rief er und hoffte, es würde wenigstens ein bisschen fröhlich klingen. »Ich brauche noch ein bisschen Zeit, aber vielleicht kannst du mir etwas Nettes erzählen.«

Svenja schniefte laut. »Was denn?«, fragte sie etwas verwundert, ließ sich aber auf das Gespräch mit Florian ein, und er war froh darüber.

»Erzähl mir von deiner Schule«, schlug er vor. »Hast du nette Lehrer?«

»Ja«, antwortete die Kleine. »Und meine Klassenkameraden sind auch ganz nett. Ich habe den Schulausflug verpasst.« Ihre Stimme wurde immer leiser, dann weinte sie erneut.

»Das ist wirklich schade«, bedauerte Florian sie und dachte angestrengt darüber nach, wie er Svenja erneut ablenken konnte. Nebenbei bemühte er sich, aufzustehen, doch der Schwindel in seinem Kopf zwang ihn zurück auf seine Knie. »Als ich noch in der Schule war, haben wir einmal einen Ausflug in den Zoo gemacht.« Mit unterdrücktem Stöhnen kroch er auf allen Vieren vorwärts. Mit jeder Bewegung seines verletzten Beines fuhr ein grausamer Schmerz durch seinen Körper und trieb ihm die Tränen in die Augen.

»Oma und Opa waren mit uns auch im Zoo«, berichtete Svenja. »Ich mag die Tiger gern. Sie sind so hübsch.«

»Tiger mag ich auch«, presste Florian hervor und biss fest die Zähne zusammen, als eine neue Welle quälenden Schmerzes in sein Bein fuhr. »Kannst du fauchen und brüllen wie ein Tiger, Svenja?«

»Rooooooaaaaaarrrrrr!«, dröhnte es durch die Tür. Dann folgte ein Lachen. »Und du? Kannst du das auch?«

Florian schloss die Augen. Er hatte die Tür erreicht, doch der Holzriegel war zu massiv, als dass er ihn von unten würde anheben können. Er musste aufstehen und den Balken hochheben, anstatt ihn im Liegen hochzudrücken. Mit letzter Kraft stemmte er sich auf die Beine und zog sich an der Tür hoch. Und ein Brüllen entfuhr seiner Kehle, das dem eines Tigers Konkurrenz machen konnte. Verdammtes Bein.

Das massige Vierkantholz hielt sein ganzes Gewicht und er lehnte sich erschöpft mit dem Oberkörper an die Tür. Kalter Schweiß rann von seiner Stirn über die Wangen und die Kopfschmerzen pochten mörderisch in seinen Schläfen.

»Bist du an der Tür?«, fragte Svenja hoffnungsvoll. Auch sie stand direkt hinter der Tür. »Dein Tiger war toll, richtig echt.«

»Danke. Deiner war auch toll.« Mühsam verlagerte Florian sein Gewicht, stützte sich mit der rechten Hand am Türrahmen ab und legte die linke unter den Riegel. »Ich versuche jetzt, die Tür zu öffnen, Svenja«, sagte er und bereute es im gleichen Moment. Der Balken war viel schwerer, als er gedacht hatte, und eine Hand würde nicht ausreichen, um ihn anzuheben. Doch sein gesamtes Körpergewicht auf seine Beine zu verlagern, würde mehr als schmerzhaft werden.

»Du, Svenja«, sagte er deshalb vorsorglich. »Ich werde vermutlich gleich noch einmal brüllen wie ein Tiger. Aber mach dir keine Sorgen, auch wenn es sich gruselig anhört, okay?«

»Okay«, hörte er nach kurzem Zögern.

Er wollte nicht schreien, wirklich nicht. Doch in der gleichen Sekunde, in der er die Hand vom Türrahmen nahm und seine über 80 Kilo auf seine zwei Beine verlagerte, zerriss der Schmerz ihm seinen kompletten Körper, fuhr ihm durchs Bein, durch die Lunge und schlug im Kopf ein. Er hatte das Gefühl, sein Schädel würde zerspringen und alles um ihn herum wurde schwarz. Doch er durfte nicht in Ohnmacht fallen. Er musste den Riegel bewegen. Er musste doch die Tür öffnen. Er sah nichts mehr, alles wurde plötzlich dunkel und der Schmerz ließ schlagartig nach.

KAPITEL 27

Die Kopfschmerzen wurden immer schlimmer. Total übermüdet, doch fürchterlich überdreht und ruhelos stieg Jessica aus ihrem Auto und lief durch den Vorgarten zur Haustür. Es wurde bereits dunkel und der Bewegungsmelder über der Haustür leuchtete auf, als sie näher kam. Den ganzen Tag über hatte sie auf der Dienststelle verbracht, doch nicht viel mehr herausgefunden, als das, was Martin ihr und Kommissar Willig mitgeteilt hatte. Sie konnte sich nach wie vor keinen Reim auf die ganze Sache machen, glaubte einfach nicht daran, dass ihr verstorbener Schwager Wolfgang nicht der Vater von Tobi und Svenja war. Susanne hätte ihren Mann doch niemals betrogen, nur um schwanger zu werden. Und von einer längeren Beziehung hatte sie auch nie etwas mitbekommen. Nein, die beiden mussten einfach Wolfgangs Kinder sein.

Trotzdem hatte sie ein mulmiges Gefühl, als sie die Haustür aufschloss. Sie hatte mit Berthold abgesprochen, von den neuen Erkenntnissen niemandem etwas zu erzählen, folglich würde sie ihre Schwester auf Martins Vorwürfe auch nicht ansprechen können.

Und auch Florian blieb nach wie vor verschwunden. Die Beamten des Vermisstendezernats hatten am Nachmittag sein Handy geortet. Es lag im Handschuhfach seines Autos. Und das stand nach wie vor direkt vor dem Mehrfamilienhaus, in dem er wohnte. Auch diese Tatsache war ungewöhnlich und so gar nicht typisch für ihren Freund. Sicherlich hätte er sein Handy mitgenommen, wenn er sich erneut auf die Suche nach Svenjas Entführer gemacht hätte. Sein Handy und natürlich auch sein Auto. Inzwischen machte sich Jessica ernsthaft Sorgen um Florian.

Und Svenja? Jessica hasste es, darüber nachzudenken, doch die Chancen, sie noch lebend zu finden, schwanden minütlich.

»Hallo, Kleines«, begrüßte Herbert Grothe seine Tochter flüsternd. »Gibt es Neuigkeiten?«

Ihre Schwester Susanne schlief auf dem Sofa. Jessica schüttelte nur den Kopf, ging in die Küche, öffnete den Kühlschrank und schaute hinein. Sie hatte Hunger, war den ganzen Tag nicht zum Essen gekommen, doch sie fand nichts, auf das sie Appetit hatte. Schließlich griff sie nach einem Stück Käse, wickelte ihn aus der dünnen Folie und biss hinein. Als sie den Kühlschrank schloss und sich umdrehte, stieß sie beinahe mit ihrem Vater zusammen.

»Entschuldige«, brummte sie ganz unnötigerweise und mit vollem Mund. »Gibt's denn bei euch etwas Neues?«, griff sie das Gespräch von eben wieder auf und schob sich erneut den Käse in den Mund.

Dieses Mal war es ihr Vater, der den Kopf schüttelte. »Nichts«, sagte er leise, um Susanne nicht zu wecken. »Die Kemptener Beamten suchen fieberhaft nach Hinweisen, doch an dem Übergabeort, den Susanne ihnen beschrieben hatte, waren nur Reifenspuren von ihrem eigenen Auto.«

»Der Entführer ist also gar nicht dort aufgetaucht?«, schloss Jessica. »Dann spricht doch wieder einiges für Martin. Schließlich war er zur selben Zeit bei mir und hat Tobi mitgenommen. Vielleicht hat er den Termin mit Susanne einfach vergessen.« Das klang mehr als blöd, doch Jessica wollte sich unbedingt daran festhalten, dass Martin der alleinige Übeltäter war. Denn wenn er Tobi so gut behandelt hatte, wäre vielleicht auch Svenja bei ihm gut versorgt gewesen. Dann würde sie jetzt mit Sicherheit noch leben. Auch diese Tonbandaufnahme, die Susanne ihm übergeben sollte, sprach doch nur für seine Schuld. Wer sonst war daran interessiert, Martins merkwürdiges Geplapper auf einer alten Kassette zu erpressen, wenn nicht Martin selbst?

Jessica hatte sich am Nachmittag auf der Polizeiwache das Tonband angehört, um das es anscheinend ging. Darauf war ein kurzer Abschnitt eines Streitgespräches zwischen ihm und Wolfgang. Gerade mal 30 Sekunden dummes Gerede und jeder, der Martin kannte, hätte seine darauf geäußerten Aussagen nicht für bare Münze genommen. Er fluchte halt gern, brauste schnell auf und sagte dann manchmal wirklich schlimme Dinge. Doch er meinte es nie so. Wer ihn allerdings nicht gut kannte, konnte seine Aussage auch als Schuldeingeständnis werten, denn Martin drohte seinem eigentlich besten Freund Wolfgang auf dem Band an, ihn umzubringen.

»Ich bring dich um, du alter Sack«, waren seine Worte gewesen. Alter Sack? Hätte er aus Wut und Verzweiflung nicht eher »Arschloch« oder »Mistkerl« gesagt? Natürlich war es möglich, dass Martin der Mörder von Wolfgang war. Vieles deutete schon damals darauf hin. Doch Jessica verstand gerade jetzt nicht, warum Martin, wenn er doch von dem Tonband wusste, nicht schon viel früher versucht hatte, es an sich zu bringen. Irgendetwas stimmte da nicht.

»Irgendetwas übersehe ich immer noch, Paps«, sagte sie deshalb, legte den angebissenen Käse neben die Spüle und rieb sich müde die Augen.

»Ja«, sagte Herbert Grothe nur. »Schau noch einmal in deine Unterlagen.« Dann verließ er die Küche, stieg die Treppe zum Kinderzimmer hinauf, in dem er und seine Frau Elfriede während ihres Besuches schliefen, und ließ sie mit ihren Gedanken allein.

Endlich in ihrem kalten Kellerzimmer, schaltete Jessica den Elektroheizer an, setzte sich aufs Bett und öffnete die untere Schublade ihres Nachttisches. Ihr Vater konnte nur diese Unterlagen meinen, denn sonst besaß sie keine weiteren Aufzeichnungen. Doch diese gesammelten Beweise betrafen den Mordfall Wolfgang Reuter und nicht die Entführung. Eigentlich hätte sie schlafen müssen, ihr Körper verlangte schon seit Stunden nach Ruhe und ihre Kopfschmerzen verhinderten fast jeden klaren Gedanken, doch sie durfte jetzt nicht aufgeben. Ganz obenauf im alten Pappordner lag ein handgeschriebener Zettel. Es war der letzte vermeintliche Beweis, den Jessica zu ihren Unterlagen gelegt hatte. Diese merkwürdige und undefinierbare Buchstabenkombination »LLFS«, die sie notiert hatte, kurz nachdem Florian Forster sie damals danach fragte, waren nach wie vor ein Rätsel für sie.

Einer plötzlichen Eingebung folgend, griff sie ihr Handy und wählte die Nummer der Auskunft. Von dort ließ sie sich sofort weiterverbinden.

»Vollmer«, meldete sich eine junge Frau. Im Hintergrund schrie ein Baby.

»Guten Tag, Frau Vollmer. Jessica Grothe ist mein Name«, stellte sie sich höflich vor. »Es tut mir leid, wenn ich Sie so spät noch störe, doch wir bei der Polizei haben aufgrund einer neuen Straftat eventuell neue Hinweise auf den Mörder Ihres Mannes«, log sie und fühlte sich dabei nicht einmal schlecht. Wenn es irgendwie half, ihre Nichte zu finden, würde sie alles tun. »Ich hätte da noch ein paar Fragen zum Handy Ihres Mannes.«

Eine kurze Pause entstand.

»Ich sagte doch bereits, dass mein Mann kein Handy besaß«, erklärte die Frau und Jessica spürte, dass die junge Mutter aufgrund des Babygeschreis das Gespräch lieber schnell beendet hätte.

»Aber wir haben doch ein Handy bei ihm gefunden«, versuchte sie es weiter. »Hat er sich vielleicht eins zugelegt, ohne Ihnen etwas davon zu sagen?«

Ein verächtliches Schnauben war zu hören. »Nein«, hörte Jessica dann. »Das hätte er nicht. Sein dummer Freund Paul wollte immer, dass er eins hat, doch wir haben uns dagegen entschieden. Das liebe Geld – Sie verstehen?«

»Wie heißt denn sein Freund mit Nachnamen?«, fragte Jessica schnell, denn sie wusste, sie würde die Geduld der Dame nicht viel länger strapazieren dürfen.

»Dornhausen. Paul Dornhausen«, gab Frau Vollmer bereitwillig Antwort. »Er hat eine Rechtsanwaltskanzlei. Mein verstorbener Mann wollte dort anfangen, wenn er seinen Abschluss bekommen hätte.« Sie seufzte bedauernd. »Jetzt muss ich mich aber wirklich um mein Kind kümmern. Sie melden sich, wenn Sie den Mörder meines Mannes gefasst haben?«

»Selbstverständlich, Frau Vollmer. Und vielen Dank für Ihre Hilfe.«

»Gern. Guten Abend.«

»Ihnen auch.«

Das Gespräch mit Herrn Vollmers Witwe setzte Jessica total unter Strom. Sie war wieder in ihrem Element, hatte das Gefühl, der Sache endlich auf der Spur zu sein. Es fehlte nicht mehr viel bis zur finalen Erkenntnis und wenn sie jetzt den richtigen Menschen die richtigen Fragen stellte, dann würde sie das Rätsel mit Sicherheit lösen.

Als der Name Paul Dornhausen fiel, kam wieder Leben in den Fall. Gut, der Mord an Klaus Vollmer auf dem Parkplatz des Baumarktes hatte vermutlich nichts zu tun mit Svenjas Entführung, doch war die Verbindung zum Hamburger Mordfall an ihrem Schwager scheinbar wieder greifbar nahe. Und wenn sie dann den Faden weiterspann und die Aussage von Martin hinzuzog, schaffte sie tatsächlich wieder den Bogen zu der aktuellen Entführung. Es wäre möglich, dass alles miteinander zu tun hatte. Sie musste sich nur noch klar darüber werden, wie die Dinge zusammenhingen und wer mit allen vier Verbrechen etwas zu tun hatte. Wieder fiel ihr hier nur Martin ein. Er hatte Tobi entführt, er hätte auch Svenja entführen können. Seinen ermordeten Freund Wolfgang hatte Martin Hansen im Badezimmer der Hamburger Polizeiwache gefunden, also vielleicht auch vorher ermordet. Und das Kemptener Mordopfer Klaus Vollmer? Jessica rieb sich gedankenverloren die Stirn. Klaus Vollmer hatte zu Martin Hansen scheinbar gar keine Verbindung. Die einzige Verbindung zwischen dem Vorfall in Hamburg und dem Kemptener Verbrechen war dieses Handy mit ihrer eigenen alten Festnetztelefonnummer.

Ohne noch lange nachzudenken, wählte sie die direkte Durchwahl zu Hauptkommissar Forsters Büro, die sie auswendig kannte und hoffte, Berthold Willig hätte noch nicht Feierabend gemacht.

Sie hatte Glück, der Kommissar nahm bereits nach zweimaligem Klingeln ab.

»Kommissar Willig?«, rief er ins Telefon. Der leichte Hauch von Hoffnung schwang in seiner Stimme mit und Jessica wusste, dass er genauso verzweifelt auf einen Anruf von Florian wartete, wie sie selbst auch.

»Ich bin's, Jessica. Berthold, Sie müssen etwas für mich tun«, fiel sie gleich mit der Tür ins Haus. In kurzen knappen Sätzen berichtete Jessica ihm von dem Telefonat mit der Witwe Vollmer und den neuen Erkenntnissen bezüglich des bei dem Verstorbenen gefundenen Handys. Sie bat den Kommissar, sich diesbezüglich mit Rechtsanwalt Dornhausen in Verbindung zu setzen. Vielleicht würde er die Frage nach der merkwürdigen Buchstabenkombination endlich aufklären können.

»Der Name Dornhausen sagt mir etwas«, murmelte Berthold nachdenklich. »Ist das nicht …«

»Ja, das ist der Chef meiner Schwester«, unterbrach ihn Jessica. »Sie ist auch mit ihm liiert.«

»Oh.« Der Kommissar klang erstaunt. »Okay. Ich werde mich gleich darum kümmern.«

»Gut. Dann rufe ich in Hamburg an und versuche mehr über den neusten Mord herauszufinden. Vielleicht können wir Martin wirklich damit in Verbindung bringen und ihn schließlich auch der anderen beiden Morde überführen.« Es schnürte ihr förmlich die Kehle zu, wenn sie daran dachte, dass Martin ihren Schwager Wolfgang getötet hatte. Wolfgang hatte Martin blind vertraut und wenn Jessica ehrlich zu sich war, hatte sie das Gleiche getan. Sie konnte das Bild eines kaltblütigen Mörders nach wie vor nicht mit ihrem liebevollen und gutmütigen Freund Martin vereinbaren. Und doch sprach alles gegen ihn.

Das nächste Telefonat ging nach Hamburg. Direkt in die Zentrale der Davidwache. Als ehemalige Hauptkommissarin kannten die Beamten aus dem Stadtteil St. Pauli sie alle gut, doch sie wusste, die Polizisten würden ihr keine Auskünfte geben, die über die normalen Standardinformationen hinausgingen. Deshalb fragte sie sofort, als jemand abhob, nach Irene, der guten Seele der Wache und behauptete, es sei ein Privatgespräch.

»Jessica Grothe«, lachte Irene, als sie die Hauptkommissarin erkannte. »Wie geht es dir? Schön, mal wieder von dir zu hören.«

»Ganz gut«, antwortete Jessica kurz angebunden. Sie wollte sich nicht mit Plänkeleien über Gesundheitszustände und das Wetter aufhalten und dennoch wollte sie nicht unhöflich erscheinen. Schließlich brauchte sie Irenes Hilfe. »Tut mir leid, aber im Moment will ich nur schnell ein paar Informationen und weiß, dass du sie mir geben kannst.«

Irene verstand sofort. »Dann frag. Was willst du wissen? Wenn ich helfen kann, dann tue ich es.«

Die Informationen, die Irene ihr am Telefon geben konnte, waren umfangreicher, als Jessica je gehofft hatte. Sie wusste wirklich alles.

»Es ist zwar nicht unser Bereich gewesen, doch da die Beamten der Sondereinheit vor allem nach Martin suchen«, erklärte sie, »haben wir hier natürlich genug von dem Fall mitbekommen. Du glaubst doch auch nicht, dass der Martin ein Mörder ist, oder?«

Jessica räusperte sich vernehmlich. »Es sieht leider ganz so aus, Irene. Gibt es denn eine Verbindung zum Mordopfer?« Ihr war der Name der Frau entfallen, die Martin auf dem Gewissen haben sollte, doch Irene konnte wie immer aushelfen.

»Die gibt es tatsächlich, wenn auch nur indirekt«, gab sie zu. »Diese Milton war die Exfrau von Kai Richter! Mit dem warst du doch mal zusammen.« Sie machte eine kurze Pause und sog dann erschrocken die Luft ein. »Der Martin war doch nicht etwa eifersüchtig?«, keuchte sie und es klang, als würden ihr die plötzlichen Zusammenhänge gar nicht gefallen. Doch Jessica beruhigte sie.

»Quatsch. Martin war nie eifersüchtig auf Kai, warum auch. Außerdem hätte er dann doch Kai ermordet und nicht seine Exfrau. Es muss ein anderes Motiv geben.«

Das andere Ende der Leitung blieb stumm.

»Irene? Bist du noch da?«

»Du weißt es nicht, oder?« Irenes Stimme war belegt. Sie sprach leise, fast geheimnisvoll. Und doch schwang Bedauern in ihrer Stimme mit.

»Was soll ich nicht wissen?«

»Den Kai hat es auch erwischt«, platzte Irene heraus, nur um schnell hinzuzufügen: »Er wurde übel zugerichtet und ist beinahe gestorben. Er lag monatelang im Koma und ist erst letzte Woche wieder aufgewacht. Er hat einen kleinen Sohn, wusstest du das? Der kleine Mann muss jetzt ohne Mutter und mit einem traumatisierten Vater aufwachsen. Die Welt ist manchmal grausam«, schloss sie und klang plötzlich schrecklich müde. »Diese Bestie, die

Kai und seiner Frau das angetan hat, muss hinter Schloss und Riegel.«

KAPITEL 28

Etwas tropfte auf sein Gesicht. Wasser lief ihm ins Gesicht, über die Augen, in die Nase. Er hatte das Gefühl zu ertrinken, japste nach Luft, prustete und kam endlich zu sich. Sein Kopf lag auf etwas Weichem und direkt über sich starrte er in das Gesicht von Svenja. Mit geschwollenen und verweinten Augen sah sie ihn hilflos an. Schwarze Streifen von Dreck überzogen ihre Wangen und sie zitterte. Ob vor Kälte oder vor Angst konnte er nicht sagen.

»Hallo«, sagte die Kleine und klang erleichtert. »Ich dachte, du wärst tot.«

»Nein«, sagte Florian. Es sollte stark und mutig klingen, doch er krächzte nur heiser. Vorsichtig hob er seine Hand und wischte sich die Feuchtigkeit aus dem Gesicht.

»Ich habe dich nass gemacht«, gab Svenja bedauernd zu und half ihm mit dem Ärmel ihrer Jacke, seine Wangen trocken zu reiben. »Ich dachte, das macht man so.«

»Ja, prima. Du kennst dich wirklich gut aus«, stimmte er zu und versuchte zu lächeln. Erst jetzt bemerkte er, dass Svenja seinen Kopf auf ihre Beine gelegt hatte und ihm fast zärtlich mit ihrer anderen behandschuhten Hand über die Haare strich.

»Dein Bein sieht schlimm aus«, sagte sie leise. »Tut es sehr weh?«

»Geht so. Ich bin froh, dass ich die Tür aufbekommen habe.« Zwar hatte er keine Ahnung, wie er das geschafft hatte, doch da Svenja jetzt neben ihm saß, musste er es irgendwie hinbekommen haben. »Geht es dir gut, Svenja?«

Sie sagte nichts, doch ihre Augen füllten sich mit Tränen. »Sind wir hier jetzt für immer gefangen?«

»Natürlich nicht«, bestimmte Florian und strich mit seinem Daumen eine Träne von ihrer Wange. Es war wieder sehr dunkel in dem kalten muffigen Raum. Der Tag schien zu Ende zu gehen und die nächste Nacht kündigte sich an. Wenn er am Anfang nicht allzu viel Zeit verloren hatte und sich deshalb arg täuschte, war er jetzt mit Svenja seit eineinhalb Tagen in diesem Gefängnis. Er hatte Hunger, Durst und fror schrecklich, doch sein Bein machte im Moment keine Zicken. Es fühlte sich beinahe taub an.

»Die Tür da hinten ist verschlossen«, flüsterte Svenja und beantwortete Florian so die Frage, die er nicht zu stellen gewagt hatte. Es war schlimm für das Kind hier in Gefangenschaft. Noch viel schlimmer als für ihn selbst. Er wollte sie nicht unnötig belasten.

»Das habe ich vermutet«, antwortete Florian gequält. Er hatte das Gefühl, seine Zunge würde am Gaumen kleben. Sein Mund und sein Hals waren so trocken, als hätte er Staub geschluckt. Deshalb klang seine Stimme vermutlich auch so rau. »Hast du noch mehr Wasser?«, fragte er krächzend.

»Ja, warte kurz.« Ganz vorsichtig hob sie seinen Kopf, zog ihre Beine unter ihm hervor und stand auf. Dann lief sie in den Nebenraum. Florian beobachtete sie kritisch, doch er konnte keine körperliche Verletzung an ihr feststellen. Ihre Kleidung war heil, ihre Hände und ihr Gesicht unversehrt. Und Humpeln tat sie auch nicht. Ihr ging es physisch gut und das war wiederum ein positives Zeichen.

Zaghaft lächelnd kam sie wieder zu ihm zurück, in der einen Hand eine Flasche Mineralwasser, in der anderen eine Wolldecke und ein Kissen.

»Da drüben ist ein Bett, Essen und Trinken«, erklärte sie. »Hast du auch Hunger?«

Florian schüttelte vorsichtig den Kopf und kniff die Augen fest zu. Der Schwindel überfiel ihn jetzt sogar im Liegen. Das war nicht gut. Behutsam hob Svenja erneut seinen Kopf an und half ihm beim Trinken. Dann schob sie das Kissen unter seinen Kopf und winkte ab, als Florian protestierte.

»Drüben ist noch eins«, erklärte sie ihm.

»Gut. Aber die Decke nimmst du«, bestimmte er. »Es ist verdammt kalt hier.«

»Du frierst aber mehr«, stellte Svenja fest und legte den Kopf leicht schräg, als sie ihn beobachtete. Florians Arme und sein Oberkörper zitterten plötzlich heftig. »Dabei ist dein Kopf ganz heiß.« Erneut wischte sie Florian mit dem Ärmel über die Stirn. Dieses Mal war sie feucht von heißem Schweiß. Er hatte Fieber. Und Schüttelfrost. Das war verdammt noch mal gar nicht gut.

»Es ist alles gut«, wollte er sagen, doch seine Zähne klapperten heftig. Svenja breitete die Decke über ihm aus.

»Darf ich bei dir bleiben?«, fragte sie zaghaft. »Es ist nachts so schrecklich dunkel.«

Als Florian seinen Arm unter der Decke herausschob und ihr einladend entgegenhob, kuschelte sie sich an seinen fieberheißen Körper, legte ihren kleinen Kopf auf seine Schulter und weinte leise.

»Kommt uns jemand retten?«, fragte das Mädchen nach einer ganzen Weile. Florian schreckte aus einer Art Dämmerschlaf hoch, als sie plötzlich zu sprechen begann. Er fühlte sich schlapp und das Denken fiel ihm schwer. Am allerliebsten wollte er einfach wieder die Augen zumachen und schlafen, doch das Kind brauchte ihn und seinen Schutz. Es musste ihm einfach gelingen, sie beide irgendwie zu retten. Doch ihre Frage ließ er unbeantwortet.

»Es wird gleich Nacht, Svenja. Wir sollten versuchen, etwas zu schlafen.«

Svenja erhob sich und sah ihn verwundert an. »Aber die Sonne geht doch schon wieder auf. Siehst du das denn nicht?« Durch das kleine Fenster schien tatsächlich ein schwacher Märzsonnenstrahl und erleuchtete den schmutzigen Raum. Die Nacht war bereits wieder vorbei. So lange und so fest hatte Florian nicht schlafen wollen. Jede weitere Stunde, die sie in diesem Gefängnis ausharrten, ließ die Gefahr wachsen, hier niemals lebend herauszukommen. Mühsam setzte er sich auf, nur um sich kurz darauf wieder flach hinzulegen. Der Schwindel ließ einfach nicht nach. Außerdem fehlte ihm inzwischen die nötige Kraft, sich lange aufrecht zu halten.

Verzweifelt schaute er zu Svenja hinauf, die immer noch neben ihm kniete und ihn besorgt ansah.

»Wir müssen hier raus, Svenja«, brachte Florian mit letzter Anstrengung hervor, schloss die Augen und fiel erneut in einen tiefen Schlaf.

In den frühen Morgenstunden schlief Jessica kraft- und mutlos über ihren ausgebreiteten Unterlagen ein. Sie hatte die letzten Stunden an dem alten Holztisch in der Mitte ihres Zimmers gesessen und all die gesammelten Beweise wieder und wieder durchgesehen, doch keine weiteren Hinweise gefunden. Schließlich hatte sie die großen Hamburger Krankenhäuser abtelefoniert und herausgefunden, in welchem Kai untergebracht war, ihm eine Nachricht und ihre neue Handynummer hinterlassen. Sie wollte wissen, ob Kai seinen Peiniger gesehen hatte und die Hamburger Kriminalpolizei deshalb nach Martin gefahndet hatte, und natürlich wollte sie seine Stimme hören. Die Vorstellung, dass Kai so fürchterlich leiden musste, war schrecklich für Jessica.

Irgendwann hatte sie sich nicht mehr wach halten können. Ihr Kopf war einfach auf ihren Unterarm gesackt und ihre Augen müde zugefallen.

Ihre Schwester weckte sie am Morgen. Es war bereits hell im Zimmer und deshalb erkannte Jessica sofort, dass Susanne wieder geweint hatte. Schlagartig war Jessica hellwach.

»Ist etwas passiert?«

»Ich habe eine neue Nachricht bekommen.« Ihre Worte klangen tonlos. Um sich richtig aufzuregen, war sie vermutlich inzwischen zu schwach und hoffnungslos. »Es gibt doch einen zweiten Entführer.«

»Oh mein Gott«, rief Jessica verwundert und sprang von dem unbequemen Stuhl auf, auf dem sie seit Stunden gesessen hatte. »Was ist das für eine Nachricht?«

»Ein Anruf«, sagte Susanne, »mit ekelhaft verzerrter Stimme. Dieses Mal wollte er Geld, sonst würde er Svenja … sonst würde er …«, ihre Stimme versagte und sie warf sich Jessica weinend in die Arme.

»Weißt du den Übergabeort? Hast du die Polizei informiert? Wann müssen wir da sein?«

Dankbar sah Susanne ihre ältere Schwester an. »Du kommst also mit? Oh, Jess. Danke.«

»Klar. Aber wir müssen auch die Polizei informieren. Ich hoffe, du siehst das ein.«

Susanne nickte eifrig. »Ja, ich habe schon bei diesem Kommissar Willig angerufen. Er leitet alles in die Wege. Ich soll aber schon zum Übergabeort fahren. Der Kommissar hat gesagt, dass jetzt jede Sekunde zählt.« Wieder füllten sich ihre Augen mit Tränen. »Wir sind doch nicht zu spät, Jess, oder?«

Sosehr Jessica auch hoffte, dass ihre Nichte unversehrt war, wusste sie trotzdem, dass die Chancen gering waren, sie lebend zu finden. Trotzdem nahm sie Susanne erneut in den Arm. »Wir werden Svenja heute finden«, sagte sie leise, denn daran glaubte sie fest.

Wenig später saßen die Schwestern in Susannes Limousine. Auf Wunsch von Susanne hatten die beiden ihren Eltern nichts von dem Anruf des Entführers erzählt. Susanne hoffte, ihre Eltern so nicht unnötig zu beunruhigen. Schließlich ließ sie ihren Sohn Tobi in der Obhut ihrer ohnehin schon hypernervösen Mutter. Auch Jessica hielt es für eine gute Idee, obwohl sie sehr bedauerte, ihren Vater nicht mit ins Boot holen zu können. Als ehemaliger Ermittler hätte er ihnen sicher mit Rat und Tat zur Seite stehen können. Immerhin hatte Jessica geistesgegenwärtig die Pistole aus dem alten Karton auf ihrem Kleiderschrank gekramt und angelegt. Die alte Walther PPK war ein Geschenk ihres Vaters zur bestandenen Prüfung auf der Polizeischule gewesen. Die ehemalige Dienstwaffe, die bereits in den 70er-Jahren durch Waffen mit größerem Kaliber ersetzt worden war, hatte Herbert Grothe rechtmäßig erworben. Er persönlich liebte diese kleine handliche Waffe sehr und hatte ihr Ausscheiden aus dem Polizeidienst immer bedauert. Und Jessica konnte seine Faszination für diese Pistole gut verstehen. Sie passte hervorragend in das Schulterhalfter und verschwand völlig unauffällig unter ihrem linken Arm. Selbst, wenn sie nur eine Bluse getragen hätte, wären die Pistole und das Halfter kaum zu sehen gewesen. Jetzt allerdings war Jessica warm eingepackt in einen dicken Wintermantel. Die kalte Jahreszeit hatte sich vor ein paar Tagen mit Bodenfrost und neuem Schneefall noch einmal zurückgemeldet.

»Wie lange müssen wir fahren?«, fragte sie ihre Schwester Susanne, die recht nervös sich immer wieder verschaltete und viel zu hektisch Kurven schnitt. »Soll ich vielleicht lieber fahren?«

»Nein, nein«, erwiderte Susanne abwesend. »Das Navi gibt eine Fahrzeit von einer guten halben Stunde vor. Ich werde etwas schneller fahren.« Mit diesen Worten bog sie auf die Schnellstraße Richtung Füssen und beschleunigte unsanft den schweren Wagen. Er heulte protestierend auf und fügte sich dann surrend Susannes Anweisungen.

Jessica rieb sich die Schläfen. Die Kopfschmerzen hatten auch nach der kurzen Ruhephase nicht nachgelassen und hämmerten ungnädig in ihrem Schädel.

»Im Handschuhfach sind Tabletten«, sagte Susanne, die sich ebenfalls die Stirn rieb. »Gib mir bitte auch eine. Oder nein, am besten gleich zwei.« Jessica beugte sich vor und öffnete die kleine Klappe im Armaturenbrett vor ihren Knien. Ein Licht ging an und erleuchtete das dahinter liegende Fach.

»In der hellblauen Pillenbox«, half Susanne. »Und hinter deinem Sitz ist eine Flasche Wasser.«

Schnell fand Jessica die winzige hellblaue Schachtel aus leichtem Aluminium, öffnete sie und nahm insgesamt vier der kleinen runden Pillen heraus. Zwei davon gab sie ihrer Schwester. Dann verstaute sie die Box wieder im Handschuhfach, schloss es und griff hinter ihren Sitz. Sie öffnete die Flasche und hielt sie Susanne hin. »Nein, du bitte zuerst«, sagte sie höflich und nickte Jessica aufmunternd zu. In diesem Moment klingelte Jessicas Handy. Sie zuckte bedauernd mit ihren Schultern, reichte ihrer Schwester die Wasserflasche und ging ans Telefon.

Das Gespräch war kurz und außer ein paar wenigen gebrummten »Mmhs« und »Jas« sagte sie nichts, starrte nur angestrengt durch die Windschutzscheibe auf die fast autofreie Bundesstraße.

Dann beendete sie schlagartig das Telefongespräch, indem sie den Anrufer rüde abwies.

»Nein, wirklich nicht, vielen Dank. Ich bin mit meinem Handyvertrag mehr als zufrieden und brauche keinen neuen. Auf Wiedersehen.« Ein kurzer Blick in Susannes Richtung, die sie fragend ansah, dann schob sie sich die Tabletten in den Mund, griff nach der Flasche in Susannes Hand und spülte die Pillen mit einem großen Schluck Wasser hinunter.

KAPITEL 29

»Wach bitte auf.« Jemand schüttelte ihn heftig. Sein Kopf schlug von links nach rechts und er stöhnte. »Florian, bitte wach doch auf.«

»Bin wach. Bin schon wach«, brummte er, konnte die Augen aber noch nicht öffnen. Der Schwindel war mörderisch.

»Ich werde gehen«, hörte er Svenja sagen und erschrak. Ungläubig starrte er sie an. »Ich gehe und hole Hilfe. Du kannst ja nicht laufen.« Sie hatte eine dicke Daunenjacke an und einen Wollschal fest um ihren Hals gewickelt. Jetzt bemerkte Florian, dass mehrere Flaschen mit Wasser neben seinem Kopf standen, außerdem eine angebrochene Schachtel mit Keksen und zwei Bananen.

»Ist die Tür denn offen?«, fragte er verständnislos und drehte seinen Kopf vorsichtig in Richtung Ausgang.

»Ich werde durch das Fenster klettern. Es lässt sich öffnen.« Als Florian seinen Blick zum Fenster wandte, sah er, dass Svenja den Tisch bis vor die Wand unter dem Fenster geschoben hatte und zusätzlich einen der Stühle draufgestellt hatte. Der morsche verglaste Holzrahmen des Fensters stand bereits weit offen.

»Svenja, das ist viel zu gefährlich«, sagte er und wusste doch, dass es ihre einzige Chance war, dem Entführer zu entkommen. Er wusste zwar nicht, wo sie waren, wie weit die nächste Straße und die nächste Ortschaft entfernt war und ob Svenja die richtige Richtung einschlagen würde. Sie könnte sich verlaufen, die Orientierung verlieren und erfrieren, doch sie könnte auch endlich in Sicherheit sein.

Für Svenja würde es das Beste sein, jetzt zu gehen. Entführungen gingen immer tödlich aus.

»Gut«, stimmte er schließlich zu. »Aber nimm etwas zu essen mit. Und Wasser, du musst trinken. Und dann horchst du, ob du eine Straße hörst. Suche eine Straße, halte ein Auto an.« Er röchelte etwas, drohte bereits wieder, kraftlos in eine weitere Bewusstlosigkeit abzudriften. »Die Polizei … informiere die Polizei.« Er schloss die Augen. Als er sie nach wenigen Sekunden wieder öffnete, war Svenja verschwunden.

»Svenja?«, rief er und es klang ängstlich.

»Ich bin hier«, kam ihre Antwort von draußen. Sie lag vor dem Fenster und steckte ihren Kopf hinein. Es war ein Kellerfenster, nur knapp überirdisch. Er war in einem verdammten Keller gefangen.

»Kannst du Autos hören?«, rief er, doch sie schüttelte den Kopf.

»Hier ist nur Wald. Ganz viele Bäume. Wo soll ich hingehen?« Sie weinte wieder.

»Svenja, ich bewundere, wie mutig du bist«, sagte er deshalb. »Sind wir auf einem Berg? Ist der Boden schief oder gerade?«

»Da vorne geht es runter.« Svenja schaute nach rechts und zeigte mit dem Arm ebenfalls in diese Richtung. »Ist die Straße oben oder unten, Florian?«

»Die Straße ist unten. Geh nach unten, aber sei ganz vorsichtig und falle nicht. Wenn es zu steil wird, dann drehe um.« Oh Gott, wenn das Kind jetzt in eine Schlucht fiel, würde er sich das niemals verzeihen. »Ist ein Parkplatz vor dem Haus? Schau doch bitte mal nach.« Svenja verschwand. Er hörte, wie sich ihre tapsigen Schritte vom Fenster entfernten und schließlich wiederkamen.

»Nee, kein Parkplatz, aber ich sehe einen Weg. Der geht runter. Soll ich den gehen?«

Florian nickte. »Ja, gehe den Weg hinunter, dann kommst du an eine Straße.« So musste es einfach sein. Doch anstatt nun loszulaufen, blieb Svenja vor dem geöffneten Fenster liegen.

»Du, Florian?«

»Ja? Wenn du zu viel Angst hast, dann musst du nicht gehen, Svenja.« Ihm wäre es zwar lieber, sie würde sich in Sicherheit bringen, doch diese kleine Kinderseele hatte schon zu viel mitgemacht. Es war mehr als verständlich, wenn sie sich fürchtete.

Svenja schüttelte den Kopf. »Du bist doch Polizist. Stimmt doch, oder?«

»Ja, das bin ich«, sagte er. »Und deshalb wird auch alles gut. Vertrau mir.«

Svenja weinte wieder. »Aber …«, begann sie. »Aber die Mama wirst du trotzdem verhaften. Stimmt doch, oder?« Sie wartete seine Antwort nicht ab, sprang nur auf und rannte davon.

Florian konnte sich kaum noch wach halten. Immer wieder verließen ihn seine Kräfte und er musste die Augen schließen. Sein Zeitgefühl hatte er jetzt komplett verloren, deshalb konnte er nicht sagen, wie lange Svenja schon weg war. Draußen war es nach wie vor hell und es schneite. Weißer Pulverschnee wehte durchs offene Fenster und bedeckte den Tisch und den Stuhl. Hier im Keller war es so kalt, dass der Schnee nicht schmolz und eine dünne weiße Schicht bildete, selbst auf der Wolldecke, die Svenja über ihn gebreitet hatte. Er fror erbärmlich und auch das Wasser in den Flaschen neben ihm war eiskalt, doch er zwang sich, möglichst viel davon zu trinken. Das Fieber brannte in seinem Körper, Schweiß stand auf seiner Stirn und trotzdem fröstelte er. Vermutlich hatte sich das Bein entzündet, es schmerzte inzwischen höllisch, obwohl er sich jetzt gar nicht mehr bewegte. Lange würde er nicht mehr durchhalten.

Kurz entschlossen schob er die klamme Decke von seinem Körper und richtete sich langsam auf. Ein Blick auf die Wunde an seinem Bein reichte, um ihm seine hoffnungslose Lage vor Augen zu halten. Jetzt, bei Tageslicht sah er das ganze Ausmaß seiner Verletzung. Seine Jeans war vom Knie bis zur linken Hosentasche aufgerissen und sein Bein ebenfalls. Beim letzten Mal hatte er lediglich festgestellt, dass die Wunde nicht mehr blutete und bereits Schorf gebildet hatte, jetzt allerdings durchbrach dicker gelblicher Eiter die Schnittwunde erneut und bildete dicke Blasen unter der Haut. Es sah grauenvoll aus, doch die Übelkeit, die in Florians Magen entstand, überdeckte kurzfristig den Schwindel in seinem Kopf und brachte seinen geschwächten Kreislauf in Wallung. Vorsichtig tastete er über seine Verletzung, fühlte weiche, matschige Haut, feuchten Eiter und direkt über seinem Knie etwas Hartes, Schneidendes. In seinem Bein steckte etwas. Das musste die Ursache für seine unerträglichen Schmerzen sein, denn der größte Teil der Wunde war nicht besonders tief. Die mit dunkelgelber Flüssigkeit gefüllte Blase über seinem Knie ließ sich leicht öffnen und verschaffte ihm kurzzeitig Erleichterung, als der schmerzhafte Druck ein wenig nachließ. Doch dann sah er den großen Metallsplitter, der ein klein wenig aus der matschigen Wunde herausragte, doch unter der Haut dunkel schimmerte. Er war in etwa so lang wie sein Zeigefinger, zumindest der Teil, den er sehen konnte. Wenn der

Splitter tief in seinem Bein steckte, konnte man vermutlich nur den Teil erkennen, der direkt unter der Haut lag.

Die Wunde blutete erneut, doch das war das kleinste Problem. Solange er keine Spritze bekam, konnte er mit offenen Wunden und Blut recht gut umgehen. Der eitrige Schleim, der langsam aus dem Schnitt sickerte, machte ihm allerdings sehr zu schaffen. Er würde das Metall aus seinem Bein ziehen müssen, um einerseits die schlimmsten seiner Schmerzen loszuwerden und andererseits zu verhindern, dass sich diese grauenhafte Entzündung ausbreitete. Und danach würde er die Wunde irgendwie verbinden müssen, damit nicht noch mehr Dreck hineinkam.

Mühsam schälte er sich aus seiner Jacke, zog Pullover und das darunter liegende T-Shirt aus und legte alles neben die Kekse auf den Fußboden. Als er erfolglos versuchte, das weiße T-Shirt zu zerreißen, um geeignetes Verbandsmaterial zu bekommen, verlor er beinahe erneut das Bewusstsein, doch er nahm sich zusammen, blieb wach und bekam auch die aufsteigende Dunkelheit wieder aus seinem Kopf. Es dauerte einige Minuten, bis er wieder richtig klar war, und einige weitere, bis er sich schließlich überwinden konnte, mit seiner Selbstoperation zu beginnen. Ohne noch lange nachzudenken, packte er den Metallsplitter mit Daumen und Zeigefinger seiner rechten Hand und zog das verkeilte Stück aus rostigem Eisen mit einem einzigen Ruck aus seinem Bein. Der aufsteigende Schmerz kam etwas versetzt, dafür aber mit einer Wucht, der er sich ergeben musste, der er nichts entgegenzusetzen hatte. Er schrie aus Leibeskräften, brüllte die qualvolle Pein in die kalte Winterluft, fiel nach hinten und schlug mit dem Kopf hart auf dem Boden auf.

Wie viel Zeit verging, bis er wieder zu sich kam, wusste er nicht, doch es hatte aufgehört zu schneien und sein Bein pochte im gleichen Rhythmus wie sein Herzschlag. Mit großer Anstrengung erhob er sich erneut. Die Verletzung blutete heftig, doch nicht schlimm genug, um ihn komplett leerlaufen zu lassen. Immerhin färbte sich sein Hosenbein mit hellrotem und klarem Blut und überdeckte den eitrigen Schleim. Eine der Wasserflaschen war bereits leer, also griff er nach der zweiten, öffnete sie mit letzter Kraft und goss den Inhalt komplett über die offene Wunde. Es brannte bestialisch und dennoch hatte Florian das Gefühl, das Eiswasser würde seine Schmerzen etwas betäuben. Er verband den blutenden Teil der langen Schnittverletzung, indem er sein T-Shirt um sein Bein wickelte und mit seinem Gürtel fixierte. Der heftige Druck, den der Gürtel auf sein Bein ausübte, trieb ihm die Tränen in die Augen und er stöhnte laut. Doch seine Entscheidung, die Wunde zu verbinden, war richtig. Auch nach einigen Minuten sickerte nur sehr wenig Blut durch den weißen Stoff. Wenn er bei Kräften blieb und noch etwas wartete, konnte er vielleicht sogar aufstehen. Mühsam streifte er sich den abgelegten Pullover und die Jacke wieder über.

Um seinen Kreislauf an die aufrechte Position zu gewöhnen, beschloss er deshalb, erst einmal sitzen zu bleiben, lehnte sich aber kraftlos mit der linken Schulter an die Wand neben der kleinen Tür zum angrenzenden Zimmer, in dem Svenja eingesperrt gewesen war, und schloss die Augen. Er wollte nicht einschlafen, doch wach zu bleiben, schien gänzlich unmöglich.

Ein lautes Poltern und ein unterdrücktes Fluchen rissen ihn aus dem Schlaf.

Schritte.

Hektische, schnelle Schritte.

Dann ein klirrender Schlüsselbund im Schloss der Tür

gegenüber. Etwas fiel zu Boden. Ein Vorhängeschloss? Dann flog die Tür auf und krachte gegen die Wand. Holz auf Holz.

In der Tür stand ...

»Susanne?« Erleichterung mischte sich mit Erstaunen und Panik. Die völlig unterschiedlichen Empfindungen vermengten sich schlagartig zu einer einzigen Erkenntnis. »Warum hast du das getan?«

Doch Susanne schaute ihn nur erschrocken an, lief dann an ihm vorbei und verschwand im Nebenzimmer.

»Wo ist sie, Florian?«, brüllte sie und es klang wie eine fauchende Raubkatze. Wutentbrannt kam sie zurück und trat ihm aus dem Laufen heraus mit ihrem modisch spitzen Winterstiefel direkt in die Rippen. Florian keuchte, fiel zur Seite und krümmte sich auf dem Boden zusammen.

»Ich habe dich etwas gefragt, Florian.« Dieses Mal klang ihre Stimme ruhiger, besonnener. »Würdest du mir bitte antworten.« Sie hob ihren Fuß und legte ihren Pfennigabsatz direkt auf sein krankes Bein. Langsam verlagerte sie ihr Gewicht und bohrte den Stiefel durch den Stoff in die Wunde.

»Magst du mir nichts sagen?«, säuselte sie beinahe zärtlich. »Wo ist meine Tochter?«

Doch Florian verschlug der aufwallende Schmerz die Sprache. Er wollte sich keine Blöße geben und stark erscheinen, doch schließlich schrie er erneut auf und brach erschöpft zusammen, als Susanne ihren Fuß endlich wegnahm.

»Und?«, fragte sie und es klang bedrohlich.

»Sie konnte fliehen. Sie holt Hilfe. Sie ist in Sicherheit.« Seine Stimme war brüchig, schwach und heiser und er hustete gequält, doch seine Augen starrten sie überlegen an.

Trotz seiner ungünstigen und wenig hoffnungsvollen Lage hatte Florian kurze Zeit das Gefühl, Macht über Susanne zu haben, die in fast majestätisch anmutender Haltung über ihm stand. In ihren Augen leuchtete kurzzeitig blanke Angst auf, doch dann grinste sie breit.

»Gut, dann muss ich meinen Plan ändern«, sagte sie, als würde sie mit ihm über das abendliche Fernsehprogramm oder den Entwurf einer Einkaufsliste reden wollen. »Ich hatte gedacht, du würdest von allein sterben, aber du bist wirklich zäh«, sagte sie voller Bewunderung. »Es ist faszinierend, was ein menschlicher Körper alles aushalten kann.« Sie legte den Kopf leicht schräg und lächelte ihn mütterlich an, dann öffnete sie die hellblaue Designerhandtasche aus weichem Wildleder, griff hinein und zog ein kurzes, zweischneidiges Messer heraus. Ein kunstvoll verzierter goldener Griff glänzte auf ihren behandschuhten Fingern und sie drehte den Dolch lässig in ihrer Hand, ohne dabei hinzusehen. Stattdessen sah sie ihm in die Augen.

Florian hielt ihrem Blick eisern stand, versuchte die Panik, die in ihm loderte, in den Griff zu bekommen und atmete kurz und hektisch.

»Sag mir wenigstens den Grund«, presste er mühsam hervor und schaute sie böse an.

»Den Grund für deine Entführung?«, fragte sie lachend. Er brauchte nicht nicken, denn sie redete weiter, ohne auf seine Reaktionen zu achten. »Eigentlich wollte ich nur Svenja entführen«, begann sie und verfiel in einen melodiösen Geschichtenerzählerton. Sie ging zu dem alten Holztisch und lehnte sich rückwärts dagegen, die Beine lässig gekreuzt und die Hände auf den Tisch gestützt. Den Dolch hielt sie aber dennoch sorgsam fest. »Weißt du«, fuhr sie ganz entspannt fort, »Svenjas Vater brauchte eine Lektion.« Jetzt rümpfte sie verächtlich die Nase und brummte. »Der Kerl war einfach nicht totzukriegen. Er wollte mir meine Schwester wegnehmen und das lasse ich nicht zu.«

Sie klang weder wütend noch aufgebracht, sondern nüchtern und ruhig und in Florian wuchs die Angst. Diese Frau war krank. Hatte sie gerade einen versuchten Mord gestanden?

Doch er zog den falschen Schluss aus ihren Worten.

»Inwieweit war dein Mann Wolfgang Reuter denn eine Gefahr für dich und deine Beziehung zu Jessica?«, fragte er. Seine Neugier, die ihm bei seinem Beruf so nützlich war, übertraf seine Angst vor dem bevorstehenden Ende seines Lebens. Er wollte wirklich wissen, ob sie den Mord jetzt auch ein zweites Mal bestätigte.

Doch Susanne lachte.

»Wolfgang war ein Idiot. Ein netter Idiot, aber ein Idiot«, erklärte sie ihm amüsiert. Sie stieß sich vom Tisch ab und kam wieder zu Florian hinüber. Dann setzte sie sich neben ihn, hob den Dolch weit über ihren Kopf und lächelte. Es sollte wohl freundlich aussehen, doch für Florian war ihr Gesicht verzerrt und irre. Sein Herz begann wild zu schlagen und jetzt endlich übermannte ihn die Panik, als ihre Arme schwungvoll herniedersausten, die scharfe Klinge fest umschlossen, die eisige Luft zerschnitt und donnernd in den Fußboden neben seinem Gesicht einschlug.

Er japste nach Luft, keuchte mehrmals entsetzt und bemerkte erst jetzt, dass er fest die Augen geschlossen hielt. Als er Susanne wieder ansehen konnte, sah sie gerührt aus. Dann strich sie ihm zärtlich eine Strähne seines dunklen Haares aus der Stirn.

»Noch nicht«, flüsterte sie fast tonlos. »Die Geschichte geht doch noch weiter.« Sie zog den massigen Dolch aus den Holzdielen und legte ihn neben sich auf den Boden, ohne ihn dabei loszulassen. Dann setzte sie sich aufrecht hin und starrte konzentriert auf die Wand hinter ihm.

»Den Vater meiner Tochter zu töten, lag mir völlig fern«, begann sie erneut und klang wieder bedauernd. »Doch er hat sich nicht an die Regeln gehalten.« Florian entging nicht, dass Susanne nur von Svenja sprach und schloss daraus, dass beide Kinder unterschiedliche Väter haben mussten.

»Doch er lebt«, warf er ein, weil er sich an ihre Worte vom Anfang der Geschichte erinnerte.

»Ein bedauerliches Versehen«, gab Susanne zu. »Dennoch habe ich veranlasst, dass er von Svenjas Entführung erfährt. Das sollte ihm Warnung genug sein. Er wird sich jetzt aus unserem Leben raushalten.«

»Und warum?«, fragte Florian und wusste nicht einmal, was genau er mit diesen Worten meinte. Das Denken fiel ihm schwer. Es war mühsam und extrem anstrengend, mit Susannes wirren Gedanken Schritt zu halten und gleichzeitig krampfhaft zu versuchen, nicht in Panik auszubrechen oder in Ohnmacht zu fallen. Der ganze Raum drehte sich vor seinen Augen, doch er bemühte sich redlich, Susanne seine Schwäche nicht zu zeigen.

»Paps hatte immer nur Augen für Jessica«, sagte Susanne plötzlich. Ihre Stimme klang kindlich eingeschnappt und obwohl Florian sie nicht mehr ansah und seit dem Vorfall mit dem Messer vorsorglich wieder die Augen geschlossen hielt, vermutete er eine beleidigt hervorgeschobene Unterlippe. »Er war Polizist, genau wie Jessica. Und immer war er so stolz auf sie«, fuhr sie fast jammernd fort. »Sie war immer besser als ich.« Jetzt verlagerte Susanne ihr Gewicht und streckte ihre Beine links neben seinem Körper aus, stützte sich aber weiterhin auf der Hand mit dem Dolch ab. »Wenn ich es ihm schon nicht recht machen konnte und lieber Anwältin geworden bin, dann musste ich doch wenigstens einen Polizisten heiraten. Doch Wolfgang war ein Idiot«, wiederholte sie abfällig.

»Und wieso?« Solange er Susanne am Reden hielt, würde er am Leben bleiben. Florian hoffte nur, dass ihre Geschichte noch lang sein würde.

»Paps wollte Enkelkinder und dieser Trottel von Polizist konnte keine machen.« Sie griff mit der freien Hand nach Florians Kinn, riss sein Gesicht in ihre Richtung und zwang ihn so, sie anzusehen.

»Da musste ich mir doch anders helfen«, erklärte sie ihm ganz selbstverständlich.

Florian nickte. »Natürlich musstest du das«, stimmte er ihr zu. Diese neue Taktik, wenn sie denn funktionierte, würde ihm weitere Zeit verschaffen. »Ist Martin Svenjas Vater?«, sprach er schließlich seine Vermutung aus und schaute Susanne dabei so freundlich und unschuldig an, wie er nur konnte.

Susanne lachte wieder laut auf.

»So ein Blödsinn«, amüsierte sie sich. »Martin ist nur der Vater von Tobi, nicht von Svenja. Und damit du es weißt, ich erzähle dir das alles nur, weil du sowieso gleich sterben wirst. Dessen bist du dir hoffentlich bewusst.«

Florian nickte wieder, dieses Mal aber ganz langsam und ohne jegliche Regung im Gesicht.

»Kai ist Svenjas Vater«, plapperte sie weiter, als wäre nichts gewesen und sie würde gemütlich mit ihm in einem Café sitzen, einen Cappuccino schlürfen und über belanglose Dinge wie das morgige Wetter reden. »Aber der weiß jetzt, dass ich ernst mache und keine Skrupel habe. Der hält seine Klappe und lässt Jessica jetzt in Ruhe.«

»Der Kai? Der Exfreund von Jessica?«, wunderte sich Florian. Die Geschichte wurde immer mysteriöser und doch fügte sich alles nach und nach zusammen.

»Sei doch froh, Florian«, sagte sie und klang wieder fröhlich. »Der wäre fast wieder mit deiner Freundin zusammengekommen. Ich habe es verhindert«, verkündete sie ihm stolz und schien zumindest ein »Danke schön« zu erwarten. Doch Florian sagte nichts. Leicht angesäuert schaute sie auf ihn hinunter. »Du hast ja recht«, gab sie schließlich zu. »Das nützt dir jetzt auch nichts mehr. Du wirst sie schließlich auch nicht bekommen.« Mit einem Ruck setzte sie sich aufrecht hin, legte ihre freie Hand flach auf Florians Brust und fixierte ihn so auf dem kalten Holzboden. Florian hatte dieser körperlich schwachen Frau kaum etwas entgegenzusetzen. Er fühlte sich ihr hilflos ausgeliefert und war völlig kraftlos.

»Wir sollten das Ganze jetzt wirklich beenden«, entschied sie gelassen, umschloss den Schaft des Dolchs mit fester Hand und legte die Klinge an Florians Hals. Der Hauptkommissar rührte sich nicht, er verfiel in eine Art Schockstarre und hörte sogar auf zu atmen, schloss die Augen und betete, es würde schnell gehen. Er hatte keine Ahnung, wie qualvoll der Tod durch eine aufgeschnittene Kehle war und ob er lange würde leiden müssen, bis er endlich gehen durfte.

»Du bist zu weit gegangen, Florian«, hauchte sie und die letzten Worte, die sie an ihn richtete, erreichten nur gedämpft sein Ohr. Wie zäher, wabernder Schleim gruben sie sich in sein Gehirn und vergifteten ihn von innen.

»Du hättest sie mir nicht wegnehmen dürfen. Sie gehört mir. Mir ganz allein.«

KAPITEL 30

Als sie die Augen aufschlug, fühlte sie sich benommen und schwindelig. So, als hätte ihr jemand eins über den Schädel geschlagen. Mühsam hob Jessica die Hand und tastete auf ihrem Kopf nach einer vermeintlichen Beule, doch sie war unversehrt. Langsam kamen die Erinnerungen zurück. Svenja war entführt worden. Svenja war in Gefahr. Und Susanne …

Der Anruf von Kommissar Willig auf ihrem Handy während der Fahrt zum Übergabeort des Entführers hatte ihr, gerade noch rechtzeitig, die Augen geöffnet. Bertholds Nachforschungen bei Rechtsanwalt Dornhausen, dem besten Freund des Kemptener Mordopfers und gleichzeitig dem Chef ihrer Schwester Susanne hatten ergeben, dass es tatsächlich einen telefonischen Kontakt zwischen Susanne und ihrem Arbeitgeber gab. Und nicht nur das. Der seit Jahren scheinbar glücklich verheiratete Rechtsanwalt hatte mehrere Affären am Laufen. Susanne war nur eine davon gewesen. Jetzt klärte sich auch die merkwürdige Buchstabenkombination neben Susannes alter Festnetznummer auf. »LLFS« stand für »Lovely Lady for Sex«. Eine abartige Methode, seine unzähligen Geliebten auseinanderzuhalten.

Der Kommissar hatte außerdem erfahren, dass Susannes Bewerbung auf dem Kemptener Arbeitsplatz bereits zwei Monate vor dem Tod ihres Mannes Wolfgang eingegangen war und angenommen wurde. Und Jessica wusste, dass Wolfgang einem Umzug ins Allgäu niemals zugestimmt hätte. Immerhin war er der Hauptverdiener, Eltern und Schwiegereltern wohnten in Hamburg und die Kinder hatten im Norden viele Freunde. Auch Susanne hatte einen recht guten Job in einer Anwaltskanzlei in der Hansestadt und war auf einen neuen Job nicht angewiesen. Doch konnte Jessica aufgrund von einer einzigen Schwindelei ihrer Schwester darauf schließen, dass diese etwas mit dem Tod ihres Mannes zu tun hatte? Im Prinzip nicht. Der Punkt, warum Jessica plötzlich bewusst wurde, wie gefährlich ihre Schwester wirklich war, war die winzige Randinformation, die die Witwe von Klaus Vollmer ihr gestern gegeben hatte. Ihr verstorbener Mann hätte in der Anwaltskanzlei Susannes Job bekommen. Ihre Schwester hatte nur einen befristeten Vertrag, der vor ein paar Wochen in einen unbefristeten verlängert wurde. Und der Grund war nicht ihre hervorragende Arbeit, wie sie erzählte, sondern vermutlich der tragische Tod ihres Konkurrenten.

War Jessica eben noch der Überzeugung, alles würde nur Zufall sein und sich irgendwie aufklären, konnte sie jetzt mit Gewissheit sagen, dass Susanne zumindest etwas mit der Sache zu tun hatte. Die Polizei hatte sie nämlich nicht über die Fahrt zum Übergabeort informiert. Und warum sollte sie ihr sonst K.-o.-Tropfen verabreichen. Leider hatte Jessica zu spät begriffen, dass nicht die Tab-

letten, sondern das Wasser in der Flasche mit dem Narko-
tikum versetzt war. Die Tabletten hatte sie wohlweislich
nicht genommen und heimlich in ihrer Jackentasche verschwinden lassen, vom Wasser allerdings hatte sie einen
kleinen Schluck genommen. Als sie plötzlich müde und
kraftlos wurde und ihr Blick sich trübte, erkannte sie die
ganze Tragweite des Falles mit einem Schlag, konnte aber
nichts tun, um ein erneutes Unglück zu verhindern.

»Das ist großartig! Wer hätte das gedacht.« Kommissar
Willig grinste übers ganze Gesicht. Endlich einmal eine
gute Nachricht. »Wirklich? Ja, natürlich, dann geben Sie
sie mir.« Er wartete geduldig, lehnte sich in seinem Bürostuhl zurück und streckte die Beine unter dem Schreibtisch aus. Seine Füße auf die Tischplatte zu legen, wie er
es schon so oft bei seinem Chef gesehen hatte, wagte er
dennoch nicht. Das wäre anmaßend gewesen.

»Hallo?«, meldete sich eine Kinderstimme am anderen
Ende der Leitung.

»Hallo, Svenja. Mein Name ist Kommissar Willig. Es ist
so schön, dass es dir gut geht.« Er freute sich wirklich, denn
wenn er ganz ehrlich zu sich war, hatte er schon befürchtet, irgendwann auf eine Kinderleiche zu stoßen, und das
wäre fürchterlich gewesen. »Magst du mir erzählen, wo du
warst und wie du ...«, er suchte nach den richtigen Worten, wusste aber nicht, wie er sich am besten ausdrücken
sollte, damit das Kind nicht an die schrecklichen Stunden
der Gefangenschaft erinnert wurde.

»Wie ich entkommen bin?«, fragte Svenja und nahm
ihm so die Worte einfach ab. »Ich bin aus dem Fenster
geklettert. Florian hat mich befreit«, erklärte sie und klang
etwas nervös.

»Florian?«, fragte der Kommissar und setzte sich aufrecht hin. »Hauptkommissar Forster? Ist er bei dir?«

»Nein«, jammerte Svenja leise. »Er ist noch dort. Sie müssen ihn retten. Er kann doch nicht laufen.«

»Er ist auch gefangen? Er kann nicht laufen? Ist er gefesselt?« Berthold Willig war mal wieder total überfordert. Diese neuen Informationen waren einfach zu viel für ihn. Er rieb sich die linke Schläfe und seufzte.

»Das Bein ist total kaputt und blutet«, sagte Svenja. »Fährst du bitte hin und hilfst ihm? Ich habe ihm gesagt, ich hole Hilfe. Ihm darf nichts passieren.« Der plötzliche Wechsel in diese persönliche Anrede »Du« störte Berthold nicht, er bemerkte es nicht einmal.

»Weißt du denn, wo ich ihn finde?« Der Beamte, der Svenja auf der Dienststelle in Füssen gerade betreute, hatte ihm nur mitteilen können, dass das Kind auf der B 310 von einem älteren Ehepaar aufgegriffen wurde. Die beiden Senioren besaßen kein Handy und hatten das Mädchen einfach zur nächstgelegenen Polizeiwache gebracht. Und der Beamte wusste nur die ungefähre Position Svenjas, konnte aber nicht sagen, woher sie gekommen oder wie weit sie bis zur Straße schon gelaufen war.

»Aus dem Wald«, sagte Svenja nur. »Ich war in einem Haus im Wald auf einem Berg. Es war groß und sehr holzig und man konnte es durch die Bäume gar nicht richtig sehen. Ein Weg führt dort hin.«

Der kleine Sandparkplatz war leer. Nur Susannes Auto stand hier unter einer alten Eiche. Eine dünne Schneeschicht bedeckte die Motorhaube. Der kahle Baum mit den blattlosen Ästen hatte den weißen Niederschlag nicht aufgehalten, doch jetzt schneite es nicht mehr. Jessica verließ das Auto und umschloss ihren Körper mit ihren Armen. Die Luft war eisig, doch die Kälte machte ihre Gedanken klarer und das Gefühl der Benommenheit ließ ein wenig nach. Sie musste ihre Schwester finden, denn dort, wo Susanne war, war auch Svenja, davon war Jessica überzeugt. Doch wo sollte sie anfangen zu suchen? Vom Parkplatz führte eine schmale, unbefestigte Straße den Berg hinunter. Von dort waren sie vermutlich gekommen, also würde sie weiter nach oben müssen. Hektisch sah sich Jessica um, fand jedoch nur Bäume. Nadel- und Laubbäume wechselten sich ab und umrahmten den Parkplatz. Wie ein Schirm aus Natur verhinderten die Pflanzen jede Weitsicht und ließen nur vermuten, wie weit der Wald in die eine oder andere Richtung reichte. Jessica lief ein Stück vom Auto weg. Ihre Augen wanderten über die nadelgrüne Wand aus Tannen und Kiefern auf der Suche nach einem Weg oder einem Hinweis, wohin ihre Schwester verschwunden war. Die dünne Schneeschicht hatte alle Fußspuren und selbst die Reifenspuren des Autos begraben. Nirgends war ein Hinweis auf den Verbleib ihrer Schwester.

Den zugewachsenen und überwucherten Weg hätte sie fast übersehen, wäre da nicht der Hase gewesen, der plötzlich durch die Büsche auf den Parkplatz sprang, sie erschrocken anblickte, nur um kurz darauf gegenüber wieder im Unterholz zu verschwinden. Ganz am anderen Ende des Parkplatzes führte ein sehr schmaler Trampelpfad durch die eng beieinanderstehenden Bäume. Jessica nahm ihn eigentlich nur als Weg wahr, weil dicke runde Holzpfosten links und rechts des Pfades in den Boden gerammt worden waren, den Weg zu beiden Seiten begrenzten und den steilen Aufstieg erleichterten. Kurzerhand stapfte sie durch die Bäume, zog sich an den Balken hoch und kam nicht allzu schnell voran. Immer wieder rutschte sie über Baumwurzeln unter dem Schnee, über feuchtes Laub und lose Steine. Zuerst führte der Pfad parallel zum Parkplatz ein kleines Stück den Berghang hinauf, nur um plötzlich die Richtung zu wechseln und sich durch immer mehr Nadelgestrüpp immer weiter nach oben zu schlängeln. Leider konnte Jessica nie besonders weit sehen. Der Wald wurde immer dichter und nach einigen Metern vermutete sie bereits, sie wäre hier falsch, doch bevor sie sich zum Umdrehen entschloss, öffneten sich plötzlich die Baumreihen und gaben den Blick auf eine Lichtung und ein großes zweistöckiges Holzhaus frei. Grün bemalte Holzläden riegelten die Fenster zu dieser Seite ab, alte Blumenkästen, mit holzigem Gestrüpp und verdorrten Pflanzenteilen bewachsen, hingen unter den Fenstern. Alles schien unbewohnt und seit Langem nicht genutzt, doch die massive Holztür in der Mitte der Hausfassade war nur angelehnt. Vorsichtig sah Jessica sich nach allen Seiten um, überquerte dann mit großen Schritten die Lichtung und stieg die morschen Stufen zur Haustür hinauf. Sie drückte gegen die schwere Tür, schob sie ein wenig auf und betrat leise das Haus. Hier im Eingangsbereich und in der angrenzenden Küche standen kaum Möbel. Der Fußboden war sandig und dreckig. Überall lag vertrocknetes Herbstlaub, in den Zimmerecken war Mäusekot und Holzwolle. Im Wohnzimmer stand ein einzelner Sessel, ein altes staubiges Teil mit abgewetztem Bezug aus grünbraunem Cord, in der Küche gab es ein Spülbecken und einen Hängeschrank, aber keinen Tisch. Das ganze Haus war totenstill, kein einziger Laut war zu hören, nicht einmal das Rascheln von kleinen Mäusefüßen über die losen Holzdielen. Jessica wanderte durch die dunklen Räume zurück in den kleinen Flur bei der Haustür. Der Raum war winzig und wirkte noch kleiner durch die große, aber sehr steile Treppe, die in die obere Etage führte. Dort oben war es noch dunkler als hier unten. Der Blick zur Decke durch das große Loch über der Treppe ließ sie erschaudern. Der erste Schritt auf die unterste Stufe kam noch recht zögerlich, doch dann atmete sie tief durch, nahm allen Mut zusammen und setzte einen Fuß vor den anderen.

Der gellende Schrei ließ ihr das Blut in den Adern gefrieren. Wie erstarrt blieb sie mitten auf der Treppe stehen und lauschte, doch erneut legte sich Stille auf das Haus. Das Geräusch kam aus der Küche, nicht von oben und es klang wie ein panikerfüllter Schmerzensschrei, der rapide abbrach, als wäre es der letzte Laut dieses Menschen gewesen, bevor er für immer schwieg. Jessica sprang von der Treppe in den Flur, stürmte in die Küche und zog im Laufen ihre Waffe. Sie entriegelte die Walther PPK und schaute sich suchend in dem leeren Raum um. Die Tür neben dem Eingang, die vermutlich unter die Treppe im Flur führte, war kaum zu sehen, trug dieselbe Vertäfelung und dieselbe Tapete wie der Rest des Raumes und nur der alte gusseiserne Griff verriet ihre Position. Die Waffe fest umschlossen, öffnete Jessica die Tür und starrte in die Dunkelheit. Ihr Herz schlug heftig, als sie vorsichtig mit dem Fuß den Boden abtastete. Wie sie vermutet hatte, befand sich unter der steilen Flurtreppe eine Treppe in den Keller. Der moderige, kalte Luftzug, der heraufwehte, ließ sie frösteln. Als sie, völlig blind durch die pechschwarze Dunkelheit, eine Stufe nach der anderen hinunterstieg, roch sie das Blut. Ein penetranter Eisengeruch durchzog die Luft und brannte in ihrer Nase. Panik ergriff sie, sie geriet ins Straucheln, blieb mit dem Absatz ihres Stiefels an der schmalen Stufe hängen, stürzte und schlug der Länge nach auf staubigem Steinboden auf. So schnell sie konnte, stand sie auf. Die Hände hatten den Sturz abgefangen und die Handfläche ihrer linken Hand war aufgeschürft. Doch viel schlimmer waren die Knöchel ihrer rechten Hand. Die Pistole fest im Griff war sie mit den Fingern über den Boden geschlittert und hatte sich die Haut aufgerissen. Die Hand schmerzte schrecklich und roch noch intensiver nach Blut als die Umgebungsluft. Sie sah überhaupt nichts, tastete nach einem Lichtschalter, fand aber keinen. Stattdessen fand sie eine Tür. Mit Schwung stieß sie die Tür auf, stürmte in den Raum dahinter und zielte mit der Waffe in ihrer ausgestreckten Hand auf die mögliche Gefahr. Der Raum war leer und durch ein kleines Fenster knapp unter der Decke schien ein wenig Tageslicht herein. Und dann hörte Jessica ein Rascheln. In einem weiteren Kellerraum hinter einer schweren Holztür hörte es sich an, als würde etwas Schweres über den Boden geschleift. Jemand stöhnte, ob vor Anstrengung oder vor Schmerz konnte Jessica nicht sagen. Die Tür, die wohl sonst immer abgeschlossen war, denn ein schweres Vorhängeschloss lag auf dem Fußboden, war nur angelehnt und auch dieses Zimmer hatte ein Fenster, denn ein matter Lichtstrahl fiel durch den schmalen Spalt. Wenigstens würde sie sehen, auf was sie zielen müsste. Es wäre grausam, in einen komplett dunklen Raum gehen zu müssen, selbst, wenn sie bewaffnet war.

Es knackte. Ein Schlüsselbund klimperte. Niemand schien sie zu erwarten.

Also schob sie kurzerhand die Tür auf und betrat den Raum, ihre Waffe mit beiden Händen ausgestreckt vor ihrem Körper. In der Mitte des Raumes stand ein Tisch auf alten Holzdielen. Zwei Stühle standen daran. Im Gegensatz zum Rest des Hauses war es hier beinahe gemütlich. Unter dem offenen Fenster hockte Susanne auf dem Boden, drehte sich ertappt zu ihr um und ... lächelte.

»Willkommen, Jess. Ich dachte, du würdest schlafen.« Sie stand langsam auf, ein blutiges Messer in der rechten Hand, und gab den Blick frei auf den leblosen Körper des Hauptkommissars Forster. Er lag auf dem Rücken, quer zur Wand, die Augen geschlossen, der eine Arm etwas verschränkt über seinem Kopf. Durch einen weißen Verband am Knie sickerte hellrotes Blut, doch das Schlimmste war der Schnitt rechts an seinem Hals. Dreckiges schwarzrotes Blut verfärbte den Kragen seines Pullovers genau wie seine komplette rechte Gesichtshälfte. Über den Boden zog sich eine blutige Spur bis zu Florian.

Jessicas Hände begannen zu zittern, die Waffe hielt sie entschlossen auf ihre Schwester gerichtet, der Raum verschwamm vor ihren Augen, als Tränen ihre Sicht blockierten.

»So ein schlaffer Männerkörper ist verdammt schwer«, sagte Susanne gelassen, fast gelangweilt. Jessica sagte nichts. Ihr Schock saß einfach zu tief.

»Nimm die Waffe runter, Jess«, lachte ihre Schwester. »Sonst tust du noch jemandem weh.« Sie kam einen Schritt auf Jessica zu, blieb dann aber abrupt stehen, als Jessicas Augen sich zu schmalen Schlitzen verengten.

»Bleib, wo du bist, und lass das Messer fallen!«, brüllte sie hysterisch. »Wieso hast du ihn getötet?« Dann erinnerte sich die ehemalige Hamburger Kommissarin, warum sie eigentlich hier war. »Wo ist Svenja?« Kaum hatte sie die Frage ausgesprochen, zog sich ihr Hals voller Panik zusammen und ließ sie mühsam und hektisch nach Luft schnappen. Bilder ihrer toten Nichte schossen ihr ins Gehirn und blockierten jeden klaren Gedanken.

»Dein bekloppter Freund hat sie rausgelassen«, gab Susanne freimütig zu. »Sie ist abgehauen. Wird anstrengend werden, sie davon zu überzeugen, mich nicht zu verraten, aber wenn du mir hilfst …«, bot sie ihrer Schwester an, »dann könnte alles so bleiben, wie es ist.«

»Du bist verrückt geworden, Susanne«, stammelte Jessica fassungslos. »Was ist nur in dich gefahren? Wieso habe ich nicht gesehen, wie du tickst?« Svenja war gerettet, und die Trauer um Florian, die sie beinahe innerlich auffraß, musste vorläufig warten. Es nützte nichts, Susanne gehörte ins Gefängnis. Oder noch besser in eine geschlossene Anstalt.

»Ach, Schwesterherz«, sinnierte Susanne und begann, im Raum auf und ab zu laufen. Jessica folgte ihr mit den Augen und dem Lauf der Pistole. »Ich habe doch nur alles so geregelt, wie es sein musste. Niemand darf unsere Einheit zerstören.« Sie sah liebevoll zu Jessica hinüber und setzte ihre Wanderung durch den Kellerraum fort, ohne sich allzu weit von Florians Leiche zu entfernen.

»Du spinnst doch. Du bist bekloppt«, brüllte Jessica und wusste, dass eine derartige Beschimpfung weder klug noch hilfreich war, doch die Enttäuschung über Susannes skrupellose Tat und ihre eigene Unfähigkeit, die Lage rechtzeitig richtig einzuschätzen, machten sie extrem wütend. »Wir werden jetzt gehen«, bestimmte sie. »Du gehst vor.« Mit einem Wink der Waffe in ihren Händen wies sie erst auf ihre Schwester, dann auf die Tür.

Susanne schüttelte langsam den Kopf.

Plötzlich stöhnte Florian laut auf und öffnete die Augen.

»Jessy?«, bekam er mühsam heraus und schaffte sogar ein Lächeln.

»Er lebt«, schrie Jessica und wollte zu ihrem Freund eilen, doch Susanne stellte sich ihr in den Weg, das blutige Messer auf ihre Schwester gerichtet, die Augen wanderten konzentriert abwechselnd von der Waffe zu Jessicas Augen.

»Nein, Schwesterherz«, sagte sie ganz ruhig. »Wenn du zu ihm willst, dann musst du mich erschießen. Und das würdest du niemals tun.« Sie lächelte erneut, wissend und kühl. Und Jessica schaute angstvoll an ihr vorbei auf ihren Freund Florian, der erneut die Augen geschlossen hatte. Er lebte, doch er würde sicher in kürzester Zeit verbluten. Und wie sollte sie ihn hier herausschaffen? Wie sollte sie ihn die Treppe hinaufbekommen. Sie brauchte ihre Schwester, damit sie ihr half.

»Gib mir dein Handy«, befahl sie und zielte genau auf das Gesicht ihrer Schwester.

»Oh, tut mir leid«, grinste Susanne. »Das liegt im Auto.« Dann legte sie den Kopf etwas schräg und schaute mitleidig auf Jessica. »Er wird sterben und du kannst nichts tun«, sagte sie, und es klang traurig. »Tu also etwas für deine Nichte und deinen Neffen und lass uns einfach weiterleben wie bisher. Es war doch immer alles gut, oder nicht?«

»Das kannst du doch nicht wirklich ernst meinen?« Die Wut in Jessica gewann wieder die Oberhand und verdrängte kurzzeitig Angst und Verzweiflung. »Du gehörst ins Gefängnis, etwas anderes steht nicht zur Debatte.«

»Du nimmst den Kindern also auch noch die Mutter. Dann sind beide Elternteile fort.« Susanne sah ihre Schwester fragend an, und als Jessica nicht reagierte, zuckte sie gelangweilt mit den Schultern. »Dann erschieß mich«, beschloss sie erneut. »Dann lebe mit der Schuld, ihre Mutter getötet zu haben.« Susanne verschränkte die Arme vor der Brust, den Dolch nach wie vor lässig in der Hand. »Ich werde nämlich nicht mit dir kommen.«

Sekunden vergingen, keiner rührte sich. Susanne blieb fast gleichgültig in ihrer entspannten Position, Florian lag völlig leblos am Boden und Jessica starrte voller Spannung, Hass und grenzenloser Verzweiflung auf ihre Schwester und konnte dennoch nicht schießen.

»Der ist verdammt zäh«, sagte Susanne plötzlich und wies mit einem leichten Kopfnicken auf den verletzten Hauptkommissar, ohne ihre Schwester aus den Augen zu lassen. »Er leidet sicher schrecklich. Wenn du willst, dann erlöse ich ihn. Das wäre mein Angebot zur Güte.« Sie meinte es wirklich ernst. Jessica blickte entsetzt in die irren Augen ihrer Schwester und erkannte das Ausmaß ihres Wahnsinns in vollem Umfang. Wie hatte sie ein Mensch so täuschen können? Wie hatte sie jahrelang ohne jede Ahnung mit diesem Menschen zusammenleben können? Doch andererseits, wie könnte sie den Kindern die Mutter nehmen? Susanne stand so dicht bei Florian, dass es auf gar keinen Fall ausgereicht hätte, ihr ins Bein zu schießen. Postwendend hätte sie den Dolch in Florians Hals versenkt und ihm den Rest gegeben. Oder, was noch schlimmer war, Jessica würde eines der unempfindlicheren Körperteile ihrer Schwester gar nicht treffen und stattdessen ihren Freund selbst töten, weil die Kugel ihn statt Susanne durchbohrte.

Langsam ging Susanne in die Hocke, kniete sich neben Florians ausgestreckten Körper und hob den Dolch über ihren Kopf. Jessicas Hände begannen unkontrolliert zu zittern. »Nein, Susi, bitte nicht«, flehte sie und ihr Blick verschwamm erneut unter ihren Tränen.

»Ich tue ihm doch einen Gefallen«, erklärte Susanne. »Eigentlich hätte er es ja verdient, langsam zu verbluten, doch weil ich sehe, wie sehr dich sein Schicksal mitnimmt, werde ich ihn jetzt erlösen. Ich tue das für dich, Jessy. Vergiss das bitte nie.« Sie lächelte selig, als ihre Hand mit großem Schwung nach unten sauste. Ein Schuss löste sich und der Donner durchschlug die kalte Luft. Der Dolch stieß mit immenser Wucht in Florians Körper und versank bis zum Ansatz des Schaftes in weicher Haut.

KAPITEL 31

»Berthold?« Jessica starrte verblüfft zum kleinen Fenster unter der Decke. »Wie kommen Sie hier her?« Doch dann fluchte Susanne laut und zog Jessicas Aufmerksamkeit sofort auf sich. Sie saß auf dem staubigen Dielenboden, krümmte sich mit schmerzverzerrtem Gesicht zusammen und presste ihre rechte Hand gegen ihre linke Schulter. Blut sickerte durch ihre Finger und färbte ihren Mantel feuchtrot.

»Verdammte Bullen«, brüllte sie voller Wut. »Ihr müsst euch immer einmischen. Ihr denkt wohl, ihr seid etwas Besseres.« Berthold verschwand vom Fenster und Jessica hörte ihn ums Haus herumlaufen. Ohne noch weiter nachzudenken, lief sie zu Florian, warf sich auf die Knie und legte ihre Hände auf seine Wangen.

»Florian? Bitte, sag etwas. Alles wird gut. Du wirst sehen, alles wird wieder gut«, stammelte sie und strich ihm dabei zärtlich über die Stirn. Der Hauptkommissar blieb völlig reglos, sein Puls war schwach und kaum spürbar. »Halte durch. Wir holen Hilfe. Bitte, sieh mich an.«

»Der ist hinüber«, brummte Susanne voller Genugtuung und versuchte aufzustehen.

»Sitzen bleiben«, brüllte Kommissar Willig von der Tür des Raumes aus, seine Dienstwaffe erneut auf Susanne gerichtet. Diese setzte sich wieder und grinste. »Wie geht es ihm?«, wandte er sich schließlich an Jessica, ohne ihre Schwester aus den Augen zu lassen.

»Er braucht ganz schnell einen Arzt«, flüsterte sie unter Tränen. »Dieser verdammte Dolch steckt in seinem Arm. Ich werde ihn herausziehen.« Ob es richtig war, das Messer aus Florians Körper zu ziehen, oder ob es besser gewesen wäre, es stecken zu lassen, bis der Notarzt kam, wusste Jessica nicht, doch konnte sie den Gedanken nicht ertragen, dass die Waffe, durch die er sterben sollte, sich immer noch in ihm befand. Ohne noch weiter darüber nachzudenken, zog sie die scharfe Klinge mit einem einzigen Ruck aus seinem Arm und presste geistesgegenwärtig ihre Hand auf die offene und stark blutende Wunde. So viel Blut. Er hatte schon so viel Blut verloren. Wie sollte er das alles hier jemals überleben. Doch Florian stöhnte schmerzvoll auf, öffnete dann seine Augen und sah sie an.

»Danke, Jess«, formten seine Lippen, doch die Worte waren völlig tonlos. Ihm fehlte jegliche Kraft und er schloss erneut die Augen. Sein Kopf fiel erschöpft zur Seite und gab den Blick auf seine schmutzige Halswunde frei. Der dünne Schnitt war nicht tief und diente vermutlich nur dazu, ihn zu quälen. Der Dolch wäre scharf genug gewesen, ihm den halben Hals zu durchtrennen, doch Susanne liebte es scheinbar, ihren Opfern Angst zu machen.

Jessica löste ihr Halstuch und verband notdürftig Florians Armverletzung.

»Ich habe einen Notarzt verständigt und Unterstützung gerufen«, meldete sich jetzt Berthold wieder zu Wort. Dann warf er Jessica einen Schlüssel zu. Er landete direkt vor ihren Knien im Staub. Verwundert schaute sie zu Berthold auf, dann erneut auf den Schlüssel, dann auf Florian. Erst jetzt bemerkte sie, dass seine linke Hand mit Handschellen an einen Eisenring an der Wand gekettet war. Sie befreite ihn, stand auf und legte den Schlüssel und die Handschellen auf den Tisch.

»Wir müssen ihn aus dem Keller rausbringen«, bestimmte sie. »Jeder Meter, den wir dem Notarzt entgegengehen, wird seine Chance erhöhen, zu überleben.« Kommissar Willig kettete seinerseits Jessicas Schwester an den frei gewordenen Eisenhaken, griff seinem Chef dann beherzt unter die Arme und zog ihn hoch. Jessica nahm die Füße. Sie wusste, sie taten ihm schrecklich weh, doch sie wusste auch, dass er mit seinen Verletzungen kaum noch lange durchhalten würde. Wer konnte schon sagen, ob der Notarzt diese Hütte überhaupt finden würde, so versteckt, wie sie lag. Nur mit sehr viel Mühe bekamen sie Florians schlaffen Körper die schmalen Stufen zur Küche hinauf, zogen ihn dann ins Wohnzimmer und legten ihn neben dem alten Sessel ab. Jessica wollte auf gar keinen Fall riskieren, ihn lange in der eisigen Kälte im Schnee liegen zu lassen. Unterkühlung war das Letzte, was er noch gebrauchen konnte. Also zog sie ihre Jacke aus und breitete sie über ihren Freund. Seinen Kopf zog sie auf ihre Beine und begann erneut, sein Gesicht zu streicheln.

»Ich will sie nicht mehr in seiner Nähe, Berthold«, sagte sie schließlich. »Bringen Sie sie raus und warten Sie auf dem Parkplatz auf den Notarzt.« Berthold nickte nur und lief dann zurück in den Keller.

Seit dem Anruf der Füssener Polizeidienststelle und der positiven Nachricht über Svenjas Verbleib lief Elfriede Grothe aufgeregt mit dem Handy am Ohr durch das Wohnzimmer und versuchte zum wiederholten Male, ihre Tochter Susanne zu erreichen. Auch auf Jessicas Handy hatte sie es schon probiert.

»Wo sind die beiden denn nur?«, jammerte sie aufgeregt. »Sie muss doch wissen, dass ihr Kind in Sicherheit ist. Der kleine Tobias schaute fragend zu seiner Oma auf. Er saß neben seinem Opa auf dem Fußboden und spielte mit einer Holzeisenbahn.

»Wenja weg?«, fragte er vorsichtig und machte ein ängstliches Gesicht. Herbert Grothe strich ihm sanft über das braune Haar. »Svenja kommt gleich wieder. Und die Mama auch.« Dann wandte er sich an seine Frau. »Setz dich hin. Du machst den Jungen ja ganz nervös«, befahl er vehement und widmete sich wieder seinem Enkel. »Schau mal, Tobi. Jetzt probieren wir, ob wir noch mehr Waggons an die Lok hängen können.« Es klang fröhlich, doch er musste sich selbst auch sehr zusammennehmen, damit Tobias nicht noch mehr beunruhigt wurde. Es war ungewöhnlich, dass weder seine eine noch seine andere Tochter telefonisch erreichbar waren. Irgendetwas stimmte nicht, doch er würde den Teufel tun, seiner Frau von seinen Bedenken zu erzählen.

Elfriede Grothe seufzte und nahm auf der vorderen Kante der Sitzfläche des Sofas Platz, nur um kurz darauf wieder aufzuspringen und ihren Marsch durchs Wohnzimmer fortzusetzen.

Mit eng um ihren Körper geschlungenen Armen blieb sie schließlich vor der Tür zur Terrasse stehen und starrte in den Garten.

»Sieh es doch einmal so, Elfriede«, begann Herbert erneut. »Du hast dir zu deinem Geburtstag gewünscht, dass alles gut wird, und dein Wunsch ist erfüllt worden.« Er erhob sich, ging zu seiner Frau hinüber und legte die Arme von hinten um ihre Schultern, dann lehnte er seinen Kopf an ihren und schaute leise seufzend hinaus. Draußen fiel immer noch Schnee, blieb auf dem erneut gefrorenen Boden liegen und färbte die Landschaft weiß. »Wenn das so weitergeht, dann muss ich die Schneeschaufel wieder herausholen und den Gehweg vor dem Haus räumen. Ungewöhnliches Wetter für März«, schloss er und hoffte, er könne mit seinem arglosen Geplapper seiner Frau die Sorgen nehmen, die ihn selbst genauso quälten.

»Zu meinem Geburtstag liegt normalerweise kein Schnee mehr«, ging Elfriede auf das Gespräch ein und seufzte ebenfalls. »Hier im Allgäu dauert der Winter halt länger als bei uns im Norden. Vielleicht können wir aber morgen trotzdem alle zusammen meinen traditionellen Geburtstagsspaziergang machen. Die ganze Familie. Du und ich, Susanne, die Kinder und Jessica«, zählte sie auf und lächelte das erste Mal seit Stunden.

»Ja, das werden wir tun. Versprochen.« Herbert Grothe gab seiner Frau einen Kuss auf den Hinterkopf und drehte sie dann zu sich herum. »Und jetzt backst du einen Kuchen, damit wir morgen schön feiern können«, befahl er streng, doch Elfriede wusste, wie er es meinte, und lachte laut auf.

»Pfirsich-Schmand oder Käsekuchen?«, fragte sie und sah ihn erwartungsvoll an.

»Beides?«, sagte Herbert Grothe vorsichtig und grinste dann breit, während Elfriede leise summend in der Küche verschwand.

Voll und ganz damit beschäftigt, einen Geburtstagskuchen zu backen, bekam sie nicht mit, dass ihr Mann Herbert seiner älteren Tochter eine Nachricht mit dem Handy sendete. Er hatte Tobi gebeten, einen Augenblick allein weiterzuspielen, war dann hinuntergeschlichen in Jessicas Kellerraum, hatte ihre Unterlagen auf dem Tisch in der Zimmermitte gefunden und schnell durchgesehen. Die Nachricht, die er Jessica schließlich schickte, war nur für sie bestimmt und er hoffte, dass seine schlimmsten Befürchtungen nicht inzwischen eingetreten waren.

»Melde dich, Kind. Gib gut auf dich acht und verdächtige JEDEN ohne Ausnahme. Svenja geht es gut.«

Unterdessen strich Jessica mit dem Ärmel ihres Pullovers zärtlich über Florians Stirn. Ihr Freund fieberte, glühte förmlich, und Schweißperlen überzogen sein Gesicht. Er war bewusstlos und rührte sich nicht und wenn Jessica sich nicht so sehr um sein Leben gesorgt hätte, hätte sie seinen Zustand für ihn sogar begrüßt, denn so musste er wenigstens nicht unter den gewiss fast unerträglichen Schmerzen seiner diversen Verletzungen leiden. Immer wieder legte sie ihre kalten Finger auf die Ader an seinem Hals, die nur noch schwer zu ertasten war und scheinbar nur mit Mühe den Blutkreislauf in Gang hielt. Auch jetzt verlor der Hauptkommissar noch Blut. Vor allem seine Armverletzung schien nicht mit dem Bluten aufhören zu wollen, doch immerhin hatte die leichte Schnittwunde am Hals keine größeren Gefäße verletzt und sich in der Zwischenzeit geschlossen. Florians Kopf lag bleischwer auf ihren Beinen und er atmete flach und unregelmäßig. Sein flacher Atem war kaum zu spüren, wenn sie ihre Hand über seinen Mund hielt. Es war kalt in dieser trist eingerichteten alten Hütte und Florian fror sicher erbärmlich, doch sein Zustand ließ auch diese Empfindung nicht zu. Seine Bewusstlosigkeit beunruhigte Jessica immer mehr, aber solange er noch einen Puls hatte und eigenständig Luft holte, versuchte sie, ihre Unruhe und Sorge im Zaum zu halten und nicht in Panik zu geraten.

Als sie kurze Zeit später Schritte auf der Kellertreppe hörte, die polternd näher kamen, richtete sie ihren Blick nicht in Richtung Küche. Sie hoffte, Berthold würde ihre Schwester Susanne einfach durch den Raum zum Ausgang führen, ohne dass sie dieses abartige, überhebliche Grinsen in Susannes Gesicht noch ein einziges Mal sehen musste. Und sie hoffte, niemand würde sie ansprechen. Die beiden sollten einfach stumm und vor allem schnell das Haus verlassen. Das Erste, was sie dann wieder hören wollte, war die Stimme eines Rettungssanitäters, der ihr die Last der Verantwortung für Florians Leben endlich abnahm. Wieder fuhr ihre Hand fast hektisch an den Hals ihres Freundes und sie seufzte erleichtert, als sie das langsame, aber regelmäßige Pochen in ihren Fingerspitzen fühlte. Wie lange würde es dauern, bis endlich Hilfe kam?

»Der kommt nicht durch«, hörte sie ihre Schwester von der Tür her sagen und plötzlich hatte Jessica das Gefühl, zum allerersten Mal den echten Klang ihrer Stimme wahrzunehmen. Kalt, berechnend und überheblich, nicht fürsorglich, lieb und fast schüchtern wie sonst. »Obwohl«, sinnierte Susanne weiter, »das habe ich bei Kai auch gedacht. Und der hat ...«

»Schaff sie endlich raus, Berthold«, blaffte Jessica gereizt. »Ich will sie nicht mehr in meiner Nähe haben.«

»Wenn du mit diesem dusseligen Polizisten sprechen willst, dann musst du schon etwas lauter rufen«, verkündete Susanne und es klang beinahe belustigt. »Der ist noch im Keller.« Erschrocken fuhr Jessica herum und starrte in die lachenden Augen ihrer jüngeren Schwester. Sie stand in der Tür zur Küche, lässig an den Türrahmen gelehnt. Die Arme hatte sie vor der Brust verschränkt, die Beine überkreuzt, und der linke Fuß wippte rhythmisch auf und ab und hinterließ ein leise klopfendes Geräusch auf den alten Holzdielen.

»Lebt er?«, rief Jessica entsetzt und die Panik, die sie so lange zurückgedrängt hatte, bahnte sich nun mit voller Wucht ihren Weg an die Oberfläche ihrer Seele. Sie begann hemmungslos zu zittern und beinahe wäre Florians Kopf von ihren Beinen gerutscht und hart auf dem Boden aufgeschlagen. Schnell legte sie ihre Hand auf seine Stirn und hielt ihn fest.

»Zumindest mehr als der da«, verkündete Susanne triumphierend. »Noch«, fügte sie hinzu und stieß sich mit einem Ruck ihrer Schulter vom Türrahmen ab. »Erst muss ich sichergehen, dass der Hauptkommissar stirbt, bevor die Verstärkung anrückt. Dann kann ich mich noch schnell um diesen Berthold kümmern.« Ihre Worte waren ruhig, kalt und professionell. Sie verfolgte einen strikten irren Plan, den sie durchziehen würde, bis alles sich zu ihrer Zufriedenheit gestaltete, bis alle Hindernisse beseitigt waren. Als sie ihre Arme locker an der Seite ihres Körpers herunterhängen ließ, sah Jessica die Pistole in ihrer Hand.

Es war eine Dienstwaffe, vermutlich Bertholds, die in ihrer kleinen zierlichen Hand erschreckend groß und schwer aussah, doch Susanne schien entspannt und erweckte den Eindruck, sie würde tagtäglich mit dieser Pistole umgehen und wüsste auch, was sie tat. Jessicas Gedanken rasten. Instinktiv schob sie so behutsam wie möglich Florians schweren Kopf von ihren Beinen und rutschte auf dem Boden etwas von ihm ab.

»Gut, dass du den Weg frei machst«, lobte Susanne und hob jetzt die Hand mit der Pistole. Sie zielte direkt auf Florian. »Ich hätte dich sonst darum bitten müssen.« In einem erneuten Anfall von Panik warf sich Jessica auf ihren Freund. »Nein!«, schrie sie entsetzt. Susanne lachte.

»Geh runter von ihm«, sagte sie belustigt. »Ich will dich nicht verletzen.«

»Und *ich* will nicht, dass du *ihn* verletzt«, brüllte Jessica, schob ihren Körper so in Position, dass sie sich mit einer Hand abstützen und das Gesicht ihrer Schwester zuwenden konnte, ohne den Schutzschild, den ihr eigener Brustkorb ihrem Freund bot, auch nur einen Millimeter zu verrücken. »Das bringt doch nichts mehr. Gib endlich auf.«

»Warum denn?«, fragte Susanne verwundert. »Es wird alles wieder gut, wenn er stirbt und der da unten auch. *Du* wirst diesen Berthold übrigens erschießen«, verkündete sie und ließ die Hand mit der Waffe wieder sinken. Erneut lehnte sie sich an den Türrahmen. »Dann sieht es so aus, als hätte der dumme Bulle den guten Bullen ...«, sie wies mit der Pistole auf den Hauptkommissar, der immer noch reglos auf dem Boden lag, »erschossen und du hättest in Notwehr den Trottel niedergestreckt, der deinen Freund auf dem Gewissen hat.« Sie legte die Waffe von ihrer rechten in ihre linke Hand und griff sich an die verletzte Schulter. »Mich hat der Blödmann schließlich auch angeschossen«, strickte sie weiter an ihrem perfiden Plan. »Dabei wollte ich nur mein Kind aus den Fängen dieses Entführers befreien.«

»Du bist doch krank.« Voller Verachtung verzog Jessica ihr Gesicht, rührte sich aber nicht. Sie würde ihren Freund auf gar keinen Fall ihrer Schwester schutzlos ausliefern und ihn im Notfall sogar mit ihrem eigenen Leben schützen. »Bilde dir doch nicht ein, dass du dieses Lügengerüst aufrechterhalten kannst. Es nützt nichts, sie alle zu töten. Svenja weiß doch, was passiert ist«, versuchte sie ihrer Schwester jetzt mit Logik und gesundem Menschenverstand zu kommen, doch insgeheim wusste sie, dass ihre Bemühungen vergebens waren. Susanne würde ihren Plan durchziehen, ob sie nun dabei mitmachte oder nicht. »Was ist mit mir?«, fragte sie deshalb, mehr um Zeit zu gewinnen, als wirklich eine Antwort zu erwarten.

»Das kannst du dir aussuchen«, sagte Susanne. »Entscheidest du dich für ein Leben mit mir und den Kindern, mit allen daraus resultierenden Konsequenzen wie bedingungslose Loyalität mir gegenüber, Verschwiegenheit bis in alle Ewigkeit und immer währenden Familienfrieden, dann bleibst du am Leben.« Sie atmete tief durch, seufzte dann und sah kurz auf die Uhr. Jetzt lächelte sie. »Wir haben wohl nicht mehr viel Zeit, Jessy«, trällerte sie fröhlich. »Ich müsste also deine Entscheidung jetzt wissen.«

»Was ist die Alternative?«, fragte Jessica, obwohl sie die Antwort bereits kannte.

»Ganz einfach. Berthold hat dich auch erschossen und ich habe in Notwehr, um nicht selbst zu sterben, mit eigenen Händen den Polizisten getötet. Dafür werde ich nicht eingebuchtet, sondern bekomme höchstens eine Bewährungsstrafe. Wenn überhaupt.« Sie verdrehte die Augen und starrte dann an die Decke, so als würde sie angestrengt nachdenken. »Das wäre dann allerdings sehr bedauerlich.« Sie seufzte erneut. Dann setzte sie sich in Bewegung und wanderte langsam Richtung Haustür. Kurze Zeit war Jessica der irrigen Annahme, ihre Schwester würde einfach gehen, das Haus verlassen und sie alle am Leben lassen. Keiner konnte schließlich wissen, was in so einem kranken Hirn vor sich ging, welche irren Ideen, die in diesem speziellen Fall sogar wünschenswert gewesen wären, sie jetzt wieder hatte, die sie vermutlich dazu bewegten, ihren alten Plan fallen zu lassen und einen neuen, weniger morbiden Plan zu schmieden. Zu spät erkannte Jessica den wahren Grund ihrer scheinbar kopflosen Wanderung durch das Zimmer. Erst als Susanne blitzschnell den Kopf in ihre Richtung drehte und breit grinste, erkannte sie den großen Fehler in ihren eigenen Überlegungen und konnte nur verzweifelt zusehen, wie ihre Schwester den rechten Arm hob und Bertholds Dienstwaffe auf Florians Kopf richtete. Sie hatte sich für diesen Schuss perfekt in Position gebracht und Jessica war es in ihrer Lage unmöglich, sich noch dazwischenzuwerfen. Und obwohl ihre Schwester gute drei Meter von ihm entfernt stand, hatte Jessica nicht einen einzigen Zweifel daran, dass die erste Kugel, die den Lauf der Waffe verlassen würde, sich direkt durch Florians Schädeldecke in sein Gehirn bohren würde.

Ein ohrenbetäubender Knall erfüllte den Raum und zerriss nicht nur die Luft, sondern auch Jessicas Seele. Und sie schrie. Schrie die angestaute Angst und Verzweiflung hinaus, die in Kürze Platz machen würde für die abgrundtiefe Trauer, die dieser Tat folgte.

KAPITEL 32

Kaum wechselte der Monat, wurde auch endlich das Wetter besser. Es hörte auf zu schneien und in nicht einmal einer Woche schafften es die milden Temperaturen, die sich endlich durchgesetzt hatten, den Boden aufzutauen und die ersten Grashalme und jungen Triebe an Büschen und Bäumen sprießen zu lassen. Alles wurde wieder grün. Alles begann zum Leben zu erwachen. Die Vögel zwitscherten wieder und begrüßten den kommenden Tag, die Menschen verließen das erste Mal seit Monaten ihre Wohnungen und Häuser ohne Schal und Mütze und reckten ihre Gesichter in die Sonne.

Jessica allerdings nahm dieses alljährliche Naturschauspiel nicht wahr, beteiligte sich nicht daran. Sie fühlte sich schwach und ausgelaugt vom vielen Weinen und müde von den schlaflosen Nächten. Trauer war lähmend, abgrundtiefe Traurigkeit sogar tödlich. Sie aß und trank nur noch, wenn sie dazu aufgefordert wurde, verließ seit Tagen nicht das Haus und sprach mit niemandem ein Wort. Schon vor einer Woche hatte sie aufgehört, sich selbst mit Fragen über Schuld und Schicksal zu quälen, sich Gedanken zu machen über das »Wenn«, falls doch alles anders gekommen wäre. Mit der schmerzhaften Erkenntnis, am eigenen Schicksal rein gar nichts ändern zu können, starb auch ihr Glaube. Ihr Glaube an Gott, an das Glück und an die Zukunft. Der Tod eines einzigen geliebten Menschen veränderte so viel, zerstörte nicht nur das Leben dieses viel zu früh Verstorbenen, sondern auch das all der Menschen im engen Kreis der Familie und der Freunde. Nichts würde je wieder so werden, wie es einmal war. Die Zukunft war ganz neu geschrieben und Jessica freute sich nicht darauf zu erfahren, was ihr Leben noch für sie vorgesehen hatte. Freude kannte sie nicht mehr.

Kraft- und mutlos lief sie an all den Trauergästen vorbei, die bereits in der kleinen Kapelle Platz genommen hatten. Niemand hielt sie auf, niemand sprach sie an, niemand sagte auch nur ein einziges Wort.

Vorne in der ersten Reihe wurde ein Platz für sie frei gehalten, also ging sie weiter, setzte sich schweigend und senkte den Kopf. Sie vermied es geflissentlich, den über und über mit Blumen geschmückten Sarg neben dem kleinen Stehpult anzusehen. Ein kurzer Blick auf dieses schöne, und doch so herzzerreißend traurige Bild hätte sie eben an der Eingangstür fast ihre Selbstbeherrschung verlieren lassen, hätte fast diese Schutzmauer aus Gleichgültigkeit und Selbsthass, die sie so mühevoll in ihrem Inneren errichtet hatte, zum Einsturz gebracht und hätte all die abgrundtiefe Traurigkeit hervorgewürgt und sie innerlich erneut zerrissen. Diesen Seelenschmerz wollte sie nicht wieder und wieder ertragen müssen, also starrte sie gebannt auf ihre Schuhe, wiegte leicht ihren Oberkörper hin und her und begann in Gedanken zu zählen. Monotones Zählen war fast wie Dauerlaufen, doch auch das Einzige, zu dem sie fähig war, ohne den Verstand zu verlieren. Sie wollte nicht denken, sie wollte nichts hören, sie wollte nicht hier sein.

Irgendjemand hustete und schließlich wurde es ganz still. Überwältigt von dieser andächtigen Ruhe sah Jessica jetzt doch auf, ließ ihren Blick über den kleinen Altar aus dunkelbraunem Holz gleiten und blieb schließlich an dem kunstvoll verzierten Kreuz hängen, das groß, golden und mahnend über dem plötzlich ganz zerbrechlich wirkenden Altartischchen hing und jeden daran erinnerte, was christlicher Glaube bedeutete. Doch Jessica seufzte nur. Sie konnte diesem ganzen Firlefanz nichts abgewinnen. Sollte es einen Gott wirklich geben, dann hatte er ihr nichts Gutes gebracht und niemand konnte sie zwingen, diesem christlichen Wert zu huldigen und ihm womöglich noch zu danken für den schrecklichen Verlust in ihrem Leben. Sie selbst hatte ein rechtschaffenes Leben geführt und verdiente dieses Schicksal nicht. Nein, glauben tat sie nicht mehr.

Als aber die Orgelmusik begann und der junge Pfarrer, der die Trauerrede halten sollte, vor das hohe Pult trat, seine Bibel und Aufzeichnungen ablegte und die Hände zum Gebet faltete, tat Jessica es ihm dennoch gleich, legte eine Hand auf ihrem Schoß auf die andere, senkte wieder den Kopf und brachte sogar ein gemurmeltes »Amen« über die Lippen, kaum war das Gebet beendet. Sie hielt sich tatsächlich wacker, zählte und wippte während der gesamten Trauerrede und der zwei besinnlichen Lieder unentwegt, nur um nicht in Tränen auszubrechen, stand schließlich auf und lief langsam hinter dem Sarg her, als dieser über den kleinen alten Friedhof an all den Grabsteinen und winterlich bepflanzten Gräbern vorbeigetragen wurde. Die sechs Sargträger in den edlen schwarzen Samtjacken und den überdimensionierten Hüten schritten wortlos voran, die Trauergäste folgten noch stiller. Nur die unzähligen Schritte auf dem gepflasterten Boden des Hauptweges hallten durch die klare und warme Frühlingsluft. Schließlich bog der trauernde Zug in einen kleinen Seitenweg ab und das Klackern der lauten Schritte wurde zu einer Art dumpfem monotonen Rauschen, als die unzähligen Fußpaare über den Schotterweg schlurften.

Und wieder hatte Jessica das merkwürdige Gefühl, das alles um sie herum passierte nicht wirklich, sondern war nur ein böser Traum, der entschieden zu lang andauerte und endlich beendet werden musste. Doch sie wachte nicht auf. Sie war in der Realität und nichts würde sie hier herausholen. Kein Klingeln eines läutenden Weckers, kein Kindergeschrei, keine Sonnenstrahlen, die sich durch die nicht verschlossene Gardine am Fenster stahlen und sie an der Nase kitzelten. Das hier war echt. So wirklich, dass sie es kaum ertragen konnte, denn es gab keine Möglichkeit zu fliehen. Also lief sie weiter und zählte ihre Schritte.

Die Welt war ungerecht. Ungerecht und grausam.

Um diese Tatsache zu ändern, war sie einst zur Kriminalpolizei gegangen, war dem Weg ihres Vaters gefolgt. Sie wollte die Welt besser machen, wollte helfen, das Böse zu bekämpfen, damit das Gute auch gut bleiben durfte, damit das Gute sicher war. Doch sie hatte begriffen, dass es eben nicht darum ging, die Welt zu verändern, sondern lediglich darum, Schuld zu sühnen. Sie beugte dem Bösen nicht vor, sie sorgte nur dafür, dass bereits geschehene Straftaten geahndet wurden. Und nicht einmal das trat immer mit Sicherheit ein. Meistens kamen Verbrecher einfach davon und konnten neue schlimme Dinge tun. Aus Habgier, aus Arroganz, aus Hass. Immer und immer wieder. Das Böse war stärker als das Gute.

»Du hast nichts falsch gemacht, Kind«, hörte sie ihren Vater neben sich flüstern, um die Totenruhe auf diesem grausamen Marsch zum dunklen Loch in der Erde, in das der Sarg in wenigen Minuten versenkt werden würde, nicht zu stören. Er schniefte leise und rieb sich mit einem Taschentuch über die verweinten Augen. Dann nahm er ihre Hand und legte sie auf seinen Arm. Jessica seufzte.

Sie trat dichter zu ihm, hielt seinen Arm jetzt mit beiden Händen und lehnte ihren Kopf an seine Schulter.

»Du auch nicht, Paps«, erwiderte sie und drückte ihn sanft. »Vergiss das nicht. Du auch nicht!«

Und dann weinte sie. Sie wollte nicht, doch es ging nicht anders. Vielleicht war es, weil ihr Vater erbärmlich zu zittern begann und sich an ihr festhielt, so als würden seine Beine jeden Augenblick ihren Dienst aufgeben und ihn nicht mehr länger tragen. Vielleicht war es so, weil sie nicht an seine Worte glaubte, weil sie wirklich meinte, sie hätte es verhindern können. Vielleicht weinte sie, weil kein Mensch, der so gut war, jemals so einen Tod verdient hatte. Vielleicht aber weinte sie nur, weil sie ihre Mutter, die dort so kalt und tot in diesem Sarg lag, mehr als alles auf der Welt vermissen würde.

Wie die beiden die Trauerrede am Grab, das viele Händeschütteln der Beileidsbekundenden und das anschließende Kaffeetrinken im nahe gelegenen Restaurant überstanden hatten, wussten sie später nicht. Doch sie hatten es geschafft. Elfriede und Herbert Grothe hatten nicht viele Verwandte, aber umso mehr Freunde, die alle gekommen waren, um Elfriede die letzte Ehre zu erweisen. Es war schön zu sehen, wie beliebt sie gewesen war und wie viel sie all den Menschen bedeutet hatte.

Den Abend verbrachten sie nur zu viert mit Svenja und Tobi bei Jessicas Vater. Die kleine Eigentumswohnung ihrer Eltern wirkte leer ohne ihre Mutter und doch tat es gut, die beiden lebhaften Kinder zu beobachten, die so selbstverständlich und so schnell, wie kleine Kinder es eben taten, ihre Trauer um die verstorbene Oma abgelegt hatten und jetzt wieder fröhlich spielten. Herbert Grothe lächelte das erste Mal an diesem Tag und es sah aus, als wäre diese Freude echt.

Jessicas Vater war nach dem tragischen Tod seiner Frau vor einer Woche in keiner guten Verfassung. Auch er verarbeitete seine Trauer ähnlich wie Jessica mit Schweigen und in völliger Abgeschiedenheit. Doch als die beiden Kinder schließlich im Bett waren, suchte er das erste Mal seit Tagen ein Gespräch mit seiner Tochter.

»Die Mama wird mir fehlen«, sagte er, doch er weinte nicht. Er hatte viel zu viel geweint und für sich beschlossen, die Trauer nach der Beerdigung nun endgültig zu begraben und wieder nach vorn zu sehen. Jessica beneidete ihn deshalb fast ein bisschen, denn sie schaffte diesen Schritt nicht.

»Mir auch«, gab sie zur Antwort und verkniff sich Sätze wie »das Leben ist grausam« und »ich hasse den Menschen, der ihr das angetan hat«. Ihre Mutter war mit Mitte 50 an einem Herzinfarkt gestorben, doch Jessica glaubte diese offizielle und ärztlich bestätigte Todesursache nicht. Sie war der festen Überzeugung, Susanne hätte auch hier ihre Finger im Spiel gehabt. Und sie wusste, ihr Vater glaubte das auch. Verbittert presste sie die Lippen fest zusammen und starrte die alte Wohnzimmerschrankwand an. Dann schloss sie resigniert die Augen.

»Sie hätte es nicht gewollt«, flüsterte ihr Vater leise. Seine Stimme klang schwach und gebrochen, doch er riss sich zusammen. »Sie hätte nicht gewollt, dass man Susanne auch für dieses Verbrechen anklagt.« Wie immer hatte er ihre Gedanken richtig gedeutet und legte ihr nun beruhigend die Hand auf den Unterarm.

»Warum hat sie das getan?«, fragte Jessica fassungslos, erwartete aber keine Antwort. Niemand wusste, was in Susannes verrücktem Kopf vor sich ging. Mit normalem

Menschenverstand konnte man ihre Beweggründe nicht begreifen. Sie lebte in ihrer eigenen Welt mit ihren eigenen Regeln und Moralvorstellungen.

Herbert Grothe seufzte und schaute dann beinahe schuldbewusst zu seiner Erstgeborenen.

»Deine Schwester hat immer geglaubt, ich würde dich mehr lieben als sie«, begann er und als Jessica ihn protestierend unterbrechen wollte, hob er nur die Hand und gebot ihr zu schweigen. »Das ist natürlich Blödsinn. Doch es war tatsächlich so, dass ich mehr Zeit mit dir verbracht habe und Susanne dafür ein sehr inniges Verhältnis zu deiner Mutter hatte.« Er atmete einmal tief durch und fuhr dann fort. »Eigentlich wusste ich schon immer, dass sie ein Problem hatte«, drückte er den Irrsinn seiner jüngeren Tochter vorsichtig aus. »Dein gutes Verhältnis zu ihr hat mich aber hoffen lassen, dass es nie wieder zum Äußersten kommt.«

Jessica fuhr herum. »Wieso nie wieder?«, fragte sie und sah dabei ihrem Vater direkt in die Augen.

»Als Susanne sechs Jahre alt war, sind hier in dieser Gegend eine ganze Menge Hunde vergiftet worden. Erinnerst du dich?«, fragte Herbert Grothe seine Tochter und als diese vorsichtig nickte, sprach er einfach weiter. »Wir hatten damals mit dem Gedanken gespielt, uns ebenfalls einen Hund anzuschaffen, doch die schrecklichen Vorfälle haben uns von dieser Entscheidung abgebracht.«

»Du meinst, Susanne hat damals …« Doch weiter kam Jessica nicht, denn ihr Vater unterbrach sie.

»Susanne ist damals lachend zu mir gekommen und hat gesagt, sie sei froh, dass wir jetzt keinen Hund bekommen, weil du, Jessica, dann weiterhin mit ihr spielst und nicht ständig mit dem Hund draußen herumtollst. Ich habe Rattengift in ihrem Zimmer gefunden.« Er senkte schuldbewusst den Kopf und starrte auf den Boden. »Ich habe niemandem davon erzählt.«

Verwirrt schüttelte Jessica ihren Kopf. Dieses Geständnis ihres Vaters hatte sie nicht erwartet und mit dieser Geschichte hätte sie nie gerechnet. Die tragischen Todesfälle der kleinen und großen Vierbeiner in ihrer Nachbarschaft hatte sie damals als extrem schrecklich und sehr schmerzhaft empfunden. Jessica liebte Tiere und kam vor allem mit Hunden ganz ausgezeichnet aus.

»Sie hat sich immer genommen, was sie haben wollte«, fuhr er schließlich fort. »Sie hat Menschen manipuliert, wann immer es ihr in den Kram passte. Ein paar Jahre lang habe ich diese enorme manipulative Intelligenz von Susanne sogar bewundert. Ich hätte nie geglaubt, dass sie so weit geht, dass sie …, dass sie jemanden umbringt.« Mit Jemandem meinte er Elfriede, seine Frau. Er meinte auch Wolfgang, seinen Schwiegersohn und ebenso diesen armen Mann aus Kempten, den sie alle nicht kannten und der doch seiner Tochter Susanne rein zufällig im Weg war. Noch zufälliger war der Mord an Kais Exfrau, die einfach nur zur falschen Zeit am falschen Ort war. Und Florian?

Mit Grauen erinnerte sich Jessica an die letzten Minuten in dieser alten Berghütte. Immer und immer wieder erlebte sie diese gnadenlosen Sekunden in ihren Träumen, schreckte aus dem Schlaf hoch, sah Susannes eiskaltes, lächelndes Gesicht und Florians leblosen Körper. Und jedes Mal, wenn sie erwachte, hörte der Traum nicht auf, denn er war Wirklichkeit. Alles in der Hütte war tatsächlich passiert und niemals würde sie es abtun können wie einen schlechten Traum oder furchtbare Dinge, die irgendeinem anderen Menschen passiert waren. Das alles gehörte zu ihrem Leben und würde sie weiterhin in schlaflosen wie albtraumhaften Nächten verfolgen. Das war die lebenslang auferlegte Strafe für ihr grenzenloses Vertrauen in ihre Schwester. Anderen Menschen konnte man einfach nicht vertrauen. Niemandem.

»Wie geht es eigentlich Herrn Forster? Hat sich sein Zustand inzwischen verbessert?«, fragte ihr Vater plötzlich und beendete so abrupt ihre Grübelei. Herbert Grothe hatte die Sorge in den Augen seiner Tochter bemerkt, die diese neben all der Trauer um die verstorbene Mutter, all der Wut über ihr eigenes Versagen und dem Hass auf ihre jüngere Schwester ebenfalls bewegte. Es stand sehr schlecht um den Hauptkommissar und Jessica gab sich die Schuld daran, obwohl sie eigentlich keinen Grund dafür hatte. Sie hatte ihm das Leben gerettet.

»Gestern ist er wohl kurz aufgewacht. Das erste Mal seit einer Woche«, sagte Jessica und blickte hoffnungsvoll zu ihrem Vater hinüber. Als dieser lächelte, fuhr sie fort.

»Er ist zweimal operiert worden. Sein Bein war arg lädiert. Dazu kam die Schussverletzung. Die Kugel steckte noch in seinem Arm. Susanne hat seinen Kopf glücklicherweise verfehlt, ihm dafür aber eine zweite Oberarmwunde zugefügt«, Jessica lachte, doch es klang gequält. Der Gedanke daran, dass Susanne ihren Freund wirklich töten wollte, entsetzte sie noch immer. »Lange Zeit konnte keiner sagen, ob er es schaffen würde«, fuhr sie fort. »Er hatte einfach zu viel Blut verloren. Doch gestern dann klang die Oberschwester auf der Station endlich etwas hoffnungsvoller.«

Da Jessica sich zurzeit in Hamburg aufhielt, hatte sie sich bisher nur telefonisch im Krankenhaus nach Florians Befinden erkundigen können. Eigentlich hätte sie an seinem Bett sitzen müssen. Tag und Nacht. Bis es ihm wieder besser ging. Bis der Kampf um sein Leben endlich gewonnen war.

»Das hört sich gut an. Dein Allgäuer Hauptkommissar ist ein Kämpfer. Der schafft das schon. Mach dir keine Sorgen mehr.« Herbert Grothe tätschelte etwas unbeholfen den Unterarm seiner Tochter. Dann sah er sie verstohlen von der Seite an, räusperte sich und fügte vorsichtig hinzu: »Susanne geht es auch besser.«

Jessica starrte ihn wütend an. »Das ist mir egal«, zischte sie ihren Vater an. »Ich will nie wieder etwas von diesem Menschen hören, verstanden!«

»Aber sie ist immer noch deine Schwester«, versuchte ihr Vater sie zu beruhigen. Doch stattdessen explodierte Jessica jetzt gänzlich, sprang vom Sessel auf, ballte die Hände zu Fäusten und starrte aufgebracht auf ihren Vater hinunter. Für Jessica war es völlig unverständlich, dass ihr Vater seiner jüngeren Tochter scheinbar bereits all die schrecklichen Taten vergeben hatte. Diese gottverlassene Person, diese geisteskranke Frau hatte ihre eigene Mutter auf dem Gewissen, hatte so viele Morde begangen, so viele Familien zerstört, so vielen Menschen eine glückliche Zukunft geraubt. Sie hätte es verdient zu sterben. Sie hätte auf dem dreckig-staubigen Boden dieser gammligen Hütte verrecken müssen. Tränen der Wut schossen Jessica in die Augen und verklärten ihren Blick. Mit dem Handrücken wischte sie die Feuchtigkeit aus ihrem Gesicht und schniefte laut. »Ich werde nicht weinen«, sagte sie mehr zu sich selbst als zu ihrem Vater. »Sie hat keine meiner Tränen verdient. Nie mehr!« Doch als ihr Vater sich erhob und sie ganz fest in seine Arme nahm, da wusste sie, dass ein kleiner Teil ihrer Traurigkeit auch ihrer Schwester galt. An diesem schrecklichen Tag in der Berghütte vor einer Woche hatte sie ihre

Schwester für immer verloren und das war beinahe so schmerzhaft wie der Tod ihrer Mutter nur einen Tag später.

KAPITEL 33

Die weißen kahlen Wände gingen ihr besonders auf die Nerven. Es war so öde und langweilig, hier herumzuliegen und die Decke anzustarren, doch sie durfte jetzt nicht ausflippen. Außerdem quälten sie fast unerträgliche Schmerzen seit sie die Medikamente nicht mehr nahm, die man ihr täglich brachte. Doch sie konnte wieder klar denken und das war wichtig. Ihre Armbanduhr auf dem rollbaren Nachttisch neben ihrem Bett zeigte kurz vor sechzehn Uhr an. Seit drei Tagen bereits beobachtete sie die täglichen Wachwechsel vor ihrer Zimmertür, deshalb wusste sie, dass in etwa einer viertel Stunde die Schicht des uniformierten Beamten im Gang vor ihrem Zimmer beendet war und ein anderer Kollege die Aufsicht über sie übernahm. Die Beamten schauten nie ins Zimmer. Ihre einzige Aufgabe bestand darin zu überwachen, wer das Zimmer betrat und wer es wieder verließ. Sie würde also etwas Glück brauchen, wenn sie hier herauskommen wollte. Doch wirklich Sorgen machte sie sich nicht.

Bis auf den kleinen Zwischenfall in der alten Hütte hatte schließlich immer alles genau so geklappt, wie sie es sich vorgestellt hatte. Dieses bedauerliche Missgeschick musste jetzt korrigiert werden. Ihr Plan war gut, daran bestand gar kein Zweifel. Und wenn sie sich geschickt anstellte, dann würde sie in wenigen Minuten dem Freund ihrer Schwester noch einmal ihre Aufwartung machen. Schließlich lag der Kerl mit noch viel schlimmeren Verletzungen ebenfalls hier im Krankenhaus. Ein verdammt zäher Hund, dieser Florian Forster. Das musste man ihm lassen. Der war nicht leicht um die Ecke zu bringen.

Lächelnd griff sie nach dem Plastikbecher auf dem Nachttisch und goss den weinroten Traubensaft langsam über ihren Hals und ihren Oberkörper. Die Flüssigkeit tränkte ihr Nachthemd und verteilte sich großzügig auch über die schneeweiße Bettdecke. Dann ließ sie den Becher fallen und er purzelte mit einem leisen Poltern auf den Fußboden, rollte zur Tür und blieb dort liegen.

Ja, jetzt war es Zeit, den Klingelknopf zu drücken und eine Krankenschwester zum Aufräumen zu bestellen.

»Ich bin sowas von ungeschickt, Schwester Klara«, jammerte Susanne müde, als die junge Krankenschwester ihr Zimmer betrat und sie fragend ansah. Susanne hatte ihre Beruhigungs- und Schmerztabletten seit drei Tagen nicht genommen, doch jetzt tat sie dennoch so, als würde sie ihre Augen kaum aufhalten können und Mühe haben, nicht gleich wieder einzuschlafen. »Es tut mir wirklich leid, dass ich Sie wegen so eines dummen Missgeschickes rufen muss, aber ich habe den Saft verschüttet und jetzt ist das ganze Bett nass. Und ich dazu!« Susanne schaute betrübt drein und deutete mit der Hand auf ihr nasses Nachthemd. Dann sank sie erschöpft in ihre Kissen zurück. Die kleine dunkelhaarige Krankenschwester lächelte unsicher.

»Das macht doch nichts, Frau Reuter. Wenn Sie wüssten, wie oft das auch anderen Patienten passiert, würden Sie sich nicht so grämen«, sagte sie und betrat jetzt vollständig das Zimmer. Wie immer ließ sie die Tür einen Spalt offen. Sie war die einzige, die das tat und Susanne wusste, dass die junge Frau sich schrecklich vor ihr fürchtete und jedes Mal so schnell wie es ihr möglich war das Zimmer wieder verließ.

»Ich bringe Ihnen gleich ein neues Hemd und neue Bettwäsche.« Sie verschwand.

Zufrieden lächelnd wartete Susanne.

Keine zwei Minuten später kam Schwester Klara mit der frischen und trockenen Wäsche zurück.«Ich weiß, es wäre Ihnen lieber, die Tür würde offen bleiben, aber …« Susanne schaute matt und bittend drein, » … beim Umziehen hätte ich gern etwas Privatsphäre. Das verstehen Sie doch sicher.« Sie gähnte laut und rieb sich mit beiden Händen über das Gesicht.

»Selbstverständlich.« Schwester Klara teilte dem Beamten vor der Tür mit, dass sie das Bett der Patientin neu beziehen musste und schloss dann behutsam die Tür. Als sie sich wieder zum Bett umdrehte, war es leer.

Susanne schloss den letzten Knopf des Hemdes und strich den weißen Rock glatt. Schwester Klara lag in dem frisch bezogenen Krankenbett und starrte mit weit aufgerissenen Augen an die Wand, die der Tür genau gegenüber war. In ihrem Hals steckte der goldene Kugelschreiber, den Susanne vor zwei Tagen heimlich dem Chefarzt aus der Brusttasche seines Kittels gezogen hatte. Ein schönes Teil mit verschnörkelter Gravur.

Doktor Hans Grundewald.

Schöne Schrift, schöne Buchstaben.

Und jetzt alles voller Blut.

Es wäre nicht nötig gewesen, sie zu töten.

Sie hatte den Medikamentenmix aus Beruhigungs- und Schmerzmitteln ohne Widerstand geschluckt und sich freiwillig ins Bett gelegt, nachdem sie mit ihr die Kleidung getauscht hatte. Schwach und absolut kraftlos und so voller Angst. Diese Angst, diese Panik in ihren dunkelbraunen Augen hatte Susanne fasziniert. Kai hatte damals auch Angst, doch nicht so viel, dass er nicht mehr denken konnte. Und auch dieser Hauptkommissar war trotz seines hilflosen Zustandes immer auf der Suche nach einem Ausweg, nach einer Rettung. Beide haben ihren Anschlag überlebt, weil ihr Überlebenswille zu groß war. Und diese Klara? Sie hatte mit dem Leben bereits abgeschlossen, als sie ihr vorhin an der Tür den Arm um den Hals und die Hand auf ihren Mund gelegt hatte. Sie hätte wohl nicht einmal geschrien, selbst wenn sie gekonnt hätte. Schwester Klara tat ihr leid. Sie war so hilflos, so unschuldig. Ihr Tod war nur Mittel zum Zweck, und doch hatte Susanne das befriedigende Gefühl, ihr einen Gefallen getan zu haben, sie erlöst zu haben aus rein selbstlosen Gründen.

Sie hätte nicht sterben müssen, doch Susanne hatte ihr den Wunsch erfüllt.

Ja, jetzt hatte sie Frieden.

Liebevoll zog sie die Decke über die junge Frau und strich ihr zärtlich über das dunkelbraune Haar.

Schade, dass sie nicht blond war, doch man konnte nicht alles haben.

»Danke«, sagte sie leise, wandte sich ab und griff mit beiden Armen unter den hohen Wäscheberg der verschmutzten Bezüge am Fußende des Krankenbettes.

Dann schritt sie mit selbstbewusstem Schritt auf die Tür zu und riss sie mit Schwung auf.

Der Beamte vor der Tür fuhr erschrocken zusammen. »Oh, entschuldigen Sie«, rief sie fröhlich. »Ich wollte Sie nicht erschrecken. Doch ich bin immer so froh, wenn ich dieses Zimmer wieder verlassen kann.« Sie stellte sich auf ihre Zehenspitzen und kam seinem Gesicht sehr nahe. »Die Frau ist doch irre, oder?«, flüsterte sie. »So viele Menschen einfach zu töten. Die ist mir total unheimlich.«

Der Beamte lachte breit und straffte nach Machomanier die Schultern. »Dafür sind wir ja da. Wir passen schon auf, dass die Irre nicht ausbricht«, sagte er voller Inbrunst, zwinkerte Susanne dann zu und grinste breit.

»Oh, ich bin froh, dass Sie so tapfer sind«, hauchte Susanne und schaute ihn schüchtern von unten herauf an. »Würden Sie mir einen Gefallen tun?« Sie drückte ihm den Wäscheberg in die Arme. »Ich möchte nur schnell die Tür schließen. Sie schläft übrigens jetzt.« Susanne ließ den Beamten einen Blick ins Zimmer werfen und zeigte ihm die vermeintlich schlafende Schwester Klara im frisch bezogenen Krankenhausbett. Dann schloss sie leise die Tür.

»Danke«, sagte sie leise, griff nach den Laken und lächelte noch einmal freundlich. »Ich muss weiter. Es gibt noch viel zu tun.«

Ohne noch einmal über ihre Schulter zu blicken lief sie den langen Korridor entlang und bog kurz vor den Fahrstühlen in einen Quergang ab.

KAPITEL 34

Als die ersten schneebedeckten Berge der Allgäuer Alpen am Horizont erschienen, machte sich wieder dieses unangenehme Gefühl in ihrem Brustkorb breit, das ihr das Atmen erschwerte und ihre Kopfschmerzen zu Höchstleistungen antrieb. Jessica lenkte den Wagen von der Autobahn und beschloss, die letzten Kilometer auf der Landstraße zurückzulegen.

Doch auch, als sie eine halbe Stunde später das Klinikum Kempten betrat, ließ das mulmige Gefühl nicht nach. Sie nahm auf dem Weg in den vierten Stock das Treppenhaus und nicht den Fahrstuhl, um noch mehr Zeit zu schinden, um das Wiedersehen mit Florian, dem sie eigentlich so sehnlichst entgegen fieberte, noch mehr herauszuzögern. Sie fürchtete sich, sowohl vor seinem Anblick, der sicher bei all seinen schlimmen Verletzungen entsetzlich sein würde, als auch vor seiner Reaktion. Denn immerhin hatte sie sich seit dem schrecklichen Tag in der Hütte nicht bei ihm gemeldet. Würde er sie überhaupt wiedersehen wollen? Sie hatte ihn über eine Woche mit all seinen Sorgen, Schmerzen und schlimmen Gedanken allein gelassen.

Ihre Hände zitterten, als sie die Klinke der Tür zu seinem Zimmer langsam herunterdrückte und vorsichtig die Tür aufschob.

Doch was sie dann sah, traf sie mit voller Wucht und löste in Sekundenschnelle eine Panik in ihr aus, ein grauenvolles Entsetzen, das ihr das Blut in den Adern gefrieren ließ.

Es war nicht sein über und über mit Verbänden bedeckter, geschundener Körper, seine eingefallenen Wangen, sein müder Blick. Auch nicht das mühsame Lächeln, das er zustande brachte, als er ihre Anwesenheit bemerkte, oder das heiser gekrächzte und doch so hoffnungsvoll klingende ›Hallo‹. Nein, auch das war es nicht.

Es waren die zwei entsetzlichen Kreuze, die blutrot und drohend auf seiner Stirn leuchteten und die sie schlagartig am ganzen Körper erzittern ließen.

»Schonfrist. Oh mein Gott. Schonfrist«, stammelte sie und sein Bild verschwamm vor ihren tränennassen Augen.

Mia C. Brunner
im Gmeiner-Verlag:

**Die Kommissare
Jessica Grothe und
Florian Forster ermitteln:**

1. Fall: Schattenklamm
ISBN 978-3-8392-1852-5

2. Fall: Schonfrist
ISBN 978-3-8392-2103-7

3. Fall: Tödliche Klamm
ISBN 978-3-8392-2465-6

4. Fall: Mordsklamm
ISBN 978-3-8392-2739-8

5. Fall: Tod zum Viehscheid
ISBN 978-3-8392-0084-1

**6. Fall: Allgäuer
Sündenbock**
ISBN 978-3-8392-0227-2

7. Fall: Dirndltod
ISBN 978-3-8392-0475-7

8. Fall: Hüttentod
ISBN 978-3-8392-0700-0

9. Fall: Alpenglühen
ISBN 978-3-8392-0842-7

GMEINER SPANNUNG

WWW.GMEINER-VERLAG.DE
Wir machen's spannend

Jürgen Ahrens
Tegernsee-Verhängnis
Kriminalroman
240 Seiten, 12,5 x 20,5 cm,
Broschur
ISBN 978-3-8392-0910-3

Hauptkommissar Markus Kling genießt das Rottacher Seefest, als ihn die Hiobsbotschaft erreicht: Zwei Taucher wurden tot aus dem Tegernsee geborgen. Unfall, Suizid oder Mord? Die Frage klärt sich vordergründig schnell, doch Kling bleibt skeptisch. Dann wird ein Privatdetektiv erschossen, der die Toten kannte. Die Spur führt in exklusive Kreise und zu einem vorbestraften Fischhändler. Als ein Verdächtiger überführt scheint, nimmt der Fall eine unerwartete Wendung.

SPANNUNG

GMEINER

WWW.GMEINER-VERLAG.DE
Wir machen's spannend

Susanne Beck
Bocksbeutel-Verschwörung
Kriminalroman
400 Seiten, 12,5 x 20,5 cm,
Broschur
ISBN 978-3-8392-0847-2

Rauschend feiert die Würzburger Prominenz den 60.
Geburtstag von Professor Wulffen, bekannter Denker
und selbsternannter Weinpapst, im Weinkeller der
Residenz. Bis eine Katastrophe das Fest erschüttert:
Einer der Anwesenden überlebt die Party nicht. Bei
ihren Ermittlungen stößt die toughe Kommissarin Ines
Frank schon bald auf Widerstände, sogar innerhalb der
Polizei. Trotzdem macht sie sich mit Unterstützung von
Dr. Assmuth, einem technikaffinen Philosophen, auf die
Suche nach der Wahrheit. Ob sie im Wein zu finden ist?

GMEINER SPANNUNG

Christine Rechl
**Die wunderbaren Schafe der Amelie
und der Tote im Englischen Garten**
Kriminalroman
288 Seiten, 12,5 x 20,5 cm,
Klappenbroschur
ISBN 978-3-8392-0867-0

Die Künstlerin Amelie betreibt in München einen
Laden für Wollwaren. Mit ihrer kleinen Schafherde
und dem Rauhaardackel Josef verbringt sie den Advent
auf dem Künstlerweihnachtsmarkt im Englischen
Garten. Die weihnachtliche Atmosphäre wird jäh
unterbrochen, als am Nikolausmorgen ein Toter vor
Amelies Schäferwagen liegt. Nur die Schafe haben
gesehen, wer Sepp, den Wurstbrater vom Viktualien-
markt, dort abgelegt hat. Schnell fällt der Verdacht auf
die Veganer, aber Amelie verfolgt eine andere Spur
und greift dabei zu unkonventionellen Mitteln.

GMEINER SPANNUNG

WWW.GMEINER-VERLAG.DE
Wir machen's spannend